道德的光辉

赵书哲◎主编

春风文艺出版社
·沈阳·

图书在版编目（CIP）数据

道德的光辉 / 赵书哲主编. -- 沈阳：春风文艺出版社，2024.10. -- ISBN 978 - 7 - 5313 - 6726 - 0

Ⅰ. I25

中国国家版本馆CIP数据核字第2024965XP3号

春风文艺出版社出版发行

沈阳市和平区十一纬路25号　　邮编：110003

辽宁新华印务有限公司印刷

责任编辑：姚宏越　孟芳芳	**责任校对：**陈　杰
封面设计：徐春迎	**封面题字：**马秉枢
总 统 筹：杨　柳　李湲湲	**文稿统筹：**刘　忠　李　玲
插画统筹：刘　仁　孙丽春	**幅面尺寸：**145mm × 210mm
字　　数：305千字	**印　　张：**11.5
版　　次：2024年10月第1版	**印　　次：**2024年10月第1次
书　　号：ISBN 978-7-5313-6726-0	
定　　价：68.00元	

版权专有　侵权必究　举报电话：024-23284292

如有质量问题，请拨打电话：024-23284384

为凡人英雄而歌（代序）

赵书哲

儿时的英雄梦至今在心底萦绕。

"天地英雄气，千秋尚凛然"，这可能是每一个出生于20世纪六七十年代的人心底都有的梦吧。这一代人心中的英雄，要么是精忠报国的岳飞、满门忠烈的杨家将、慷慨悲壮的文天祥，要么是宁死不屈的江姐、以身殉志的方志敏、舍身炸碉堡的董存瑞，要么是"好事做了一火车"的雷锋、"我为祖国献石油"的铁人王进喜、勇救火车的欧阳海……

那时的皮影戏、大鼓书、小人书、电影，是英雄的"海报"。世界于我而言，尽是顶天立地"大英雄"的影子：或忠君报国，或济世安民，或义薄云天，或慷慨赴死。时光流转，深埋的"英雄"的种子悄无声息破土发芽，不经意间枝繁叶茂，绿意盎然。

国破家亡的危难之际，挽狂澜于既倒的英雄，用正义凛然书写着忠贞不屈、舍生取义；战火纷飞的年代，抛头颅洒热血的英雄，用生命谱写可歌可泣的壮美篇章；如今的和平盛世，默默无闻、平平凡凡的英雄，用忠诚奉献写意着人间大爱、无私奉献，那些在普通岗位上闪闪发光的工作者、建设者，他们的凡人善举同样让我们为之动容、心生敬意。

魏书生，坚守三尺讲台，潜心教书育人，演绎为人师表之典范，成为著名教育改革家；徐恩惠，退伍不褪色，将忠诚和信仰融入血液，用实际行动诠释了共产党人的初心和使命；杜丽梅，志愿服务数十载，孜孜以求扶倾济弱，在公益路上写满爱与坚守；于素玲，在每一个岗位都注入真情，把群众当亲人，把老人当家人，把付出当快乐……

生逢盛世，英雄在平凡里重生。他们胸怀浩然正气，信仰坚定、百折不挠、坚忍不拔，即使看似平淡无奇，但英雄的情怀让他们挺直了脊梁，在平凡的岗位上创造了不平凡的人生辉煌。他们是这个时代的英雄，更是令人敬仰的榜样，正是盘锦大地这些凡人微光、古道热肠，才让这座年届不惑的城市充满温情，文明底色更加鲜亮。

英雄之所以成为英雄，就在于他们有着崇高理想、高尚品德、优秀品质，从保家卫国到捍卫真理，从舍己为人到救人危难，从无私奉献到默默付出，时时处处彰显道德的光辉，真真切切造就文明的源泉。奉献，是他们的标签；进取，是他们的内核；无私，是他们的底色。正是因为有这些新时代的英雄，我们的城市才更有温度和良善，人民才更有信仰，民族才更有希望，国家才更有力量。

文章合为时而著，歌诗合为事而作。有一种使命召唤，让我们把盘锦近些年来评选出的710位各级道德模范、身边好人、新时代好少年背后的故事挖掘出来，让那些看似普普通通却又不同于市井凡人的英雄模范走入视野，让那些并不轰轰烈烈却感人至深的道德故事润泽人心，让崇尚先进、见贤思齐的清风正气在盘锦大地充盈升腾。

盘锦市委宣传部、市文明办、市文联联合开展了"百名作家写百位道德模范"活动，几十位作家走近英雄，走近榜样，走进生活，用文学的笔触，让一位位平凡英雄的不平凡风采跃然纸上；几十位画家分别为英雄"造像"，使一位位榜样的神韵呼之欲出；著名书法家马秉枢老师亲笔题写书名，为本书增色良多。历经一年多创作、提升，结集出版了《道德的光辉》一书。这是盘锦第一部用纯文学创作手段，全景式描绘凡人英雄非凡人生故事的文学书籍，以期找寻英雄们内心燃不尽、熄不灭的那团熊熊火焰。

这团炽热的火，是"祖国陆沉人有责，天涯漂泊我无家"的家国情怀，是"赠人玫瑰，手有余香"的挚爱温情，是"燃烧自己，照亮他人"的精诚奉献，是"平常时候看得出来、关键时刻站得出来、危难关头豁得出来"的无私无畏。

习近平总书记指出："中华民族是英雄辈出的民族，新时代是成就英雄的时代。"没有人生来就是英雄，但总有人用平凡成就伟大，用付出铸就辉煌。这个继往开来的新时代在呼唤英雄人物的诞生，也为他们准备好了最为波澜壮阔的舞台。

"海不择细流，故能成其大。山不拒细壤，方能就其高。"我们愿在这些榜样的感召下，每个人都可以成为自己或群众心目中的"英雄"，善小而为之，哪怕是举手之劳，哪怕是无足挂齿，只要于国家、于民族、于社会、于他人有益，我们都应该身体力行、躬身实践，日行一善、跬步千里，让榜样的力量激荡盘锦大地，让凡人英雄遍及全市城乡，让友爱文明和谐之风劲吹辽河两岸，进而汇聚成东北全面振兴、辽宁全面振兴的磅礴力量！

诚如是，则创作者、编者心意可达矣！

当然，本书由于这些模范人物淡泊名利、为人低调，致使采编进展迟缓，加之成书时间仓促、创作时间较短，打磨不够精细，故创作水平、质量难免有不尽如人意之处。敬请读者谅解并批评指正。

最后，我们由衷致敬盘锦所有的凡人英雄！真情致谢为创作本书艰苦付出的所有艺术家！诚挚感恩辽宁春风文艺出版社的编辑老师！

　　谨以此书献给盘锦建市 40 周年！

2024 年 1 月 26 日于盘锦

目　录

从三尺讲台到人民教育家

张艳荣

"学习、工作、尽责、助人是享受。"这是魏书生追求的人生核心。

一名普通的教师，提起来人们并不觉得有什么稀奇。如果谈到人民教育家则就不同了，人们会从心里发出由衷的赞叹。荣誉和鲜花往往是给辛勤工作、乐于奉献的人准备的。魏书生就是由小学教师到人民教育家。

下面让我们看一段文字：

魏书生，中共党员。他曾先后被评为全国中青年有突出贡献的专家、全国劳动模范、全国首届十大杰出青年、全国优秀教育工作者，曾六次受到邓小平同志的接见，九次受到江泽民同志接见，先后当选中共十三大、十四大、十五大、十六大、十七大代表。中央电视台1995年12月播放了由他的事迹编写的六集电视连续剧《一介书生》。英国剑桥国际传记中心两次来信，让他填写《世界名人录》的登记表，他都婉言谢绝，别人问起，他说，等我劳动再多些，再填吧。

一个人一生有几多这样的光环？魏书生做到了。可荣誉和光环的背后又有多少鲜为人知的故事呢？这故事里面又有多少牺牲和奉献呢？让我们慢慢走近这位睿智而又正直的老教师，聆听他的心声，感悟他的人生。

穿越时间的长河，让我们把魏书生的心路历程和教书育人的先进事迹汇成一道彩虹，呈现在教育战线的天空。顿感：教书育人不单单是一份工作，而是一项宏大的工程。

有人说，教师像蜡烛，燃尽自己，照亮别人。但魏书生在照亮别人的同时，并没有燃尽自己，反而自己燃烧得更灿烂、更明亮。魏书生是教师队伍中的全国劳动模范，他做的事情，劳动量大，工作效率高。

从勤奋的七件事上看他的劳动量大、工作效率高：一是从教几十年不离教学一线。1981年，他的语文教学经验在全国产生了广泛的影响。二是做22年班主任。被教育部聘为"班主任培训"专家组成员。三是当23年校长。国内外几万人次到盘锦实验中学参观学习。四是全市教学均衡发展的经验，受到相关各级领导充分赞扬并在大会上交流。五是任全国中学学习科学研究理事长等多项兼职。六是出版专著、编书、日记多部。七是国内外讲学千余场。

对人生，魏书生有自己独到的、哲学的思考，既然生命短暂，就应该珍惜时间，多做事情。他满怀感恩的心，告诫自己要用"多工作，少得利，勤服务，无亲疏"的实际行动，报答党和人民的恩情。

1978年，他被调到盘山县第三中学（即后来的盘锦市实验中学）任教。实际工作和教学环境与他美好的憧憬大相径庭。刚走进学校，还没来得及喝口水，校长就迫不及待地给他分配工作，上来就让他担任班主任。他惊讶，我？刚来？

校长说，就你了，同时教两个班的语文课，一个是重点班，一个是全校最差的班。我怕……还没等他说完。校长说，不要讲条件，我早就听说了，你过去当老师认真、负责，很会启蒙孩子。校长又拍拍他的肩膀说，就这么定了，好好教学。

校长这么信任他，他只有把一腔热忱献给教育事业，来回报领导、家长、学生对他的期望。

话是这么说，可做起来难。学生不尽如人愿。重点班还不错，另一个班可就难了。50多个学生全是男生，是从各个班挑选出来的后进生。他们爱玩、怕上课。有几名学生连父母的名字都写不对，还埋怨父母名字太难写。学校的环境也不尽如人愿。教室是条件简陋的平房，由于不隔音，导致一个教师讲课，几个教室都听得见，互相干扰。说是瓦房，却因为没钱买瓦，房顶就没铺瓦。冬天下雪，雪花从屋顶的缝隙飘进教室，讲课的时候，手冻得连粉笔都拿不住。面对这样的环境，他埋怨过。可是一想到孩子们期待的眼神和老校长对他的期望，他就感到羞愧。他想，我不能就这么放弃了这50多个男生，只要我正确地引导，他们定会赶上其他学生。如果我现在放弃了，再过一年或两年，再想往回拉就难了。想到这，他不再等待，不再徘徊，不再浪费宝贵的时光。于是他摆正自己的心态，重新走向了讲台。

他在当天的日记上是这样写的：比较有效、比较实际的做法是先从改变自己做起。埋怨环境不好，常常是我们自己不好；埋怨别人太狭隘，常常是我们自己不豁达；埋怨天气太恶劣，常常是我们抵抗力太弱；埋怨学生太难教育，常常是我们自己方法太少。人不能要求环境适应自己，只能让自己适应环境，先适应环境，才能改变环境。

面对现实，他千方百计改变自己的教学方法。接下来的日子，他制订教案，寻求新的教学方法。他走访学生家庭，不但教孩子们学习，还与他们交朋友。特别是那个男生班，他首先寻找治理班级纪律的切入点。他发现有个男生干调皮捣蛋的事一呼百应，比他这个当老师的说话还好使。他没批评指责这个男生，而是出人意料地让他当班长，由他来抓全班的纪律。这个做法校长担心，老师不服。他笑笑说，总得给人施展才华的机会吧，每个人都有长处，我们抓住并发挥了他的长处，就互补了他的短处。

果然，这个男生有了使命感，首先他自己不淘气了，还帮助老师管理班级纪律，从此这个班的班风有了明显改变。这个男生变成了班级的骨干，变成了称职的班长。他还和魏书生成了朋友，他不但管纪律，还帮着老师搞教改、设计公开课。有了纪律再抓学习，学生的学习热情出人意料地高涨起来。其他的男生也积极要求进步，魏书生非常重视素质教育，一个班就一个班长，那么就轮流做班长，谁做得好，谁的小红花就得得多。就这样，全校最差的班级，变成了比、学、赶、帮、超的先进班级，老师们也都争着带这个班级。有人向他学习经验，他谦虚地说我没有什么特殊的经验，就是把一片真情捧给学生，你会感觉到学生也把一片真情捧给你，这才是人世间最美好的事情。师生之间情感的交流是一种崇高的美，老师在对事业、对学生的奉献过程中也希冀学生的报答。受到美好感情陶冶的学生，热爱的不仅是自己的老师，他们也热爱祖国，热爱人民，热爱事业，热爱生活，这才是作为老师希望得到学生最好的报答。他说，我的教学理念其实一点都不新鲜，我一靠民主，二靠科学，最根本的就是这些。教育的民主和其他的民主都一样，老师有了教学民主的想法，教与学之间有民主气氛，教学中多和学生商量，学生学习起来会更积极。思想上相互理解，感情上相互交流，教学效率就会高。

他担任初中语文教师的时候，发现学生们最头疼的是写作文，看着题目不知道怎么去写。魏书生先不急于让学生们写，他认为欲速则不达。他先培养学生阅读课外书的习惯，培养学生写日记的习惯，他跟学生说，当你看多了，写多了，自然就会写作文了。凡事养成习惯，才能走向成功。首先，他设法引导学生每天写一篇日记，一年就有365篇。魏书生认为阅读是语文的基本功，书读千遍，其义自现，那就下笔如有神了。为了让学生尽快掌握这一基本功，他根据学生的学习情况和教学要求，总结出行之有效的"四遍八步"读书法。

第一遍，跳读。第一步记作者及文章梗概。第二步记主要人、事、物或观点。这一遍的阅读速度是每分钟1500字。

第二遍，速读。第三步复述内容。第四步理清结构层次。这一遍的阅读速度是每分钟1000字。

第三遍，细读。第五步理解和掌握字、词、句。第六步圈点摘要重要部分。第七步归纳中心思想。这一遍的阅读速度一般跟朗诵相同，每分钟200字左右。

第四遍，精读。第八步分析写作特点。这一遍的阅读速度不限。

他说"四遍八步读书法"，旨在培养初中学生的阅读和思维能力。尽管这样，他在作文教学时，还有个别学生不想写作文或是写不出作文。他也不急不恼，他引导说，你们可以先写一句话，第二天再根据昨天的多写两句话，第三天再写两句，渐渐地，你们的作文越写越长，也会越写越好。在他看来，教语文尤其要紧守循序渐进的原则，一步一个脚印。

学生们按着他的方法去学习，作文写作水平大有提高。还带动了一些学生自发地写作文，哪怕老师没留作文，自己给自己出题目写，学生对写作文有了浓厚的兴趣。他看到学生们的成绩心里别提有多高兴了。

由于魏书生刻苦钻研教学方法，不断提高自身素质，他所带的班级学生的成绩总是比其他班甚至比重点中学学生的成绩高。由于他业绩突出，不久领导任命他为教导处主任。他并没有因为职务的提升而松懈了教学，依然当班主任，在教学实践中，他总结创造出"六步课堂教学法""语文知识树""班级管理自动化"等教学改革经验，很快成为全国同行学习的典范。

他踏踏实实，一步一个脚印。他精益求精，循序渐进。1986年他被任命为盘锦市实验中学的校长兼书记，按理说他可以告别教室，坐在校长办公室里工作，但他没有。任校长12年间，他没有办公室，没有办公桌。他坐在教室的最后一排，就在学生课桌上办公。他说他永远是一名教师，永远跟学生们在一起，只有这样他才能不断地总结教学经验，不断地提高自己的业务水平，不断地了解学生，并接近他们的心理。担任校长兼书记的12年间，他始终当班主任，教两个班的语文课。讲课时，他就站在讲台前，办公时他就坐在教室的最后一排，就是在这样的环境中，他的教学理论日臻成熟，教学成果日益显著。他后来出版的《语文教学》《班主任工作》等专著，都是在这一时期形成的初稿。

岁月像条河，有人随波逐流，有人乘风破浪。1997年魏书生被任命为盘锦市教育局局长兼党委书记。他当局长期间，还一直在课堂上教课，有人问他，你是为了起带头作用吗？他深有体会地说，我不是起什么带头作用，我觉得课堂是个宏大的世界，有无穷无尽的学问和乐趣。我进课堂就像找到了根基，能够及时汲取营养，品尝增长本领的快乐。

他担任盘锦市教育局局长以来，常抓不懈的是培养学生的行为习惯，他提出全市中小学生每天至少要做如下七件事情：一分钟家务；一分钟记忆比赛；一分钟演讲；一分钟军歌；一分钟日记；一分钟踏步；一分钟名人传记。

针对当前学生学习负担重这种情况，魏书生说得简单，做得轻松。他说主要让学生有个好的学习心态，被动学习就会产生负担，如果主动学习就是享受。减负要有态度，要让学生对学习有一种乐趣，由被动学习变为主动学习。老师先灌输学生我爱学习的思想，如果学习变成老师"喂饭"就麻烦了。老师就是帮助学生学会学习，帮助学生确定目标，并走近目标。盘锦市高级中学每年升入全国重点大学率在全省也是名列前茅。

培养学生"八个学习习惯"：订计划的习惯；预习的习惯；适应老师的习惯；自己留作业的习惯；自己出考试题的习惯；整理错题集的习惯；筛选资料、总结学习经验的习惯；大事做不来，小事赶快做的习惯。

他在日记中写道：人民给我的权力是为人民服务的，我没有权力用它为个人办私事……他就是这样坚守住自己真、善、美的阵地。

从三尺讲台到人民教育家，魏书生以这样的优异成绩向教育事业献上了一份合格的答卷。

金声玉振木铎情

凌 辑

  周恩义，男，中共党员，1949年11月生，先后担任盘锦市兴隆台区委宣传部副部长，区委常委、宣传部部长，区委副书记，区关心下一代工作委员会常务副主任等职务。

  周恩义多年从事党的宣传思想政治工作，脚踏实地、大胆实践，不断探索新时期党的宣传工作的新路子和新方法，忠实履行了一名党的宣传干部的神圣职责。无论是在部队守卫祖国边境，还是在地方做宣传思想工作，他都始终牢记宗旨，忠诚于党的事业，危难之时冲锋在前，日常工作尽职尽责，是党员群众的好榜样。2012年，他被中宣部授予"新时期基层宣传干部的楷模"，2013年、2017年分别获得第四届和第六届"全国道德模范"提名奖。

  在周恩义看来，做宣传思想工作必须为百姓服务，如果不和老百姓接触，身上就没有"电"。在工作中，他坚持到街头巷尾、企业车间、田间地头，用脚上的"泥土"换取第一手材料，掌握第一线信息，围绕老百姓普遍关心的问题，蹲点调研、深入思考，寻求问题症结和解决途径，在解难题、办实事、做好事中强化宣传思想工作。

  尽管左腿伤残，膝关节时常肿胀得非常厉害，周恩义还是咬着牙坚持工作，坚持10年搞农村党员大培训，为全区农民走上致富路做出了自己的贡献。大米出售困难时，他帮助裴家村卖过12万公斤大米；在赵家村蹲点3年，赵家村成了盘锦市第一个文明村、第一个小康村、第一个亿元村；帮助粮米村安上了自来水，解决了当地农民吃水难的问题。老百姓都激动地说："看到周部长，就看到了致富的希望，就感受到了党和政府给予的温暖。"

在创建全国文明城市过程中，周恩义坚持把老百姓反映最强烈的难点、热点问题作为工作的突破口和切入点，兴隆台区连续多年在国家和省创城检查验收中名列前茅。

让党的创新理论"飞入寻常百姓家"是周恩义做好宣传思想工作的出发点和落脚点。多年来，他不断加强党性修养，写下了120多万字的日记和读书笔记，常年面向基层广大干部群众宣讲党的理论、路线、方针、政策；建立了区、街、社区三级理论教育宣讲体系，创办了覆盖全区的理论教育宣讲网络。他确立的"围绕农民增收，发展高效农业"的学习课题，促使区委、区政府及时做出农业结构调整10条规定，受到农民的欢迎；他总结的工作方法，使全区思想政治工作走上制度化、规范化轨道，涌现出一批省市级思想政治工作和精神文明建设工作的先进典型；他在全市第一个提出机关使用文明用语，在区委宣传部推行首问责任制，后来这一做法在全市推广；他创造的"宣传部立题、中心组学习、书记会讨论、常委会决策"的做法为新时期思想政治工作注入了新活力。

文化是人民群众的精神食粮，而对于思想政治工作，文化更是很好的抓手。在周恩义的倡导下，"兴隆春潮""兴隆之夏""兴隆金秋""兴隆冬韵"四大主题文化活动贯穿全年。在他的精心培育下，全区有各类业余文艺团队200多个、业余文艺骨干3000多人，组织开展的文化活动获国家级奖16项、省级奖34项。他带队对辽河3个源头进行了探源和考察，考察成果引起了社会各界尤其是美术界的极大关注，促进了辽河文化产业园的发展，也极大地激发了艺术家们的创作热情。在接下来举办的各类美术大展上，艺术家们用作品掀起了一股辽河文化热潮，"辽河画派"一时风生水起，震动了国内画坛。

自担任兴隆台区关心下一代工作委员会常务副主任以来，周恩义坚持把"德善"理念融入校园，总结出了青少年德育教育经验，制定了学校、家庭、社区"三位一体"的青少年思想道德教育措施，还同社区工作人员一道研究制定了对中小学生进行一次思想道德教育、组织青少年开展一次有意义的德育活动、为父母做一次能够表达感恩的事情的"三个一"工作方法，深受家长们的欢迎。每到传统节假日，他都会深入幼儿园、中小学校，为孩子们讲述中国传统文化，弘扬中华传统美德，传递社会正能量，用主流价值观引领青少年健康成长，让"好人精神"在未成年人成长过程中发挥潜移默化的作用。

退休后，周恩义依然没有停下传播党的最新理论的脚步，坚持深入机关事业单位，为机关干部宣讲党的重大方针政策500多场次；党的十八大以后，他在省内外作报告和宣讲200场次；党的群众路线教育实践活动期间，他在省内外讲课60场次；2013年，他参加了辽宁省委宣传部组织的"中国梦、我的梦"主题宣讲报告团，在全国部分高校和全省各市宣讲"中国梦"……每一次宣讲，他都会针对不同的受众随时调整授课内容，无论文字还是配图都精益求精。

2012年，周恩义为适应新媒体宣传模式，开设了个人微博，通过微博为盘锦的建设与发展"鼓与呼"，粉丝达1100万人。

2015年，兴隆台区成立了志愿者协会，周恩义被聘为首届会长。他主动参加慰问环卫工人"冬送温暖，夏送清凉"以及文明上网、义务献血等社会各界公益志愿服务活动80余场次。

铁戈营盘未了情

李　玲

　　家是最小国，国是千万家。徐恩惠说他有一个让人羡慕的家庭，老伴、女儿、儿子，是他一辈子的骄傲。2022年春节前夕，市妇联邀请他参加"巾帼心向党，新春话家风"最美家风故事分享会，作为一名老党员、老军人，退伍不褪色，永葆共产党人的初心和使命，坚持不懈发光发热，他感慨地说："军功章上，只有我的一小半，却有老伴的一大半。"既风趣幽默又朴实无华的语言引起了现场的阵阵掌声。

　　近年来，徐恩惠荣获了全国模范退役军人、全国离退休干部先进个人、全国优秀党务工作者、辽宁省优秀共产党员、辽宁好人·最美退役军人、辽宁省全民国防教育先进个人、辽宁省爱国拥军模范等一系列称号。每每提起，徐恩惠都淡淡一笑："如果说我是一面旗帜，能够如此鲜艳如此威武地飘扬，是我对正确的人生观、价值观和世界观坚守的结果，更离不开老伴和孩子们的坚强后盾——家的力量。"

张菊兰（妻子）眼中的"倔老头儿"

　　老徐的军旅情结是根深蒂固的，他常说自己就是一个农民，从小放牛、种地，什么农活都干过，18岁那一年，他当上了生产队小队长，深得大队领导和乡亲们的认同。那年部队来征兵，大队将唯一的名额给了他。入伍那天，他戴上大红花，乡亲们敲锣打鼓地欢送他。用他自己的话说，感觉自己就是一名出征的壮士。也就是从那时起，他认定当兵是人生最光荣的事。

我从小就十分崇拜军人，所以当年我们第一次见面，我就相中了老徐身上的军人气质，还有他质朴、担当、上进的品格。一路走来，我最知其味的就是"军嫂"的沉重分量。嫁给军人就意味着奉献与牺牲，我始终信守着结婚时许下的"嫁给你，就要支持你"的诺言。

后来，老徐不但把我们的女儿和儿子都送到部队，而且还是送到最艰苦的地方，当时女儿当兵的地方在满洲里扎兰屯，条件非常艰苦，打小就没吃过苦的她不敢对爸爸说，哭着写信让我向爸爸求情能不能换个地方，老徐说："当兵就是要锻炼吃苦，怕吃苦就别当兵！"

1970年8月，老徐调入盘山县人武部，在那里一干就是15年，从政工科干事到政委，这期间，他先后两次要求到最偏远的棠树林子公社榆树坨子大队蹲点，吃住都在老乡家，和农民一样从早上四点半干到晚上看不见，晚饭后还要组织大家学习。在那种艰苦的环境下，老徐暗暗地严格要求自己。有一次他过生日，队长的妻子给他送来10个鸡蛋，老徐悄悄地把鸡蛋又送给了村里的五保户老人，说是队长知道他身体不好，特意让媳妇儿给他10个鸡蛋，老人高兴极了。后来队长的妻子知道了这件事，说老徐不吃她送的鸡蛋，是怕求他办事。老徐说："我是解放军派来蹲点干活的，我们有纪律，不能随便拿群众的东西。"

为了不耽误蹲点工作，老徐经常是到家看一看就回大队。有一次他带队里几个人回区里汇报工作，匆匆回家看看，我看到一个多月才回来一次的老徐又黑又瘦，就买了一只鸡杀了炖上，以为他中午能在家里吃饭。老徐说："我就是回家看看，鸡不能吃了，你跟孩子们吃吧！"我当时就急哭了，但啥也没说，这些年来，似乎已经习惯了，我默默地承受着平凡生活中柴米油盐带来的苦辣酸甜……老徐汇报完工作后赶班车到沙岭，又走了15里泥路连夜返回了大队。

1975年2月4日，营口、海城一带发生强烈地震，波及盘锦，城里面家家户户都盖了地震房，生产队怕他不安全，就在大队猪圈里搭了个小火炕，用高粱秆抹上泥做挡风墙，就这样老徐在猪圈里住了一冬天。以致那一阵子他回家我总是不解地问他："你身上咋有一股奇怪的味道？"

老徐笑笑说："农村就这样，这是泥土的味道。"

我问他："农村苦不苦？"

老徐仍然笑笑说："苦怕啥？咱本来就是农民出身嘛，再说，咱现在还是一个人武干部，一个能够禁得住任何摔打的革命战士！"

老徐毕竟不是铁打的汉子呀，长期透支工作的他，在一次回家的路上，又累又饿实在走不动了，只得在路边捡了根棍子拄着，强撑着才回到家……

就这样老徐连续在大队蹲点三年，愣是把榆树坨子大队带成了全省民兵连工作先进单位，并在省四次民兵代表大会上介绍了经验。

老徐退休后办企业成立新世纪交通救援施救有限公司，一切都是军事化管理，到他那里看看，你会感到仿佛一下子穿越时空穿越现实的喧嚣与浮躁，真真切切地进入了一个铁打的营盘。老徐常说，做人民军队中的一名普通战士最光荣。战士是什么？从我们选择成为战士那一天起，生命就属于祖国属于人民，最艰苦的地方我们去，最危险的地方我们来。真正的战士一定懂得是党造就了我们，是部队锤炼了我们。是树，就要撑起一方的蓝天；是草，就要点缀一方的山河。既然是军人，就要知道自己的脊梁永远背负着民族的希望！

老徐是一位刚直不阿、铁骨铮铮的好军人！这一辈子与其为伴，足矣。

付兴利（姑爷）眼中的"原则岳父"

我和爱人徐红于1994年结婚，那时他们家还住在盘锦军分区家属院的小楼。记得是在我们结婚的第三年，一天岳父坐在沙发上突然对我俩说："爸退休了。"一向开朗的岳父，声音中透露着掩饰不住的哽咽。我爱人悄然转过身，顿时眼中含满了泪水，她用强作欢快的语气对岳父说："爸，太好了！我从记事就没见你好好休息过，这回终于有时间好好陪陪我妈，带着我妈游山玩水去！"岳父没有接话，用一声长叹代替了回答。后来徐红哭着对我说，爸太爱部队了，离开了军营。她不知道爸还能干啥，真怕他会郁闷生病。

在接下来的日子里，岳父仍旧按照以前的生物钟，精神矍铄、忙忙碌碌地外出和归来，清晨和傍晚时分照常在大院内里散步。岳母无奈地说："你爸就是一个闲不住的人！"

再后来，岳父无条件地服从组织安排，要搬出住了18年、自己曾经负责征地、看着一砖一瓦盖起来的军分区小楼，搬到一个二手条式楼里，当时家里人有些想不通，放不下面子。岳父耐心地说："住哪儿都一样，咱一辈子都服从党组织决定，不能因为住房问题违背组织原则，搬出来就搬出来吧，共产党员不能光顾面子不讲原则！"

岳父退休后苦心经营起自己的企业，他们单位招工的条件很特别——家庭生活困难的、下岗后重新上岗难的、当兵回来没有安排工作的、上不起大学或退学的，甚至是离婚后一个人带孩子生活情绪低落的，他们都招。大家说，你办企业是为了赚钱，可不是扶贫。岳父说："咱办企业就是为了给国家减轻负担，能帮一个是一个。"一些青年人在他们厂学到了手艺，腰杆子硬了，就跳槽自己出去赚大钱，岳父并不生气，他说这符合小康路上一个也不能少的愿景，他们不但自己有了生活来源，还为社会创造了财富，小家稳定了，社会也稳定了，一举多得，这不就是我的担当、我的学习成果吗？

岳父做人极其低调，就连他的父亲病故也没有告诉别人，只是带家人回老家处理了丧事。2009年岳父因高血压住院，厂里的职工知道后纷纷去看望，当时不好推托，出院后他又通过别的方式把收的钱都退了回去。岳父对我们说，他们是我的员工，靠我在这儿挣钱养家糊口，我收了他们礼钱，他们就减少了收入，是变相占了大家的便宜。可只要是厂里职工家里有事，岳父是必须要表示的。时间长了，大家都知道徐老爷子不收礼。不过要是有人从农村家回来，给岳父拿几根苦瓜、两个葫芦什么的，他一定会欣然接受，并自豪地对我们说："你看，我们厂的职工多好！"

岳父就是一位讲原则、守规矩的好党员！

徐鹏（儿子）眼中的"凶爸爸"

平日里，爸爸对我们的要求是严厉的，我和姐姐相继转业回到地方后，他从来没有利用职务给我们安排工作。他时常教育我们要时刻牢记咱们都是当过兵的人，都是党员，要勤俭持家，脚踏实地地工作。

爸爸没有别的爱好，不抽烟、不喝酒、不打麻将，也不出去旅游。看似家大业大的他对自己花钱却很吝啬，这么多年，我没见过他穿过一件像样的衣服，冬天一件军大衣和一件自己花几十块钱做的老式毛呢面棉衣，鞋就是大头鞋和军式三接头，夏天就是一件几十块钱的衬衫，一双旅游鞋和军队胶鞋。一条部队发的腰带都磨烂了，姐夫看不过去给了他一条新腰带，他一直用到现在。每每提起，老爷子总是深情地说："还是部队发的质量好，耐用！"有一次爸爸穿了件白色半截袖去讲课，有人不认识是什么布料，对他说，你穿的衣服很有特色。爸爸笑着说："这是的确良，已经没有生产的地方了。"

在企业管理上，爸爸也始终坚持勤俭节约，精打细算，不该花的钱一分也不花。工人们干技术活，他就自己去干体力活，去挖土平地，打扫卫生，同职工一起在食堂吃大锅饭。

不过，只要对党的建设有益处，对爱国主义教育基地建设有好处，爸爸花起钱来从不含糊。这些年他的退休金和公司收入大多都投进了党史馆、展览室，还印了很多"口袋书"。有一次他去锦州古玩市场，来回4个多小时一瓶水都没舍得买，却花500元买了一顶抗美援朝的旧军帽放到党史馆。

读书学习记笔记是爸爸恒久的自律，"善于学习，就是善于进步。不学习，就不能与时俱进，就不能跟上时代。""创新理论，越学越感到对路，越学越能跟上党的步伐。"爸爸这样总结自己的学习体会，也常常用这些话提醒我们晚辈。他坚持每日清晨一个小时理论学习雷打不动，也总是提醒我们要及时在手机上登录"学习强国"平台学习："这里面的内容老全了，习近平新时代中国特色社会主义思想有了更多、更全面、更深入、更生动的阐释，可学的东西太多了！"

我和爱人经常回家去看望二老，每次看到最多的都是岳父在看书看报，他在用行动影响着我们和我们的后代。我们都服他，他能坚持学习，还学什么都能记住，重要的段落还能倒背如流。我在税务部门工作，于是爸爸对我也格外关照："你们那儿是社会服务窗口，你是领导，必须要带头学习，一切要从人民的利益出发。"他给我规定了一段时期必学的内容，总是提示我不论工作多忙也不能不学习："别老以工作忙为借口，习近平总书记比谁都忙，还天天学习呢。爸让你们读的书，必须读完，考你答不上来，别说对你不客气……"

受爸爸的影响，我所在的单位率先建设了党史馆和宣传板，其实，很多实物都是爸爸给"赞助"的，很多前来办理业务的群众过来看，说："我们不仅在这儿办了业务，还学习了党史知识和党的理论。"一个父亲影响了儿子，一个儿子影响了一个单位，一个单位影响了数不清的服务对象，教育搞了，效益也上来了，绝对"双赢"！

别看爸爸平时话语不多，略显严肃，他是用严管厚爱之心培养和教育子女。

徐红（女儿）眼中的英雄爸爸

作为徐家的女儿，我深深地感受到爸爸身上那些亘古不变的忠诚信仰、家国情怀。家事国事事事都牵着他的心，而他用一生，守候着那份圣洁与尊严。他总是说："思想有多远，实践就能走多远，信仰有多真，忠诚就能有多深！"

于是，作为家里人，我们看到的爸爸具有铁血柔情般的男子汉情怀；于是，我们一点也不奇怪张思德、雷锋、郭明义、杨善州等各个不同时期的英雄们自然而然地"来到"企业，走进职工的心里；于是，大家知道了"党是啥样的""共产党员的前与后""我的幸福观""我是企业主人，从点滴入手节约"，百米长卷……我们渐渐理解了爸爸的家国情怀，和他那些坚定不移无怨无悔的付出。如果，时光可以倒流。即使，岁月能够改变山河，我的爸爸永远不会改变对崇高、忠诚和无私的追求！

这些年来，爸爸获得的各项荣誉很多，奖金也不少，爸爸全部捐献给了福利院。与此同时，邀请爸爸讲党课的单位和部门也越来越多，无论到哪儿讲课，他都是义务奉献不收一分钱。他总是说："台下的掌声就是对我最大的鼓励，党课姓党不姓钱。"每次去讲党课，他都自己带水，他说，一瓶矿泉水打开喝不了就浪费了。很多时候他甚至不用主办方来接他，自己打车就去了。他从来没有因为自己的原因而影响讲课，哪怕是生病住院也要去。

一次，爸爸犯病，排不出尿来，我看他实在太难受了，就找医生给他下了导尿管，这时一家运输企业请他去讲党课，爸爸坚持要去。妈妈说，你这么去会让人笑话，要不穿长一点的衣服挡上点？却没有找到合适的，就偷偷跑到商场花120元买了件长服。爸爸说太贵了让退回去。妈妈骗他说是我从网上买的没法退了。于是，爸爸就穿着长衣、提着导尿管去讲课。那一星期，爸爸讲了三次党课，车马劳顿，楼上楼下地走，导尿管的摩擦导致尿道口出血，每次回家尿袋里都是血尿混合！我的爸爸可是年近八旬的耄耋老人了！

妈妈心疼地说："就不能等几天再去讲吗？你这都尿血了！不要命了！"

爸爸说:"我都答应人家了,一定要讲诚信,尿点血怕什么,当年上战场咱死都没怕,现在也一样。再说,学习不能等,学习也要认真,现在我们就是要用生命履行共产党员的使命,传播习近平新时代中国特色社会主义思想,宁可生命透支,也不能让使命欠账!"

我的爸爸就是这样一个人,一位宝刀不老,永远都充满激情的时代追梦人。一辈子的军旅情,工作、学习就是他的命根子。他爱党、爱部队,忠于党的事业,忠于人民。他退伍了,报效祖国、献身祖国的使命没有忘;他退休了,为部队服务、为部队分忧的誓言没有放弃;他经商了,就毅然扛起宣传党的优良传统的责任,用一个老党员、老退伍军人的实际行动,去践行为人民服务的宗旨。爸爸的家国情怀,就是新时代共产党员"不忘初心、牢记使命"的博大情怀,就是新时代共产党员不畏艰难、敢于创新的担当情怀。我很荣幸自己生活在这样一个和谐、温暖的大家庭,我为我的爸爸感到骄傲自豪,因为他永远是我心中的英雄、人生的榜样!

你是人间最美的彩虹

陈苏锦

　　你见过雨后天边那道绚丽的彩虹吗？有耀眼的光芒，有赤橙黄绿青蓝紫的颜色，有不知不觉中传导过来的温情……

　　我见过，从小到大，不止一次地见过。

　　我特别惊异那种绽放。

　　那种给人带来温暖、带来希望、带来美好的绽放。

　　当我见到笑呵呵的于素玲，恍然间，我一下子想到风雨过后那道炫目的彩虹。她用自己一双纯真的眼睛，深情地注视着这个世界，她用自己心灵去感知，用自己的热情去感化那一个一个寂寞孤独的心灵，她用自己的辛劳实实在在地温暖了那一个个老弱的灵魂……

　　于素玲的名气很大！

　　于素玲真的是一个名人！

　　于素玲真的是一个大忙人！

　　于素玲到底是谁？

　　她是双台子区社会福利院党支部书记，她是辽河养老有限公司总经理，她是全国养老领域的优秀人物，她是全国优秀党务工作者，她是全国三八红旗手，她是全国计划生育先进工作者，她是辽宁省劳动模范，在2019年3月，她还荣获了国家民政部颁发的"孺子牛奖"，是辽宁省养老领域唯一获奖者。她是辽宁省十二届人大代表，她是辽宁省第十二届委员会候补委员……13年来，她以养员为中心，以福利院为家，一步一个脚印，带领她的养老服务团队，坚持用柔性思维做服务，硬是把一个"素玲养老"的模式做成了辽宁省养老服务响当当的一张亮丽名片。

在我见到于素玲之前，我就在报纸上读到过她。1963年出生的她，在双台子区建设街道的铁西社区没白没黑地当了20多年社区主任、书记之后，转战到双台子区社会福利院，当上了院长，当了书记。当国内最大单体云智能的辽河康养中心落成后，于素玲成了辽河养老有限公司的总经理。她所服务的范围除了双台子区福利院、辽河康养中心，还有双台子区的三个社区养老中心，还包括400多户的居家养老。此外，她经营的项目延展到了养老器物的租赁和康复产业上，光是福利院的110多个房间和康养中心目前入住的80多个房间，每天早上她都要亲自走一趟，不亲眼看一遍，她真不放心……

从前，她在社区当书记、当主任。社区里人家没有人接放学的孩子，她组织社区里的人把孩子都接回来，让家长多晚都可以到社区来接。社区里因为建筑施工堆积把下水管道弄坏了，她一方面协调施工单位，一边组织专业人员疏浚，自己也带头干起活来，以致累晕了过去。她走东家串西家，有人家婆媳闹起来了，有人家和邻居干上了，她设身处地，将心比心，解决那些矛盾，可不是三句两句能解决的，一次不行，来两次，两次不行来三次。她说看上去都是琐碎的事，但你哪个能不解决？遇到社区里的孤寡老人家里确有困难的，她不光协调政府部门，经常自己掏腰包为他们买这买那……

你见过一个社区书记去北京做手术的时候这个社区里有50多

人自发地来火车站送行的场面吗？那是一种成群结队地自发地泪流满面，依依不舍，我在影视剧里见过，在现实的生活里，很难见到，但这种场面，于素玲见到了。她自己，同样激动地哭了。

不用喊什么人生的价值在哪里，老百姓的体验是最真的。

路遥知马力，日久见人心。将心比心，设身处地，身先士卒，亲力亲为。她，年复一年，做到了。

来到了福利院，她依然是风里来、雨里去，依然是不分白天和夜晚，依然是不分星期天，依然是不分节假日，只是她服务的对象变了。从前，她服务的人群不分小孩儿、老人和年轻人，他们中的大多数人是健康的。这10年来，她每天面对的是那些走向人生黄昏、走向人生暮年、身体老弱的人，是缺失了父母关爱的孤儿，是社会里最弱势的三无人员。她要让他们当中的每一个人在福利院里生活得有质量而不是简单地活着。她在千方百计地让这里的人有尊严地活着。

这，很难！

福利院是她的新阵地，她在战斗，她带领一班人无怨无悔地在坚守……

坐落在盘锦市双台子区辽河新城的双台子区社会福利院，现在展现在人们面前的外观是鸟语花香的花园式庭院，楼内不光配设了阅览室、娱乐室、棋牌室、健身室、标准的餐厅，还与时俱进，引用互联网技术打造了智能养老模式，因为这里60%以上都是残疾且瘫痪在床的老人，他们真的太需要细致入微了……

那个叫韩敏的老人，90多岁了，下肢瘫痪，于素玲每天查房的时候，拉了，尿了，她也不嫌弃，赶上了，她就帮护理员一起收拾。她吃饭困难，于素玲就坚持每天亲自到房间给她喂饭。每天查房的时候，都要为她进行腿部按摩，为她叩背，怕她寂寞，有时间的话，就一定要陪她聊天，谈天说地的，老人家特别喜欢看于素玲喜盈盈的笑脸，听她温言细语地说事，她说就是亲闺女也做不到哇！

那个孤寡老人王海柱，脾气不是一般的大，说暴躁一点不为过，性格又十分孤僻，不合群。于素玲来了，啥亲疏别？咱家老爹这样脾气、这样性格的话，你还能不管哪？她找他谈心，天天去，天天不落。他说想吃鱼，好！于素玲自己掏钱买，给你炖一大锅鱼……

人心都是肉长的，春风化雨，你自己的亲闺女又能怎么样呢？

那个叫谢桂琴的老人，忽然肚子疼得无法吃饭了，于素玲知道后，马上联系盘锦市中医院，为她开了绿色通道，在最快的时间里得到了救治……

那个叫于春英的老人，大家叫她"小老姨"，她只有一米一左右的个头，无儿无女，心脏不好，经常休克、不省人事。她说："从前，没人照顾我，我也没法活动，自打来了福利院，这里有人提醒我按时吃饭，带我看病，给我买药，我住院，于书记给我送好吃的，天天来看我，我这可真是来享福了。"

那个90多岁的宣桂云，是双目失明的老人，她说："于书记天天来看我，我看不见，于书记就拿手摸摸我。我的衣服里外都是一天一换，天天早上洗头。我每天听到她说话声就心安，听不到她的声音，我就想哭……"

那个叫王玉琴的老人，念念不忘于素玲的救命之恩。2013年的时候，医院对她下了病危通知，家属交了两次住院费后已经拿不出钱了。于素玲坚定地说："王姨在福利院，我们就是她的儿女，只要有一线希望，就绝不能放弃，需要多少钱，我来拿。"结果，命悬一线的老人家硬生生地被救回来了。老人家提起于素玲就哭，说我就是死，也不会忘记于书记的大恩大德呀……

那个叫于海凤的老人在市中心医院出院回到福利院，依然是病情重的人，于素玲就安排专人、安排单独的房间来照顾她，那种细而又细的关心和爱护，怎么能不让人感动？

至于去医院陪护福利院的老人，帮老人洗头洗澡、倒便盆，那都是常有的事……

而那些属于福利院的孤儿，平时在学校念书的孩子们，到了节假日，于素玲是要把他们带到家里去的……

疫情期间，福利院是封闭管理的，拉网式的无死角的消毒消杀，这是于素玲必须要带领大家干的，比这更费时间和精力的是那些见不到家人的老人，什么样的情绪都有，有不爱说话的，有不想吃饭的，有发脾气的，怎么办？于素玲是个能稳住架的人。她用了比平常更多的时间待在那些情绪波动大的老人的房间，陪他们谈心，想尽办法地变着样改善他们的伙食。有一天，在唠嗑中知道老人们想吃韭菜盒子和手工饺子，她立即组织大家和面、拌馅儿、擀面皮……当7000多个饺子、2500多个韭菜合子包完的时候，于素玲的腰都直不起来了，那些员工也累得腰酸背疼的，然后，她们看到了那些吃得兴高采烈的老人眼角的热泪……

那个叫李军的老阿姨病了，家属进不来，于素玲马上联系院内常驻的医院医生进行诊治……

那个叫郑桂娟的老人去世了，家属进不到福利院来，只能在院外等。于素玲就亲自给老人擦身子、洗脸、穿装老衣裳，她甚至错过了与自己母亲的临终一别，而她在母亲火化的当天下午就回到康养的岗位上……

120个房间，320位养员，她每天早上，一个楼层一个楼层地走，一个房间一个房间地走。晚上，也是这样重复一遍。她看，她听，她说，她也上手，常常汗流满面。她，细心地到每一个房间里录一些视频给老人的家属们发过去，她在微信里建了家属群，贴心地把老人们的日常生活和有趣的场面发到群里……

这里，不光有320多名养员需要呵护，还有57名护理员，90%都是女人，谁家不是过的人间烟火的日子？谁家的日子不是琐碎的日常连缀的？谁家没有个大事小情？她们，何尝又不需要生活上的关心、精神上的安慰和工作上的鼓励？她们在这里工作，和福利院有缘，和这里的老人们有缘，和我有缘，他们，就是我的兄弟姐妹呀！

在双台子区福利院里走着、看着、听着，你能听到好多好多有关于素玲的故事，你能看到那上墙的严格的规章制度，你能真切地感受到那发自心底的爱和珍惜，无论是那些受了照拂的老人还是孤儿，还有那些跟着于素玲一起发光发热的党员们……

她，就那样坚持着、热爱着，甚至放弃了沈阳一家养老机构年薪50万元的邀请。她说我干的这是积德积福的工作呀！累，再累，我，心甘情愿！

她说你不用说那些高大上的话，道理谁不懂？这里也容不下什么花里胡哨的东西，你只要去干就好了，用情用心。

再见到于素玲的时候，是在"辽河康养中心"的三楼大厅，她给我介绍她们这里"1+N+X"的养老服务体系：1就是做大做强养老机构，双台子区率先在全省探索公办养老机构改制，成立盘锦辽河养老有限公司，尝试公司化、市场化、专业化运营。改制后的社会福利院300张床位全部住满，而且一床难求。辽河康养中心于2023年5月26日投入运营，现已入住养员111人，而且预约不断。N就是优化布局社区（村）养老服务点，双台子区以33个社区和18个村为基础建设社区(村)养老服务点。现在胜利街道的河岸社区、辽河街道新建社区、盛河社区都配备了嵌入式养老机构，能够满足老人的日托、全托、助餐、助浴、助医、助洁等综合功能的服务。X是拓展了居家养老。这是依托社区的服务中心，借助长期照护保险的政策优势，利用辽河养老公司成熟的养老服务团队，为居家养老的老人提供个性化、点单式的生活照料和医疗护理……

她的电话，不时地响起来，也不断有经过她身边的老人和她打招呼。有一个老太太推着轮椅过来送她一幅自己画的盆栽小画说是奖励她的，有一个94岁的瘦瘦的老人走过来告诉于书记他是属马的……我问起她的工作节奏，她说养老服务干的就是有耐心的活，干的是良心活，比的是责任心，没有星期天，没有节假日，她都已经习惯了。她的外孙子看她总在单位也不回家，悄悄问她：是不是我姥爷不要你啦？

她说现在一切步入正轨了，可她还是每天都不敢掉以轻心，有时候本来很晚了才往家走，忽然接到单位电话心里都会咯噔一下，生怕哪块有一点闪失……

我们走到那些养员的房间，宽敞明亮、怡人，那些能自理的老人优哉游哉地闲聊的、织毛衣的、写字的，还有自己用电磁炉炒菜的，很轻松，很温馨……

随意去了一个不能自理的老人的房间，住着三位卧床的老人，那里敞着门，清清爽爽，没有一丁点异味，有一个护工正在给一位老人打流食，那种专注，给我的印象很深！

于素玲说现在她们有300多个护工，最小的才23岁，新毕业的学生。她们这儿的培训也是很严格的，怕脏怕累的，根本干不了这个活。她是团队的管理者，为了节约开支，她，也经常是护理者。

在三楼服务台斜对面的墙上有一排醒目的大字："尊老爱老是中华民族的优良传统和美德。"下面还有一排字："一个社会幸福不幸福，很重要的是看老年人幸福不幸福。"这个是说到点子上了，老人的幸福不幸福，标志着社会幸福程度的高低。我看过一份资料，截至2022年末，中国的60周岁及以上老年人口为28004万人，占总人口的19.8%。老龄化真的来了。步入老年，是人生的规律，谁能不老呢？问题是，老了，是不是都会遇到像于素玲一样真心实意、舍得花时间和精力、千方百计、全心全意地为你服务的人呢？

遇到于素玲，是一些被服务的老人的福气！

遇到于素玲，是一些被服务的家庭的福气！

遇到于素玲，很多人对辽河康养充满了期待！

遇到于素玲，让我们对养老服务充满了信心！

小时候，听奶奶说，如果一个人有善心，那这个人就会很受人喜欢。

青年的时候，听到爱心这个词汇，心底自然会泛起无数美好的涟漪。

走过人生的风雨，走过岁月的沧桑，蓦然回首，不由自主地会想到，责任心，是一个人多么优秀的品质。

在我看来，于素玲不光是有善心、有爱心、有责任心的女人，严格意义上讲，这是一个在甜美的外表下有坚定的信念，在平凡的工作岗位上，不断创造故事的女人。

她的老家是以孝道和仁义著称的山东，她见证了岁月变迁里父母不变的坚毅与孝道，她兄弟姐妹六个人就是在充满爱的家里长大的，她和丈夫是感情要好的夫妻，相亲相爱的家庭里长大的女儿现在不仅工作独立，受妈妈的影响，经常带着自己一双宝贝儿女来福利院感受这里大家庭的氛围，给那些年迈的老人带去他们精心准备的礼物和浓浓的爱心，孩子们从小就知道姥姥真的是那个"老吾老以及人之老"的人，他们知道爱是需要传承的……所以，家里的人，无论是老人，还是兄弟姐妹，还是丈夫，还是女儿、女婿，抑或是年幼的外孙女、外孙子，他们在那些曾经刮着风的早晨，在那些飘着雨的黄昏或者飘着雪的夜晚，在那里，就在那里，站成了于素玲身后那一排最温情的屏障！

于素玲的众多荣誉中还有一个是"中国好人"。一个人被称为"中国好人"，我想，这是所有荣誉里最荣耀的了。

中国好人，人间大爱！我在心里默念着，于素玲被人尊敬、被人念着、被人爱戴着，是有原因的，就像天边雨后那道彩虹，为霞尚满天！她的美，经历了风雨的考验，经历了时光的打磨，经历了岁月的沉淀……

桩桩件件总关情

张 站

　　对慈善大使杜丽梅的名字早有耳闻。初见杜丽梅，是在2018年，我参加报道一场帮助贫困夫妻销售爱心蒜的活动。在现场，只见她不停接打电话，然后接二连三地报数，"有个志愿者要10斤""再来个要80斤的""这个饭店要240斤"，洪亮的大嗓门和爽朗的笑声，冲淡了低沉的气氛。她左右开弓，将一袋袋大蒜装上车，安慰那对夫妻："我先把这批送出去，一会儿再来。别着急，我们团队人多。"然后开车疾驰而去。

　　据了解，那一次，杜丽梅和她的爱心团队帮助销售大蒜一万斤。

　　时隔4年，再次相见，是在杜丽梅家里，她说她太忙了：参加重庆卫视的一档节目，昨晚半夜才返回盘锦；今天上午作为人民陪审员参加庭审；中午去联系为双台子区福利院捐赠蔬菜事宜，还没来得及吃午饭。

　　时间流逝，情怀未变，23年，她一直行走在公益路上，一直忙碌不停歇。

　　了解杜丽梅，只要倾听就够了，桩桩件件，滔滔不绝；书写杜丽梅，用心即可，在直抵灵魂的力量面前，任何修饰都显多余。

苦水里泡出传奇

贫穷，是杜丽梅人生前30年的底色。

杜丽梅出生在锦州凌海市一个走几里山路才能见到公交车的偏僻山村。因为穷，小学四年级的她脚上还穿着掉了底的板鞋。1986年，杜丽梅嫁到盘锦，新婚后的第一个春节，家里只有二斤豆芽菜，连猪肉都买不起，她抱着五个月大的女儿，坐在炕上哭了一天。同样贫寒的夫家让她明白，换个地方、依靠他人是改变不了命运的。擦干眼泪，杜丽梅开始一门心思寻找挣钱的门路。她卖水果、卖鸡蛋、卖煤、卖服装，并成为盘锦第一批"的姐"。然而，1998年岁尾，正在出车的杜丽梅遭遇两名歹徒抢劫，她奋起反抗，与歹徒殊死搏斗，身中9刀，奇迹生还。

买出租车欠下的债没有还完，在家养伤的杜丽梅很沮丧也很焦虑。一天，一位妇女敲开她的家门，身边是个七八岁的孩子，头颅硕大，妇女扑通一声跪到地上："孩子得了脑瘤，大妹子帮我一把吧。"杜丽梅心里一酸，将仅有的几十元钱递给她。女人含着泪千恩万谢地离去，一瞬间，杜丽梅豁然开朗：原来我还能帮助别人，帮助别人竟能让人如此快乐。

"苍天有眼留下我，我就用捡回来的这条命回报社会吧。"自此，杜丽梅不再把赚钱当作唯一追求。从1999年起，杜丽梅先后开了两家爱心火锅店，同时选择10户特困家庭进行资助。

做公益之初，丈夫埋怨：外债还没还完，好不容易挣点钱却看不见影；孩子委屈：妈妈连两毛钱的冰棍都不让自己吃足，却给那些不认识的爷爷奶奶买大米白面；周围的人则指指点点：是受过刺激还是图个啥？要不怎么能大把大把给外人花钱？

爱能够传递能量，时间也给出了最好的答案，杜丽梅独自资助特困户10年，真金白银花了近20万元。家人由不解到心疼到支持，越来越多的人开始靠近、追随她。2009年2月1日，杜丽梅成立了以自己名字命名的盘锦市杜丽梅志愿服务爱心协会。

"行善之人，如春园之草，不见其长，日有所增"，爱心团队以星火燎原之势迅速扩增，截至2022年7月，团队已有41个分队，志愿者近万人。公益项目涵盖帮助特困户、资助贫困学生、救助绝症病人、慰问救灾等各个方面。

唯有希望不可灭

因为穷，杜丽梅只念到小学四年级就辍学了。深埋心底的遗憾成为她助学的不竭动力。

丽梅爱心团队连续10年举办"阳光路上·与爱同行"大型助学活动，先后资助600多名特困学子，每年助学款高达40余万元。

张彩红清晰记得，丽梅大姐第一次去她家是在2013年11月，那一年她27岁，丈夫刚刚去世一个月。大女儿郭子涵读小学四年级，每次考试都是班级前三名，如今，念书的钱却凑不齐了；二女儿4岁，因为没钱迟迟没能送去幼儿园；小儿子两岁，嗷嗷待哺；婆婆精神不正常，公公满身是病。弥留之际，丈夫指着墙上大女儿的奖状叮嘱她：不要想不开，无论如何都要让孩子们上学。可她每月打工1200元钱的收入怎么能顾得了一家老小的周全？

了解实情后，杜丽梅将郭子涵纳入助学名单。有了这份持续资助，子涵顺利完成小学、初中、高中学业，并于今年考入心仪的大学。

让张彩红没想到的是，除了助学之外，丽梅大姐有事没事就往她家跑，每次去都不空手，吃的、穿的、用的，应有尽有。每逢年节，丽梅爱心团队还会送来大米、白面、猪肉、鸡蛋，大家一起动手包饺子，简陋的小屋慢慢充满了生气。

回想起从前，张彩红都觉得好笑："我没念过书，不爱说话，之前每次见到丽梅大姐我只会哭，连声'谢谢'都不会说。大姐拽着我参加团队活动，跟着走走，见见世面。我看到了许多比我生活还困难的人，我发现自己也能帮助别人。"

去年8月份，张彩红患了脑瘤，没有钱做手术，杜丽梅发动志愿者为她捐款近9000元。

"丽梅大姐待她闺女都没有像待我这么亲，自从认识她，我再没买过衣服、鞋子，都是她给的。近两年打零工的活有点难找了，丽梅大姐又帮我张罗起卖菜的营生，亲自开车带我去蔬菜批发地，教我选菜，帮我讲价。家里不管大事小情，只要丽梅大姐知道了，不让她伸手都不行，真是没有她就没有我现在的生活。"

2015年4月8日下午4时，杜丽梅接到救助户宋丽君老人的电话："闺女，你快来看看，你大姨夫咋不吱声了？"

宋丽君年过七旬，双目失明，老伴患有脑血栓等多种慢性病，两位老人无儿无女，2012年成为丽梅爱心团队的救助对象，除了正常的团队扶助外，隔三岔五，杜丽梅还会买肉买菜买药去看望老人。

杜丽梅飞快赶到老人家中，看到宋丽君的老伴直挺挺地躺在床上，早已没了气息。购买丧葬用品、去老人单位、去民政局、去街道、去殡仪馆，直至火化，杜丽梅和队员们帮助妥善处理了老人的所有后事。

以前，谁家楼下摆花圈，杜丽梅都要吓得绕道走，而这些年，她不再畏惧死亡，已经亲自为五位被扶助的老人送终。

以生命影响生命

别人做公益出钱出力，杜丽梅除此之外还要拼命。

在一场为帮助脑瘫儿治病义卖瓜子的活动中，杜丽梅每天开车数百公里送瓜子，坚持到第七天，回家时，是家人把她抬上楼的，尿液是红色的；2012年，杜丽梅做了宫颈原位癌切除手术；2019年，杜丽梅做了肿瘤切除手术，下了病床走出医院，她立马恢复"铁人"模式，似乎公益是一剂良药，总能让她浑身充满力气，心情愉悦。

雷厉风行、豪爽开朗的杜丽梅，内心里是至善与柔软的，那些萍水相逢的人，令她牵肠挂肚、寝食难安。面对公众的期许，她常说，我没能力让他们大富大贵，最起码能让他们吃饱饭。

哲学家康德说过：世界上唯有两样东西能让我们的内心受到深深的震撼，一是我们头顶浩瀚灿烂的星空，一是我们心中崇高的道德法则。

而道德中最大的秘密，就是爱。

目前，丽梅爱心团队帮扶的特困户337户，他们坚持每半个月入户走访一次，每个月到特困户家包一次饺子，春节、端午、中秋等传统节日还要进行专程慰问。有些特困户稍长时间看不到杜丽梅，就给她打电话：你咋的了？是不是有病了？是不是不管我了？杜丽梅只好一次次给他们吃下"定心丸"：放心，我在呢，如果不脱贫，我永远都会扶持下去。

这些年，杜丽梅和她的爱心团队累计资助上千人，其中40位大病患者，杜丽梅个人捐款达80余万元。她是中国好人，她是中华慈善楷模，她是辽宁道德模范，她是贫困大众的希望之光。

23岁的安宁患白血病，杜丽梅和团队组织四次大米义卖、一次大型义演，共募集骨髓移植款44万元。

12岁象棋天才刘洋突患骨癌，因巨额医疗费即将放弃治疗时，杜丽梅和爱心团队积极捐款，组织义卖，筹得善款87万元。

拴在窗框上的脑瘫患儿，患怪病的"象腿女孩"，同患尿毒症需透析的母子，父亲车祸离世、母亲患精神病离家出走的孤儿姐妹花，刚出生即被父亲抛弃、与精神病母亲相依为命的少年……

有一种贫苦，如不亲眼所见，便难以置信，重残、重病、衰老，恶魔般张着血盆大口，将一个个家庭逼入绝境。幸好，他们遇到了杜丽梅，遇到了许许多多像杜丽梅一样的好人。幸运，生逢盛世，感受着温暖的爱与抚慰。

孔子在《礼记·礼运篇》中写道："故人不独亲其亲，不独子其子。使老有所终，壮有所用，幼有所长，鳏寡孤独废疾者皆有所养。"古人逾越千年的梦想，在新时代的变革交替中，在杜丽梅及其爱心团队的共同努力下，写实了曲曲人间大美的颂歌。

被资助9年的郭志军就业了，每月工资一万多元。

白血病情侣安宁圆了在天安门广场看升旗和举行婚礼的心愿。

被大火烧得片甲不留的低保户孟凡杰住上新家了。

白血病少年陈希的"蝙蝠侠"梦想实现了。

身体康复的石渭生考上公务员了。

…………

爱会让人重生，大概，这就是支撑杜丽梅年复一年无悔付出的力量吧。

大爱无疆

陈艳梅

神州大地出英雄，辽河两岸好人多！

这是一个英雄辈出的时代，盘锦这座矗立在辽河岸边的城市，紧跟时代步伐，英雄人物更是数不胜数。被人们称为辽河岸边孺子牛的盘锦市民政局救助站原站长兼党支部书记江秀忱，就是无数辽宁好人的杰出代表。

江秀忱，这个1952年出生的东北汉子，1970年参加中国人民解放军，1976年复员，在盘山县坝墙子农场做民政助理，1986年7月任盘锦市收容遣送站站长兼党支部书记，2012年退休后一直从事未成年人救助保护的公益事业。

在此期间，江秀忱曾获得全国劳动模范、全国五一劳动奖章、全国优秀党务工作者、民政部最高奖项孺子牛奖等光荣称号。这一项项荣誉见证着江秀忱多年来在救助困难群体的事业中，在辽河两岸、大江南北留下一串串深深的脚印，闪着时代大爱之光，在鲜红的党旗下熠熠生辉！

救助站面对的人群，大多属于弱势群体中的弱势群体，如何帮助这些人尽快回到正常人当中，跟上改革开放的步伐，过上正常人的生活，这项工作做起来往往会遇到很多难以预测的困难。

"横眉冷对千夫指，俯首甘为孺子牛"，鲁迅先生这句名言，在辽宁好人江秀忱身上体现得淋漓尽致！

据有关资料统计，截至2012年江秀忱退休之前，在他的带领下，盘锦市救助管理站共救助街头流浪乞讨者5万余人次，为1600余名走失的精神疾病患者找到了家，为1830余名离家出走的流浪少年儿童找到亲人，为310余名重病流浪、走失人员及时进行了抢救和治疗，为70余名无法找到家人、因病正常死亡的流浪人员料理了后事。2008年1月，四川籍流浪人员杨德强被送到救助站时，脚部严重冻伤，流着脓血，医生建议立即做截足手术。此时杨德强的身份尚未查明，没有家属签字手术就做不上，江秀忱见状，果断在特殊手术审批表上签下自己的名字，使手术顺利进行。这样的签字，在他27年的救助工作中，一共有40多次。江秀忱常说，救助工作要有爱心、有责任心、要有一颗济世之心，对于那些衣食无着、流落街头的流浪人员来说，救助站就是他们临时的家，救助站的工作人员就是他们的亲人。是呀，不是亲人胜似亲人，江秀忱这位普普通通的救助站长，把温暖和爱心送给萍水相逢的陌生人，用热血情怀温润一颗颗受伤的心灵，是货真价实响当当的好人！

儿童是祖国的未来，儿童是民族的希望，每当江秀忱看到被救助站收留的那些浑身脏破、面黄肌瘦、目光呆滞的流浪儿童时，心情就非常沉重，这些本应在父母身边，享受无忧无虑欢乐和幸福童年的孩子，因为种种原因，流落街头，靠乞讨或者捡拾垃圾艰难度日，有些人小小年纪就沾染上不良恶习……为了让每一个被救助的孩子都能尽快过上正常安定的生活，江秀忱克服重重困难，不辞辛苦四处求助筹集资金，终于建设了总面积2150平方米的儿童救助中心，儿童宿舍、儿童教室、音乐室、绘画室和心理咨询室一应俱全。看着这些往日流落街头，生活毫无保障的孩子，在宽敞明亮的教室里开怀歌唱、欢快舞蹈、兴高采烈地做着游戏时，江秀忱这个铮铮铁汉眼睛里情不自禁地蓄满激动的热泪……在加强对社会流浪少年儿童救助与保护的同时，救助管理站因地制宜地打造了对全市特困儿童、服刑人员子女、孤儿、流浪儿童和留守儿童的救助、保护框架，使全市1000多名特困儿童受益。

爱心没有死角，为了把弱势儿童救助这一工作常态化，江秀忱注册成立了盘锦市未成年人救助保护学会。这个学会，最初包括他在内只有两三个志愿者，下乡到儿童家中实地考察，去当地政府、学校和相关部门沟通扶贫助学、假期活动等相关事宜，都是其儿子江振在休息时间开着私家车陪他去，如果儿子工作脱离不开，他就坐公交车。对于那些家在外地的弱势儿童，江秀忱就通过各种方式，跟当地的有关部门取得联系，他的标准是"一个也不能少"！

按照常规，被救助人员从救助站走出，走上正常的生活轨道，救助站的任务也就完成了。可是，江秀忱却不这样想，他深知那些曾经走进救助站的人，大多数回归正常生活之后，又都面临着比常人多得多的困难，如何让这些人尽快跟上时代发展的步伐，永不掉队，特别是那些离开救助站的未成年儿童，必须对这些人继续实施帮助，不使这些人再次成为被救助的对象，有人戏称他这是"跟踪追济"。

改革大潮风起云涌，大浪淘沙气势恢宏，大风大浪中一些人迷失了方向，经不起诱惑，或追名逐利，或腐败堕落……

而江秀忱却不为所动，在平凡的岗位上，全力以赴执着于救助事业。为了让困境中的儿童过上正常的生活，不辞辛苦常年奔波在救助工作第一线。

随着困境儿童的救助保护工作不断深入开展，未成年人救助保护学会得到了政府和有关部门的大力支持和社会的广泛认可，参与的志愿者越来越多，学会的各项公益活动、助学项目实现平稳运行。

曾经的流浪儿有了温暖的家，失学的孩子回到宽敞明亮的教室、留守儿童得到妥善的照料和关怀……江秀忱独创的"跟踪追济"取得了显著效果。

江秀忱就像一头背负重担，一步一步在辽河岸边艰难前行的老黄牛，常年的超负荷工作，老伴苏凤芹看在眼里痛在心上，她不时地数落着："一身老毛病，过年不回家，啥时候你这把老骨头跑散了，可别让我操心受累。"

老伴嘴里数落不断，但还是在他每天出门时，把各种应急药品一一装在他在办公包里，关爱和照顾一点也不少！数十年救助、护送流浪和走失人员，风里雨里，全国各地奔波，使他患上了高血压等多种疾病，先后接受过16次肾结石碎石治疗……

很多人不理解，认为江秀忱早已退休，而且退休待遇丰厚，儿孙绕膝，放着安稳日子不过，非要给自己找累受。有人说他是官没当够，有人劝他奔波了半辈子该静下心来享受生活了……他完全不理会来自外界的各种各样的声音，全心做着自己的心爱热衷的事业。

凭着认真负责、敢于担当的工作态度，江秀忱这位普普通通的共产党员，成为全国知名的救助专家，带出一支以爱为本、无私奉献的救助队伍，盘锦市救助管理站被民政部设定为全国救助系统标杆站。

大爱无疆，初心永不变！

江秀忱的爱心走出辽河两岸，飞向神州大地。他曾多次参与全国救助法律、法规的制定和修改，他提出的关于修改流浪乞讨人员救助管理办法，建议中央财政增加对救助管理经费的投入的建议，被十一届全国人民代表大会代表带到两会获得通过，中央财政每年拨专款用于流浪乞讨人员救助，避免了由于经费不足救助不到位出现流浪乞讨人员被冻死冻伤现象的发生。这个建议惠及全国无数流浪乞讨人员和困难群体，既维护了流浪乞讨人员的生命权和生存权，又体现了中国共产党领导下的社会主义制度的优越性。

江秀忱这位在平凡岗位上做出不平凡事迹的优秀共产党员，就像红海滩上火红火红的碱蓬草一样，把盘锦这座英雄城市装点得更加绚丽。江秀忱这位普普通通的救助站站长，用真诚的大爱温暖着无数人的心，唱响了伟大新时代动人心弦的赞歌！

播撒芬芳香依旧

史　辉

　　槐柳掩映，其叶蓁蓁，绿草如茵，令人心醉，这就是盘锦广田热电有限公司的花园式厂区。仲夏的傍晚，落霞西悬，金色的余晖透过林隙映红了脸颊，几分恬适宁静。我与未曾谋面的卢闯如期相约，徜徉在林荫树下……

一

　　卢闯虽然年纪不大，名字和事迹人们却耳熟能详，妇孺皆知。作为盘锦网络文明志愿者爱心团队的负责人、全国道德模范提名奖、中国好人，他三入人民大会堂，在欢快的乐曲声中接受国家领导人的颁奖；他激昂的演讲和分享所引发的经久不息的掌声回荡在人民大学的礼堂上空。网上自愿跟随他共谱公益篇章的人数以万计；跨省母子千里迢迢，含辛赴盘，只求卢闯帮其拯救颓废的孩子，类似这样的例子不胜枚举，每每道来无不令人动容。这就是公益之举对社会的影响和震撼。

　　"一个人做点好事并不难，难的是一辈子做好事不做坏事。"没有走进卢闯内心世界的人，很难理解他的初衷，有人甚至讥讽："卢闯所为无非是捞政治资本，作作秀而已，长不了。"然而，卢闯

19年如一日，始终热衷于平凡而伟大的公益事业，如今他仍在这条红色大道上勇毅前行，这不恰恰印证了卢闯的人格和初衷吗？一个人的所言所行，与他的世界观密不可分。有大胸怀者方有大格局，为者常成，行者常至。卢闯对公益事业的痴情和坚守，绝非偶然。

卢闯上大学前一直生长在铁岭农村，从小就受家族助人为乐、良操美德的熏陶。爷爷是退伍老兵，每年都要为村民免费自编自写春联，与村民共享春节气氛。爷爷还坚持多年义务维修村路，在屯中有着很好的口碑。父亲也是退伍军人，和姑、舅、大伯都是党员，常常教育他们这些晚辈要多做善事。父亲常在外打工，母亲精心照料爷爷39年，直到爷爷94岁安然离世。这些传统的家风峻节，如种子般植入卢闯的心灵深处。

在沈阳工程学院读书期间，第一笔奖学金卢闯就捐给了锦州的3名高中生，帮助他们完成学业。当时他的家里也不富裕，但他首先想到的是公益。入学不久，他便参加了学校组织的为打工子女义务讲课活动。在与学生的交流中，他发现来自浑南的小军有些异样，引起了他的注意。小军身患先天性心脏病，情绪低落，很少与小伙伴互动。小军多么渴慕活蹦乱跳哇！在与卢闯的交流中，小军眼泪汪汪地说："我有一个梦想，那就是踢球。"孩子无助的眼神，深深牵动着卢闯的心。他暗下决心，要尽自己最大的努力帮助这个孩子。最初，卢闯在校内组织捐献治疗费用，但因面窄，如杯水车薪，他只好求助辽沈晚报、辽台、沈阳慈善总会等多家联合倡议，同时又找到沈阳军区总医院，讲明情况，以最少的费用为小军完成了介入手术。小军的手术异常成功，很快恢复了健康。孩子的父亲含泪握着卢闯的手说："你是孩子的救命恩人，一辈子都不能忘啊！"大学期间，卢闯还多次组织班级同学利用所学的机电专业知识，为周边政粮村的村民们维修家电，既服务了村民，又增加了实践。

　　大学期间的几次公益活动，让卢闯无比欣慰，也深深感到了爱心志愿服务的强大力量。

<h1 style="text-align:center">二</h1>

　　2007年大学毕业，卢闯被分配到盘锦广田热电公司工作，步入社会，开始了新的生活。随之，他的公益事业向纵深迈进，目光投入到潜力无限的网络平台，让志愿服务插上科技的翅膀，开创志愿服务的新领域。连日来，卢闯夙兴夜寐，不仅自建Q群，而且线上线下与其他83家的群主、版主、吧主沟通，面谈交友，促膝叙志，在他的倡导下，成立了盘锦网络文明志愿者联盟。网络世界无边无沿，志愿者高达几万人，庞大的网络志愿者队伍，如何引导服务社会，作为负责人的卢闯深感责任重大，业务量之大。为此，卢闯每天都要牺牲大量的休息时间回阅志愿者信息，向大家传播志愿服务的相关知识，倡导网络正能量，鼓励引导大家做时代的引领者和爱心服务的使者，做到线下活动组织即到，线上传播献爱说教。一个以网络为依托，形式新颖、格局高大的文明志愿服务模式，如奔涌之潮迅即在盘锦大地迤延开来。

　　在志愿服务过程中，卢闯团队的核心突出了儿童和老人。面对一些孩子沉迷网吧，逃学不归，无视父母肝肠欲断的现状，卢闯组织广大志愿者实施捞人行动。深入网瘾的孩子几近病态，什么也听不进去。对此，卢闯他们因人施教，研究了好多办法，找到各自的兴趣点，从而撬开其郁结、闭塞的心灵之窗。

　　2013年10月的一天，一位山西母亲打来了电话，说儿子小龙整天沉迷游戏，话也不说，脸色蜡黄，求卢闯团队拯救孩子。没过几天，小龙母子便以看红海滩为名来到了盘锦。交谈中卢闯得知，小龙玩的是一款很有名的网络游戏，月消费800元。在去红海滩的路上，卢闯观察小龙，他对红滩绿苇根本不感兴趣，闷在车里一言不发。卢闯问小龙母亲，小龙小时有何爱好？母亲说喜欢打篮球。卢闯灵机一动，全运会篮球比赛正在辽滨体育馆进行，何不带小龙观球？果不其然，一进赛场，靓丽活泼的篮球宝贝抱着小龙，小龙瞬间笑容微现，互动起舞。随着比赛的深入，双方争夺已进入白热化。啦啦队敲锣打鼓，呐喊助威。小龙的情绪也起来了，挥舞双手，高呼加油。比赛结束后，小龙意犹未尽，对妈妈说："我也想打球。"小龙妈哭着说："好！好！"卢闯暗喜，小龙的兴趣点找到了。晚上，他找来几个志愿者陪小龙一起打球。汗流浃背中，小龙又找回了从前的感觉，场上和大家有说有笑，小龙妈喜极而泣……

随后几天，小龙一直和志愿者一起活动。卢闯带着小龙手捧礼品，先后来到福利院、光荣院与小伙伴互动，听爷爷们讲历史故事。经过几天的交流、互动和参与公益活动，小龙重拾心志。小龙母亲表示要多培养孩子的兴趣爱好，小龙母子握着盘锦志愿者的手眼含热泪，难掩不舍之情，怀着美好的愿望踏上归途……

一次，卢闯得知一位患病母亲，为找上网的儿子斌斌，去了几十家网吧，一天一夜未眠，最后昏倒在网吧前……

得知此事，卢闯非常痛心，决心帮助这位母亲找回儿子。某周末的一天，卢闯来到斌斌家，交流中，斌斌妈说，自从离异后，她一直单身打工，孩子心里有阴影，初中就辍学了，整天泡在网吧里。开始一天10元，玩完回家，后来一天30元，夜不归宿。卢闯用以毒攻毒的办法，与斌斌群中对话，并以"玩家"约战。卢闯让另一位志愿者（游戏高手）与斌斌交战，自己在线下与斌斌妈交流谈心。一连三天，斌斌连败三阵，自信心遭到重创，无论对方怎样叫战，斌斌皆不应战，兴趣全无。斌斌回家了，恰好遇见卢闯跟母亲聊天。看到斌斌情绪不高，闷而不语，卢闯与其独处一室，长谈几个小时。卢闯报明身份，公示作局谜底，责其自锯栖枝，讲妈妈的不易和期望，斌斌哭了。接着，卢闯带着斌斌逛了商场，游了公园，去了敬老院，买了书，斌斌很开心，露出了久违的笑容。斌斌和卢闯成了"子笑我必哂，子蹙我无欢"的朋友，再次重返校园，绝望的母亲喜笑颜开。

三

　　暑往冬来，日转星移。十几年来，卢闯和他的网络文明志愿者团队用金子般的爱心和真情，让许多老人如沐春风，如润春雨，使他们重新认识了自己的晚年生活，并从中找到欢乐，燃起了希望。

　　田庄台镇的闫阿姨是位空巢老人，多年前老伴因病离她而去，唯一的儿子又在国外工作。退休后她孤苦伶仃，身旁无人。在一次志愿者进社区活动中，卢闯和他的团队走进了闫阿姨的家。通过交流，卢闯发现闫阿姨最大的问题是长期郁闷，久居宅室，蒙袂于人，心结打不开。对此，志愿者们像儿女一样伴她左右，陪她唠嗑，给她讲外面世界的趣事，普及志愿服务知识，教她如何使用智能手机。为了让老人开心，卢闯他们除了日常多次去她家慰问聊天外，已连续10年在闫阿姨家一起过端午节，一起包粽子，大家其乐融融。如今闫阿姨神韵飞扬，判若两人，加入了志愿者团队，70多岁的她与年轻人一同线上线下参与活动，同为公益添光彩。她的儿子从国外给卢闯发来了信息："我深深地感谢你们，是你们让我的母亲活出了精彩，活出了希望，也让我在大洋彼岸少了一份牵挂。这就是中国，任何一个国家都无法拥有的人间真情……"

孤寂是老年人共同的障碍，喜欢人气，热爱孩子，尤为其所盼。卢闯和他的队友们在长期为老年人服务的过程中，重点是弥合这一裂隙，让老人愉悦起来。他们视老人为亲人，尽显儿女之孝。新立敬老院离市区较远，环境稍差。每次去院里，卢闯和队友们首先要清理卫生，以防墙角瘴疬滋生，然后与老人唠家常，问暖寒。刘奶奶60多岁入院，无儿无女，志愿者们与她唠得最多。看到老人的衣服旧了，志愿者给她买来新衣服，她爱不释手，乐得手舞足蹈，还给她拍照留念，她高兴地珍藏着。大家围着她，帮她理线穿针。她喜欢孩子，精钩了多套婴儿手套和脚袜，分给志愿者。她教志愿者如何包饺子、包粽子，教有所成，她高兴不已……三年前一个寒冷的夜晚，院长给卢闯打来了电话，说刘奶奶情况不好，弥留之际仍念叨着你的名字。卢闯迅速组织三名志愿者赶赴新立，在刘奶奶榻旁，握着她的手，陪她走完生命的最后一刻。在蒙蒙的冬晨，卢闯他们带着老人家遗物，抱着他曾经拍摄的遗照来到殡仪馆告别厅，满含热泪送走了这位不舍的耄耋老人。此情此景，敬老院的工作人员无不为之落泪。是呀！这是何等的人间真情大爱！

四

14年来，卢闯和他的网络文明志愿者爱心团队以赤诚之心，在公益的道路上艰难而勇敢地前行着。他先后资助留守儿童26名，贫困大学生12名，与49名空巢老人结为对子，累计志愿服务万余小时。他和他的队友们参与网上网下公益活动7800次，成功劝导283名网瘾者免坠深渊，帮助空巢老人2400人，留守儿童860名，贫困助学163人，大病救治48人，帮助贫困群众4600余名。卢闯和他的志愿者团队早已誉满鹤乡，闻名全国，其志愿服务模式已然成为"城市名片"。

2009年8月，《中国社会报》以"我志愿，我奉献，我快乐"为题，头版头条报道了盘锦网络文明志愿服务的成功做法。对此，时任国务院总理温家宝做出批示，时任辽宁省委书记张文岳亦有批示。一种新颖独特的公益模式得以广泛推广。

卢闯笃定公益之路，靠的是信念。母亲寄给他3万元购房款，他一次性捐给汶川灾区，之后还要从每月微薄的工资中抽出500元倾注公益。这些年的公益之路，他付出太多的心血，牺牲了他大量的个人利益，如今无妻、无房、无车，繁重的公益事务几乎让他痴迷、忘我。但他仍无怨无悔，并表示要坚持做下去。随着团队的声名鹊起，卢闯正思考着如何良性持久发展的问题。他倡导："我们是普通人，条件有限，我们不能喊口号，承诺实现不了的事情。我们要做随手公益，快乐公益，体现平民化、持续化，公益的目的是营造社会的良好环境。"

志愿服务犹如高速行驶的列车，有上有下，但只要有了明确的方向，就会终将到达理想的彼岸。

一路芬芳，清阳曜灵，永远有我！

本　色

凌　辑

　　他出生在农村，走出农村曾是他最大的梦想。20年后他在家乡的水田里发明了闻名全国的稻田养蟹，开创事业。30年后，他成了董事长。他是名震四方的养蟹大王，他是青岛海洋大学的一名博士生。他，依然是农民。

　　如果有这样一个人，拥有博士学位，是一家公司的董事长，经常穿梭于各地不定期召开的董事会，并且热衷于创立网站，你一定会感觉，这是一个IT界CEO的生活，然而它却是一位农民生活的真实写照。这位农民就是获得了全国十大杰出青年农民称号的李晓东。

　　李晓东从一个一心想跳出农门的农家子弟，到一名国家干部，最后成为一名优秀的产业龙头的农民企业家，他的人生轨迹反映了中国农村政策不断调整给中国农民带来的巨大变化。

　　盘锦是辽宁西部平原一座沿海城市，辽宁的母亲河——辽河在这里奔流入海，是今天北方的著名鱼米之乡。然而30多年前这里还只是一座人烟稀少、荒凉的小县城。

　　李晓东就出生在当时大洼县新开农场八家子村。

　　李晓东的童年时期，八家子村还只有零星的稻田和无数纵横交错的小河沟。李晓东对未来也还懵懵懂懂，当他尽情地在家乡的田间、路上欢笑奔跑的时候，他怎么也没想到他日后的事业将在他脚下这片沟壑纵横的土地上诞生。

初中毕业时李晓东报考了大连水产学校，当时李晓东不知道水产学院是干什么的，没想到这个决定影响了他的一生。

带着对城市的无限向往，李晓东离开了自己的家乡，迈出人生的第一步。

在大连水产学院三年的刻苦学习让李晓东对水产养殖从一无所知，到一见倾心，直至一生钟情。

1984年，李晓东毕业分配到了坐落在大洼县二界沟镇的县水产局，做了一名技术员。血气方刚的年龄又正在百废待兴的年代，他一心想干一番事业，但当时的盘锦还只是一个以油田为主的小城，水产养殖在当时也只是刚刚起步，李晓东第一次感到现实与梦想的差距。

李晓东带着无限憧憬来单位报到时，却感到心里凉了半截。当时单位只有一片海边的黄泥滩和几十亩虾池，生活设施不全，而且缺少淡水，工作条件很差，活又累又脏，完全不是想象中的样子。

在农村生长的李晓东并没有灰心气馁，他很快适应了艰苦的环境，重新燃起了斗志。

在养殖场，李晓东得到了大家的赞许，一年半以后被任命为单位的副经理。1988年年底，他再次被调回机关工作，但四年来的工作沉淀使李晓东已经离不开养殖工作的第一线，1990年当水产局建立河蟹开发增值站时，李晓东主动要求到那里从事河蟹育苗，从此开始了他人生的第一次创业。

当他接手河蟹站时，发现那里的环境又回到了从前，水电都没有全通，只是一个荒无人烟的泥滩上的几间小平房。就是在这片荒芜的土地上，李晓东带领大伙，从挖厕所建食堂开始，豪情万丈地开始创业。辽河的入海口的荒滩上，因这批拓荒者的到来呈现出了第一丝生机。

当时李晓东与同事们对河蟹养殖一无所知。一切都在摸索中进行，他们把全部精力放在了这项事业中，在河蟹育苗关键期，每天20个小时守在那里，只有三四个小时的睡眠，两个月下来，让人筋疲力尽。

一个周期下来，李晓东和同事们常会有这辈子再也不干了的想法，但稍微休息一下，就忍不住再回到池边，蟹苗成了他们唯一的支柱。

1985年李晓东迎来了第一次蟹苗丰收。盘锦最早的河蟹苗就诞生在这简陋的实验室里，荒凉的泥滩上。

20世纪80年代末，人民生活水平越来越高，价格双轨制取消，河蟹这一价格昂贵的食品又开始回到百姓的餐桌上，市场上河蟹供不应求。

而此时自然资源由于长期过度的捕捞，趋向枯竭，昔日繁忙的海边渔村，变得萧条凄凉。

农民看着红火的市场，却致富无门。李晓东更坚定了要找到一种能够大规模养殖河蟹的模式的决心。

传统养蟹的水面、苇塘、荒地越来越少，要想大规模养蟹，还得另想办法。李晓东从童年的经验中得到了启发。

李晓东从小在稻田边长大，知道稻田里完全可以养蟹。所以，他最先萌发出稻田养蟹的念头。

1991年春天，农户李保齐找到李晓东，想养蟹，使李晓东的设想有了实现的机会。

新的尝试使李晓东再一次开始了24小时围着蟹塘转的生活，在盘锦一块不起眼的稻田里正酝酿着一次新的革命。

艰苦的生活条件和巨大的劳动强度，让李晓东落下了关节炎和胃病。他心中却期待着秋天的丰收。一年多的卧薪尝胆，稻田养蟹取得了巨大成功，真正做到了膏蟹与稻粱俱肥，盘锦开创了稻田养蟹的先河。

李晓东稻田养蟹的成功不仅带来了经济效益，也带来了巨大社会效益，他编写的《养蟹知识手册》在当地广为流传，群众养蟹的积极性空前高涨。李晓东在当地也成了个名人。然而经历了1991到1996年的高潮，河蟹养殖又面临着新的问题。1996年以后，河蟹开始出现大规模的病虫害，直接导致河蟹质量下降，河蟹市场也走进了低谷，使蟹农蒙受了巨大损失。

也正是河蟹养殖陷入瘫痪的这一年，大洼县国营企业制度产权改革，李晓东面临着人生第二次选择。

他最终放弃了全民所有制的国字号招牌，承包了当时的养殖站，办起了光合水产公司。李晓东转了一圈，又成了一个农民。

李晓东的父亲一直希望李晓东能跳出农门，然而儿子的这个举动让他大吃一惊，尽管父亲最终没有阻拦儿子的决定，但老人直到临终也未能彻底释怀。

李晓东常到父亲坟前，默默地与父亲交谈，希望当了一辈子农民的父亲理解自己。

多年来在水产养殖一线工作，李晓东知道农民对致富的渴望，如果没有人对他们给予指引帮助，农民自己的力量是非常单薄的，一旦发生伤农事件，对农民的损害是巨大的。农民当时那种无助的眼神在李晓东心中留下了深刻的印象，他明白农民需要一个龙头企业来带动他们，而这恰恰是李晓东一直在努力的方向。

像燕子垒窝一样，在荒凉的厂房里，用陈旧的设备，在行业低迷的情况下，李晓东和同事们尽自己的最大努力，将光合水产从一个只有一间破厂房几百亩荒地的小公司发展成了资产上千万的龙头企业。

每到秋天，光合水产回收签订合同的农户所养的幼蟹，这样既解决了幼蟹过冬的问题，又免去养蟹户的后顾之忧。收蟹的现场往往热闹得像赶集。

每到收获季节李晓东总要亲自去收蟹现场，体会乡亲们的喜悦。

这种公司加农户的办法很受当地农民的欢迎。如果由于蟹苗问题造成减产，公司还会给予一定补偿，尽量减少蟹农的损失。

一亩稻田可以获得双倍的利润，李晓东带领乡亲们致富的梦正在一步步实现。

国庆节那天，李晓东匆匆赶回，冒着大雨召开了董事会，商量公司的进一步发展，会议从早上8点一直开到12点。

窗外大雨滂沱，李晓东与董事们也并不轻松，公司已经迈开第一步，继续发展是最重要的。做龙头企业还有许多路要走，农民又把太多的期望寄托在他们身上，李晓东觉得担子很重。

李晓东即将回到学校，家乡的大海依旧潮起潮落，辽河依旧奔流不息，然而家乡却已经和他一起发生了巨大变化。

唯一不变的是海的本色和他的本色。

如今李晓东在青岛海洋大学继续攻读博士学位，光合水产公司也在健康地发展着。李晓东说自己还是个农民，办企业也是个农民企业家，但每一个人都明白，今天的李晓东与父辈的农民已经有了根本的差异。他的成长正是新一代农民的写照与方向，我们相信他不会是唯一的，也不会是最后一个。

还原一个真实的张善哲

凌 辑

　　突发重疾的危急时刻，油罐车司机张善哲忠于职责，在驾驶室里完成了职业生涯的最后一次"双闪"，将生命永远定格在2018年11月21日。

　　他是怎样一个人？在生命的最后一刻，将无比珍贵的十几秒时间留给了坚守13年的工作岗位。

　　他是怎样一个人？出殡当天清晨那么冷，邻里40户几乎每家都有人赶到现场为他送别。

　　他是怎样一个人？在离去的日子里，工友们驾车经过他病逝的地方就会忍不住想起他。

　　…………

　　张善哲1967年出生，铁岭市西丰县人，当过5年兵。在部队服役期间，分别获得营嘉奖、连嘉奖、支部嘉奖各一次。1990年10月从部队转业后来到中石油辽河油田沈阳采油厂工作，转眼间已近30年。

　　笔者分赴沈阳、盘锦两地，采访张善哲的家人、领导、工友、邻居，试图通过他们的讲述还原一个真实的张善哲，通过细节追忆他平凡却精彩的一生。

关键词一：爱岗敬业

"我们俩都是退伍后到的油田，在一起共事这么多年，用部队的话说，他是一个'可以放心把后背托付给他的人'。他责任心强，最后关头能这么做一点不奇怪！"陈金玉与张善哲共事13年，对他最为了解，"全车队有10台重型油罐车，他每天上岗前都会主动把车辆挨个检查一遍，哪里有问题第一时间解决处理，13年来从未发生一起交通事故，安全行驶了30余万公里。"

张善哲离世后，工友想找几张工作的照片怀念他，却连一张正面的都没找到。

油罐车偶尔会有故障发生，只要知道哪辆车不好用了，既不是"大班"也不是班长的张善哲总是利用业余时间主动上前维修。有时候油罐车在路上抛锚了，接到电话他就开着自家车赶去修理。"他是把厂当成了家，把油罐车当成了自己家的宝哇。"陈金玉声音哽咽。

关键词二：技术尖子

"张善哲是1990年到我们作业大队的，他的工作纪录到现在都没有人打破。"张善哲从部队转业后进入中石油辽河油田沈阳采油厂作业大队工作，刘国维是他当时的队长。张善哲善于钻研，在工作中练就了一身技术本事，只要他上手，大多数车辆故障都能"药到病除"。

刘国维说，张善哲当时在作业大队负责井下采油工具的维修。"我们那个油管一根9米多长，张善哲就负责每天维修这个油管。他曾经连续工作10个小时维修了700多根油管，这个纪录到现在都没有人能打破。"

张善哲在刘国维手下工作了15年，15年来他在工作上没出过一次差错。"张善哲是2005年调走的，一转眼又过了这么多年，但你现在如果还让我选一个工作典型，我仍然选他！"刘国维老泪纵横。

关键词三：从不计较

"最近一年，善哲都在做倒班拉油的活。这个活需要上夜班，休息时间少，一般司机不愿意去，他却主动报名接下了这桩'苦差事'。"中石油辽河油田沈阳采油厂党群工作部干部白宪顺说，"随着采油厂集输大队沈四联合站卸油台升级改造，所有捞油井所产原油需要加热后临时倒运。下午3点多上井，干得顺利晚上八九点收班，晚的话就要10点之后了，张善哲干的就是负责用专用设备运输拉油的活。"

"大事小事杂事，不管是不是他的工作范围，只要你找他帮忙他就一定管，从不计较。"工友陈金玉回忆起2016年夏天的一件事。那天，刚下过雨的农村土路湿滑松软，队里一辆油罐车行驶到一个丁字路口时后轮打滑，司机不敢继续行驶，赶紧把油罐车停在路边并打电话向队里寻求救援。当时张善哲已经下班休息，而且救援也不是他的工作职责，但接到队里的电话后，他还是第一时间赶到现场指挥救援。

关键词四：孝老敬亲

"善哲拿我爸妈当自己的爸妈孝顺，他就是我心中的顶梁柱，遇到他是我这辈子最幸福的事。"妻子王春丽和张善哲相识于1990年，那时张善哲刚刚从部队转业到地方工作，结婚一年后，两人有了一个可爱的女儿。"从小，他就教育女儿要对工作、对家庭有责任心，并用自己的实际行动给女儿做表率。"

王春丽说："我家本来在农村，老张为了方便照顾我父母，主动掏钱在同一小区里买了一套房子给他们住，这一照顾就是十多年。2017年我爸病重住院，老张守在医院没日没夜地服侍，直到陪老人走完最后一程。就冲他拿我爸当自己亲爸那么孝顺，我能嫁给他这辈子就都值了。"

"老张出事后，两个外孙子来了还一直喊着找姥爷，现在我们还不敢告诉他们姥爷已经不在了的事。等他们长大了，我会给他们讲老张的故事，告诉他们，他们的姥爷是一个多么优秀的人。"王春丽又一次泪洒衣襟。

关键词五：古道热肠

"从来没遇见过这么热心肠的人。工作上的好同志，家里的好儿子、好丈夫、好父亲，邻里的好弟弟、好大伯……全让他占了。"和张善哲住在同一栋楼的何文玲掰着手指数着，眼泪一直在流。

提起张善哲，邻居徐宪平满脸悲伤，瞬间落泪。

"我们这栋楼老年人多，去年夏天，为了给我们做歇脚的小石凳他忙前忙后，啥时候看见他都是一身沙子、水泥。平时看见哪位老人拎菜回来，他离大老远就跑上前，接过购物袋就给送上楼。咱这40户人家每家每户他都帮助过，这么好的人怎么能不让人想啊！"何文玲说。

向身边的英雄致敬

张善哲的感人事迹经《辽宁日报》和新媒体平台发布后在全社会引发强烈反响，中央和省内外媒体纷纷转发报道，无数相识的、不相识的人们写下饱含深情的语言寄托哀思——

"我们大家的榜样，为油田贡献出了最后一份力，一路走好……"

"向平凡的岗位工人致敬，他们撑起了我们的职业观、道德观，值得我们尊敬！"

"老张的方向盘被他握出了水平，握出了高度，握出了运输人的责任！这种责任和热度不是一时的，而是长期的，哪怕是生命的最后一刻也不走样！"

"十几秒时间里，刹车，减速，停车，打双闪，能做到这一点特别不容易！"

"关键时刻一个人所体现出的职业操守、道德品质，靠的都是平时一点一滴的积累。紧要关头，张善哲的所作所为令人感动、令人敬佩。"

牛红生的那一跳

杨春风

　　2021年11月5日，德耀中华——第八届全国道德模范颁奖仪式在北京人民大会堂隆重举行，68名全国道德模范和254名提名奖获得者在庄严的氛围中被授予了荣誉奖章，并受到了习近平总书记的亲切接见，其中就有中国石油辽河油田分公司欢喜岭采油厂采油作业三区齐7号站站长牛红生。作为这一届的全国道德模范提名奖获得者之一，牛红生在此次盛会上被推举为"道德的践行者、精神的引领者、时代的奋斗者"之一，这标志着他已成为"引领社会向上向善"的一面旗帜。如此盛誉的获得，根源在于牛红生在5年前的那一跳……

那一跳，跳出了党员的风采

　　虽然东北地区雨水集中的节点素有"七下八上"之说，实际上往往在7月上旬就开始大雨小雨连绵不绝了。2017年7月7日下午，天空突降暴雨，致使公路两旁排水渠的水位比平日上涨了很大一截。

　　当暴雨初歇，正在站上值班的牛红生就开始了例行巡检，湿滑的路面使他步履匆匆，上涨的渠水也令他心里忧虑，担心再这么下去油井生产会受到影响。正这么急急地走着，却忽听身后传来一阵急刹车的刺耳鸣音，随即见一辆失控的银色小轿车正飞速冲出道去，一头栽进了道旁的排水渠。牛红生心里一沉，以百米冲刺的速度疾跑过去，随后纵身一跃，跳进了渠里！

此时的车子倒栽葱式浸于水中，搅起了大团沉泥，使水愈加混浊。牛红生只能用手摸索着车体，到底拽开了一扇后车门，恰好摸到一条手臂，就奋力把人拉了出来，在循声赶来的两名工友的合力下将那人拖拽上岸。

牛红生急问："车里还有没有人？"

万幸那男子的意识还清醒着，并应声伸出了两根手指头。

牛红生扭身又往渠里跳，边跳边向工友大喊："快打120！再过来搭把手！"

这时的轿车已四轮朝天完全倒扣在水底，车门打不开，挡风玻璃也砸不开，牛红生就和赶来的工友利用水的浮力，将车子翻转过来，并顺势把司机拉了出来，拖到岸上，所幸司机还有呼吸。然而水里还有一个人呢！牛红生又深吸一口气，第三次跳进了渠里！此次救出的是一个女子，面部已然青紫，没有了呼吸和心跳。牛红生立即跪到她身侧，清理掉她口鼻中的异物，实施了心肺复苏。当短暂却也漫长的两三分钟过去，女子活过来了！

十几天后，三名获救者及其亲属一行十余人，为牛红生及其同事专程送来了锦旗和感谢信。其中一名获救者还将一个沉甸甸的红包硬塞给牛红生，牛红生坚辞不受。获救者说："这可是救命之恩哪！我必须报答！"牛红生笑了，说："不用报答，我是党员。"

党员的风采，就这样生动地被获救者及在场所有人深刻地感知到了。

1975年生人的牛红生其实是一名老党员了，至今已拥有22年党龄。22年来他始终不忘初心、牢记使命，自觉履行着共产党员的义务与责任，并积极影响着身边人：在生产上碰到困难的时候，他总是无一例外地冲在前头，时刻都在发挥着党员的先锋与模范作用；即使在每天坐班车上岗的途中，他也会掏出手机给大伙分享党史故事，宣传油田发展形势，鼓舞同事们的斗志与干劲。如此种种正能量的积蓄与传播，使他所在的7号站的每一个人在关键时刻都能勇敢地站出来、冲上去，同时也使他们7号站在近些年里年年都能超额完成油气生产任务和挖潜指标，并连续多次被评为油田公司和采油厂的标杆班组。

那一跳，跳出了道德的高度

事后，人们说，那天的那条水渠，水深已经达到了两米。

于是，当牛红生在那天的那条水渠里带头救了三个人的事迹传开之后，他被问得最多的一句话就是："你不害怕呀？"牛红生赧然笑了，说："当时也没寻思那个呀，不容空儿。"

自步入社会起，牛红生就工作在辽河油田，与"铁人"王进喜干的是同一桩伟业，不过他看上去并不壮实，也称不上高大，尽管穿着一身醒目的红色工装，行止却绝不是高调的，甚至在举手投足间还会透着点书生的气质。他显然也不怎么擅于言谈，话很少，问啥答啥，若不问，他也就再没话了，至少跟初次见面的人如此。

然而，就是这样一个人，做出了毫不迟疑的那一跳。

这就令人不能不联想到他的道德素养了。

作为一种社会意识形态，道德是指人类由自发到自觉形成的行为规范，虽然无形，却时时刻刻都在约束着自己，并以此观照着他人，从而生成道德的评判。不同的社会与同一社会的不同历史时期，往往会存在不同的道德标准，即使如此，道德的内核却也从未变过，无论中外，无论古今，始终都是人们对美好心灵的一种守望。在被称为礼仪之邦的中华大地，道德的标准尤其相对稳固，道德的土壤也相对肥沃，使得每一个中华儿女都是自幼就受着道德的熏陶，于潜移默化中承继着中华民族的传统美德。牛红生也不例外，作为一个有着20多年党龄的老党员，他又以实际行动使之得到了悄然的巩固与强化。也恰恰因此，他得以在生命攸关的时刻挺身而出，以连续三次完美的纵身一跳，跳出了党员的风采与道德的高度。

这显然是一种道德的爆发力，并证实了牛红生必然拥有深厚的道德素养。

事实是，牛红生始终是一个热心肠的人，一直都在默默地帮助、温暖着身边人：一天早晨，邻居李阿姨的老伴突然昏倒在厕所，正要上班的牛红生听到焦急的呼救声，毫不犹豫地赶过去，查看情况后及时叫来救护车，使老人成功脱险；一天晚上，正要就寝的牛红生被电话告知站上的值班员工出现"呼吸急促，满头是汗"的症状，他立即安排巡井车将其送到附近的采油厂医院，自己也急速驱车奔去，继而又亲自连夜将其转送到40公里开外的市区医院，使病情得到了有效控制；一个暴雪过后的清晨，因班车无法通行而率领员工坚持徒步上岗的牛红生，路遇一辆深陷大雪壳子的汽车，他硬是与工友合力帮其推了出来……

所有的璀璨绽放，都源于日积月累的持续涵养。

一贯的崇德向善，方铸就今朝的万众瞩目。

那一跳，跳出了模范的力量

民族文化的沃壤，共产党员的担当，使牛红生在危难关头爆发了道德的力量，跳出了道德的高度；向上向善的风气，见贤思齐的意识，又使辽河油田、盘锦市、辽宁省以及全社会，给予牛红生充分的尊重，使他相继荣获欢喜岭采油厂优秀共产党员、辽河油田第三届道德模范、盘锦市文明市民标兵、辽宁省道德模范、辽宁省见义勇为英雄等荣誉称号。

然后，在中国共产党成立100周年的2021年，在这样一个值得铭记的新的历史起点，牛红生又以他那勇毅的一跳，迎来了人生的第一次顶级辉煌：于7月入选全国见义勇为模范候选人名单，于11月荣获第八届全国道德模范提名奖，于5日走进了庄严的北京人民大会堂，在受到习近平总书记亲切接见的同时，还留下了与总书记的珍贵合影。

这标志着牛红生"道德模范"的作用，将自此在全国范围内得以发散。

作为一个名词，"道德模范"是指具有良好的道德修养并发挥示范作用的人，是全体公民在道德方面的样板，也是一个时代的道德标杆。它是一个自带方向的精神符号，可以引领人们的道德观念和价值取向，更是一个自带光芒的词语，能够照亮黑夜、温暖人心，能够引导并增强人们的道德判断力，帮助更多人建立正确的道德认知，坚定更多人的道德追求，激发更多人追寻道德的脚步，从而使积极的道德实践成为持续的社会风尚。

俗话说"国无德不兴，人无德不立"，一个国家和民族，只有使崇德向善成为主流，并持之以恒地加以熏陶、传播和教化，才能产生强大的向心力。也因此，在党的十八大以来，党中央就高度重视道德建设，习近平总书记就此作出了一系列重要部署与重要论述，并对道德模范的树立十分重视，进而在全国范围内掀起了持续的学习模范、崇尚模范、争当模范的热潮，营造出见贤思齐的浓厚氛围；更使道德模范的榜样力量迅速转化为全体国民的生动实践，使更多人得以在平凡的日常工作与生活中自觉地展现公民美德，全面凝聚向上向善的精神风貌，激发全社会的善行义举并使之蔚然成风，对推动全社会形成见贤思齐、德行天下的良好氛围发挥了重要作用。

无论如何，社会是需要道德模范的，就像茫茫大海里需要灯塔。

时至今日，牛红生依然深深记得习近平总书记在那次盛会中，向全体道德模范及提名奖获得者所说的话语："你们的高尚品德，温暖了人心，感动了中国，为全社会树立了榜样。"他激动地表示："我将牢记总书记的教导，珍惜荣誉，戒骄戒躁，永葆崇德向善、见义勇为的初心，勇毅前行，用实际行动为祖国的道德建设事业贡献一名党员的全部力量！"

同舟共济海让路

海　默

深入了解辽滨苇场渔民赵景阳的事情后，我脑海里闪过的第一个念头：他和他的船堪称现实版的"挪亚方舟"，只不过，他是陆上的，他的船是海里的。

1992年，赵景阳以一条小船开启了海上捕捞生涯，条件所限，只能近海小打小闹，赚不到钱；1996年，赵景阳与人合伙，背负银行8.2万元贷款（8.2万元的贷款在20世纪90年代的确是一笔巨资）买下了80马力的"辽洼渔3468号"。他有万丈雄心和美好愿景，来改善家庭的生活困境。

接下来12年的渔民生活，大概他自己也没想到，他先后救了近20人，成为轰动全国的英雄。事实上，他之前就是一个随时随地可以向他人伸出援手的人，不过是，他和他曾经帮助过的人习以为常了而已。

渐渐地，在人们的潜意识里，他首先是英雄，然后才是渔民。

为什么这么说呢？因为，面对每一次海上呼救，赵景阳都是不计得失、舍命相助。虽然他的生活真的很困难，真的需要钱偿还债务，也真的没想成为英雄。他凭借的是做人的良知和骨子里无法剔除的善良。危难之时，他做不到视而不见，不尽全力，他都不会放过自己。

赵景阳有两次壮举，至今被人们津津乐道，初闻他惊心动魄的救人情景，我依然感动得泪眼蒙眬。

赵景阳耗巨资买下的大船，转年，就遇到了海蜇大丰收。

捕蜇的季节，千帆竞发，尽管那一天，海上有六七级的大风，也没能阻止渔民捕蜇的信心。赵景阳和他的船工们很快找到了合适的地点，撒下12张大网，静待着8小时后满载而归，就可以还上所有的欠款了。

与此同时，两海里之外，二界沟渔民张相国的渔船也在静等着收获海蜇。这时，一个巨浪猛兽一般，将他的船高高举在浪尖，又重重地摔下来，船底漏了，海水奔涌进船舱。船开始慢慢下沉，甚至连呼救都来不及，船长张相国把救生衣、救生圈给了船员们，嘱咐他们爬上樯杆，就有获救的希望。张相国没来得及穿救生衣，就被海浪卷走，他抱着一截折断的网樯，漂泊在黑暗的大海上，求生的欲念已经战胜了恐惧和寒冷，他在茫茫的波涛中，寻找着生的希望。

第一条船。第二条船。第三条……他漂过了六条船，也错过了六次获救的机会，人生中最煎熬最漫长的4个小时过去，张相国几乎绝望了。他觉得，他的生命或许就在这曙色的微光里，熄灭了。

生命的绝处，他看到了第七条船，他的"挪亚方舟"——

凌晨，"辽洼渔3468号"渔船已经起锚，正在收网，赵景阳的内弟听到海面传来呼救声，循声而望，一个人在浪潮中起伏，便惊慌大喊有人落水了。赵景阳和他的船工们赶紧又抛下锚，将落水的人救上来，这个人就是张相国。

张相国一上船，便号啕大哭，跪在船板上不肯起来，不停地咣咣磕头，说他的船沉了，还有6个人吊在樯杆上，随时都可能被海浪卷走……

此时此刻，赵景阳的渔船面对的，一边是等待救命的船工，一边是就要到手的丰收的海蜇。

瞬间的踌躇，赵景阳还是果断决定：起锚，救人去。船员们大惊：这网怎么办？马上就可以收了，几万斤的海蜇呀！赵景阳说回来再说。其实，谁都明白，回来，可能什么都没有了——这网、这海蜇。

赵景阳开着他的渔船，在茫茫大海上，在风浪里，寻找着张相国渔船的出事地点。

随波逐流了那么久，张相国已经说不清当初海难的位置，他们在黑暗的水面上，一边努力避开一排排网樯，一边认真观察着前方的情况。

40多分钟后，他们终于找到了事发地，看到三名船工紧紧抱着网樯，其中一个被海浪剥去了所有衣物，周身鲜血淋漓，赵景阳和他的伙伴们迅速救起三人，还有三个人却不知去向。他开着船依然在风浪里寻找失踪的三个船工兄弟，寻找了许久，依然踪迹绝无。事后得知，其中两个人被其他船只救起，一人罹难……

当别人的渔船纷纷满载而归时，赵景阳的妻子郑素琴一直没等来爱人归来，她急了，她在对讲机里喊他，他说他在救人！

赵景阳的渔船救完人，回来收网时，发现12张网只剩下3张，但他载着仅剩的2000多斤海蜇和救下来的4个人凯旋，比任何一艘船收获都大。他说救回来4条人命，也就是挽救了4个家庭，损失几万块，也值了。

获救的张相国拿来酒和1000元钱感谢赵景阳，酒留下（穿肠酒他们必须一饮而尽，这是过命的情谊），钱，他坚决拒收了。

舍财救人，是赵景阳骨子里蕴藏的大善使然，接下来舍财又舍命地救人，更是彰显了赵景阳义薄云天的君子之为。

1998年10月，在渤海进入冬季封冻之前，赵景阳和另两位相处较好的船长杨长来、崔振远，驾驶着各自的船，向山东石岛渔港进发，他们知道，黄海126区的黄花鱼行情好，他们打算大干一冬天……

　　1999年1月10日清晨，来自辽滨的三艘渔船第五次驶出码头，驶向黄海的深处，一切都在按部就班——他们下网、收网、吃饭、喝酒、闲聊，间或用对讲机和附近大铁壳船上的山东渔民开几句玩笑，地域不同，大家已经是非常熟悉的朋友，平时也会聚在一起喝酒。

　　赵景阳看海面上起风了，知道第二天下不了网，就吩咐大家早点休息，明天再摘网上的鱼。

　　风越来越大，巨大的风浪好像让整个世界都摇晃起来。站在舵楼上的杨长来发现自己的船头上扬，船尾开始下沉，他慌忙跑到后舱，发现船已经进水了，慌乱中的6名船工开始拼命地往外淘水，这时候，在巨浪的冲击中，船已经裂缝，杨长来清楚地知道，他和他的船以及船工们在灾难的深渊越陷越深。他用对讲机向隐约可见的山东铁皮拖网船大声呼救，不久之前还在用对讲机跟他闲聊的铁皮船船长说马上起锚过来营救。360马力的铁皮船成了杨长来求生的最大希望，他知道他的船和船工们有救了。

　　这时，一个大浪拍下来，他的船舱又灌满了水，救命的大船却依旧没有来。看着自己落叶般在无边的大海上颠簸的船一点点地下沉，飓风浊浪仿佛死亡的魔爪，扼住了生命的喉咙。对讲机里突然传来大声的呼喊："大来子，不要慌，我马上就到。"是他的赵大哥。杨长来紧紧抓住对讲机，像抓住了救命的稻草。

　　风浪肆虐的海上，想要靠近另一艘船，无异于拿命在赌，赵景阳的船在波峰浪谷间，一次一次靠向杨长来的船，一次一次被冲开，他吩咐船工准备缆绳，试图再一次靠近，谁都明白，稍不留神，一个浪头就可能造成两船相撞，船毁人亡，葬身大海。

几年的海上作业经验，赵景阳心里有数，自己的船是新船，能扛得住，只要有一线希望，他都不会眼看着渔民兄弟在自己的眼前丢了性命。

数次尝试，赵景阳的船终于靠近了沉船的左舷，他让大家把沉船和自己的船绑在一起。这又是多么危险的行为啊，你永远想象不出海浪的威力，26厘米的缆绳三次被扯断，三次又被接上，甚至，完全有可能在挤压与冲撞中，将赵景阳的船扯碎。

他也明白，只有两船绑在一起，才能救人、救物。是的，赵景阳不但救人，还想着尽量减少杨长来的经济损失，他知道，杨长来价值10万元的船肯定是没了，只能尽量抢救船上的物资。杨长来说保住船工的命就已经万幸，物资太重，就不要了……赵景阳还是组织两家船工把坏船上的物资，能拆下的，能搬走的，全部搬到了自己的船上，100多张网都压在了还没有摘掉鱼的网上，他说和这些网比起来，损失点鱼算得了什么呢？

这时，崔振远的船也赶来了，两艘船一起吊起杨长来船的船尾，以减缓下沉的速度，3艘船，19个人齐上阵，抢救回来价值近5万元的物资。赵景阳心里清楚，也背负着债务的杨长来已经损失了10万元的船，自己必须尽最大的努力减少他的损失。

赵景阳和崔振远的两艘船，载着7名难兄难弟和杨长来船上的物资开始返航。然而，危机并没有解除。180海里的水路，他们依然行得惊心动魄。

救援过程中，两船的碰撞，使赵景阳的新船出现裂缝，他打开舱一看，连从来不进水的睡觉舱和机房都是水了。他压住心慌（为了船上的兄弟，他不可以慌），镇定自若地指挥大家，淘水，堵裂缝，用完了麻，就剪开棉大衣，用棉花堵，能用上的都用上了，也只能是减缓灌水的速度而已。

他内心有一个坚定信念：想保住兄弟们的命，必须拼死保住船。

20个小时的回程路，足足拼了40个小时，他们终于艰难地抵达生命的彼岸——石岛码头！铮铮铁骨的硬汉赵景阳，此时此刻已经是泪流满面……

这次救险，赵景阳是在以命相搏，命保住了，已经负债累累的他，又花去5万多元修补伤痕累累的船，这一年，他又白干了。

他不仅仅是白干了。这次救援，赵景阳的新渔船受到重创，伤筋动骨的内伤，已经无法再出海远航。我不想发更多的感慨，我只想说，这样舍弃巨额收入、财产，甚至是冒着船毁人亡的巨大危险，去救人，不是普通人可以做到、有勇气做到的。

赵景阳舍财、舍命去救人，绝没有想过之后铺天盖地的盛誉和"英雄"的光环，给予他欲罢不能地、不停地"舍"，即使不出海，海上出现事故，人们第一个想到的依然是赵景阳，渔民们都明白，无论何时何地，只要召唤他，只要他知道，他真的肯伸出手，真的会鼎力相助。

救人、助人，赵景阳有一颗偏执之心。2000年，辽河油田物探公司的4名勘探员乘着勘探艇执行海上作业，在大风大雪中迷失了方向，赵景阳作为"水上临时基地"的船，又一次开启了寻找和救援的模式，会同另一艘大马力的船，一起搜寻了几个小时，一无所获，另一艘船的船主失去信心也没了耐心，放弃了。赵景阳不甘心，驾驶着自己的船，又在风雪肆虐的海面搜寻了8个小时，他船上的灯光，被在海上漂流了很久的勘探员看到了，他们点燃手套，微弱的火光终于得到了回应。当赵景阳和伙伴们从耗尽燃油的勘探艇上救回4名勘探员时，他们已经被冻得四肢麻木，说不出话来……

从1992年，赵景阳下海成为渔民，到2022年，30年过去。当我第一次打通了赵景阳的电话，询问一些事宜时，他依然唏嘘不已，感慨良多，他的真诚、他的叹息、他的无奈和无怨无悔，隔着电话，我都能感觉得到。他说，他一直被周围的人"骂"是个傻子。他说，我就是个傻子，只图个心安。

曾经劈波斩浪、叱咤于大海的人，舍弃了海上的"挪亚方舟"，悄然撤出被"英雄"裹挟的喧嚣日子，盛名随风，深入骨髓的大善，却成为陆上的又一叶"挪亚方舟"，秉持着人间道义，他从来就没有把那双伸出去救人、助人的手收回过。生活之海，赵景阳的生命之舟满载着70余载的悲欢荣辱，虽然，他的生活境况依然艰难，他必卸下所有的重负，他必还是那个怀抱阳光，能够感动你、照亮你的人。

他是大勇者，他是侠客！

爱心邮路

佟 伟

盘锦有这样一位"明星"，他就职于中国邮政集团盘锦分公司，他被称为"服务之星""绿衣使者"，还是全国劳动模范、全国敬老爱老助老模范……十几年来，他日投递里程达47公里，一言一行，感动着千万用户，也感动感染着盘锦社会。十几年来，通过不懈的努力奋斗，他由一个劳务派遣工成为一名正式职工，是邮政人学习的楷模，是青年人的榜样。

他就是双台子普邮投递部负责人，共青团盘锦市委兼职副书记张东洋。

投递员的工作在人们眼里再平凡不过，那么在他的岗位上又曾演绎着怎样的故事呢？

甘当"邮政工匠"

1991年3月，张东洋出生在盘山县坝墙子镇张家村。父母都是朴实善良的普通农民，经常给他讲做人的规矩道理，如何尊老爱幼，从小就引导教育他，不计较个人得失。将来长大了做事也要干一行、爱一行、钻一行……父母还以身垂范，爷爷得脑血栓瘫痪在炕多年，且脾气急躁，但他们一如既往伺候得非常周到，形成了良好的家风，也深深地影响了他。

年少时，张东洋就对被称为"绿衣天使"的投递员倾慕不已。这不光因为他们穿着一身整齐的"邮政绿"，骑着"二八大杠"自行车，而且听父母说，他们工作是神圣的，能够及时准确无误地把国家的文件、地方的报刊、亲人间的遥远问候、朋友间的信息联络送达机关单位，送到千家万户，给人们带去方便与期盼，为家乡与外地架起一座桥梁。2010年，19岁的张东洋被聘为劳务派遣工，开始从事邮政投递员工作。

上岗后，他对本职工作有很高的责任感和荣誉感，非常珍惜。他揽投服务的范围在双台子区西部城区，包括北方工业学校、九化小区、晟华苑、湖畔、水榭新城，老旧小区和新建小区多，是全市私费用户最多、服务区域最大的一条段道。他每天弯腰、下腰数千次，日投递里程达47公里，日均揽收邮件500多件，扫描、分拣、装袋、分发、装车等动作早已经形成机械化的工作程序。为了保证投递时限，他经常工作到晚上10点多甚至更晚。由于在工作中忠诚履职、任劳任怨，10多年来没有一份丢件、错件、漏件问题发生。

看似简单的投递工作，不但任务繁重，而且各种难题也会接踵而至。地址不详的"死信"就是工作中的一个困扰，最简单的办法就是一退了之。但张东洋没有那么做，因为他退回一个邮件，就是退回了一个用户对邮政部门的期望，所以他对每个邮件都是一丝不苟。几年前有一封江苏来信，上面只写了"盘锦市九化小区"和收信人名字。九化小区共有50多栋楼近300个单元，想找到收信人几乎是大海捞针。在这种情况下，他一边在小区里四处打听寻找，一边到社区查档，几经周折终于找到收信人女儿，把这条跨省寻亲的纽带连接上。

前些年，在他投递范围内的一片平房住宅区里，住着50多名退休的辽宁省路桥三公司职工，当时他们的退休金是一张张汇款单，汇款单上只有单位和姓名。可问题是，这片平房区没有详细的房栋号和门牌号，他根本弄不准他们住在哪栋房子里。于是，他挨家挨户询问，多方打听，详细记录每一位收款人的地址……他用细心、耐心再次解决了难题，每次都及时、准确地将汇款单交到这些老人手中。张东洋说，再苦再难也要尽职尽责，服务至上。

情洒"爱心邮路"

10多年来，张东洋时刻牢记着父母当年教导。

他在投递区听说有一位叫马宝祥的老人，夫妻俩都70多岁了，尤其马大娘有脑血栓后遗症。因为两个孩子分别在青岛和鞍山，所以平时没人照顾他们。细心的他了解情况后每次投递路过，都要进屋看一下。有年夏季下大雨，住在平房区的马大爷家里房顶漏雨，虽然屋里摆了多个大大小小的盆接水，地上仍然积了很深的水。他二话没说，挽起裤腿，拿起脸盆就往外淘水，还买来塑料布，不顾危险爬到湿滑的房顶把漏雨的地方苫盖压好。

还有一次深夜，马大娘突发疾病，儿女都不在身边，把马大爷都急坏了，就试着给张东洋打了个电话。接到电话后，他立马赶过去，边安慰他们，边把大娘送到医院，帮着排队、挂号、交款、检查、办理住院。当大娘情况稳定下来时天已经亮了，他把二老送回家安排妥当后，又开始了新一天的投递工作。

此外，马大爷家电费、话费他还帮着交，生活用品帮着买。过年了还买年货给老人送去，并帮助贴福字、贴春联。这让老两口很感动，逢人便讲，张东洋这孩子太懂事了，比亲生儿子照顾还要周到。

前几年，在社区和民政部门的协助下，张东洋还与投递段上的刘淑芹、陈凤云、贺桂香三位空巢、孤寡老人搭建了"爱心邮路"。每次投递路过，他都会进屋看望老人，询问她们的身体状况。投递之余还帮着打扫房间，买粮买菜。逢年过节，他会给老人们送上一些节日礼品。特别是九旬高龄的刘淑芹老人无儿无女，丧偶20多年了，只有一个人生活。为让老人开心，他每次休息的时候都会用半天时间去陪伴老人，有时还带着妻子一起去，帮老人做点力所能及的事。

还有离休老干部王积元订阅了《辽宁日报》《长寿》等七八种报刊，为了方便老人，张东洋每天都把报刊直接送到楼上，并看看能帮老人做点什么。尤其后来老人患病住院，医院已超出了他的投递范围，可他坚持把老人所订报刊送到病房。他敦厚善良的品格让老人、医护人员都深受感动，而每次面对大家的夸赞，他总是这样说，我没做什么，投递就是我的工作、我的本分，这是我应当做的。

正是凭着坚韧不拔的工作态度、崇德向善的思想品质，张东洋逐渐成长为投递班组里的"明星队长"，还创立了"张东洋劳模创新工作室"，带领着一支有31名成员、平均年龄35岁的年轻团队。在他影响下，团队也成了"模范孵化器"，不但涌现出业务尖兵陈勇、爱岗敬业陈迪，而且还有爱心助残崔艳、拾金不昧侯冰冰等多个道德标兵。

张东洋这些年每天顶着严寒酷暑，早出晚归忙于工作或帮助他人，却很少与家人团聚，对家人亏欠太多。尤其当接到孩子电话，被问起怎么很少在家时，他只好不无幽默地说，爸爸在变身"绿衣超人"，等打完"怪兽"就回家了。

近年来，张东洋的付出得到社会各界的广泛认可。

在服务区中，散步的李大爷怕他冷总提醒他要添加衣物；诊所的王大夫怕他口渴，常常为他准备好一杯水；当他汗流浃背地奔跑在居民区中时，兜里还经常被塞进一把糖果；还有身后的"小张是好人哪""这小伙真贴心""他是空巢老人的及时雨"等赞评和评价。

2014年起，张东洋先后被授予辽宁好人·身边好人、辽宁省劳动模范、全国敬老爱老助老模范人物、全国五一劳动奖章、全国劳动模范等荣誉称号，2021年成为省第十三次党代会代表，2022年荣获全国向上向善好青年殊荣。

面对荣誉、鲜花与掌声，张东洋却显得很平静，他总是微笑着说：我是"90后"的青年，要踏实勤奋工作，不能给青年人丢脸；我是邮政人，要坚守投递岗位，履行普投服务义务；我是共产党员，要把爱心献给百姓，用行动诠释党性。

学校里的"郭明义"

凌　辑

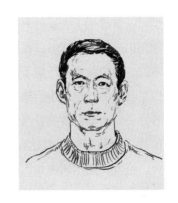

　　康建国是盘锦市辽河油田实验中学一名受人尊敬的老教师，如今已经光荣退休。在近30年的教育生涯中，他无论做什么具体工作，都始终以全身心投入、无私奉献的人生态度真诚对待。调入油田实验中学后，他由教学岗位工作转任学校教务处干事并兼职电教干事。在这个更加平凡的"二线"岗位，他没有轻视，更没有消极，而是精心钻研干事业务，刻苦学习电教岗位技能，脚踏实地，埋头苦干，更加辛勤地服务教学、服务教师，为学校现代化教学技术的应用和发展，提供了优质的保障条件和令人满意的服务。他因工作出色，多次被评为油田基础教育管理中心、盘锦市优秀教师和优秀共产党员，他的工作得到了全校教职工的高度评价，被誉为实验中学的"郭明义"。

电教信息技术的钻研探索者

　　近年来，教育信息技术获得了突飞猛进的迅速发展，学校信息技术的应用成为教学改革的有力助推器。为了尽快尽多地掌握教育信息知识和技术，康建国做出了艰苦的努力。他虽然是学化学出身，是电教技术的门外汉，但坚持虚心向学校信息中心的老师请教学习，自己买了大量的书籍、软件，参加了各类培训学习班，有时他把旧电脑进行拆解，在拆解中学习。他边工作边学习，边学习边实践，很快就熟悉适应了信息技术管理和维护等复杂的工作，成为信息技术的行家里手。他在学校先是负责初中部多媒体教学设备及各办公室电脑设备的管理维护，初中部撤销后他的工作范围进一步扩展。全校班级规模达到了81个班，教师办公和教学电脑近200台。他及时把学到的知识传授给各班级和每位教师，指导各班同学维护和管理电脑。在他的精心管理下，实验中学数百台电脑、投影机、视频展示台及校园局域网、录播室设备等设备得到了充分的利用和及时的维修管理。在他的努力下，许多设备大大延长使用寿命，许多设备起死回生，众多的电教教学设备在实验中学教育教学中发挥了重要作用。

设备管理维护的精心较真者

实验中学全校教学岗位拥有大量的教育信息设备，这些设备都是国家投入或学校积极努力争取单位赞助来的宝贵教学资源，康建国特别理解这一点，倍加珍惜，尽自己所能，严格管理，精心维护。他根据学校的要求，全面建立了设备档案，收集了备份资料。对每一台设备都进行了登记造册，建立设备卡片，对设备品牌型号、规格参数、出厂日期，启用时间、确认责任人等，实施严格的登记管理。对新、旧设备的相关资料如说明书、驱动盘等都精心收集保管备用。他每个学期都要逐台设备进行清点核对，进行考核打分，记入班级和老师量化考核。他对各种设备管理特别较真，不怕得罪人，天天到班级巡视，发现问题及时处理，强化设备管理。为充分发挥设备作用，他经常耐心培训指导教师。康建国还组建了各个班级小电教员队伍，负责对班级设备看护管理，为教师课堂上使用多媒体教学设备做课前准备和处理一些简单问题，成为教师的小助手。每个新学年康建国都对新生各班的小电教员进行集中培训和个别指导。班级小电教员也成了实验中学班级管理的一个特色。他对旧设备总是精心管理，能够维修的绝不放弃，能够利用旧器件的，进行拆解利用旧件，直到设备所有利用价值全部利用。仅修旧利费这一项，每年他都要为学校节数万元经费。

埋头实干无怨无悔的岗位奉献者

作为一名被称为学校二线岗位的教师，康建国从来没有把自己视为二线，而是时时处处冲在工作的第一线，以精心服务教学、热忱服务教师的思想，想教师所想，急教学所急，做到有叫即到，有求必应。教师们在备课或上课使用电教设备出现问题，随时拨打他的手机，都能及时得到回应，立即一路小跑在第一时间赶到现场，尽快帮助老师解决问题。有时为了不打扰老师上课，就把教室的电脑搬回自己的办公室进行维修处理。有时为了尽早把有问题的电脑处理好，无论是中午或晚间放学了，他都要坚持把设备修理调试好。为满足老师教学要求，他及时帮助老师制作多媒体课件，收集素材资料、扫描图片、刻录光盘等，毫无保留地为一线教师服务、为教学服务。在学校组织的历次"示范课""百花奖"公开课活动和各种会议时，康建国都要在课前帮助讲课老师和会议主持者准备多媒体设备，为讲授者提供优质技术保障。老师们都感动地评价：康老师是教学一线的守护神，有他的保护，上课和会议就有底！在康建国的出勤记录中，他从来没有缺过勤，也很少休节假日。为保障教学工作，学校的多媒体设备和校园网络不断更新扩充，安装、调试和维修工作大多都在双休日假期或晚间进行。只要学校有工作，不管是平时还是假日甚至晚上，他都听从领导安排，毫无怨言，不计报酬。

团结同行乐于助人的施爱者

在实验中学，康建国从来不计较工作的分内分外，他总是主动自觉协助其他岗位做好工作。每个新学年开学时，他都协助教导处做好学籍登录工作，使学校每次都能按时保质完成学籍上报工作；各年级每次考试后，康建国都积极协助各年级干事用电脑录入、统计考试成绩，及时帮助年级干事处理在录入统计中出现的问题，提高成绩统计效率，使电脑在教学评价管理中发挥了重要作用。许多时候，只要同行或领导一句话，无论是否是自己职责范围内的事，他都热情主动去做，而且去做好。正因为这样，同行和领导们也都乐意与他共事，乐意找他做事。虽然事务更多，但他始终乐此不疲。作为一名老师，康建国还热情参与社会和学校公益活动。学校义务清除积雪，他总是第一个参加，无论是放假在家还是工作在校，学校只要有事，他总是走在最前头。各种捐助和公益活动，他都积极参加，从不落在别人后头。多年来，他捐助的各种款项就达到数千元。

尊老爱幼支撑家庭的柱石

康建国家庭并不宽裕。妻子患病买断在家休养，失去劳动能力，孩子也没有稳定的工作，但他没有对生活丧失信心。精心护理病妻，耐心对待孩子，使家庭在困难中前行，从来没有因家事影响自己的工作。他把八旬老父亲接到自己家里精心侍奉，还通过各种机会宣传环境保护，传播爱心思想，参与各种社会公益活动。

康建国数十年如一日，继承和发扬了雷锋、郭明义和周恩义同志精神，对待同志像春天般温暖，对待工作像夏天一样火热。他以"工作、学习、尽责、助人是享受"的平和心态面对每一天；少说空话，多干实事，勤恳工作，默默奉献，在自己平凡的工作岗位上模范履行了共产党员的义务，实实在在地展示了中华民族的传统美德。

ICU门后的那束光

田宇光

　　一扇紧闭的门隔开了患者和亲人，门里面是离天堂最近的地方。ICU，一个神秘的科室，医护人员在这里同死神进行着殊死较量，他们燃烧着自己，带给患者和家属希望之光。

　　有些人注定在人生旅途中会担负得更多，因为他们心中有着强烈的责任感和使命感。

　　马延全，辽油宝石花医院重症医学科主任，在重症病房的这条走廊里同死神赛跑了整整10年，一诺映初心，十年磨一剑。他用精湛的医术、炽热的仁心成为患者和家属心中最可信赖的人。世事变迁，秋风染白了青丝。如今，他也是一名重症患者，对于生与死，必定有着与常人不同的感悟。

　　"马主任年轻时可帅了，外号叫马大帅，现在头发都累没了。"一个资深护士笑道。马主任虽然年过半百，但高高的个子，挺拔的身姿，整洁的白大褂，那双大眼睛里有着这个年龄的人难得一见的光芒，最为与众不同的还是他发自心底的声音："不是所有人都能成为名医，最主要的是对待患者的那颗心。我就是一名普通的医生，只不过做到了一切出发点完全都是为了病人。"

　　"有时去治愈，常常去帮助，总是去安慰"，美国特鲁多医生的墓志铭是马延全在南京医学院毕业时为自己定下的座右铭。

良医亦念民。"并不是所有的病医院都能治好的，我们医生最该做的就是通过蛛丝马迹，用自己所掌握的知识科学判断出危险因素，然后通过治疗把它去除，使病人转危为安。病人是人，不是机器，在ICU里，没有亲人陪在他们身边，他们孤独而恐惧，我们还要对患者进行精神上的安慰，需求上的了解，要看到病人的内心，切身感悟理解病人的感受，全方位为患者服务，进行立体治疗，才是一名合格的ICU医生！"

马主任这样引导新来的同事。

2012年7月18日，马主任一手创办了辽油宝石花医院ICU病房，10年间，由当初的两张床，4名医生，到如今的20张床，40多名护士，9名医生，每年千余名患者，这条路，马主任走得十分艰辛。

"当年我体力还行，年轻啊，一干干到后半夜是常事，现在我54岁喽，体力和精力都大不如从前了。"马主任无奈地说。辽油宝石花医院刚开展这项工作时没有前人经验可以借鉴，可以说是开先河，填空白，没有时间给你摸索，更不给你机会试错。诊疗模式，治疗措施，各项指标的检测，全是从零做起，真是焦头烂额。马主任争分夺秒地干，不断利用各种方式进行学习，海绵一般吸收来自各方的经验，开始就4个病人，两名大夫还是忙得人仰马翻的，饿了吃口方便面，困了趴桌上睡一会儿，回家只能是奢望。

患者多了，医生护士受不了了。到这里来的都是在生死边缘徘徊的危重病人，90%的患者都处于昏迷或者半昏迷状态，吃喝拉撒、翻身、叩背、吸痰、洗澡、监测、治疗全是医护人员完成，一名患者相当于其他科室10个患者的工作量，有无数项工作要做。慢慢地医护人员全部腰有问题，硬质护腰带人手一个，以缓解腰疾。都知道ICU工作很繁重，却不知道究竟有多繁重。

"我们早上8点交班，上夜班的坐着交，上白班的人站着听，最少半个小时，然后到患者床旁交接，一个一个交，有时前面的护士还没交接完，后面等着交班的坐着就睡着了！"采访中，马主任更多地说着自己同事的辛苦，眼里满是心疼，可大家都知道，马主任这个癌症患者每天早7点20分准时到达办公室，回家从来都没有个正点，干到半夜是经常的事，有时为了抢救危重病人，几天几夜地连续鏖战。

"还有几年我就退休了，现在这里也面临着人才的匮乏问题，这里太累了，年轻人都不爱来啊！当前9名医生累病了3名，一名在休长病假，护士也换得勤，刚培养成成手可年龄又到了。去年我刚做完肾脏切除手术时还能稍微收敛一点，按时上下班，按时吃饭，现在又开始放肆了，加班熬夜又成常事了。"马主任笑着说，可他的亲人却心疼得在心里流泪。

培养一个重症监护的护士不容易，所有生命体征的监测，输液泵、注射泵、呼吸机等精密仪器的使用，危险药品的使用，各种特殊体征的监测都要熟练掌握。而对ICU医生的要求更严格，人体八大系统可能发生的重症都要清楚，基本功扎实的基础上，思维还要缜密，要有很好的综合分析判断能力，所以培养一个重症的医生需要的周期更长。自开诊以来，马延全边干边教，他带领ICU团队已经成功救治重度颅脑损伤、急性心肌梗死、呼吸衰竭、一氧化碳中毒等各种急危重症患者近2300名，抢救成功率达75%以上，为数百名患者托起了生命的希望。

马主任十分推崇孙思邈的一句名言：一方济之，德逾于此。除了专业技能过硬，马主任更注重的是一名医者的医德。"协和医院的林巧稚医生，她为了病人，连周总理邀请她参加开国大典都没去参加，这才是一种搞专业的心态，这才是全心全意做事的人，现在有的医生受各种外在因素的影响，很难把心静下来，去学习，去专研，这样下去很可怕，一个医生如果没有一个全心全意为了患者的初心，有再好的专业成绩我也不会用！"马主任对这点分毫不让。曾经有一位研究生毕业的医生专业成绩非常不错，但心很浮躁，工作不踏实，马主任果断打消了对他重点培养的念头。

工欲善其事，必先利其器。当好一名医生，光有一腔热情是远远不够的，必须要掌握治病救人的真本领，才能真正履行救死扶伤的神圣使命。马主任树立终身学习的目标，利用一切业余时间，如饥似渴地学习危重病学，及时捕捉国内外本学科发展的最新动态，使自己的技术水平不断提高。曾经有一个患有阿尔茨海默病的病人脓毒性休克来到ICU，病情十分危重，命悬一线，致病部位难以判断，多位专家会诊也难以下定论。马主任综合分析，断定是胆囊出了问题，经过胆囊穿刺引流手术，果然将病人从生死线上拉了回来。近日，盘锦市第一届重症专科护士培训班开班，马主任责无旁贷地主抓并主讲。他希望自己能够做好传帮带工作，给这些年轻人扶上马再送一程。

马主任正说着，一名医生在门前经过，马主任叫住他说："如果病人不想做增强CT就先不做，跟患者说，我们知道患者肾不好，衡量利弊还是觉得该做，但暂时还是先尊重家属意见。"

"我们是医生，但不一定什么时候我们的角色也会互换，也可能是患者，也可能是患者家属，这就需要我们换位思考与患者家属沟通。"马主任诚恳地说。到ICU来的患者和家属都很痛苦，情绪就会十分焦躁，而病人存在个体差异，复杂而多变，这里是无法做到付出和收获等价交换的地方。

不得不承认，现在还存在着医患关系紧张的状况。因此，一些医生面对风险大的手术不敢轻易去接。医者父母心。在马主任心中，生命第一，患者第一，为了挽救生命，个人承担的风险永远排在患者之后。马主任印象最深的是2018年，一名60多岁的男性患者骑三轮车，出了车祸，失血性休克，腹膜后血肿。马主任反复请泌尿外、肝胆外、胸外等科室会诊，面对病人心率、血压都控制不住，生命危在旦夕的状况，会诊的大部分医生都认为救不活了。马主任却说："这名患者不做手术肯定活不了，但我认为做手术还有微弱的一丝希望，不能看着患者死呀！"患者此刻心跳停止，血压没有，人体逐渐发紫，哪个医生也不敢轻易手术，承担患者死在手术台上这个责任。面对大家的犹豫，马主任急眼了，把所有科室主任集中到会议室，心急如焚地恳求能给患者马上手术，给患者一个哪怕万分之一的存活机会。在马主任的一再坚持下，患者终于被推进了手术室，奇迹般抢救过来，一个生命保住了，他作为顶梁柱的家保住了。这件事过了一段时间，马主任作为司法鉴定的法医到司法鉴定处工作时，一个人喊住了他，马主任正诧异他是谁时，这个人说："我在你们科室住过，我是出车祸那个人哪。"看着当初八根肋骨全断，命悬一线，而如今行走自如，没有后遗症的人，马主任也是欣喜万分。他却并不知道在他身上曾经发生了什么，医生为他承担了什么。

医生也是人不是神，面对死亡，医生也会有万般无奈。马主任说，到了 ICU，你会重新认识这个社会，重新看待生与死。"不要总是把患者当亲人！"珍视敬畏生命，挽救了无数患者的马主任却这样对新来的医护人员说。"我们每天都面临着死亡，如果把患者当成亲人对待，你的情绪和心情会受到影响，影响你对患者制订科学的诊疗方案，更无法做到工作态度阳光积极。"每当一名患者离去，马主任都会带领着科室人员向遗体鞠躬告别，然后又马上整理心态，更加努力地投入到工作中去。"当然我们也有阳光明媚的时候！"说到这里，马主任露出了自豪的微笑。神经外科出身的马主任是盘锦市最早做取栓和神经介入手术的医生，前段时间，马主任亲手取出一个 21 岁男孩脑部的血栓，看着男孩手术后偏瘫的半边肢体活动自如了，意识清楚了，一棵挺拔的小树重新迎风招展，他的父母喜极而泣，女朋友也在他身边露出灿烂的笑容，马主任感受到作为一名医生的价值和愉悦。

生死逆转往往在一瞬间，而正是一瞬间的抉择，看出一个人的境界。2014年4月9日下午，马延全和同事正在全力抢救一名脑出血患者，护士匆匆跑过来说："马主任，嫂子打电话说你父亲突发心梗，120救护车现在正往回赶，让你赶紧到楼下接应。"马延全听了心里咯噔一下。作为医生，一面是生命垂危的患者，一面是生死未卜的父亲，他的内心十分痛苦，难以抉择。看着病床上危在旦夕的病人，他咬着牙狠下心对护士说："告诉你嫂子，我在抢救病人，现在没有时间，让她赶紧到循环内科。"紧接着，他又全身心地投入到抢救中。由于患者病情反复变化，直到晚上6点才逐渐平稳。叮嘱同事做好监护后，他才急匆匆地赶往父亲的病房。

一张一弛才是文武之道。最近，马主任正张罗搞一次团建，谈到业余爱好，马主任曾经办过好几次健身卡、滑冰卡、网球卡，可自从到了ICU，这些卡大部分时间都安静地躺在那里，他哪有时间呢，他把全部的时间和精力都给了患者。"等我不忙了，会把这些运动都捡起来！"可这一等就等了10年。现在不光治病还有团队的事、管理的事、新技术的事，马主任感觉压力很大。

为了患者，刚端起来的饭碗就得撂下，答应陪高考结束的女儿旅游一直拖到黄，丈母娘说："你这是干的啥工作呀，放一放吧，你也是病人，保养保养身体，享受享受生活吧！"马主任却说："我真的放不下呀！"当别人问，如果可以重新选择，您还做医生吗？马主任毫不犹豫脱口而出："还会做医生啊，因为我觉得我能做一名好医生啊！"

人间疾苦如荆棘，而马主任这样有信仰的人，成为挡在死神面前的一道屏障，成为一道光，为我们照亮前路。正是许许多多像马主任这样的人，用仁心仁术，为我们的健康与生命护航。

父子"好人"两地书

史洪斌

　　在中国历史上，亲人之间通信是很好的也是最主要的交流方式之一，出现了很多脍炙人口的书信，流传后世。比如，诸葛亮的诫子书、郑板桥的家书、曾国藩的家书都名重一时，为士林所称道。特别是当代翻译家傅雷与儿子傅聪两人之间的通信，更是优美动人，出版以后感动了无数艺术界人士以及一般的读者。而在盘锦有一位军转干部陈振，曾被中宣部文明办评为中国好人，被省委宣传部文明办等部门评为辽宁好人、最美退役军人和辽宁省岗位学雷锋标兵，儿子陈湘楚入伍前也被共青团中央评为全国最美中学生，被省文明办评为辽宁第四届未成年人道德小模范，现在是现役军人、中国人民解放军国防科技大学在读。父子之间一年多的通信，被儿子小心地收藏起来，成为一段佳话。

　　现如今生活节奏加快，加之信息、交通发达，写信对一般人来说，可能是奢侈的甚至不合时宜了。但是，陈振觉得写信是他和儿子之间的"秘密"，是父子之间微妙的情感纽带，虽然不如电话或者微信来得便捷，然而也深刻得多，有些话不便于话语表达，却可以诉诸笔端，同时留下了痕迹，也是时光最好的见证和礼物。2021年1月14日，当得知入伍的儿子生病了，情绪低迷，甚至一度想放弃军旅生活的时候，陈振这样写给儿子——

湘楚同志：当下好！国家富强，人民幸福，需要强大的人民军队和坚不可摧的国防，我们都参与过，这就是幸福，这就是价值，这就是平凡中的英雄。

湘楚，当你真的躺在病床上的时候，你就啥都不怕了，这个时候谁都怕你了——亲戚朋友怕你借钱；爸妈怕你治不好；配偶怕你拖累他；领导怕你不能回来工作，赶紧找人替你；医生怕你支付不起医疗费，随时看你余额停药。到那时，脾气和傲气全然不见了。

所以，一定要照顾好自己，什么都不是自己的，唯独身体是自己的，最主要的只有健康，学会照顾自己、爱自己，生活就是这么现实，且行且珍惜！

在同一天，陈振又写了另一封信。

湘楚同志：当下好！今天是盘锦市开会的日子，作为信访安保值班人员，我在宾馆给你写信，不知道能写几封信，尽快多写点，道一下我的心里话和心理历程，告诉你我受益匪浅的语言。

伟大的中国共产党万岁，伟大的中国人民万岁，我们一起永远记住。

湘楚，有些事情想不开了，你就会明白：在这个世界上，你就是你，你痛，痛你自己；你累，累你自己；就算有人同情你，那又怎样，最后收拾残局的，还是要靠你自己。

记住：有些人你可以期待，但不能依赖！

时隔八天，陈振知道儿子感冒好了，情绪重新饱满起来，为了鼓励儿子学习，又提笔写信————

　　湘楚同志：当下好！习近平总书记指出，我们的军队是人民军队，我们的国防是全民国防。我们要加强全民国防教育，巩固军政军民团结，为中国实现中国梦强军梦凝聚强大力量。

　　湘楚，在真实的生命里，每桩伟业都由信心开始，并由信心跨出第一步。在人生的大海中，我们虽然不能把握风的大小，却可以调整帆的方向。

　　湘楚，生活中，当你快乐时，你要想，这快乐不是永恒的。当你痛苦时，你要想这痛苦也不是永恒的。伟大的事业不是靠力气、速度和身体的敏捷度完成的，而是靠性格、意志和知识的力量完成的。

在同一天，陈振又写了另一封信——

　　湘楚同志：当下好！习近平总书记指出，时代是思想之母，实践是理论之源。只要我们善于聆听时代声音，勇于坚持真理，修正错误，21世纪中国的马克思主义一定能够展现出更强大，更有说服力的真理力量。

　　湘楚，在生活中你还要记住这个道理：发脾气是本能，能压下去才是本事。如果你在学习工作当中经常发脾气，那么你的学习和工作就会受到非常严重的影响，毕竟没人愿意面对你的脾气，更何况在某些时候发脾气是会给大家带来一些麻烦的。发脾气是人的一种本能，也不是自己的错，但如果你能够将其压下去，那就是一种本事，而且这种本事可以让你在未来的道路上走得越来越好，这对于你来说其实是一种人生的技能。

多么体察入微，多么感人肺腑！这里没有家长的架子，没有空洞的说教，而是像战友谈心，像好朋友交流一样，毫无隐瞒，知无不言，言无不尽。我想即使不是儿子，就是战友和好朋友也会受益匪浅的。

除了关心儿子的身体和情绪变化，陈振更关心儿子心灵的成长，尤其是读书对心灵的滋润。古人云，一日不读诗，便觉言语无味。正如一副对联写的那样：学如逆水行舟，不进则退；心似平原跑马，易放难收。在信中，陈振每每引用习近平总书记的金句，同时也经常和儿子共同学习《中国共产党党章》《中国共产党党史》《雷锋日记》以及方针政策、文件等。父子两人都对传统文化感兴趣，常常通读某一本代表性书籍，陈振一边抄写经典一边和儿子探讨交流，有的时候干脆就将整本书的注释和译文都抄好，邮寄给儿子，逐渐形成了习惯。光是一本《道德经》前二十章的注释译文就抄写了60多页信纸，这还不到整本书的四分之一。陈振在信中写道："从今天开始，我与你一起学习《道德经》有关内容，从中感悟古圣先贤智慧。大道至简，道法自然，天人合一的理想，学会贯通，为国献出力量……"每一封信，都隐含着陈振的家国情怀，如春风化雨，在润物细无声中潜移默化影响着儿子，正所谓身教胜于言传，不光写信教育儿子爱党爱国爱民，陈振在日常工作中，注意自己的一言一行，每走一步都给儿子做出了示范。

父亲在信中总是称呼儿子湘楚同志，虽然没有父子之间那种亲昵缠绵的表达，却把浓浓的父爱融入谆谆教诲之中。陈振对儿子说："你是我的儿子，更是党的儿子、人民的儿子，家国情怀，远远大于父子情怀……"时刻不忘提醒儿子磨炼意志，提升境界，涵养人格。

每当湘楚思想迷茫的时候，他就拿出父亲的家书，总能找到答案、得到慰藉。2020年寒假，"留下就是奉献，在岗就是战斗"，父亲信中的话语再次响彻耳旁，湘楚和所有科大的学员一起，响应号召，就地过年。春节过后，湘楚在给父亲的信中写道："通过这次磨炼，我过了一个难忘而又有意义的春节。我要像雷锋那样，像爸爸那样，立足岗位，积极投身于中华民族伟大复兴的实践中。"更多的交流，湘楚都是通过电话来完成，常常和父亲一打就是两个小时，如果有录音的话，整理出来也是一封封长信吧。陈振也许不能留给儿子多少财产，但是这一纸壳箱子书信，是最宝贵的精神财富，可以代代相传，成为传家的珍宝。

我不知道这是时代之福，还是时代之伤，写信真的是很奢侈很浪漫的事了。陈振和陈湘楚父子的通信，既是战友两地书，又是好人两地书，不但传递着人间的真情，更传递着大爱和正能量，成为挣脱束缚日常之茧的蝴蝶，为枯燥的生活增添了些许瑰丽的色彩，为寡淡的岁月掀起了一圈迷人的涟漪，为中国传统家书文化又加上一层砖瓦……我希望早日看到陈振父子两地书结集出版，让更多读者的心灵得到润泽，让更多的年轻人不负韶华，找到飞翔的翅膀。

光明使者

凌　辑

　　姜广敏，1960年3月生，1980年初中毕业到大连瓦房店一家农机修造厂当工人，先后干过车工、电焊工、水暖工。1986年到盘锦供电公司送电工区工作，现为盘锦供电公司运维检修部输电一班副班长，共取得技术创新成果52项，其中32项获国家专利。先后荣获辽宁省特等劳模、国家电网公司特等劳模、辽宁省十大蓝领技能明星等荣誉称号，今年被评为全国劳动模范。

　　他黝黑的脸膛，带着常年野外作业的痕迹；炯炯有神的目光，显现出送电人特有的韧劲；少言寡语，可干什么都爱动脑筋，总能找到一些实用的小窍门，不仅能熟练掌握车床、铆工、钳工等传统技能，还拥有52项地市公司以上级别科研成果，32项国家专利……成为全省十大蓝领技能明星。

　　每个人年轻时对自己的未来都有梦想，科学家、将军、作家、工程师……很多人的理想都是那样美好。姜广敏年轻时也有梦想，他说，他最大的愿望是当一名技术过硬的好工人。

　　姜广敏说，那时，他心中的偶像是在瓦房店那家农机修造厂当八级焊工的父亲。"我是接父亲班到这家农机修造厂工作的。当时的厂长是清华大学毕业的，很了不起，他非常敬重我父亲，厂子遇有难干的焊接活，他就派车接我父亲去。"姜广敏讲起父亲非常自豪。他说，年轻时他就希望自己能成为像父亲那样受人尊重的大工匠。

1986年12月，姜广敏从瓦房店农机修造厂调入盘锦电业局送电工区，开启了送电工人的职业生涯。由于理论基础差，姜广敏刚开始工作的那几年，《安全规程》《验收规范》等专业书从不离手，很多供电专业书籍被他翻破更换了不知多少本。后来，头脑灵活的他想到了另一种学习方法——将书中内容录在MP3中，走哪儿都可以听一听，闲暇时间耳边响起的都是MP3的声音。一勤天下无难事，半路出家的姜广敏很快掌握了专业所需的理论知识和操作规程。

"干活特别爱动脑"，这是盘锦公司上上下下对姜广敏的评价。大家非常佩服姜广敏刻苦钻研的精神，折服于他那股不服输的韧劲。

进盘锦供电公司不久，姜广敏那种钻劲儿就让他很快在工作中崭露头角。"系绳扣"在送电作业中是最平常、最简单的，但又是要求最细心、最能保证安全的一道工作。为了安全高效，姜广敏认真研究、勤学苦练，终于练就出一手以最短时间系7种绳扣的本领，获得了领导和同事的一致好评。

随着工作阅历和经验的积累，姜广敏尤其喜欢琢磨工作细节，乐于研究新点子。而且有了创新的思路，就会亲自动手实现。

在送电线路展放光缆、更换导线、地线等施工中，长期困扰着送电工人的是线路走廊的交叉跨越问题，它制约了施工进度，还增加了工作难度。作业中，若按老办法搭设跨越架，费时、费工、费钱，而且由于施工时间较长，一旦遇到恶劣天气，还容易出现安全事故。经过试验，姜广敏研制出了自动脱落式跨越滑车。它与搭设跨越架相比，具有体积小、便于携带等优点，在跨越高速公路、高速铁路、居民区或交叉跨越比较密集等大型交叉物时，都得到广泛应用。

2014年12月4日，按照盘锦公司检修作业计划，姜广敏像往常一样，带领他的班组成员对赵家变电站66千伏盘赵线甲刀闸与66千伏母线间引流线进行带电连接工作。细心的姜广敏发现，现有使用的带电作业绝缘梯挂钩没有采用任何防止脱落的后备保护措施，虽然在以往的作业中没有发生过事故，但存在很大的安全隐患，一旦挂钩脱落，后果不堪设想。回到工作室，姜广敏立刻叫上了他的两个徒弟黄宏达、丁德晟研究解决办法，并与其他兄弟单位进行沟通，发现在辽宁公司范围内现有的带电作业绝缘梯均未设置防止挂钩脱落的后备保护措施。姜广敏意识到问题的严重性，便和他的徒弟们放弃休息时间，对现有的绝缘梯进行设计、改造，重新再加工，用了短短两天的时间，便完成了所有绝缘梯挂钩封门的设计、制作工作。同时，姜广敏积极与其他兄弟单位联系，将问题反馈给各单位。目前，国网辽宁省电力有限公司范围内所使用的绝缘梯均已加装防止挂钩脱落的后备保护措施。

同年，他针对设备运行一段时间后线夹连接螺栓松动造成接点过热这一现象，用6个月时间研制出伞形齿轮中间轴绝缘扳手，获辽宁公司创新成果一等奖。

有人为他粗略统计过，30年间，他解决的生产现场技术及施工操作难题，创造直接经济效益800余万元，节约资金近9000万元。

看似寻常最奇崛

崔德忠　郝曙光

　　赵奇峰，欢喜岭采油厂采油作业三区齐5站采油工。国家级技能大师工作室领衔人，全国示范性劳模和工匠人才创新工作室领衔人，集团公司技能专家协会勘探生产分会副主任，集团公司技能专家。享受国务院政府特殊津贴，全国劳动模范、全国五一劳动奖章获得者、全国技术能手、全国能源化学地质系统大国工匠、2018年度第十四届中华技能大奖获得者。2019年度荣获辽宁好人。

　　2020年11月24日，全国劳动模范和先进工作者表彰大会在北京人民大会堂隆重举行。人民大会堂门外，一身"石油红"在众星璀璨的人群中格外耀眼。"如果我们把石油开采比喻为从油井里抽水的话，稠油开采就是在挤牙膏……"赵奇峰用形象的比喻与在场受表彰的劳动模范及先进工作者们谈起了石油。中国石油35人荣获全国劳动模范称号，赵奇峰作为辽河油田唯一的获奖者，继2018年获得中华技能大奖之后，又走进了国务院新闻办公室接受采访，赢得了产业工人荣誉的"大满贯"。

　　一位石油工匠的匠心："一线是创新的基础。我就想打个样儿，让更多的工人看到希望，咱一线工人也有大作为！"

　　赵奇峰当选全国劳模时，是辽河油田欢喜岭采油厂采油作业三区8号站采油工，1993年参加工作时，只是个技校生。如今，扎根采油一线29年的赵奇峰，凭借执着奋斗和刻苦钻研，从一名普通采油工成长为我国石油工业油气生产领域高精尖技术技能的专家型人才。

一路创新，硕果累累，不胜枚举。2020年12月4日，历经全国40个行业1320个企业3336个项目的激烈角逐，赵奇峰团队捧回了中国创新方法大赛一等奖。这是辽河油田首次在国家级创新方法大赛中摘得桂冠，也是此次辽宁省唯一荣获一等奖的项目。如今，赵奇峰是中国石油集团公司技能专家，国家级赵奇峰技能大师工作室、全国示范性劳模和工匠人才创新工作室领衔人。他已荣获省部级以上科技成果奖33项，地市企业级成果奖39项；主编出版岗位技术专著6部共300万字，参编教材9部，发表论文11篇；科技成果获得国家专利53项，有96项创新发明成果在石油行业推广应用，解决油田生产技术难题500余项，为企业累计创效1.3亿元。

这些成果都有一个共同的特点：来源于一线，也应用于一线。他曾对前来采访的众多记者说："工人搞创新，接地气，切合实际，不用高大上，小发明也能解决大问题。"他带领团队通过利旧加工制成隔热管密封节取出器，取出率100%，极大地缩短维修周期，提高利用率，获得全国能源化学地质系统创新成果一等奖；研发的缓冲罐溢罐动态监测报警系统，利用太阳能独立工作，代替员工随时监控储油罐罐位变化，对于安全生产意义重大，同时荣获全国能源化学地质系统优秀职工技术创新成果一等奖。站里员工都爱跟着赵奇峰干。他的创新始终坚持"少浪费、多出活"的原则。少浪费，一个是少浪费力气，一个是少浪费钱；多出活，一个是工人多出活，一个是设备多出活。过去，调整抽油机平衡，工人需要站在高空抢大锤、使撬杠移动一吨重的平衡块，一干就得两个小时。赵奇峰发明了高效调平衡工具，利用千斤顶把高空作业转移到地面上，工人不用费力，5分钟就能调整好。以前换一颗阀杆螺母，油井要停产三四个小时，而到了赵奇峰手里，换颗阀杆螺母10分钟就行，且不用停产。原来，他把阀杆螺母由整体革新成了分体。多年来，他还在实践中创新提出"链状管理法""油井管理七法""组合注汽防窜法"等管理法，使一大批躺倒井"起死回生"，累计增产原油10万吨。

2006年，赵奇峰被聘为辽河油田采油工总教练；2015年，被聘为中国石油大学（北京）、西南石油大学兼职教授。近10年来，他累计带徒弟300多人，教学2000多课时，帮带出技师、工程师、管理干部等120余人，培养出中央企业、辽宁省、石油石化行业技术能手24名，仅徒弟就已取得省部级以上竞赛奖牌30多枚。

夏洪刚是辽河油田欢喜岭采油厂采油作业二区07站采油工。他说："我是师傅手把手带出来的徒弟，今年我也组建了自己的团队参加全国创新方法大赛，获得了二等奖。每次参赛备战，特别是训练的时候，师傅对我要求特别严格，每个环节差一点都不行，练不到位更不行。师傅言传身教，我真是发自内心地佩服，没有他我也取得不了这样的成绩。我和师傅相处得非常好，遇到困难或想不开的事，他都会像大哥一样开导我。"

对此，辽河油田欢喜岭采油厂教育培训部陈磊竖起大拇指，连连称赞道："赵奇峰除了集团公司和油田公司安排的技能专家工作外，还负责他的劳模创新工作室，经常是两头跑。主要是创新项目不管大小，赵奇峰都认真对待，每一步都干得有板有眼、有模有样。我觉得，这就是一位石油工匠的匠心。"

辽河以稠油为主，国内采油教材提及稠油油井分析的很少，针对性不强。赵奇峰就想把自己多年积累的管井经验、绝活绝招整理成一本适合稠油的辅导教材，便于学习和操作，让更多的采油工成为技能型石油工人。

想到就做，2010年，赵奇峰开始动笔。但是，当遇到一些关于稠油的理论内容时，因为不太了解，他卡住了。那时，赵奇峰想找人帮忙，一起编书。可人家一听说他这个技校生、一个普通工人想出书，就不接茬了。各种各样的嘲讽也随之传进赵奇峰的耳朵里："技校生也想出书，简直就是做梦！""那书能有啥技术含量？不如干好自己的活得了！"

"技校生怎么就不能出书？"这反而激起赵奇峰更大的热情和决心。为了收集更多资料，业余时间，他骑着自行车，各个区块跑，一天下来20多公里，晚上连夜编写书稿，在电脑前一坐就到凌晨两三点。9个月后，95万字的《采油工油水井分析入门与提高》由石油工业出版社正式出版，成为石油行业第一部由岗位工人撰写的岗位操作指导专著。当时，这本书在石油系统引起了强烈反响，不仅获得广大采油同行的认可，而且获得了辽宁省自然科学学术成果二等奖。他说："我真心希望有越来越多比我更优秀的石油工人涌现，在各个油田生根开花！"

2012年，赵奇峰又自编自导了一部采油工操作技能对标视频教程。他历时一年，拿出了20万字的脚本，又找身边员工拍摄。《采油工技能操作视频教程》的推出，填补了辽河油田岗位标准化视频教程的空白。即使是刚上岗的员工，只要认真看一遍，就会掌握一大半基本操作技能。如今，书籍和光盘已经在中国石油系统推广，并被列为采油系统必备培训教材。

2020年赵奇峰和同事加班加点开发了微信小程序——掌控管理培训平台，将92个视频，以及各种培训书、资料书、工具书等都纳入平台，还设立了在线交流、在线考试、在线复习等模块，使员工无论何时何地都可以学习，受众辐射全国各地技术工人。

多年来，赵奇峰坚持以增油上产保障国家能源安全为己任，又陆续推出5部专著，参编6部教材，填补了国内复杂油藏油水井分析专业指导书的空白，不仅对石油开采具有重要指导意义，也为企业油气生产和保障国家能源安全做出了卓越的贡献。与此同时，他还出版了国内第一套石油工人的任务驱动型视频教材，将采油工的92项技能操作标准化。这些已在中国石油推广，并被列为采油系统必备培训教材。

成功无不靠辛勤努力，靠执着奋斗。1993年7月，赵奇峰一从技校毕业，被分配到辽河油田欢喜岭采油厂工作。身处亚洲最大的芦苇坡腹地，赵奇峰的身上同样有着一种芦苇般的韧劲。从那时起，他就一头扎进学习里，整日琢磨怎么把活干明白。"技校毕业起点低，就只好笨鸟先飞。"在赵奇峰眼里，学习是一辈子的事情。那一年，他共记了两大摞近30万字的学习笔记，一直保留至今。

"只要学不死，就往死里学"。在同事眼里，赵奇峰敢拼敢闯敢较真碰硬。毕业那几年，一起分来的同学有空就聚个会、喝个酒，他却一头扎进学习里，《采油工程》《石油地质》等几十种专业技术书，他在宿舍一看就是大半宿。辽河油田欢喜岭采油厂采油作业一区束滨霞采油站采油工董娟告诉笔者，大家看见的都是奖章光辉耀眼的一面，可背后付出的却是长年累月的血汗。有一年有幸跟赵奇峰组队参加创新方法大赛，半年时间，真是咬牙追赶着他的脚步。一天晚上过稿，逐字逐句，突然赵奇峰说："这里用逗号。""啊？我不念标点符号。""这就是工作态度问题。记住，任何细节都不容出错。"赵奇峰再忙，也会挤出时间带着他们磨项目，天天都是后半夜。他说："你们这才哪儿到哪儿。至少10年，我半夜1点前都没睡过觉。"

有人说他傻，他却打定了主意："劳模干到底，最终会是个什么样子？我想打个样，让更多的工人看到希望。"近年来，赵奇峰利用国家级技能大师工作室、全国示范性劳模和工匠人才创新工作室的资源，吸纳了来自机械设计、加工领域或者电子控制等领域的人才，让更多的"星火"汇聚起来。他带领创新团队深入一线解决油田污水回注、油井砂卡等难题，更是成效显著。赵奇峰说："一个人技术再强、能力再有，也是有限度的。让身边的工人兄弟都强起来，才可以星火燎原。"

仅看这一个赵奇峰工作的剪影，就能知道他的时间都花在哪儿了。可以说，他工作上取得成就，离不开家人的支持。1998年，赵奇峰成家立业，两年后有了儿子。在外人看来，他既当站长又当家长，而在家人眼中，他"成家"跟"出家"差不多。他早晨出门时家人未醒，他晚上回来后，老婆孩子已经睡下了。有时生产忙或遇到油井异常，他两三天不回家是家常便饭。当时爱人不理解他怎么就那么忙，总说："你一个'九品芝麻官'咋就忙成那样？"当时在哺乳期的儿子每天夜里都要起来哭上三次以上，爱人也休息不好。有一天，爱人抱着儿子对他说："我要退货！"赵奇峰一愣："啥情况，退什么货？""退你，退你儿子，都退！你知不知道你儿子一晚上得哭多少次？你一个月晚上能回来几天，能管几小时孩子。"

事实上，他爱人嘴里说着不满，心里却很心疼他。多年来高强度的工作加上长期对着电脑编写教材，赵奇峰颈椎三节错位、椎管狭窄，坐的时间一长就会头晕、手麻，身体难受。2003年，在地方事业单位做会计的爱人办理了停薪留职，全心照顾孩子和家庭。"挣的钱少，咱们就少花一点。"这一停就是12年。

"看似寻常最奇崛，成如容易却艰辛。"其实，"看似寻常却奇崛"，对于看似"寻常"的东西，不要轻视，不可忽视，有的"奇崛"就隐藏在看似平常的生活中。只有付出"艰辛"的劳动，才能做出貌似寻常而实为奇崛的事来。"海到无边天作岸，山登绝顶我为峰"，林则徐以脚踏绝顶峰，堂堂正正，顶天立地，抒发凌云壮志一览天下小！心中有梦想，脚下有力量。一年比一年忙碌的赵奇峰，还是想把自己多年积累的管井经验、绝活妙招传授出去，让更多的人成为技能型石油工人，在岗位上为石油奉献。

作为新时代的石油工人，赵奇峰始终不忘"我为祖国献石油"的初心和使命，用知识和技能高效回报企业，业已成为百万石油员工的楷模和我国优秀技能人才的典范，也正在为促进我国石油事业发展和保障国家能源安全持续奋力前行着……

薪火相传有来人

孙培用

　　每天，他往返在家与陵园、纪念馆的路上；每天，他用脚步丈量着沙岭战役烈士陵园的每寸土地；每天，他专心动情讲述着沙岭战役的枪林弹雨、盘锦第一党支部的红色精神、抗日义勇军的铁血英魂，风霜雨雪，寒来暑往，他都义无反顾，初心不改，薪火相传……

　　盘山县沙岭镇是盘锦地域历史与文化的早发地带，亦是一个故事密集的地方：红山文化在这里留下了灿烂的遗迹；东北民众武装抗日第一枪在这里打响；中共盘锦市第一个党支部在这里建立，盘锦地区的革命火焰从这里燃起；而沙岭战役的慷慨壮歌也在这里回荡……这是一片有故事的土地，一片充满血性的土地，一片英雄的土地，一片流淌着红色基因的土地。这片土地的故事值得讲述，值得倾听。

　　曾经密集的枪炮声随时光消逝，战场上弥漫的硝烟也早已散去，但后人没有忘记在战役中牺牲的2000余位英烈，每逢清明节、烈士纪念日，无数人前来瞻仰、缅怀。

　　烈士陵园建在当年的战场。

　　"上面的每一个名字都值得铭记，他们为祖国和人民抛头颅、洒热血，无私献出了宝贵的生命，我们能做的就是将他们的故事讲

101

给更多的人听，让后人永远缅怀。"古稀之年的沙岭战役烈士陵园讲解员王宝骞日复一日地为大家讲解。

沙岭战役烈士陵园位于盘山县沙岭镇，是为了纪念解放战争初期发生在这里的悲壮惨烈的沙岭战役中牺牲的东北民主联军将士而建。

2009年，王宝骞参与了烈士陵园的改扩建。

"一个有希望的民族不能没有英雄，一个有前途的国家不能没有先锋。"烈士们当年穿行在枪林弹雨间，奋不顾身，为了党和人民献出了青春和生命，留下不可磨灭的坚强意志与爱国精神。为让这种精神代代传承，曾经做过多年思想宣传工作，对沙岭战役有着深刻了解的王宝骞，担任起陵园的义务讲解员，为前来瞻仰的人们讲述那段峥嵘岁月。为使讲解更生动，他几经周折走访革命老战士、英烈家属，多方收集战役详细资料，亲力亲为几经修改解说词，又让沙岭战役这段烽火历程"复原"，雕刻在碑石之上，让更多的人真实了解和牢记这段历史，缅怀革命先辈的丰功伟绩。

2014年，沙岭镇党委指派时任沙岭镇人大主席的王宝骞，启动盘山县第一个党支部旧址保护修缮工程。这本是一份额外工作，况且再过几个月他就要退休。但他没有推托，"即便是明天就退休，我也要完成好最后一天的工作。"他毅然挑起了这份重担，以热情和认真负责的态度再次投入工作。

旧址在哪儿？在1992年出版的《盘山县志》上有一段模糊的记载，年代已经久远，他先后找到了当年的武工队队员、儿童团团员现场指认，确定了第一个党支部旧址。

这是一座建于1912年的百年老屋，因年久失修，已经有些风雨飘摇了，抢救维修迫在眉睫。为确保工程质量，他带领施工人员精心设计保护方案，亲自到辽阳挑选建筑材料，小到仿古泥瓦、仿古青砖，大到设计图纸、施工方案都亲力亲为。白天他在工地组织施工，晚上阅读资料，查阅党史，为展览做准备，收集大量史料，整理撰写展陈大纲、布展方案、解说词。

王宝骞既是"第一个党支部"旧址纪念馆的设计者，也是施工的"监理"者，他每天风雨无阻到离家10多公里的施工现场。对工程每一个步骤都精益求精，历时5个月，他向组织交了一份满意的答卷。第一个党支部旧址修缮完成，并建成纪念园对外开放。当年的7月1日，他接待了第一批"客人"，做他们的讲解员，王宝骞很高兴，也很骄傲。从此，王宝骞又多了几重身份——以团市委少工委委员、关工委副主任的身份讲解党史。

从镇人大主席职务上退休之后，他并没有回家颐养天年，而是继续为党工作。他觉得，这些陵园、党支部等都具有鲜活的教育意义，不仅可以警示后人，还可以激发人民热情，他思考再三，决定继续当好这些纪念场馆的讲解员。

王宝骞有个百宝箱——一个黑色手提兜，走到哪儿带到哪儿，里面有一条红领巾，随时都可以为少先队员、青少年讲党史。这样他更忙了，但他依然觉得幸福，因为他在做一件更有意义的工作。

"我是带着一份情怀，带着对老一辈革命者的无限敬仰来讲解的。"王宝骞说，他的每一次解说都会让自己的心灵得到升华。

作为一个沙岭人，王宝骞年轻时就对沙岭当地的人文地理红色历史感兴趣，没事喜欢归纳整理那些脍炙人口的红色故事。如今，年轻时的爱好终于派上了用场。为了使解说更具历史性、真实性、教育性、激励性、启发性，他查阅大量的历史书籍，走访了许多知情的老同志和有关资料的作者，然后利用晚上休息时间，在原有基础上不断加以补充和修改，这样才使解说充满激情。

"有很多人为了听他的解说，特意从市里、县里来到沙岭。王宝骞永远是第一个到班上的人。"据工作人员介绍，王馆长向来都是守时守点。"到沙岭听馆长演讲、解说，不仅让大家身临其境地听了一次党课，更让大家回忆了一段难忘的历史。"几乎所有的参观者都有这样的感触。

一些重要节日，本地、外地的参观团排队等他解说，一场接一场，有时一天得解说7场、几百人，常常累倒在床，舌头伸不直，声音也发不出来了。然而，身体刚刚恢复，他又走进了陵园、纪念馆。

王宝骞家住当地农村，烈士陵园和第一个支部党员教育基地分别离他家10多公里。他每日骑电动车往返于家、陵园和纪念馆间。无论严寒酷暑，他从不间断；不论春夏秋冬还是风霜雨雪，他从未停下脚步。电动车已经骑坏了两台。

2017年12月的一天，他又一次凌晨就出发了。虽然出门前，他把自己包裹得严严实实，但零下20多摄氏度的低温，呵气成霜。北风像刀子一样，顺着袖口、衣领的缝隙往里钻，骑到一半时，已经被冻得麻木感觉不到冷了。冻得发抖的他，误以为电动车出了毛病，抖动不停，两次下车查看，电动车没有任何问题，这才恍然大悟——不是车抖，而是他自己浑身战栗，双手不听使唤，只好推着车跑，跑得身上暖和些才又骑上车。

从2014年到现在，这样顶风冒雪去陵园、去党史馆有多少次已无法统计。

王宝骞每年从"五一"开始骑电动车，到12月20日坐客车通勤。8个月间每月骑行550公里，8年来已骑行3万多公里。

寒来暑往，不知疲倦的跋涉让王宝骞更加贴近这片红色热土的脉搏。他多次去海城、牛庄等地实地探访，与一些文史研究者面对面探讨。几年前，他还以盘山县地域文化研究会会长的身份组织了一次盘山明清驿路即辽东驿路考察活动,只为能从历史的纵深处解码红色文化。此后,他讲述的红色故事建立在一个宏阔的背景与坚实的基石上,格外深沉厚重起来,更能深入听者的心灵。

站在纪念碑下,表情严肃,声音洪亮而沉重,为大家又一次再现了沙岭战役的风云。这样的讲解,已经进行了千余场,但每次,都像第一次解说那样——认真、严肃,声情并茂。

他的讲解总能提纲挈领、重点突出、主题鲜明,而且很有思想深度和崇高美学的高度,昂扬着克难制胜的革命乐观主义精神和必胜的坚定信念。

2021年4月5日清明节,天气特别冷,沙岭战役烈士陵园迎来了一批特殊的瞻仰者——参加沙岭战役的英烈郭士有的后人。这时烈士的儿子已经80岁了,70多年一直在寻找父亲的战斗足迹和牺牲地。听了同村参加过沙岭战役的战士宋盛官的讲述,对照着手里的证件,知道父亲参加过沙岭战役。他们几经辗转最终和沙岭战役烈士陵园取得了联系,提供了有效证件。烈士的身份得到确认,4月1日,将郭士有烈士的名字刻在了沙岭战役烈士陵园英名墙上。

烈士后人寻找烈士遗迹的历程让王宝骞深受触动,他想:这些烈士,当年血染盘锦大地,埋骨异乡,他们的家人知道吗?清明遥祭是否知道他们的亲人遗骨在盘锦,要为烈士找家,找亲人!安慰后人,告慰先烈。在团市委帮助下,他启动了这项工作。经过认真梳理史料,他们计划首先为50多个标有家乡地址的山东籍烈士寻亲,现在已经与当地接洽,但是因记载简单,且新中国成立后地名多有改动至今未果。但他将继续找下去,告慰英烈。

从2015年起,王宝骞在沙岭战役纪念馆、中共盘锦市第一个支部党员教育基地两头跑,一共讲解了1000多场,接待参观人数8万余人。

因过度劳累，他患上了严重的胃病，曾一度吃不进去东西。连续做了5次胃镜，治疗了5年，但5年里一天也没停止工作，并积极培养年轻解说员。

王宝骞说："35年前我加入中国共产党，对着党旗立下誓言，要为共产主义奋斗终生，举起的这只右拳从未放下，也不会放下。新时代，可能不需要我们去抛头颅洒热血，但我将用一颗热血沸腾的心来守护我们的英烈，宣传他们的事迹，传承红色基因。"他说，把一切献给党，退休后除了交纳党费，还要把最后的体力和精力献给党，直到生命的最后一息也要在为党工作的岗位上。

有春天的播种，定会迎来秋天的硕果。沙岭战役烈士陵园先后被授予辽宁省委党史教育基地、辽宁省政府国防教育基地、辽宁省爱国主义教育基地、辽宁省公务员职业教育基地、辽宁省社科联社会科学普及基地、盘锦市爱国主义教育基地、盘锦市国防教育基地、盘山县反腐倡廉红色教育基地，并作为盘锦红色景点绘入辽宁红色旅游地图。中共盘锦市第一个党支部旧址入选辽宁省第十三届全运会火种采集候选地点之一。

一切动力源于热爱，王宝骞热爱这片红色的土地，他说，哪怕只有一位想读懂这座有着600多年历史的红色古镇的参观者，也会继续讲下去。

松柏常青不凋，英雄永垂不朽。王宝骞再一次投入红色历史的宣讲，依然那么认真，那么投入，那么激情昂扬。

一曲亲情的赞歌

王桂芹

　　尊老爱幼是中华民族的传统美德。一个人活在世上，只有懂得孝道，家庭才会和睦，亲情才会浓厚。只有这样，好家风才会代代相传，才会得到他人的尊重。我的身边就有这样一个典范。她以身作则，用自己的实际行动影响着周围的人，她的事迹得到了社会的称赞和认可。她就是被评为2016年度辽宁好人·身边好人的道德模范汪金荣。

　　汪金荣母亲是十里八村年龄最长的老寿星，而女儿的无比孝敬和悉心奉养就是她延年益寿的良方。在女儿无微不至的关怀和照顾下，老母亲每天过得心情愉悦、神清气爽。每当说起这个话题，大家都对汪金荣不约而同地竖起了大拇指。

　　汪金荣的婆家住在盘锦市盘山县坝墙子镇八里大队三队，和父母亲的家都在一个乡镇。娘家一共兄弟姊妹四人，上面有一位比她年长三岁的哥哥，在姐妹三人中她排行老大，二妹妹从小患有小儿麻痹症，双腿不能正常下地行走，需要有人长期照顾。小时候，父母亲需要下地干活养活一家人，妹妹缺少人照顾，懂事的汪金荣早早地就辍学在家，替父母亲担起来照顾瘫痪妹妹的责任，在家寸步不离地看护着妹妹，自然而然地成了妹妹的左右手。一直到后来，汪金荣长大结婚了，她才不得不离开了妹妹。

嫁到婆家后,由于她为人和善,热情开朗,一家人相处得和和睦睦,夫妻关系融洽,先后生了两个女儿也非常乖巧懂事。虽然生活上并不宽裕,但是,夫妻两个人吃苦耐劳,日子也过得比上不足比下有余。时光荏苒,岁月如梭,孩子们都已经长大成人,组成了自己的家庭,汪金荣夫妇两个也渐渐卸下了家庭的重担,日子开始过得轻松起来。

可这个时候,新的问题又来了。每次回到娘家,看到老母亲年事已高,80多岁了,还在整天围着二女儿转,照顾女儿的生活起居,而且随着年岁的增长,老母亲干活越来越吃力,汪金荣的心里着实感到不忍,她为母亲的身体忧心忡忡。本来,此时的他们为儿女为家庭操劳了大半辈子,可以享享清福,安安稳稳地过余生休闲的时光了,可是,年迈的母亲和残疾的妹妹两位至亲的境况却时刻牵动着汪金荣那颗柔弱而善良的心。

汪金荣的大哥本来是想接管老母亲生活的,但是他有个身患精神疾病的儿子,怕对奶奶和姑姑有所伤害,所以,一直没敢把母亲和妹妹接到身边来。老妹妹家的情况还不如自己,面对着大哥和三妹家的窘境,现实已经没有推脱的余地了,她觉得责无旁贷,只有把这副重担挑在肩头,她的心里才会踏实。经过深思熟虑之后,她的这个想法更加强烈,一定要把老母亲接到自己家中侍奉,而且必须连二妹一起接过来,这对于没有太多经济来源的汪金荣一家来说,注定以后的生活会很艰难。

汪金荣虽然是位普普通通的农村妇女,没有见过太多世面,但是,她有一个笃定的信念,就是做人要有担当,要懂得感恩,一定要让母亲和二妹得到更好的照顾,让老母亲的晚年过得幸福。她的想法得到了丈夫和两个女儿的全力支持,没用多久,他们就齐心协力地把80多岁的老母亲和瘫痪的妹妹接到了家中。

这个消息像一缕春风吹进了母亲那个沉寂的小屋，沉闷的空气仿佛一下子变得清新起来，也让无依无靠的母女俩忽然间有了指望，心里豁然开朗。看到女儿女婿主动上门来接她们，老母亲激动得说不出话来，浑浊的眼睛里涌出幸福的泪花。

汪金荣把她们娘儿俩安排在西间的大屋子里，这个屋子一共有两张床，铺得整整齐齐，一床干净的被子摆在上面，还有一件粗布垫子铺在床上。左边靠墙的地方有一个便桶，一看就知道，汪金荣在接母亲和妹妹之前，已经把家里做了周密细致的安排。

家里突然增加了母女两个人，汪金荣平静的生活一下子被打乱了，她需要比往常起得更早，夜里也是睡得最晚的一个。每当夜深人静的时候，她要惦记着过来帮助母亲和妹妹盖一盖被子。来自西屋的一声呼唤，汪金荣总是小跑步赶到，从不拖延也从不厌倦，每件细微的小事她都做得一丝不苟。

最让汪金荣头疼的事情是母亲和妹妹同时大便，身边还没有个帮手，急得她顾了这头顾不了那头。有一天，汪金荣从地里刚刚干活回来，一进屋就闻到了一股臭味，她知道，不定是她们娘儿俩谁又拉到床上了。她没顾得多想，就急忙走进屋里准备处理一下，当她走进屋一看就傻了眼，只见妹妹弄得到处都是黄乎乎的，还在那里不停地抖动被子，母亲在床上也拉了一大堆……一股恶臭顿时让汪金荣只想作呕，但她顾不得太多，一边小心翼翼地把母亲的床铺收拾干净了，回过头来再处理妹妹这边。先给妹妹褪掉衣服裤子，把脏乎乎的身体用水清洗干净了，再把她抱到床上，当她再把床单、被罩、垫子都拆洗干净了，整个人几乎都累瘫了。

地里繁重的劳动和没完没了的家务常常累得汪金荣腰疼腿酸。慈爱的老母亲全都看在眼里，疼在心里。有时因为二女儿的不配合，给姐姐增添了不少麻烦，母亲就会生气，不停地数落起二女儿来。这时候，汪金荣都耐心地解劝着，直到把老母亲和二妹逗笑了为止。

汪金荣就是这样日复一日、年复一年地操劳着，从没有抱怨过一句。手里干着污浊的活计，心里却像天空一样纯净，这就是朴实无华的汪金荣。俗话说，"久病床前无孝子。"可一年、五年、十年、十五年……这样长期不计报酬地付出，该有怎样的一种情怀才能把事情坚持下来？这该是怎样的人间大爱呀！汪金荣的头发熬白了，眼睛累花了，可她善待亲人的那颗心却从没有停歇下来。

"在这个世界上妈妈只有一个，失去了就再也找不到了。"汪金荣无论多劳累，她都会守候在母亲的身边。在她的悉心照料下，母亲一直活到了101岁。这是爱创造的一个奇迹，也只有爱能够揭示老人长寿的秘密。

许多年的风风雨雨，没有消磨掉汪金荣的意志，也没有削弱她照顾亲人的决心，汪金荣照顾妹妹和奉养高堂的故事在当地传为佳话。这是人世间最真最美的亲情。她不怕拖累，善待至亲，弘扬孝道，无怨无悔，用实际行动谱写了一曲人间亲情的赞歌。

青春筑梦中国蓝

姜树杰

笔者居住的滨河小区离中蓝电子只隔一条辽河。不知啥时开始，常坐的31路公共汽车多了许多在中蓝电子上班的年轻人，一到开发区站他们都下车了。而街上标有"中蓝电子"大字的通勤车不时驶过，又给城市增添了一道流动风景线……

我的一位好朋友一直为孩子是在深圳或回家就业纠结，那日告诉我签约中蓝电子了，守家在地，待遇也不错……然后又补充，孩子说他们吴总忒厉害了，国内各知名手机品牌对焦马达90%国产替代单都由他们承接！

不懈奋斗，是青春最亮丽的底色

第一次听到吴发权这个名字，猜想一定是位西装革履、一头银丝戴金边眼镜的长者。见面后发现这位出生于1986年的吴总，是位眉目清秀、身体略显单薄又充满睿智的青年人。

四川理工机械制造及自动化专业毕业的吴发权，先在LG伊诺特惠州有限公司任VCM研发项目工程师。因工作出色被派到LG韩国马达研究所，参与S等级开发项目并接受VCM行业前沿技术培训，并积累了大量工作经验，工作三年就被公认为一流微机电产品

111

研发技术方面的专家。

是什么魔力吸引这位广州户口的四川人南雁北飞的呢？这里不能不提到盘锦青年才俊王迪。

2010年，比吴发权大一岁的王迪已是一家汽车装备公司总经理，并交出了年销售额10亿元的成绩单。但一次德国汉诺威车展上的见闻令他震撼：汽车生产已进入智能制造时代，唯有科技创新才能赢得未来。由此，也促使了之后与吴发权携手十年的筑梦传奇。犹如昔日的桃园三结义，或许是命运冥冥早已注定，彼此成就了圆梦所需的平台。

只是吴发权盘锦实地研究考察结果令王迪不无遗憾：相对粗放的汽车装备生产技术，与他手中的自动化技术与精度无法匹配。但通过两个月的相处，吴发权对这位北方汉子企业创新理念非常认可；而王迪尽管对马达没有任何概念，还是隐约感觉到他的项目有着极大的潜力和市场前景。

经过市场考察和对相关知识的恶补，王迪于2011年筹措到5000万元启动资金，吴发权领衔由7人组成的技术团队，在一间民房、几张旧桌子上开始了技术攻关：一天只睡五六个小时，泡面盒子堆了一地……这样的日子他们一过就长达半年，终于试制成功用于500万像素摄像头的马达，良品率达到80%以上。

所谓马达就是驱动镜头对焦的微型电机。之前国内绝大部分厂商均在长三角、珠三角一带所谓的"三小时经济圈"内。而吴发权作为逆行者，无论生活习惯，还是事业发展都意味着一切需重新开始……但他仅从"中国的'中'，大海的'蓝'"中，就感受到了王迪的雄心，更感受到了盘锦就是他的梦之所在。

然而，尽管说市场是开放的，但大门不会向谁都敞开。对当时的盘锦马达厂来说，是一个人家根本不拿正眼看的圈外"陌生人"，更是一个从未出现在备选答案里的"乱入者"。吴发权清醒认识到，企业不能创造或改造市场，只有依靠比对手更过得硬的产品来说话。

他卧薪尝胆，先从杂牌手机入手，一年后试制成功达到国际先进水平第一款国产ZET-8532，令挑剔用户刮目相看。之后，凭借稳定的供货和过硬的质量，搭上了一艘艘"品牌战舰"。

2012年500万、1600万像素等五大智能马达问世，产品替代进口；2013年，具有自主知识产权的5条智能马达自动化生产线投产，产能提升3～5倍；2017年初实现高像素镜头机器人生产线正式投产，打破日韩等"三大巨头"的技术垄断。

"只领跑，不跟跑。"吴发权在技术层面始终紧盯前沿科技，对标国际友商，投入巨资用于产品研发创新。2017年起两年内，产品进入小米、华为、荣耀、OPPO、三星等大型手机厂商。VCM马达月产能晋级国产首位，并且涵盖开环马达、中置马达、闭环马达、防抖马达、云台马达等多个产品类型，产品技术达到行业领先水平，助力中国手机品牌在全球范围内卷起中国旋风。

志存高远，方能登高望远

而就在马达销售初露锋芒的2015年，王迪和吴发权已着手布局一个人称"烧钱"的项目：投资10亿元人民币引进高端设备，增设镜头事业部，正式开启马达与镜头双轮驱动的发展时代。

这一决策可谓"双刃剑"：稍有差池就可能前功尽弃，还要搭上马达产品5年培育成长的成果。但面对手机越来越薄、前置摄像头直径越来越小、拍摄范围却越来越大、后置摄像头像素越来越高、变倍越来越大等客户日趋多样化的需求，每项指标提升一点点，研发生产难度都增加数倍。

笔者非常感兴趣公司院中一处标有"马达·镜头·影像产品从这里走向世界"的广告牌上的示意图，在长宽只有85毫米、厚度8.5毫米的舞台上，竟容下模组支架、base、模组、yoke、Ass'Y、载体绕线、Soma及白料、黑料等15道零件，恰如南方那句俗语："螺蛳壳里做道场。"

但困难激发起吴发权更多挑战的激情。他坚信人才高度代表竞争力度，有人什么事都能干。

他进行大学生培养布局，通过引入高校毕业生，不断完善人才队伍建设工作，培养越来越多的技术人才充实公司的人才队伍，经过多年的引才战略布局，公司现已引入专业技术大学生200余人。

吴发权目光长远，一是成立中蓝技术研究院，二是在长三角、珠三角、台湾地区乃至韩国、日本等国家和地区设立研发中心团队，做未来技术的储备者和探路者；通过与大连理工合作共建，在人才布局上将研发团队打造成多维度人才梯队。终于，从王迪引来的一花开始，中蓝又演绎出跌宕起伏的"引才""育才""留才"新剧情。

2016年，移动终端设备高像素镜头技术研发冲上2100万像素"世界顶峰"；到2017年，实现从3200万像素全球最小前置镜头产品到1.08亿像素超广角马达产品全系列覆盖；而到2020年公司马达产品出货量位列国内第一、全球第四，全球市场占有率11%；镜头产品全球出货量位列国内第三、全球第六，全球市场占有率4.2%。

胸怀天下，方可宏图大展

吴发权还有更大的梦想，为让中蓝电子的价值得到最大化体现，他努力"赶考"国际竞争力世界一流企业全面对标、加快赶超。并按照上市公司经营模式进行系统改造和全面升级，通过走市场化道路倒逼现代企业制度的建立。在资本市场这个更高更大的舞台上，增强品牌信誉、树立起良好的公众形象。目前，公司上市科创板工作进展顺利。

不光是人才，2020年11月，一则消息在资本市场引起不小震动，华为哈勃新增中蓝电子投资8328万元，一举将投资难过"山海关"变成过去式，也让两位老总激动地尽情宣泄一把。

截至目前，公司已获得华为、荣耀、海通、海尔等13家投资机构总额10亿元的A轮融资，B轮融资亦已启动。同时，"蜂巢效应"还引来一大批核心部件生产商的陆续加入。

但栽下梧桐树后，如何解决金凤凰后顾之忧又成为超出企业能力的新课题。各级党委政府特别是高新区管委会，努力在资金、子女上学各环节给予了全方位的保障，避免好不容易招来的人才流失或得而复失。

2020年上半年，投资18亿元建设的东北最大的电子产业园，还将有效化解国内外11家国际知名手机核心部件生产商无处安身的窘境，形成完整的手机高端元器件产业链。高新区管委会从规划设计开始，就及时高效地帮助解决项目建设和企业生产所面临的各类难题。为避免一度因资金紧缺融资难题，技术优势地位被取代的局面发生，管委会采取先租后回购方式投入6.9亿元，令两位老总悬得老高的心再次放下。

最美好的时刻总是在熬过黑暗之后出现。

2022年7月1日是中蓝电子发展史上具有里程碑意义的日子：将按照"订单生产不停滞，进驻基地即投产"的总体目标，占地为老基地6.5倍的新光学电子产业基地正式开始乔迁。厂区越来越宽敞的同时，有意思的是产品却要求越来越袖珍。

乔迁完成项目一期全部达产后，将促进实现企业产能、营收、就业、科技创新空间与环境及企业实力的"五个提升"：将实现5亿颗马达和5亿颗镜头的年生产规模，产能翻倍的同时，这里也将成为东北最大的智慧化光学电子产业基地；预计年均实现营收50亿元；项目全部达产后企业营收将突破100亿元；可解决5000人就业，全部达产可至少解决8000人的就业问题；为企业研发团队提供了更广阔的空间、更优质的环境，并依托基地加强产学研平台合作和人才招引、培育力度，为后续发展持续注入科技动力；腾让出的原厂区将有5家配套企业落脚，形成上下游至少10家配套企业的产业链条。

10年的卧薪尝胆，中蓝电子立足辽宁、布局全国、放眼世界，始终坚持"打科技牌、走创新路、吃技术饭"的创新发展道路。现已拥有专利1500项。也从行业的"闯入者"变为"领跑者"，再到新未来的"开拓者"，而创造出这一奇迹的是这群平均年龄不到33周岁的年轻人。

好风凭借力，送我上青云。相信由王迪、吴发权率领的强大的"蓝海舰队"，一定会牢记辽宁振兴、青年有责的光荣使命，助力产业航船用最新、最优、最高质量的产品开启"冲锋式"新航程，在更广阔的蓝海上，尽情放飞自己的追求和梦想，并唱响光学电子产业创新发展更加激昂雄壮的"东北声音"……

好人郑玉凡

关洪禄

  俄国作家列夫·托尔斯泰，在他那部不朽的世界名著《安娜·卡列尼娜》的开篇中写道："幸福的家庭都是相似的，不幸的家庭各有各的不幸。"这句精辟的文字，定义和揭示了现实生活中的真实写照。盘山县胡家镇西湖村郑玉凡的家庭生活正是如此，有过无以言表的美满和幸福，也经历了难以承受的悲伤和苦难。

  淳朴乡土上长大的郑玉凡，是一个心灵手巧、心地善良、热爱生活的好姑娘，她有一颗比常人善良、隐忍和宽厚的心。一向热爱生活和向往美好明天的她，在20世纪90年代初，与志同道合的青年陈伟结婚成家。在共同的生活和劳动创业中，夫妻俩相亲相爱，面对生活中的风风雨雨，同甘共苦，心往一处使，劲往一块用，共同经营和筑造起的那片爱情天地，充满了幸福与快慰。几年间，他们夫妻有了一双可爱的女儿。郑玉凡从结婚那天起，就与公公和婆婆一直生活在一起。这个六口之家是令胡家镇西湖村村民们艳羡不已的和睦家庭。郑玉凡从小就有着良好的家庭教育，深受父母的言传身教与影响。生活中她与丈夫相濡以沫，对两个孩子关爱有加，对自己的公公和婆婆更是孝敬，视为自己的亲爹和亲娘。这些都被全村人看在眼里，受到全村人称道与赞誉。

  郑玉凡是一个极其朴素、传统的农家女人，她脚踏实地，从不好高骛远，她在每天的辛勤劳动和操持家务中，幸福甜蜜地感受丈夫、女儿和与自己十分贴心的公公及婆婆，从心里往外共同营造出的、相亲相敬的家庭生活氛围，时时感受到一种从来没有过的幸福与满足。让她时常感到踏实的是，自己的丈夫，是一个在全村数得着的、本分顾家和真心实意爱她的实诚男人。作为一个女人，一生有这样一个可以依靠可以信赖的男人，这让郑玉凡对未来的生活和日子，充满了无限渴盼与向往。

天有不测风云，人有旦夕祸福。2001年的一个冬日，丈夫陈伟在外出修车时，不幸遭遇车祸去世。原本平静的生活，瞬间失去了曾经的和谐与美好。

面对这天塌地陷般的突发变故，郑玉凡没有退缩逃避，更没有选择改嫁，去另寻自己下半生的幸福出路。在她那充满坚毅与担当的目光中，让悲伤无助的公公、婆婆和两个幼小懵懂的孩子，看到了经受严重打击后重新振作起来的生活希望。坚强善良的郑玉凡在公公婆婆和两个孩子面前，不再流出一滴眼泪，因为她知道，多舛的命运从不相信眼泪。郑玉凡在心中暗下决心：这个家不能散，生活还要继续下去，自己一定要先坚强起来，一定要承担起赡养老人、抚养孩子的家庭重担。

作为一个弱女子，面对生活的打击和家庭的不幸，郑玉凡在夜深人静、彻夜难眠之时，不知流下过多少伤心的泪水，但在天明之时，面对公公、婆婆和两个幼小的孩子，她仍是一脸的坚毅神情，面对家中所有的生活琐事和所要面对的意想不到的诸多难处，她刚强得像一个生活中的硬汉。

常言说想事容易做事难。没有了丈夫支撑的家庭，生活中的艰辛与无助，远远超过郑玉凡的想象和预料。婆婆原本患有白内障眼疾，在儿子陈伟去世后，她因日夜思念和忧伤，病情一天天地更加严重；遭受老年丧子的打击、多年患有腰肌劳损和血栓病的公公，突发昏厥症状的次数越发频繁。这样一来，家里家外的事情不分巨细，一下子都死死地压在了郑玉凡的肩上。干不完的农活和家务，照顾侍奉两位病中不能自理的老人，她整天忙碌得像个旋转不停的陀螺，身心疲惫不堪，生活的压力如同一座大山，沉甸甸地压在她的身上，令她喘不过气来。每当郑玉凡感到生活难以为继时，她就独自躲到无人的角落里，流下一串串心中苦涩的泪水，擦干泪水，重新振作起精神，全身心地投入艰辛劳累的生活之中。

丈夫走后，为了增加家庭的收入，解决日益贫困的家庭生活开支问题，郑玉凡在忙完田间地里的农活后，不得不利用农闲之时，外出打短工贴补家用。但辛苦的付出并没有换回理想的报酬，一家人的日子过得仍是捉襟见肘。两个孩子不能与村子里的孩子比吃穿，她也不能与同村的媳妇们比穿戴，这些年，她竟连一次化妆品也没用过，但两位上了年纪的公公和婆婆，绝不能缺少必要的营养和补品。如果说，艰辛生活中的郑玉凡是个屈己待人的有心之人，倒不如说作为人母和亲情中的郑玉凡，是个有孝心、有德行的好母亲和好儿媳。

常年高强度的劳累与打拼，使得郑玉凡的身体不堪重负，日渐憔悴的她患上了脑积水。她不敢去医院治疗，为了能为这个家多省下一分过日子的钱，她只能是靠吃最廉价的药维持治疗。面对沉重的家庭负担，郑玉凡从不在意自己患病的身体，却时时把公公和婆婆照顾得无微不至，她的所作所为，得到了全村人心悦诚服的敬佩与点赞；两个孩子在她的教育和影响下，有礼貌，懂事理，也学得像她一样，对两位老人，尽自己的力所能及，照顾有加。婆婆因为眼睛不好，总躲在家中不愿出门，郑玉凡便买来收音机，陪伴婆婆听戏剧和评书，为婆婆排解寂寞；为了更好地治疗公公的高血压，郑玉凡为公公买来血压计和降压药，每天不厌其烦地为公公测量血压和督促吃药，确保公公的血压平稳。多年来，每当气温反常时，公公和婆婆的病情都会出现加重的症状，郑玉凡总会在第一时间请来大夫为公公和婆婆诊治，不顾辛劳，日夜精心陪护二位老人。每逢年节，郑玉凡都会提前为两位老人买好礼物，让两位老人觉得虽然身边没有了儿子，因为有了儿媳照样暖心和甜蜜。郑玉凡在衣食住行和日常生活中，从未对老人有过一次怠慢与敷衍。婆婆个性强，脾气急，有时心烦不顺气时，看什么都不顺眼，经常唠叨。这时的郑玉凡总是一脸笑容地点头听着，从不与老人争吵半句，等老人情绪稳定后，再耐心地与婆婆唠起家常，说些村里村外的开心事，就像对待自己的亲生母亲一样。

都说日子最怕"屋漏偏逢连夜雨"。2008年6月，郑玉凡的大女儿陈曦在参加完高考后，不幸患了小结肠炎，住进医院。为了给女儿治病付医疗费和张罗学费，家中一下子债台高筑。懂事的女儿陈曦不忍心看到母亲为了这个家过分操劳，有了休学打工的想法，遭到了母亲郑玉凡的坚决反对。郑玉凡说："你和妹妹能读书成才，是我和你爸爸的一桩心愿。我就是砸锅卖铁，也要供你和妹妹上大学。"郑玉凡常用"母亲为儿女的成长付出，才当之无愧为一个母亲；儿女能为老人尽心尽孝，才不枉为一回人世间儿女"这句话，鼓励和鞭策自己。四季轮回，阴晴冷暖。艰辛的日子，像时光中的流水，从不曾停歇。性格刚强的郑玉凡面对生活中的困难，一直昂首挺胸，迎着生活道路上的风风雨雨，大步前行。

郑玉凡对家庭和亲人的不离不弃，以及一如既往地对公公婆婆和两个女儿发自内心的那份情与爱，深深地感动着全村的每一户村民。如今，她的两个孩子都已长大成人，逐渐开始帮助家里分担生活的压力，郑玉凡也在镇政府的热心帮助下，来到镇幼儿园上班，有了一份稳定的收入。相信她的那份深沉而真挚的爱，会给孩子们的童年带来同样的关爱与快乐。

当人们与她说起她多年来为家庭和为公公婆婆所付出的诸多辛劳与爱心时，郑玉凡只是平淡地说："作为一个母亲，就是要上照顾好老，下照顾好小。我只是做了天下儿女天下母亲应该做的事情。"

郑玉凡用自己极其平凡的人生，体现出不平凡的人生价值。用执着和坚忍、勤劳与善良，身体力行地诠释了中华儿女孝老爱亲的传统美德。2016年，她被评为"中国好人"。

榜样的力量是无穷的。在郑玉凡的影响带动下，孝老爱亲的美德行为在整个村子蔚然成风，未来的西湖村，乃至更广泛的地域，将会有更多像郑玉凡一样的好人，播撒大爱，情满人间。

最美"警察蓝"

傅察荣娟

　　人生因为有了梦想，而充满了动力；人生因为有了希望，而充满了力量。梦想是坚强地承受无数风吹雨打时温暖心房的缕缕阳光。人有了梦想，才不会被残酷的现实击垮，才不会对命运之锤的重击产生绝望。

　　孩提时候，偶遇穿着警服的警察，觉得他们是那么威武，那么帅气高大。于是，一粒种子开始萌芽生长。那套"警察蓝"，就是他奋斗的目标和航向。他就是原工作在盘山县太平派出所的副所长——包凤敏。

　　当年为了实现心中的梦想，包凤敏十年寒窗。终于等到高考那一天，他几乎兴奋了一个晚上，可当成绩公布出来，仅一分之差与警校失之交臂，"警察蓝"变成了"泡影"。他本想为了自己的理想再复读一年，可是，看着两个正在读书的弟弟，看着母亲日渐弯曲的脊背，看着父亲脸上的沧桑，他毅然决然选择了其他专业，早就业，早孝敬爹娘。毕业后，他选择在家门口的盘山太平林业站工作，这样闲暇时能帮着父母侍弄农田。

　　光阴似箭，日月如梭。转眼间包凤敏已经在岗位上工作了三年。在平凡的岗位上他总是努力做好每一件事，因为他深知"把平凡的事情做好就是不平凡，把简单的事情做好就是不简单"这个道理。虽没穿上"警察蓝"，但法律知识的书籍摆满他的书桌。只要有时间他就学习普法知识，有时候还分享给家人和同事。三年的时间里他把《婚姻法》《继承法》《民法通则》《收养法》《担保法》《合同法》《物权法》《侵权责任法》《民法总则》《治安管理处罚条例》等，不仅全部看完，还倒背如流。身边的亲人和朋友在他的影响下，也和他一起学习法律知识。

成功总是奖励给有准备的人。1995年8月，盘锦市公安系统面向社会招聘公安民警。这对包凤敏来说是"机会来了"。理想是美好的，可是现实却与理想不在一个起跑线上。他当时面临的难题很多——白天要上班没有时间备考，但是心中的那种向往指引着他，理想的力量拉着他前进。所以，必须将工作和学习协调好；考警察需要体能测试，体质弱是他当时最大的问题，为了实现自己的梦想，他每天在脚上绑着两个沙袋跑步、跳高，虽然不知道这样能否成功，但他坚信只要有付出就一定有回报。体能测试、笔试、面试，他披荆斩棘，一次性通过了。

回想起即将穿上"警察蓝"的那天晚上，原本平静的心又莫名激动起来。包凤敏深知从此要改变他的人生轨迹了，梦想之船开始扬帆，即将朝着彼岸出发了。夜里他久久不能入睡，父亲的话在他耳边反复回荡，"警察是个神圣的职业，穿上那一身和天空一样颜色的警察服，就要把为老百姓服务的理念扎根在心中"。这是他长这么大第一次从面朝黄土背朝天的农民父亲嘴里，听到最正式、最大气的话。

"人民警察为人民"不知道感动着多少有志青年，也激起了包凤敏对警营的渴望，那一晚他失眠了，他想了很多很多。

一周后，他被分到盘山县太平派出所工作。包凤敏实现了自己的理想，穿上了那身梦寐已久的"警察蓝"，并且一穿就是27年。

27年来，包凤敏始终用敬业的精神、突出的业绩谱写自己的从警生涯，以实际行动为警徽增光添彩。在他与全所民辅警的共同努力下，盘山县太平派出所获得集体嘉奖若干次。他个人先后荣获二等功2次、三等功3次，2013年被辽宁省公安厅授予首届最美警察提名，2014年被盘锦市公安局评选为十大忠诚卫士，2016年因舍己救人被盘锦市文明办授予盘锦市道德模范称号。这一个个荣誉的获得，无不凝聚着包凤敏对警察工作的执着与热爱，无不凝聚着他对党的忠诚，对百姓的责任担当。因此，每一个荣誉背后都有一个感人的故事。

直到今天，太平街道的老百姓都记得2014年那个感人的故事：2014年8月30日凌晨3时15分，正在值班的包凤敏接到指挥中心指令——305国道太平路口的桥上有一名年轻女孩儿要跳河自杀。接到指令后，包凤敏立即叫上值班民警张项开车赶往现场，发现有一名女孩儿站在太平桥中间的护栏外，大声喊"没人对得起我""我不想活了"，情绪特别激动，看到警察到来后情绪更是激动，"不要过来，过来我就跳下去"。包凤敏只好站在桥头的路边上做女孩儿的思想工作。两名随行民警也对女孩儿苦口相劝，可是女孩儿根本听不进去民警的劝说。扑通一声，女孩儿突然跳到了河里。包凤敏见此情形立即跑到女孩儿跳水的地方，连衣服也顾不得脱就毫不犹豫地跳了下去。天黑水急，这时轻生女孩儿已被水冲到了桥底下，根本看不清人，只能隐约听到女孩儿挣扎时扑打水面的声音。包凤敏凭借十几年的警察经验，感觉女孩儿与他的距离大约有四五米远。包凤敏顾不上自己水性不好，拼命向女孩儿游去，等游到了女孩儿身边能够抓住她的一只胳膊的时候，他们两个人已被湍急的水流冲到了桥底下。时值太平河当天放水，3米深的河水又急又凉，此时的包凤敏已经有些体力不支，但是他并没有放弃，死死地抱着女孩儿的胳膊，用尽全身的力气往桥墩方向游去，他想借助桥墩带女孩儿上岸。没想到被水冲泡的桥墩又光又滑，手往上一搭瞬间滑落下来。"怎么办？怎么办？我是来救人的，可是这种情况我和女孩儿都有可能上不去了。"包凤敏虽然有些沮丧，但行动却从没停止。他用一只手拽着女孩儿，另一只手始终不间断地在桥墩下搜寻着，一个桥墩、两个桥墩、三个桥墩……突然，他感觉自己的手抓到了桥墩侧面悬着的一段电缆线。包凤敏一下子兴奋起来："孩子，你一定要抱住叔叔，千万不要放手哇。"入水后的女孩儿经过这么一番折腾，早就后悔自己轻生的念头了，意识也十分清醒。她激动地说："叔叔，都是我不好拖累了您，我一定好好配合您。可是我感觉您的身体在颤抖，您能行吗？""孩子，你尽管放心，叔叔是警察，叔叔身体棒着呢。为了保存体力，我们从现在开始，谁也别说话，等待救援。"包凤敏虽然嘴上说得镇定，但体力已经开始透支。可他还是用尽力气紧紧地拽住女孩儿的手臂，用自己的身体往水面上托女孩儿。就这样两个人像荡秋千一样在水里坚持着，坚持着……也不知到过去了多久，几乎处于昏迷状态的包凤敏感觉有人用绳子在牵引他，他用尽全身力气喊出："别管我，先救女孩儿！"等到把包凤敏救出水面的那一刻，他已经进入完全昏迷状态。当时的执法记录仪显示，包凤敏在河水里拼搏了30分钟。在这30分钟里的每一分钟，都是性命攸关的时刻，可包凤敏却把每一分钟生的希望都留给了女孩儿。是什么给予了包凤敏忘我的精神？是警察的职责和担当，是人民群众生命安全的需要，是全心全意为人民服务的根本宗旨，是对公平正义的信仰实现人民警察的特殊使命。

27年的从警生涯，包凤敏感慨万千。一朝入警，一辈子都不想脱下"警察蓝"。当了警察，头顶国徽，代表的不仅是自己，更是这个行业，这个国家。

回家的路比原来远了。包凤敏几乎忘记了自己除了警察这个身份外，还是父母的儿子、爱人的伴侣、孩子的父亲等社会角色。也许在儿子的心里，他是个不负责任的爸爸。可孩子哪知有多少个夜晚，警察父亲凝望着熟睡的他，回忆他刚出生的样子，多少个节假日，想带他去一次游乐场，带他去吃冰激凌和比萨，但一次次都成了泡影和空话……

丁零零。"盘锦市看守所有名犯人患急性阑尾炎需要马上手术，现命令你们15分钟内马上赶到市中心医院，执行看护任务！""是，15分钟内一定到！"

仁心一片吉祥天

王宏佳

晋代名医杨泉在《论医》中指出：夫医者，非仁爱不可托也；非聪明理达不可任也；非廉洁淳良不可信也。

在风光秀美空气清新的绕阳湖畔，有一个富庶的河蟹小镇——胡家镇。在这个镇里，提起张家村的村医徐文明，人人双手点赞，称誉不绝，说他是一位把乡亲们当亲人的好医生。从医40年来，为了守护一方乡亲的健康，他拒绝高薪聘请，拒绝红利诱惑，在平凡的岗位上默默付出，以仁爱之心、聪明理达、廉洁淳良，为张家村撑起一片吉祥安康。

村里年轻的晚辈、孩童叫他徐医生，年老的长者还习惯称他"赤脚医生"。所谓的赤脚医生，就是乡村里没有纳入国家编制的非正式医生。说得通俗些，赤脚医生是非坐班制的医生，没有人看病下地干活，有人求医背上药箱走家串户。在鼎盛时期，全国赤脚医生的人数估计在100万以上，曾经，因为这支庞大队伍，农村地区的初级卫生保健工作有了基本保障，国家的卫生方针政策才能够得以落实到农村基层。可徐医生那是科班出身哪！他干的是赤脚医生的活，负的是正牌医生的名。初来张家村，徐文明看到村里没有专职的村医，百姓求医问病十分困难，源于医者的仁爱之心，他有了重拾旧业的念头，可是，他初来乍到，村民们既不知道他的为人，更不知道他的医术，谁敢把生命和健康托付给一个毫不知情的人呢？为了尽快和乡亲们熟悉起来，徐文明尝试着与乡亲们多接触，听说谁家有病人，他就主动上门，根据病症给他们配药，并且告诉病人有效果再来找他。时间长了，乡亲们发现他配的药疗效好，费用少，对他的为人和医术也渐渐认可了。就这样，徐文明成了张家村的"赤脚医生"，成了全村村民的"保健医"。医者仁心。从此，不论老幼、不论内科外科，大病小患，他一手承担。他为村民提供的是24小时全天候服务，不论深宵节假，不论事冗物繁，一个电话，一声呼唤，几分钟就赶到患者家里贴心安慰，悉心问诊。作为医生，必须拥有一颗慈悲仁爱之心，尽心尽力为患者解除病痛。否则，就愧对大家的信赖和托付。

人吃五谷杂粮，难免患病，看病难，看病贵，多年来一直是困扰着百姓的一个难题。出行、排队、缴费、等候看病与城市医疗相比，徐文明为张家村百姓提供的医疗服务是那么便捷、那么温馨、那么诚信、那么实惠。徐文明最喜欢人家喊他"徐医生"，这让他感觉到除了百姓对他的认可与尊重，更是百姓健康的责任与担当。

赵雄驹《伤寒论旁训·序》：医书不熟则医理不明，医理不明则医识不精，医识不精则临证游移。

徐文明常说："在农村，一个乡村医生需要解决一个医院日常要解决的很多常见病、多发病，因此，医疗知识面一定要宽，而且要精。"为了提高自己的医疗水平，拓宽医疗知识领域，一边工作一边学习。每天忙完村卫生所的工作之后，徐文明就忙里偷闲见缝插针，把仅有的一点休息时间都用在学习和提高上。他痴情熟读《医宗金鉴》《医学衷中参西录》等历代名家专著。并且把研读的经典内容认真抄写一遍，反复翻阅琢磨，以加深理解记忆。徐文明深知作为医生绝不能纸上谈兵，他精心细致地把工作中碰到的一些病例综合在一起，翻来覆去进行仔细地研究。每当遇到一些罕见的病例，他就立即查阅各类医书，废寝忘食，研究治疗方法，每解决一个难题，他都兴奋得欢呼雀跃。孙思邈说过：医者，意也。善于用意，即为良医。经过多年的积累，徐文明的医术得到了很大的提升，自然获得了患者的好评。

尝到学习甜头，徐文明更加努力学习新的医疗知识。2005年，他考入内蒙古民族大学临床医学专业学习深造，并以优异的成绩毕业。徐文明说，自己这么拼命学习先进医疗知识，就是为了能更及时、更有效地解决村里患者的痛苦。以前，面对乡亲们的一些疾病，自己却无法有效及时地帮助他们，心里总是愧疚不已。正因为这样，他才会下决心，去努力钻研医疗知识，提升自己的诊治水平，让自己有能力及时帮助乡亲们诊治疾病。"夫以利济存心，则其学业必能日造乎高明；若仅为衣食计，则其知识自必终囿于庸俗。"叶天士《临证指南医案华序》里的这句话，正是徐文明把患者的健康看得高于个人利益的佐证。

徐文明的人生信条：廉洁行医，为党为民为病患；德艺双馨，利人利己利苍生。

悬壶济世，医者仁心。每一个为医者的身后都有一条医德医风铺就的道路。40年来，徐文明一直做到先看病后付钱，并且从来不收出诊费。对于家庭困难的患者，他减少药费或者干脆免费送药。

有的患者甚至一赊账就是好几年，那些陈年欠款，那些泛黄的欠条，成了他与患者之间的"秘密"。40年，他用半生的坚守，诠释了一名共产党员的初心使命；40年，他用精湛的医术，为百姓筑起了一道健康屏障；40年，他是行走在乡村路上的最美医生。

白大褂，小药箱，是他的标配，仁心仁术是他的坚守。施恩莫记，救助医治的病人他根本记不清了；受恩不忘，患者翟凤权却念念在心。2016年，因患脑血栓导致下肢瘫痪，徐文明成了他的"家庭医生"。常规检查、针灸推拿、康复护理、心理疏导……4年间，徐文明已经记不清跑了多少次，送了多少药，甚至连个账本都没有，因为他根本就没打算收费。

曾经有一位黑龙江的患者，腿部患有疾病，行走要依靠双拐，并且疼痛难忍。这位患者从一位病友口中得知徐文明治好过这样的病。她高兴的同时，也半信半疑，总觉得很多大医院都没治好，一个乡村诊所能行吗？但她还是抱着试试看的态度，在家人的陪同下来到了徐文明的村卫生所。徐文明仔细询问了病情，并查看了她近期的X光片，对症下药，经过两个多月的诊疗，患者病情有了好转。这给了患者及家人继续坚持治疗的动力，经过徐文明持续一年半的诊疗，这位患者已经可以扔掉双拐，从事轻体力劳动了。为此，患者和家属对徐文明感激万分，然而，徐文明却说："对待每一位患者，我都要尽心去帮助，因为我是一名医生。"

用最专业的诊断治病，用最仁德的诚心待人，在村民们看来，这位"不下班"的徐医生不仅是一位好医生，更是大家健康的"守护人"。他的医术在得到广泛认可的同时，也收获了全国卫生计生系统劳动模范、辽宁好人等多项荣誉。2017年，退休后的徐文明又被村里返聘，继续从事他热爱的医疗卫生事业。谈及今后的生活，徐文明告诉我们，现在国家医疗政策越来越好了，农民的生活更是迈进了"小康"，看病难、看病贵的日子一去不复返了。只要村民们还需要他一天，他就会一直坚守在村医的岗位上，永不离岗。

这些年，徐文明更加忙碌了，小小的医务室，前来找他看病的患者络绎不绝，其中很多患者都是专程从外地赶来的。徐文明经常凌晨三四点钟就起床，为那些前来就诊的人们排序号，他每天清晨总是简单地吃两口早餐就开始了一天的工作。他说："自己少睡一会儿，患者就可以少等一会儿，患者的痛苦就能早一些减轻。"

徐文明把自己毕生的精力献给了乡村医疗卫生事业，他是病痛患者心中最美的保护神。为病人、为百姓，他奉献着自己，却点亮了他人。40年的行医中，他用忙碌和执着一步步实现了自己的人生价值，收获了信任和爱戴。如今，黄牛虽老，余力犹存；霜染鬓华，壮心愈迫。正是：廉洁行医扬正气，仁心一片吉祥天。

暮年壮歌

董凯

　　盘山县得胜街道老党员陆万长，退休不褪色，退岗又上岗，离岗不离党。作为一名退休教师，他对青少年情有独钟。作为一名五老志愿者，他对下一代工作关怀备至。作为一名宣讲员，他精益求精、坚守一线。作为党员，他用满腔的赤诚，在火红的夕阳下，书写新时代爱党、爱国、为民奉献的壮丽诗篇。

　　从事教育工作35年的老陆在退休前的几天思绪万千……

　　这些天，他一直在心里琢磨着：自己才60岁，年龄也不大，凭着自己硬朗的身板儿，还得干点啥！

　　当他站在村头，望着那片绿油油的玉米地，眼里噙满泪水，是因为他对这片土地爱得深沉。

　　在得胜村，在这片黑土地上，祖祖辈辈种植着玉米，不仅品种单一，而且产量不高，市场价格一路走低。既影响农业增产增收，也影响农民的生活质量。如何改变种植结构，步入产业化，让农民走上致富路，成了老陆的一桩心事。

　　2008年春天，《新农业》上刊登了一篇文章，介绍台安县西平村农民改种玉米为栽苹果，获得了良好效益的经验文章，他想，人家能做的事，我们为啥不能干？这里的条件也不比他们差呀？他拿着材料，急匆匆地来到村主任的办公室，还没等坐稳，就急三火四

132

地对村主任说:"我在《新农业》上看到了一个消息,我觉得挺适合咱们村。"村主任王光看完后,连连点头说:"真的很不错!"随后,他便趁热打铁:"我建议村里组织一下,让党员先带个头儿,咱们去西平村看看。"村主任喜出望外地说:"好吧,明天我安排一下!"

东方的地平线上刚刚吐出晨曦,村主任王光就带队前往西平村,所见所闻让大家深受启发和鼓舞。最后,由沈阳科学院专家拍板,村"两委"班子一锤定音,选进了寒富苹果栽植项目,种植400多亩,当年获得成功。2013年第一届苹果采摘节,全村增收60万元。到2017年,全村增收超过300万元。现在,得胜村的果园面积已发展到1500亩,成为全村的一项主导产业。后来,他又为村领导出主意,把郁金香葡萄、软枣猕猴桃、艳红晚桃、架子黄牛、小尾寒羊等种、养项目介绍给村民,引导劳动力外出打工再就业,尽快走上致富之路,做到了家家有项目,户户有产业。

退休下岗又上岗。2012年陆万长正式退休,马上被村"两委"聘为专职工作人员。2014年,他担任街道关工委常务副主任。上任后,他很快进入工作角色,无论是在街道,还是在村里,他都是个"多面手",不仅能说会写,还会吹打弹拉。他一天到晚,忙得马不停蹄。亲子活动、妇女技能、道德培训、乐器辅导等各项工作开展得有条不紊,不仅被省里评为先进,还代表盘锦市在省里做经验交流。他把村里的老人组织起来,练书法,下象棋,玩乐器,扭秧歌,让他们老有所乐、老有所为。他制定图书管理计划,安排借阅流程,把2150册图书分类编目,利用"农家书屋"文化载体,开展"书香盘锦""小候鸟亲子阅读"活动。由于他平时认真读书,知识阅历丰厚,因此,在撰写材料、理论宣讲时信手拈来、一挥而就,被当地干部群众誉为"第一才子"。

创办村级党史馆。在得胜街道,村民们逢人便说:"要说村里建党史馆，老陆倾注了大量心血呀!"为了收集实物和照片，他几乎走遍了全村500多个家庭，就说王德顺烈士的妹妹王凤芹家吧，他曾先后10多次登门拜访，三番五次做家人的说服动员工作，让一家人深受感动……最后，王凤芹眼含泪水，把烈士的遗像、入伍通知书、烈士证明书统统翻了出来，都捐献给村党史馆。前后一个月，他共收集了300多件实物，200多帧照片，20多件历史文物。然后，他把收集来的文物、资料，按照历史发展顺序分成8个板块，再现了1948年土改到改革开放70多年的历史。

红色理论宣讲员。党史馆建成后，他亲自布展，撰写解说词，毛遂自荐当解说员。2015年5月20日，村党史馆正式对外开放。2016年至今，他先后被省、市、县报告团吸纳为成员。从此，一台便携音箱、一个无线话筒、一根伸缩引导棒，成了老陆的三件宝。"台上一分钟，台下十年功"，他每天对着镜子练口型，对着旷场练解说，还经常站在每块展板前，认真思索、仔细揣摩其中的内涵。老陆流畅严谨、声情并茂的讲解给数以万计的参观者留下深刻的印象，传递着积极向上的力量。

在人们的记忆里，他一天最多接待了19批参观团，长时间的宣讲，超负荷的工作，他的两腿站酸了，嗓子喊哑了，眼睛冒花了……可他却全然不顾，并笑着说："我能用自己的宣讲，让党员干部群众了解党史、学习党史，再苦再累，我也觉得有价值、有意义。"

开馆8年来，他已为省内外党员干部、境外来访者宣讲2000余场，接待总人数60000余人，其中，来自沈阳、鞍山、营口的青少年学生就有10000余人。

2015年以来，"盘山县党员教育基地""盘山县青少年革命传统教育基地""盘锦市青少年党史学习教育基地""盘锦职业技术学院思政课实践基地"在党史馆先后挂牌，这里还是盘锦市委党校、盘山县委党校教学点。

法律法规宣传员。2019年，在得胜村"陆万长法律调解室"正式挂牌，同时，这里又是"评理说事点"。几年来，共处理矛盾纠纷8起，在调解时，他依法入理，以理服人，晓之以理，动之以情，让矛盾双方握手言和，真正将矛盾调解于萌芽，把问题解决在基层。不仅让领导群众满意，也确保了家庭和谐、社会稳定。

助学扶贫送温暖。这些年来，陆万长身为街道关工委常务副主任，始终把助学扶贫作为工作重点。刘迪、刘颖是一对双胞胎姐妹，在她们出生3个月的时候，母亲离家出走，父亲一蹶不振，经常在外酗酒不归。从此，两个孩子跟着太爷、太奶相依为命。经他的穿针引线，辽宁恒元丰集团、盘锦市未成年人保护协会全部资助姐妹二人的学费，彻底解除姐儿俩的后顾之忧。另外，恒元丰集团的睢总还对小荒村的李强，得胜村的赵鹏博、张龙强实施救助。2018年，盘山县助学扶贫现场会在得胜召开，睢总作为代表到场讲话，还有10家企业结对帮扶10名贫困生就学。

几分耕耘，几多收获。陆万长脚踏实地的工作，得到了各级党组织的肯定：2014年，中共盘山县委授予他服务群众的好党员荣誉称号；2015年荣膺盘锦市优秀共产党员；2016年，被评为盘锦市道德模范；2017年，被评为辽宁省老干部先进个人；2018年，被评为辽宁好人；2019年，被评为辽宁省最美五老；2020年，被国家关工委评为先进工作者；2021年，被中共辽宁省委评为优秀共产党员；2022年，被中共辽宁省委评为最美老党员。

"老骥伏枥，志在千里。"面对这些耀眼的荣誉，陆万长却波澜不惊，他总是这么认为：成绩只能说明过去，它代表不了现在，更说明不了将来，要说有价值，它是更大的责任与担当，它是砥砺前行的起点和动力。

一棵小草的格言

姜淑秀

"没有花香，没有树高，我是一棵无人知道的小草……"歌曲《小草》在赞美小草同时，折射着深刻的人生道理。生活中我非常欣赏小草，敬佩小草，是因为它"春风吹又生"的坚忍与顽强的性格，微不足道，默默无闻的坦然状态。我熟悉的乔庆勇，他平凡得再也平凡不过了，却能一生中都在做好人好事、默默无闻、勤勤恳恳，信守着自己的格言，在乡村这块土地上，脚踏实地地增添新绿，冬天这么冷，我却被这抹新绿所感动，隔着屏幕听着他的声音，我仿佛看到炽热的阳光围绕着新绿，形成一团火，温暖着乡村，温暖着城市，温暖着众多人的心窝，把和谐这首歌唱得豪迈、奔放，且具有力量。

乔庆勇，盘锦市大洼区田家街道欣田社区居民，从小受父母亲的教育和学校老师的培养，他给自己树立一个人生目标，长大后做一个诚实、善良、守信、有责任心、有担当的人，做个对国家、对社会有用的人。确立了人生目标，写下人生的格言，乔庆勇这棵小草并没有随风摇摆，而是坚强地屹立在风中，为履行自己的诺言默默在行动。

助人为乐、无私奉献的种子在乔庆勇幼小的心灵生根发芽。小时候，有个邻居腿脚不便，乔庆勇经常帮助他料理生活事务，拾柴、挑水、扫院子除积雪样样不落，有时还用小推车推着他去集市上买东西。那时候，能够尽自己微薄之力帮助别人，乔庆勇觉得很快乐。

在乔庆勇15岁那年，村里有个孤寡老人，家里很脏很乱，个人卫生问题也处理不好，头发又长又乱，理发店都嫌弃他，乔庆勇就担负起照顾老人的义务。他定期给老人理发，清理个人卫生，照顾得无微不至，直到老人去世。

2009年，因工作关系，乔庆勇来到田家镇，在裕诚物业做维修管理工作，小区的业主们，只要谁家有困难，不论是漏水，还是电气问题，不管是工作时间还是休息时间，他都会去帮助解决。谁家有了困难就是没找他，他听说了也主动上门帮助解决。在他的辖区内，有一对80多岁的老夫妻，因为出入时门口没有台阶，很不方便，他就利用休息时间，用自己的原材料为他们做了个门台阶。因为有一身技术，什么活都难不倒他，小区的业主自行车坏了，他免费为他们维修，用的都是自己的原材料，有业主付给他钱，他都婉言谢绝，能为居民服务，就是他最大的快乐。

乔庆勇就像一棵小草，在阳光下茁壮成长，不断地把新绿洒向人间。

1976年，村里有一对夫妻吵架，妻子一时想不开，跳到河里想结束自己的生命。当时很多人围观，但都不敢下水救人，正好乔庆勇和哥哥路过，他什么都没想就跳进冰冷的水中，将其救起，送到医院，直到深夜这名女性脱离生命危险他才回家。还有一次，村里有个小孩在沟边玩耍，不慎滑入了深水区，听到有人呼叫救人，乔庆勇闻声跑到水沟旁，奋不顾身地跳下深水中，将小孩救起。事后，小孩的父母发自肺腑地对乔庆勇说："你不仅救了孩子，你是救了我们整个家庭啊!"

乔庆勇在恪守自己的格言时不断自励，在自我人生价值的体现中不断释放光和热，一如既往，默默地做着自己。

后来，乔庆勇在东郭镇的路边开了一家修理部，为来往的车辆维修服务。一天，正在店里干活的乔庆勇听说路上出了车祸，赶紧跑去现场救人。只见一辆轿车四轮朝天，车门严重变形，人无法出来，乔庆勇急忙回到店里拿来工具将车门撬开，把司机救出来送到医院就医。

温暖的阳光照在我的文本上，洋洋洒洒的几千字里，乔庆勇的形象高高树起，看着他女儿给我发过来的资料，读着他的事迹，我不由得肃然起敬，在字里行间，我看到了乔庆勇朴实的身影，散发出一束束炽热的光环，萦绕着这片厚重的土地。

1998年，乔庆勇的邻居在发动的汽车里睡觉，导致中毒，当妻子发现时他已处于昏迷状态。当时正值凌晨，附近根本没有人，他妻子无助地喊着救命，乔庆勇听到喊声，急忙赶到将其送到医院，经过抢救，脱离了危险。邻居家人万分感激，感谢乔庆勇的救命之恩，乔庆勇仍然是坦然一笑说："举手之劳，不足挂齿。"

能为乡亲们做一些力所能及的事情，乔庆勇非常欣慰。用他自己的话说，帮人就是帮自己，只要心中充满阳光，遇到的皆是善良。

2017年3月5日下午，亿居果岭郡小区B楼4楼一对父母外出，将一名4岁男童反锁在家，孩子贪玩，撕破纱窗，爬到窗外，由于窗户外边没有落脚的地方，孩子只有用手扒住窗户，身子悬在外边，随时有坠落的危险。正在不远处库房整理物品的乔庆勇听到居民的呼救声，赶紧跑到B4楼下，用对讲机联系小区物业救助。他怕孩子体力不支，又赶紧找来绳子冲上5楼的人家，他把绳子系在腰间，在大家的帮助下将他降到4楼。他紧紧抓住孩子，并对楼下的居民高喊："谁回家取床被子来，大家拉开，以防坠落！"他试图将小孩推回屋内，但小孩吓坏了，使劲挣扎。为了安全起见，他用胳膊肘拄着5厘米的窗檐，双腿夹住孩子，手紧紧抓住住户安装的电视小锅支架，嘴里不停地安抚着孩子，等待救援。物业工作人员一边给孩子的父母打电话，一边报警，一边联系开锁公司。可是，孩子父母电话一直无人接听。房门被孩子的父母反锁着，开锁公司无法打开。随着时间的推移，乔庆勇体力越来越弱。紧急时刻，又有一位业主腰系绳子从5楼下来接应……楼上居民合力将他们拉上5楼，前后半个小时的时间，孩子终于得救了，而乔庆勇的手都麻木了。现场居民一片欢呼喝彩，都竖起大拇指夸赞："老乔，好样的！"面对赞誉声，乔庆勇热泪盈眶，他高兴的是自己挽救了一个小生命，又一次挽救了一个家庭。

在每一次危机时刻，他都没有多想，心里只有一个念头：救人，救人！每一次救人，他都不顾个人安危。那是无私奉献的精神支撑，那是道德理念的使然！他的道德风范和见义勇为的事迹一下子传开了，得到社会的广泛赞誉。大洼区政府授予他见义勇为先进个人荣誉称号，大洼区综治办授予他道德文明先进个人荣誉称号。

就在这些荣誉和赞誉声中，乔庆勇默默发挥自己的光和热，至今，无论谁家排水、采暖设施出了问题，他都毫不犹豫去帮助解决，他说党给了他荣誉，他就要更加努力向前走，保持热忱的态度对待生活。这些朴实的话语，践行了乔庆勇的无私无畏的精神所在，这让我又一次看到小草的精神，把根深深扎进这片热土中，吐露着新绿一片片。我想，明天，哦！明天，肯定是一片生机盎然！

丹心一片向阳开

郭小峰

　　杨丹，现任盘锦市高级中学副校长、盘锦市妇联兼职副主席。曾任党的十九大代表，先后获得辽宁省首批物理学科带头人、辽宁省三八红旗手、优秀共产党员、辽宁好人、全国三八红旗手、全国优秀教师等荣誉称号。

教艺精湛，三尺讲台展英姿

　　杨丹是物理教师，她的课堂教学别开生面，堪称一绝。可以说每节课都是公开课，都是精品课。听课的人除了学生，还有许多教师；除了理科教师，还有文科教师。学生学习她讲授的物理知识，老师学习她的教学方法。

　　思品教育，不是教学过程中的穿靴戴帽，生搬硬套，而是要有机地渗透到学科知识之中。只有教师做到了教而不显，潜移默化，学生才能得而不知，内化于心。

　　比如杨丹老师讲授"惯性"一课时，她叫6个学生到教室前面来，让3个学生坐着，3个学生站着。然后对他们说，你们现在不是在课堂，而是在公交车上。你们要模仿公交车在提速、左转、右拐、紧急刹车时的情景。杨老师话音刚落，教室里立刻欢声雷动，连听课的老师也为之动容。表演的学生专心模仿，观看的学生兴趣盎然，有的跃跃欲试，有的赞佳指暇。表演停止，老师对坐着的同学说，上来两位刷优待卡的老人，你们怎么办？又对两个要下车的同学说，你们身后有一位患轻微脑血栓的老人也要下车，你们如何做？得到了满意的回答，老师赞许地点头。老师接着用生动的语言讲解了物体运动的惯性问题，重点、难点阐释得清晰准确。在课程即将结束时，老师突然神情庄重、语重心长地说，不仅物体运动有惯性，人的心理活动也有惯性。所谓"习惯成自然"就是惯性的作用。勤奋刻苦有惯性，懒惰懈怠也有惯性；严于律己有惯性，放任自流也有惯性。优秀与平庸，就取决于对惯性的选择与掌控。这堂生动的物理课，学生学得津津有味，听课的老师赞不绝口。

杨丹老师在讲自由落体运动时也是如此。她一手拿一张大纸片，一手拿一张小纸片，问学生同时松手哪一张先落地上。学生说大纸片，她就把小纸片捏成团，学生说小纸片，她就把大纸片捏成团，让学生自己总结为什么捏成团的纸片先着地。直观有趣的教学，使学生学得轻松，记得扎实，多年以后仍然记忆犹新。

管理科学，爱心育人结硕果

聪明的人不一定优秀，但优秀的人必定聪明。杨丹就是聪明伶俐、秀外慧中的人。她的两眼炯炯有神，闪耀睿智的光芒。课堂教学，能看清学生的学习状态，掌握他们的心理活动。管理年部，能看清师生在活动中的表现，洞察他们的精神世界，制定具有前瞻性的工作计划和措施。

在当班主任时，她发现班里有一名学生，不喜欢与同学接触。平时沉默寡言，常常暗自发呆，作业也不按时完成。老师多次提醒，收效甚微。在和家长沟通之后了解到，这名学生自小父母离异，父亲在外务工，很少照顾他。杨丹考虑到这名学生的特异行为主要是缺少关爱造成的，于是有空就找他聊天，有微小的进步就鼓励表扬他，有时看到他独自坐在教室里不去吃饭，就给他送去小点心或水果。杨丹知道这样的孩子自尊心很强，聊天时从不谈及他的家事，而是时刻给予他灿烂的笑容、温柔的问候、积极的鼓励。过了一段时间，学生变了，交作业的次数多了，课堂上会抬头与老师目光交流了，偶尔还会跟着大家说出自己的答案。从孤僻变得开朗，从灰暗走向阳光，从消极怠慢走向积极主动，这个学生的变化让杨丹相信：爱可以给人力量，使人成长。

优秀模范人物，都不会因循守旧、蹈常袭故，而是充满探索创新精神。杨丹亦是如此，她的管理工作，处处绽放开拓创新之花。

在担任年部主任时，在全年部创新性地开展"幸福教育"活动。"幸福教育"的核心就是通过丰富多彩的教育教学活动，让广大师生在活动中获得幸福感，从而真正实现习近平总书记所说的素质教育。注重以人为本，因材施教；注重学用相长，知行合一。着重培养学生创新精神和实践能力，促进德智体美全面发展。

在教学管理中，创新了双命题的出题形式，提高了命题的质量和试卷的效能。在每次考试后，开展同课异构示范课，使师生互相学习，取长补短。创新了成绩分析会的形式，采用报告单，使成绩与问题清晰明了，以便发扬成绩，纠正错误。

在年部日常管理方面，创新的事例不胜枚举，俯拾即是。杨丹创新了后进生的转化工作，对有需要的学生进行思想教育。为了日常工作更加专业细致，她创立了规划组织办公室这一新的部门，使年部工作达到了系统规划、严密组织、精准实施、及时总结的高度。她创新了活动的宣传机制，不仅安排专人负责，提高了质量，还扩大宣传范围，通过走廊宣传板、微信的学校公众平台、教育局网站，向师生和社会介绍活动的效果和意义。她创新了部门内部的梯队建设，为每位新入职的教师都配备了师傅，以老带新，既保持了工作的连续性，又帮助了新教师快速成长。双周班会是年部的常规活动，她本着"常规也要常新"的理念，创新了班会的内容和形式，充分调动了学生的热情，变被动服从为主动自觉，及时克服压力，调整心态，提高了班会的教育意义和实效性。她还创新地举办了长达4个月的"明智杯"辩论赛。秉承"真理越辩越明"的理念，不仅让学生在思维的博弈中辨明是非，坚持真理，还帮助他们在合作与竞争中，激发热情和斗志，得到了更好的进步与成长。

厚德载物，天道酬勤。杨丹的爱心和汗水换来了累累硕果。她管理的年部在2014年高考中一本上线超1000人，全省第一；二本上线超1850人，全省第一。她所带的班级有13人考入清华北大，7人考入浙江大学，2人考入复旦大学，3人考入南京大学，2人考入中国科学院大学，1人考入香港中文大学，1人考入上海交通大学。

树德垂范，热血为墨写华章

杨丹老师热爱自己的事业，热爱自己的学生，满怀激情地投入到教育教学工作中。她以温和的方式走进学生的心灵，以智慧的方法达到最佳的教育效果。她严于律己，远离名利，多年如一日地爱岗敬业，履职尽责；踏踏实实做事，清清白白做人。

在担任班主任时，她的作息时间和学生一样，与学生时时刻刻在一起，并肩战斗。自从2011年担任年部主任后，更加以身作则，严格要求自己。要求教师做到的，她要先做到。每天早上第一个进入教学楼，迎接学生和班主任的到来；晚上要等到住宿学生回到宿舍稳定以后才离开学校，从未间断过。每天早检、午检、晚检，她都要走5个楼层，32个班级全部检查。常常是在学校干劲十足，回到家里精疲力竭。家人看在眼里，疼在心上。

杨丹担任班主任、年部主任的10多年，以校为家，无暇照顾孩子，孩子的童年是在姥姥家度过的，上小学二年级才接回到身边。但她也没有时间照顾孩子，孩子每天放学后，是在高中的教室里和哥哥姐姐们一起学习。

2016年暑期，她所管理的高二年部马上要升高三，正是期末最忙之时。不料父亲病情突然加重，在省肿瘤医院被确诊为胃癌中晚期，要马上手术。这一噩耗几乎击垮了杨丹，作为独生女，被父母视为掌上明珠，享受父母无微不至的关爱。现在父亲要手术，她理应在父亲身边陪护父亲，但学校的工作不容分身，不能影响1000多名学生的前途哇！于是她只好在盘锦、沈阳两地跑起通勤，经常是在学校研究完工作或开完会，马上开车直奔高速。到沈阳后，与医生简单沟通了解情况，陪父亲吃过饭，立刻开车返回学校布置工作。这一个月她在盘锦、沈阳往返19次，那是怎样的奔波劳累呀！杨丹深深体会到忠孝两难全的滋味。就在笔者采访时谈及她父亲2018年去世的往事时，她仍然悲上心头，泪流满面，痛悔之状令人恻然。

杨丹另一个令人崇敬的品质就是谦虚。她善于把成绩清零。相信她会在今后的工作中，继续以热血为墨，谱写教育教学的耀世华章！

烈火真情

侯召明

　　见到火中救人的英雄宋世刚，我被震撼到了。他的脸上、手上、鼻子以下、嘴唇、脖子都有烧伤的痕迹，头发也因灼伤不再生长了，手上关节处烧伤后伸屈都很困难。

　　他以前也是英俊男儿，在油田里是有名的大好人。

　　宋世刚是辽河油田振兴物业公司维修队的一名普通工人，和同事们负责测井和兴油小区居民住宅维修工作。现在虽然领导照顾他，但他仍然是单位主力，查看房屋漏雨，查看下水井、消防井隐患等，为业主排忧解难。

　　他给我讲了他的故事。那是2014年3月12日，他去新工街道粮家村的朋友家借电冲击钻，朋友家住在低矮的平房区，与邻居家距离非常近，两家中间是一个煎饼摊，附近堆放着柴火，因朋友的邻居在摊煎饼时用火不慎致使附近的柴火垛失火。大火由外向内，很快吞噬了他家的房屋。屋里有两位60多岁的老人和一个3岁男孩。烟雾很大，大人们已经蒙头转向，只是大声呼救："救命啊，救命啊！"孩子也哭喊着："妈妈！妈妈！"男主人迅速跑到不远处的车里取出灭火器。

　　火情危急。宋世刚毫不犹豫地第一个冲进火海，大火熊熊，他屏住呼吸，浓烟滚滚，灼热和火焰使他呼吸困难。他睁不开眼睛，只能顺着声音去摸早已吓得瘫坐在地上的老人，把老人拽出了屋。这时，

145

从后院跑回来的女主人又哭喊着孩子的名字。宋世刚听说孩子没出来，拍打了一下身上的火花，又毅然返回屋里去救孩子。他在火海中探寻着，可是孩子已经没有了哭喊声，他到处摸，摸到炕上才找到孩子。当他抱着孩子冲到门口时，一块木头燃烧着从他身边落下。

瞬间，宋世刚成了一个"火人"。当天晚上，他由辽河油田总医院转到了武警辽宁总队医院。宋世刚烧伤非常严重，身上烧伤面积50%，并且多处是三度烧伤。

我问他："你当时没感到害怕吗?"他微微一笑说："生命攸关，我就想救人!"

宋世刚在烈火中救人不是一时冲动。父亲是党员，从小就教育他做好人，母亲也是善良的人，父母的言传身教给了宋世刚一颗善良勇敢的心，因此，从小就养成了侠肝义胆。12岁的时候，他与邻居去双台子河里洗澡。过了一会儿，涨潮了，听到有人哭喊着救命，他急忙向着水流湍急的河中心游过去，救了那个小弟弟。

长大后，他更是热情为同事们做事，谁有难事，找宋哥，成为单位同事们的共识。宋世刚身高一米七五，前几年，家里都烧液化气，邻居家的液化气罐他经常帮着扛到楼上。他心灵手巧，经常帮助邻居家修电视。

宋世刚无论在单位还是在家里都是干活在前、享受在后，从小就养成了勤劳的好习惯，还怀有深深的慈善情怀。单位组织为灾区捐款捐物。捐衣服，他总是买了新衣服捐献，捐钱也是捐得最多。同事们都说他太傻，可是他哈哈一笑说："不能给灾区人民捐助不好的衣服，买件新衣服不算什么。"

宋世刚是个孝顺的孩子，每周都回家陪着老母亲过周末，给母亲包顿饺子。买来的鱼肉给母亲放冰箱里，保证母亲身体营养。

他烧伤住院期间，怕母亲担心，就让妻子和女儿给母亲打电话，说单位忙加班，不回家了。他在病房忍受着疼痛，不说疼，身上的皮肤烧成了泡，皮肤又痒又痛，他在心里默默承受着，脸上却没有一点痛苦的表情。他说："已经那样了，叫疼也是疼，不叫疼也是疼，不能给别人添加痛苦。"

接受治疗后，烧伤渐渐好转，水泡开始破裂，皮下的肉开始变硬，结痂后又是一种疼痛，还不能用手挠。整个治疗和康复期，宋世刚忍受着莫大的痛苦。但想到老少三人安然无恙，他觉得自己遭点罪受点苦值得。

善良的人，坚强的人，是一束光，照亮自己，照耀着身边的人。宋世刚于2015年被盘锦市政府授予盘锦市见义勇为模范；2016年被评为第五届盘锦市道德模范；2016年经过广大群众推荐、评议和投票，上了"中国好人榜"；2016年经辽宁省人民政府第七十四次常务会议审议批准，授予宋世刚辽宁省见义勇为英雄荣誉称号。

宋世刚在单位工作勤勤恳恳、任劳任怨，冲锋在前、享乐在后。每当维修队遇到艰难的抢修任务时，他总是冲在最前面。有一次，一个水管线爆裂跑水，需要挖土刨坑，他二话没说，拿起镐头就刨土，干得满头大汗，身上的衣服都湿透了。还有一次冬天暖气管线冻裂，跑水，他拿起管钳关闭阀门，又拿起气焊，焊接开裂管线，经过半个多小时的抢修，他的身体已经冻透，变成了"冰人"。

英雄有泪也有苦衷，可是他没有说过。他让待业的女儿去创业，告诉孩子，有困难自己解决。他女儿大学毕业后油田没有招工，他引导孩子自谋职业，创办了养生会馆，又告诫孩子要传递善良，不挣没有良心的钱，要记住帮助那些需要帮助的人。

爱被一代一代传递着。宋世刚，生命攸关冲锋在前，临危不惧。平日工作任劳任怨，先人后己。一个英雄，从烈火中走出来的英雄，感动了盘锦人民，感动了辽宁人民。

无悔人生铸警魂

王桂芹

邢宝昌，1970年出生，1993年参加公安工作，从警近30年，一直坚守一线，负责城郊分局曙光派出所高升警务区户籍管理兼社区的警务工作。因工作成绩突出，先后获得盘锦市优秀公务员、盘锦市人民满意警察、沈阳军区学雷锋积极分子、兴隆台区优秀共产党员、省公安厅人民在我心中最美警察，今年5月25日被授予全国优秀人民警察等荣誉称号，共荣立个人三等功三次。

作为一名优秀的共产党员，邢宝昌时刻牢记党的宗旨，不忘初心使命，用实际行动践行着入党时立下的铮铮誓言。身为人民警察的他忠于职守，始终保持着人民警察的忠诚本色，"人民的利益高于一切"，为老百姓分忧解难，成为当地群众的贴心人。

他的先进事迹在当地受到广泛好评。这就是邢宝昌，一名平凡而普通的人民警察。

一个人对待工作的态度就是他精神面貌的体现，无论在何时何地，邢宝昌都把自己的职责放在首位。2016年7月19日中午，火辣辣的太阳烘烤着大地，空气也变得非常炽热。此时街上行人稀少，正在值班的邢宝昌突然接到报警电话，有一名儿童不慎落入了高采公园里的人工湖。警情就是命令，邢宝昌挂断电话顾不得多想，迅速冲出警务室，向着人工湖所在的位置一路狂奔。当他赶到出事地点，几个小男孩儿正在手足无措地指着小伙伴掉下去的地方大声呼救。

这里的水深有4米，湖水泛着绿色的幽光，好在小男孩儿落在了一座假山石的缝隙里，小手正吃力地扒着石头的边缘，吓得说不出话来。见此情景，邢宝昌没有顾及个人安危，来不及脱去衣帽，便一个猛子扎入湖水中，奋力地向落水的小男孩儿游去。他紧紧抓住孩子的衣服，将孩子的头托举到水面，拼命地往岸边游，直到把孩子拖拽上岸，一颗悬着的心才终于落地。

家长得知孩子被救的消息之后，拿着5000元现金赶到派出所向邢宝昌表达谢意，但被他谢绝了。他说："我是一名人民警察，这是我应该做的！"

邢宝昌对待工作有火一样的激情，对待需要帮助的群众，他会义不容辞地伸出援手。无论刮风下雨，无论酷暑严寒，邢宝昌身上的热情丝毫不减，把社区居民的事当作大事来抓。

在邢宝昌的办公桌上有一个"警示牌"，上面写着他长期从事基层警务工作总结出来的"五心"工作法："对待警务工作要细心，对待解疑释惑要耐心，对待解决问题要诚心，对待求援求救要爱心，对待特殊群体要用心。"他把这"五心"理念时刻谨记于心，并用它来约束自己的言行。

2014年，高升社区新搬来一户姓徐的独居居民，这个人患有间歇性精神病，平时不发病像好人一样，受到刺激或者其他原因就会疾病发作，在社区里四处走动，不但辱骂他人，还向过往行人和车辆乱扔石头，家人不露面也不管他，社区居民也管不了。面对一个行为异常的人，当地政府也感觉到头疼，拿他一点办法都没有。邢宝昌知道了这件事情后主动出马，别人曾劝告他别招惹麻烦，还是离远点好。他却不信邪，非要碰碰这个"硬钉子"。他主动上门去找这个人，想和他好好谈一谈，却被连推带搡、连打带骂地赶出了家门。吃了一次闭门羹之后，邢宝昌没有气馁，而是接二连三地登门去做工作，可是依然是无功而返。

邢宝昌是一个执着的人，他在工作中做任何事情都不会因为中途受到某种挫折而失去信心，半途而废，别人说尽到义务就行了，他却把这件事当作一种责任。他说，如果居民的安全问题得不到很好的解决，怎么能对得起群众对自己的信任和支持呢，这件事我一定要做到底。

邢宝昌不知道跑了多少趟，最终"功夫不负有心人"，从开始的油盐不进，到后来可以隔着门对话，直到最后病人还把他请进屋成了座上宾……在他坚持不懈的努力下，对方终于向邢宝昌敞开了心扉，在邢宝昌的积极劝导下，病人徐某同意去开原市精神病医院接受治疗，但要求邢宝昌亲自把自己送到医院去，说有啥问题可以找他商量解决。邢宝昌满口答应了下来，并按约定日期把他送到了医院接受治疗。就这样事情得到圆满解决。

老百姓的心中自有一杆秤，邢宝昌为社区居民做的一桩桩一件件好事，大家全部都熟稔于心。2013年年初，按照上级整体规划，取消了高升派出所，邢宝昌主动找到领导请求留下，上级答应了他的要求，就这样，邢宝昌在高升地区警务和外勤工作岗位上一干就是28年！

多年来，邢宝昌负责高升采油厂区域内的职工家属办理户籍和身份证业务，工作看似简单，实则纷繁复杂，有时忙得连午饭都顾不上吃。遇到腿脚有毛病上不去楼的老人，邢宝昌就主动背上楼，每每都是气喘吁吁，满头大汗，回到办公室顾不上歇息片刻，又忙着开始工作。

邢宝昌多次利用双休日往返于沈阳采油厂和茨榆坨采油厂家属

区，背着沉重的照相设备，登上五六层楼的台阶，上门为特殊人群办理第二代身份证。当遇到那些认为办不办理身份证都无所谓的特殊情况，每次邢宝昌都会耐心细致地讲解，为他们做思想工作，让他们领悟到一个公民拥有身份证的重要性。他的真诚和耐心，得到了特殊人群以及家属的理解和配合。

邢宝昌是一位在平凡岗位上不计较个人得失的人民警察，他平时不但要做好户籍管理工作，还要承担起辖区内的民事纠纷、法制宣传、场所管理以及重点人员排查等社区警务工作，工作压力大，任务琐碎且繁重，几乎把个人的精力全部投入工作当中。而对于家庭邢宝昌付出得太少，总是满心愧疚。为了做好社区里的警务工作，父母亲身体不好，他不能去照看；女儿工作上的事情需要他帮助指导，他还是因为工作忙顾不上，优秀的女儿通过考试成为了一名辅警。邢宝昌并非不近人情，而是他把点点滴滴的爱都无私地奉献给了他深爱的警务事业。他用那颗善良而真诚的心，温暖了无数需要帮助的人。

在工作岗位上，邢宝昌是一位敢打敢拼的硬汉子，他把自己的青春和热情无私地奉献给了公安事业，在平凡的小事中不断地发光发热，创造自己的人生价值。他关心群众，凡事亲力亲为，一颗心牵系着社区百姓的疾苦，把党和人民交给他的神圣使命担在肩上，兢兢业业地在平凡的岗位上尽职尽责，用忠诚和信念守护着一方百姓的安全，把和谐的乐章奏响在社区的每一个角落。

"冰"书记的"火"属性

宋凯涛

王冰，中共盘锦市纪委原副书记。他周围的同事往往管他叫"冰"书记。个中原因，一方面是市纪委长时间有两位王姓副书记，为了好区分；更主要的是他性格稳重、不形于色，且长期分管案件审查调查工作，长期与违纪违法行为做斗争，久而久之，养成了一种冷冰冰的"职业病"。然而，谁又能想到，在这块坚冰的里面还包裹着一团炽热的火……

撷取彩虹做火种

时间回到20世纪90年代。1992年，王冰参加工作，被分配到市检察系统任一名普通检察员。由于工作积极上进，当年就被团市委评为全市优秀共青团员。自此，团市委的领导和机关同志都知道市检察系统有这么一个阳光帅气、乐观向上的小伙子。从那以后，王冰也成了团市委机关的常客。也是在这一年，由团市委牵头，我市实施了一项品牌工程——希望工程，目标就是调动社会各界力量，帮助家庭困难的学子完成学业。桃李不言，下自成蹊。高尚的倡议，必然得到社会上很多爱心人士的响应。王冰第一时间得到了消息，也很想参与其中，但苦于经济力量实在太过单薄。

转眼到了1995年年底，王冰被评为全市检察系统优秀监所检察员，还意外地得到了300元奖金。这是王冰所在监所当年获得的唯一的个人奖金，同事们撺掇他一定要拿出来请客，大家好好地吃一顿，加深一下感情，乐和乐和；这还是王冰参加工作以来第一次拿到的奖金，他也可以用这笔钱给父母买一件衣服，让父母感受到儿子的回报。但是他一反常态，急急忙忙地跑到团市委希望工程办公室，把钱捐了出去，成为我市第一个捐资助学的公职人员。当他拿到捐款收据后，深藏在自己心底两年多的夙愿终于实现了，他长长地出了一口气，感到前所未有的满足和愉悦。他知道自己的这一步走对了，他将坚定不移地继续走下去。就这样，在助学帮困的道路上，王冰砥砺前行，一走就是28个春夏秋冬。

28年来，王冰从市检察院到市纪委，从普通科员到领导干部，誓言不改，初心如磐。他先后荣获盘锦市优秀共产党员、盘锦市劳动模范、盘锦市十大杰出青年、辽宁省优秀青年卫士、辽宁省纪检监察系统先进工作者、辽宁省十佳党的忠诚卫士、辽宁省雷锋奖章、辽宁省"五四"青年奖章、辽宁省劳动模范、辽宁省道德模范等40多项荣誉称号，并两次受到中央纪委监察部通令嘉奖。在省纪委机关楼内的光荣榜上，王冰始终排在荣誉最全面、事迹最翔实的第一名。随着荣誉一起下发的还有一定数量的奖金，然而，奖金不管什么时候发下来，不管发的是1万、1000还是几百元，王冰都捐给了希望工程。后来，各级认真执行中央八项规定精神，严格控制了奖金发放的次数和规模，王冰就把担任市委党校客座教员挣到的讲课费作为主要捐款来源。再后来，由于参加"圆梦大学"资助行动所需的单笔捐款额度过大，他又把第13个月的工资拿出来。截至目前，在希望工程王冰个人账户上，捐款额度已经高达20多万元。

古人说，行百里者半九十。那么，是什么样的动力支撑着王冰永不停留、永不放弃呢？采访中，笔者也曾这样问过他。王冰沉默了一会儿，说有个情景一直在眼前萦绕，一直在激励和鞭策着他：那是他第一次去学生家里送捐款，由于不知道学生家的具体位置，在村子里边问边找，转悠了好几圈，都到中午了，还是没有找到。王冰又乏又渴又饿，实在没办法了，只好求助班主任老师引路。当时，老师正在家里刚刚吃午饭，闻讯后二话没说，撂下饭碗就随王冰走出了家门。此时此景，王冰顿感自己不是一个人在战斗，感到了集体的力量。在一间破旧但收拾得还算干净的房屋里，一个瘦小的男孩儿满怀期望地迎了上来。接过捐款后，男孩嘴唇颤抖了很久，憋出一句话："谢谢叔叔！请放心，这钱我一定用来买书本，不会去买好吃的。"王冰说，当时他的心一下子被刺痛了。零食，对这个贫困家庭的孩子来说，吸引力不言而喻。孩子能说出这样的话是下了多大的决心哪，这是他对王叔叔的一份承诺，一字千金！真情换真心，心火点燃心灯。在这28年里，王冰依靠自己的执着，依靠自己的力量，至少为100名贫困家庭学子点亮了希望之灯。

你的爱像火苗

在古希腊，有一则播火者的神话：天神普罗米修斯，聪慧而正直，善良而勇敢，更加可贵的是他处处维护人类的利益，时刻关注着人类由弱小逐渐壮大。一天，当他得知众神之王宙斯拒绝向人类提供生活必需的最后一样东西——火，就想方设法把火种偷偷地引到人间。宙斯大发雷霆，令其他的山神把普罗米修斯用锁链缚在高加索山脉的一块岩石上。让饥饿的老鹰天天来啄食他的肝脏，这样的痛苦他必须要持续三万年。光阴似箭、斗转星移，很多年过去了。人们早已忘记了普罗米修斯，但世世代代享受着天火带来的便利。

在助学这方面，王冰就是现实版的普罗米修斯。只不过这位"普罗米修斯"从来没有把"播火"的事，作为炫耀的谈资公布于众。王冰说，如果不是"百名作家写百名道德模范"活动有要求，如果我俩不是同事、互相比较熟悉，他会拒绝采访。随着采访的深入，笔者打算面对面地与受捐助的学生交流沟通，就问王冰是否帮忙联系几位。王冰说他也不清楚这些年到底资助了多少名学生，也不知道那些学生的具体联络方式。

"你不担心捐款没有到位吗?"

"这有什么好担心的! 有团市委、社区和村，还有学校，层层把关，程序严密着呢。"

"那你不想看看孩子本人，或者知道他们以后有没有出息吗?"

"不想。知道他们需要我的帮助，也愿意接受我的帮助就够了。"

于是，笔者来到团市委。由于单位搬家和负责同志更换等客观因素，几经辗转，只找到了2020年至今受到王冰资助学生名单和通联方式。在短短的两年半时间里，王冰就捐助了58名小学生! 正当笔者兴冲冲地准备与这些学生见面座谈时，王冰再一次亮明态度:"小孩子自尊心都很强，这样大张旗鼓地采访，会不会让他们感觉在同学面前抬不起头哇!""况且每年就给那么点钱，需要人家对我感恩戴德吗?"笔者有点不高兴了:"那这篇文章就写不下去了呀! 你能不能支持一下我的工作呀。"被笔者逼得实在没有办法，王冰终于拿出了22封珍藏已久、纸页泛黄的书信。王冰解释说:"刚开始资助那阵子，担心孩子们不能及时收到捐款，也不清楚每年一个孩子到底需要多少钱才能完成学业，就让他们给我写信。后来，一切都走上正轨，就不做这样的要求了，但与孩子们彼此熟悉后，我也挡不住个别书信往来。"书信中离现在最近的一封，是

2006年大学生小张寄来的。绝大多数写信的这些学生，现在早已走出校门走向社会，为人父人母了。

真心地感谢那联络方式不够发达的时代，让笔者在字里行间寻找真情实感。信纸五花八门、笔迹各式各样，有的甚至用的是作业本上的纸，有的甚至用的是铅笔。但笔者发现有两点是高度统一的：一个是态度，无论哪封信，上面的每一个字都是工工整整的；另一个是感情，纯纯的、满满的感激和决心。小莹，大洼县平安中学学生。哥哥患有严重精神疾病，父母身体也不好，全家靠父亲打零工维持生计。王冰连续资助她3年，她给王叔叔写了8封信。信中告诉王叔叔，哥哥病情越来越严重，父母到处借钱治病，却始终没有动王叔叔的那笔捐款；信中告诉王叔叔，这个学期成绩不理想，让叔叔失望了，下学期一定努力赶上……小刚，大洼第二小学学生，单亲家庭，与母亲相依为命。他说："妈妈在我没上学的时候就下岗了，一直靠打零工维持生活，看到妈妈挣钱不容易，就知道王叔叔你的钱也是用汗水换来的，我一定不乱花一分钱。"还有一名粗心的男孩儿，写信没有落款。虽然不清楚他叫什么，但知道他想干什么。他随信寄来一个光盘，说这是他参加学校新春文艺晚会表演合唱时录的，让王叔叔认识一下，倒数第二个就是他。这些在受助学生看来终生难忘的事，王冰好像一点也想不起来了。事了拂衣去，深藏功与名。王冰，值得点赞。

炬火相传正当时

据现任团市委希望工程办公室主任郭铁丹介绍，从1992年创建开始，截至2021年8月，通过实施"五年资助行动""益起行动—益起爱"主题活动以及"圆梦大学行动"等载体，希望工程已实现累计发放助学款物 2345.83 万元，相继资助 12539 名低收入家庭学子顺利完成学业，在全市范围内援建希望小学 15 所，建立希望书屋 35 个，建立大学生有偿社会实践基地 18 家。这些成绩，离不开社会各界的大力支持。同时也看得出来，希望之火经过 30 年的培育，在盘锦已形成燎原之势。接着，郭主任以敬佩的神态进一步介绍说，由于考虑到公职人员经济收入不高且家庭负担较重，希望工程始终没有硬性要求公职人员认捐。这些年来，助学捐款主要面向社会爱心人士、民营企业或协会筹集。像王冰这样几乎伴随希望工程启动而行动，并且一坚持就是 28 年，全市仅仅他一人。28年来，希望工程办公室主任换了 7 任，每一任都因为王冰捐款助学的事彼此成了朋友，每一任都在离职前向继任者讲述王冰助学捐款的故事。

渐渐地，王冰"领头羊"作用发挥出来了，跟随着他的脚步，同向同行的有他的同事、朋友、听过他事迹的人。更令人称道的，还是乌鸦反哺。一些曾经受到他资助的学生，如今成长起来了，主动地接过王叔叔手中的火炬，与王叔叔并肩站在了一起。小艳，盘山县高升中学的初中生，2006 年、2007 年，王冰资助过她两年。她给王冰写了两封信：第一封信的内容是感谢王冰的资助；第二封信是告别信和决心书。信上说：她即将初中毕业了，凭她的成绩不可能考上高中了。请王叔叔不要再给她寄钱了，把资助她的钱用在其他还在上学的孩子身上。同时也请王叔叔放心，毕业后，一旦有了稳定的工作收入，她一定像王叔叔那样，尽自己最大可能帮助其他同学完成学业。前文提到的大学生小张，原来生活在一个幸福的家庭。她父亲承包一些工程，收入富足。然而，天有不测风云。在她即将高考的时候，父亲遭遇车祸意外身故。很快，父亲生意伙伴上门逼债，而她与母亲又找不到别人欠她们钱的借条，家庭陷入窘境。小张由此产生了许多仇视、失落等负面情绪。正当她为念不起大学犯愁时，王冰找到了她，资助了她四年，她也给王冰写了四封信。前三封是明信片，都是一些节日祝福的话。第四封是她毕业前夕发出的，密密麻麻、工工整整地写了三篇信纸，回忆了她接受资助后思想的转变，袒露了大学四年的成长经历和心路历程。称呼也从过去的王叔叔变成了王哥，一再表示自己也长大成人了，以后也能与王哥并肩战斗，帮助他人了。鲁迅说，若无火炬，我便是光。用这句话，激励当时的青年人发奋图强，往上走。王冰这些年来施恩不图报，那他图的什么呢？应该就是薪火传承吧。

冰与火，两个截然不同的物理属性，在王冰身上得到了完美融合。笔者脑海里突然呈现出雷锋那段耳熟能详的日记：对待同志要像春天般温暖，对待工作要像夏天一样火热，对待个人主义要像秋风扫落叶一样，对待敌人要像严冬一样残酷无情。

铁汉柔情，王冰助学的脚步始终没有停歇。采访结束时，王冰告诉笔者：近年来，他在查办案件的时候发现，我市西部三镇街需要资助的学生比较多，他也十分着急，准备联合同道中人一起努力，保证不让一个孩子由于家庭经济困难而辍学，为市委、市政府推动西部三镇街振兴发展，做出自己的贡献。

爱让阳光和风也柔软起来

陈苏锦

　　"用自己的方式，让自己高兴，这是一个普通人对生活最好的致敬！"

　　这是我在2023年的中秋听到的非常舒服的一句话，它来自我熟悉的一个退了休、依然在工作状态的大姐的微信，那一刻，我一下子想起王玉菊，想起我们见面的时候，她说的那些朴实得不能再朴实的话：我得对生我的人好，我得对生我先生的人好，我得对我生的好，这样，我会很高兴，我为自己有能力这样做而高兴。

　　王玉菊跟我讲她刚参加工作那会儿，是在家乡新民的一个乡下小学做老师，她热爱自己的工作呀！那是一个离家10多公里的学校，每天那真是风里来雨里去的，夏天还好说，尤其是冬天下班的时候，经常打怵，墨黑的乡路，哪里有一点亮光？路两旁的树趟子被寒风吹得沙沙地响，心里要多害怕有多害怕，可是，每到村口，她都会看到爸爸拿着手电在等她，心里那个熨帖劲，一辈子都忘不了……

　　王玉菊说她跟她先生谈恋爱的时候，调到她先生的老家新民的另一所学校教书，她先生在部队，他们还没有结婚，那是1993年，她就住在她先生的父母家。两位老人对她好，像对自己的闺女一样，甚至比对自己的两个闺女还好，有好吃的，她不回来，就

159

等着。

王玉菊是1994年结的婚，那个时候距她先生入伍已经过去了7年，她说你选择做军嫂，其实就是选择了一个聚少离多的生活方式。他一年到头在部队里比武、竞赛，没有那些精力顾家，做的都是正经事，你有什么理由拖后腿？你怎么能让他分心？

为了让她先生安心工作，她承担了照顾双方父母4个老人的责任。她先生除了休假是没有时间回家的，公公婆婆身体都不好，像许多老人一样慢性病缠身，父亲年轻时腰受过伤，她能忍心让哪个老人再干体力透支的活？居家过日子，脏活、累活、琐碎事不少，她成了家里唯一的劳动力。风里雨里，买米买面，带老人看病，熬药、每天泡脚，都是稀疏平常的事。甚至为了省5块钱的搬运费，她自己骑着自行车去换液化气罐，自己一步一步扛上楼……

王玉菊说1998年的时候，她先生因为在那场特大的洪灾中的卓越表现，她可以随军了。于是，她带着老人们和孩子来到了位于锦州凌海的部队驻地，她在这里的镇子上的学校教书。她说心里可知足了。

虽然是随军了，原则上是可以经常见到她先生了，不用像从前望穿秋水似的盼着假期到来的时候才能夫妻团聚。可是她先生是军人哪！军人的职责就是绝对服从命令。这些年，她先生去西藏、去新疆、去天津、去北京、去广州、去上海执行任务，一去就是一整年。她在家里陪着老人和孩子，一年又一年，寒来暑往，默默地坚守着。还记得2009年年底，她先生刚刚带领部队完成国庆60周年的安保任务，又马不停蹄地转战上海世博会的安保任务。婆婆多年的胆囊病突然加重了，需要手术，她愣是没告诉她先生，自己在医院里陪了20多天的床，忙前忙后，端屎端尿，无微不至地伺候着婆婆。她说你告诉他又能怎的？还不够他分心的？

王玉菊看上去长得高高大大的，1970年出生的她，白皙的脸庞，大大的眼睛，爱笑。不用说年轻的时候，就是现在年过半百，依然很好看。本可以过着轻松日子的她，这么些年下来，她偏偏把自己拧成了上了发条的闹钟。儿子有一次问她："妈妈，我们同学总有爸爸妈妈陪着，你就不能抽空陪陪我吗？"儿子的一句话说得她的眼泪都快掉下来了，咱家你爸是当兵的人哪！

2021年的夏天，80多岁的婆婆摔倒了，一躺就是3个多月……

2022年的夏天，快90岁的公公出门遛弯儿的时候摔倒了，卧床了，虽然家里请了专门的保姆来照顾，可是，她还是有许多事情都要亲力亲为……她很忙，她的公公婆婆需要她照顾，她的爸爸妈妈需要她惦记，她自己还是个奶奶，儿子在外地工作，儿媳妇娘家是外地的，自己在盘锦带着13个月大的孩子，她说每周末儿媳妇和孩子要来家里住两天，我也得让儿媳妇放松放松，带一周孩子了呀……

因为王玉菊无怨无悔的坚守，用自己的善良和孝心撑起了老人们和孩子的天空，她先生心无旁骛，一心扑在部队建设上，在部队里先后荣立一次一等功，一次二等功，6次三等功。1998年，因为她先生张达征在那场特大的抗洪抢险中的卓越表现，被国家人事部、防汛抗旱总指挥部和解放军四总部联合表彰为全国抗洪模范，2000年作为武警部队代表，参加了全国英模大会，2006年当选为第九届中国武警十大忠诚卫士，先后两次受到党和国家领导人的接见。而王玉菊自己也多次被省军区、沈阳市妇联、沈阳市民政局评为十佳军嫂、好军嫂、盘锦市第六届道德模范、辽宁好人·身边好人，在她看来，这是对她的褒奖，这也是她应该做的本分！因为父母从小对她的教育就是要孝顺，要做好人，你连家人都不善待你还能做什么好人？不用说多少漂亮的话，你爱你先生，你就要善待你

161

公公婆婆，善待他的兄弟姐妹，那是年复一年、这一生都不变的情感哪！

中国自古的传统美德，推崇"百善孝为先"，中国还有一句老话：清官难断家务事。可是，这个家，从来都是其乐融融。玉菊，始终如一，几十年如一日，精心地照顾公婆、父母，平常日子关爱着他们的衣食冷暖，关心着他们身体和心理的变化，有病住院了悉心陪护伺候。没说的，哥哥姐姐家也照顾着，侄女、外甥、外甥女们都在她的成全下安了家，她是他们心里最好的老婶和舅妈。她一年四季操持家中事无巨细，养育孩子，全力以赴支持她先生的工作，不让她先生分心，这份坚持，让我内心感动的涟漪，一直恣意荡漾，玉菊，我很服你！好女人！

有一种奔赴，是一个目的地。

还有一种奔赴，是双向的奔赴。

她先生喜欢动情地说：军功章里有我的一半，更有你的一半。

如果人生里有一个人毫不计较地为家庭付出，成全了另一半的成功，这已经很难得。而我们这里的主人公显然还是另一个版本的传说，她，不光是贤妻良母，为人和善，她自己在人生的事业上也是成绩斐然呢！

看看她自己：先后被凌海市评为先进教师，被锦州市评为中青年骨干教师、教育科研科普先进个人，2013年东北三省首届教育年会上的优秀教研员，2015年辽宁省教育学会中小学综合实践活动研究专业委员会的先进个人，2016年被中国高等教育学会教师教育分会聘请为中国高等教育学会教师教育分会综合实践活动学科常务理事，2013年、2015年盘锦市教师进修学院的先进工作者，2014年至2018年连续5年被全国教育学会综合实践学科委员会评为全国综合实践活动课题研究先进个人，2018年至2020年连续3年被辽宁省教育厅聘为"优课"评审专家，2019年被辽宁省教育厅评为辽宁省中小学骨干教师，2020年被辽宁省教育厅授予辽宁省特级教师称号。她先后在《新课程》《新风教育创新论坛》《科学创新与实践》《中华少年》《教育科学》《盘锦教育研究》等多种期刊上发表优秀论文、案例20多篇。先后指导4名教师参加综合实践活动全国年会，均获得一等奖，2015年代表辽宁省在全国综合实践活动年会上做现场交流。无论是在乡村学校带班任教，还是在进修学院做学术研究，她，始终保持了初心，保持了那样饱满的热情……

2014年，她的先生转业到了盘锦的公安系统，她从一名军嫂转变成了一名警嫂，虽然她先生军转了，可他依然忙，忙得一样顾不上家，她依然辛苦，依然忙碌，她说她很幸福，从心里往外地知足，这个年龄了，双方父母还都在，自己还有能力来照顾他们……

米兰·昆德拉说过：负担越重，生命越接近大地，它就越真实。

一年又一年，王玉菊过的就是最真实的人生。经过岁月，所有的温暖都在，这生命，真的是这样美丽的邂逅，记忆里那5年的通信还在，那个新民师范里正在上体育课的女生看见了那个瘦瘦的穿着军装的小伙子。

爱，让阳光和风也柔软起来，一直……

天堂守护

黄桂云

　　董丹，女，1979年出生，1999年6月加入中国共产党，1999年9月参加工作。

　　董丹是全市卫生战线上先进典型的代表。2019年11月，市卫健委印发了《关于开展向董丹同志学习活动的决定》。从事护理工作20多年，她淡泊宁静，无怨无悔，心系患者，以救死扶伤为己任，真心呵护每一位患者，堪称医疗战线上最美的白衣天使。

　　董丹先后在市中心医院普外科、胸外科、妇产科、感染科、ICU、神经内科等科室工作，当过多年护士长。她每天穿梭于护士站与病房之间，以大爱之心感动所有人。

　　2009年，全国爆发了甲型H1N1流感病毒，当时医院设立流感病房，有些护士怕被传染，不敢去，董丹却主动申请去流感病房第一线工作。她说："我不怕，人生旅程上的障碍就是对自己最好的历练。"

　　七八月份的天气，穿着短袖都汗流浃背，可想而知，在流感病房身穿3层不透气的隔离服、戴10层防护口罩的董丹，那防护服里是什么样子？汗水流到嘴里，咽下去，流到眼睛里只能忍着，身上的热痱子很疼很痒，那种滋味想想都让人不寒而栗。可是董丹带领她的团队坚持了几十天。

　　她们收治的患者高烧不退，董丹和她的同事轮流护理，每人守护6小时，经过28天的精心护理，患者康复出院。病人是康复了，而她们还要在隔离病房观察6天，才能回家。

天有不测风云。2012年董丹被确诊为乳腺癌，实施了乳腺癌手术。同年，她的丈夫因工作需要调到沈阳，家人再三要求她辞去工作，随丈夫去沈阳过安逸的生活。她决然地说放不下自己热爱的工作和患者。

2012年12月25日，市中心医院完成五家医院大整合，董丹被分配到神经内科三病区担任护士长。她带领科室的姐妹布置病房、擦桌子、搬凳子、抬柜摆床、安排库房、整理材料……每天工作到晚上九十点钟。当时，她刚刚做完手术还带着引流管。一位小护士无意发现护士长后背出了好多血，掀开护士长的衣服时惊讶地发现，她们的护士长是带着引流管和大家一起干活！小护士眼里含着泪，董丹笑呵呵地说："没事，只要让我工作，出点血不算什么。"

董丹不仅对患者好，对科里的姐妹也关爱有加。2013年6月，科里的一位外地的小妹妹需要住院做妇科手术。董丹知道她亲人都不在这边，就放弃了周末和丈夫女儿团聚，像亲姐姐一样照顾这位小妹妹，直到手术结束。

2015年6月，一个脑出血患者与董丹的父亲同时进院，父亲阑尾炎穿孔，病发中毒性休克很危险，但她毅然决然参加抢救脑出血患者，等这边忙完了回到父亲病房时，父亲的手术已经结束。她看到病床上的父亲和照顾父亲的母亲和弟弟，深感愧疚，攥住父亲的手说："老爸，对不起，女儿不孝。"

2017年，董丹又被诊断为乳腺癌肺转移，心理和身体的压力差点把她击垮。医院为她请了最好的教授，做了乳腺癌后背隧道移植手术。

就在董丹刚刚化疗结束，医院要举办护士节全院护理技能大赛。她不顾自己化疗反应，带领科里的姐妹抓紧备战，她们白天上班，晚上学习，困了就趴在桌子上打个盹儿，然后再起来学习，高强度的训练。有的人挺不住了，她就鼓励她们，看到护士长的韧劲，没有理由不坚持。最终她们取得了第二名的好成绩。

"有人在光明中注视着阴影，有人在阴影中眺望着光明。"多年来，董丹把无限的光明都送给了患者。有一年冬天的深夜1点钟，一位值班护士巡视中发现一位患者输的高渗药物在往外渗药，如果高渗的药物处理不好，严重的会发生皮肤坏死，导致截肢。这名护士立即为患者进行处置，但心里还是没底，便给董丹打了电话，董丹放下电话在寒冷的冬夜不到20分钟就到了病房。由于药液作用，患者的手臂起了水泡。董丹亲自给患者涂药，然后找来冰进行冷敷，她一直守在患者身边，确定没事，才离开病房。此时已是凌晨4点了。

董丹始终不忘自己是一名共产党员，她说："病魔和困难都是暂时的，只要做好每一项工作，照顾好每一位患者这才是我人生最终的目标。"

她们科室每天能接待50名病人，每一位患者都能被照顾好。董丹每天挂着天使般的微笑，拖着病重的身体。她从不关机，从不休息，不论什么时候，她都随叫随到。

有一次晚上9点多，一个乙肝患者得了脑出血，血压升高，生命危在旦夕，她接到消息，立即返回医院，经过3个多小时抢救，患者转危为安。老人醒了后说了句："要是有口粥喝就好了。"董丹知道，老人的儿女怕乙肝传染，根本没来医院，于是骑着自行车回到家中，用了40分钟熬好粥，踏着月色，送到老人的身边。当一碗热气腾腾的粥端到老人面前时，这位孤独的老人早已泪流满面。

误解，辱骂，无理取闹，这些都有可能在医院发生，董丹面对这些问题总是以善良诚恳真诚去化解矛盾，赢得好的口碑。

2018年腊月二十九晚，一名住院的70多岁老人出现不能自行排尿的情况，一直留置导尿管，家属不理解。董丹没有生气，耐心讲解。她亲手为患者按摩腹部，进行外阴冲洗，顾不上回家过年，甚至连饭都顾不上吃。一直到第二天的大年三十下午，患者终于可以自行排尿了。看到董丹的真诚付出，家属觉得很惭愧，向她道歉，致谢。董丹说："没关系，这是我的职责，你们的健康就是我最大的快乐！"

科里经常收治一些三无患者，董丹和科里的同事就自掏腰包为他们买病号饭、打流食。她不嫌脏不嫌累，总是抢着为他们接屎接尿，让很多重病甚至濒临死亡的患者感受到家的温暖。

繁忙的工作，太多的担当，董丹不得不把女儿送到寄宿学校。面对懂事的女儿，孩子缺少的母爱，她经常一个人偷偷地流泪。

为了感谢董丹，不少患者送来红包，她都一一回绝，把患者给的红包又给患者交住院费。她的廉洁，她的举动，让患者家属十分感动，也让同事们更加钦佩护士长。

一位出院的农村老大娘知道董丹患了癌症，听说吃红薯对抗癌有帮助，特意从老家带来一兜红薯，让董丹多吃一些。看着这一兜红薯，董丹哭了——这是患者最朴实的真情。她觉得值了。

这就是董丹。她所在的神经内科三病区连续5年被评为盘锦市重点专科，护理团队还被评为2018年度盘锦市巾帼文明岗。她个人曾经被评为盘锦市优秀共产党员、第六届盘锦市道德模范、盘锦好人、盘锦最美建设者，获得盘锦市五一劳动奖章和五四青年奖章，被辽宁省护理学会评为百姓心目中的护理天使，多次被评为盘锦市人民满意健康卫士。

2021年，董丹因乳腺癌肺转移离世，年仅42岁。

爱心一路无红灯

陈艳梅

一座现代化的城市，少不了奔驰在各条交通干线上的公共汽车。有人说公交车是一个城市的形象代表，无论是这座城市的居民，还是外地的游客，都少不了要乘坐公交车，可见作为公交车的驾驶员，他的一言一行都代表着这座城市的形象。

李永丰是 2007 年调入盘锦市公交公司的，多年来在每一个工作日里，他一直是忘我无私地工作，每个月的休息日只要有其他的司机请假休息，他就主动替班，把方便让给别人，从来不计个人得失。

早起晚归，是每一个公交司机的工作常态，寒冬酷暑、披星戴月是每一个公交人的家常便饭。清晨，很多人还在睡梦中的时候，李永丰的身影就出现在了工作岗位上。

最后一班公交收车的时候，很多人已经进入了梦乡。开了一整天的公交车，把成千上万的乘客送到目的地，我们的公交司机却要骑着自行车，不顾一天的疲劳回到家中。

无论是早班车还是晚班车，出车的时间还未到，李永丰每次都小心地做着检查，车上的各个部位，看看有无安全隐患，看看座椅有无破损，把车厢内打扫得干干净净。有个别同事跟他开玩笑说："李大哥，这工作是保洁员做的，你做什么？"李师傅笑着说："不

168

碍事的，我来得早，自己擦擦，看着也干净利索，能给乘客一个好的心情。"

有付出就有回报。李永丰一直默默地担负起了保洁员的工作，在我市创城迎检时期他的车辆卫生最好，得到了各界人士的好评。

安全第一，是公交系统的头等大事，李永丰只要一上岗，他时刻把安全、优质服务放在首位，作为指导自己前行的动力，多年的运营工作中从来没有出现过任何责任性安全事故，收入连年创线路的第一名，为公司的经济工作做出了贡献。李永丰在服务上更是把乘客当亲人，做到有问必答、百问不烦，创造了7年无投诉的良好纪录。

公交驾驶员是一个高危职业，他肩负的是乘客的人身安全，李师傅常说："上了我的车，我们现在就是一家人。"

"家人"，多么亲切朴实的词语，李永丰是这样说的，也是这样做的，他时时刻刻就像对待家人一样对待他车上的每一位乘客。

李永丰的车组被评为"郭明义文明号"，这都与他平时踏实的工作是分不开。

清晨，当第一缕霞光投向大地的时候，我们公交人的身影就出现在了工作的岗位上。

2009年6月，恰逢李永丰的儿子高考，偏偏在这个较劲时候，他的妻子病了，可是李永丰根本没有时间照顾妻子和陪伴孩子。同事们看他都心疼，劝他休息几天，他想都没想就委婉地谢绝了同事们的好意，又一心一意地投入工作中。无数孩子乘坐李永丰驾驶的公交车，走进了高考的考场，他却不能陪伴自己的儿子，经历这人生最重要的一次拼搏……他的亲友和邻里帮他照顾孩子，陪伴孩子顺利地完成了考试。

每当提到这些，作为一名非常有责任感的父亲，李永丰只得把内疚的泪水暗暗擦去……晚上下班后，儿子已经睡下，李永丰满含深情地凝视着躺在床上的儿子，心中默念着：儿子，爸爸对不起你！

2010年2月的一天，李永丰像往常一样出车，在重点高中附近上来了一个高中生，此刻已快到终点站，车里只剩下了李永丰和这个孩子，这时候他想，现在应该是上课的时间，可这个孩子为什么自己跑了出来？李永丰不放心地询问他，孩子面对他的询问只是擦着眼泪却没有说话。李师傅的车已经到了终点站，他和调度员说明了情况，进一步与小男孩儿进行耐心的沟通询问，原来，他在学校与同学发生了口角，错误不在自己，却被老师误会了，并通知了他的家长。小男孩儿觉得自己很委屈，但又不敢回家，害怕回家受到父母责罚，所以他就决定离家出走。可是发现自己没有太多的钱，不知道自己应该去哪儿，就坐上了李永丰的公交车。看着这个和自己儿子差不多大的小男孩儿，李永丰铁骨铮铮的汉子一下子动了柔肠，他情不自禁地想，要是自己的孩子遇到了这种事，他会多么担心哪！事不宜迟，李永丰立刻温和地劝慰小男孩儿，好言好语向孩子要来家长的电话，很快就联系上了小男孩儿的父母，孩子的家长很快就到了调度室……

匆匆赶来的孩子家长了解到事情的真相，非常后怕和担心。孩子家长一定要好好谢谢李永丰，可是环顾四周，都没看到他的身影，询问周围人才知道，因为照顾这个小男孩儿，李永丰错过了自己吃饭的时间，又匆忙回到了自己的工作岗位上。

2013年11月的一天，李永丰出晚班车，眼看就要下班了，在快到终点时他发现车厢后面坐着一个女孩子，丝毫没有要下车的意思。李永丰还注意到她手里有一个包裹，他和善地提醒了一下那个女孩子："小同志，到终点站了。"女孩漫不经心地看了看他，仍然默不作声，李永丰看她没有回答，就又提醒一次，可她还是没有回答。这时候李永丰就着急了，猜想女孩儿是不是一个聋哑人。他就比画了几下，又在纸上写了几个字，发现这个女孩儿认字，就去找来了纸和笔，和女孩儿沟通了起来。原来女孩儿不是本地人，是来盘锦投奔亲戚的，可在火车上被人偷了钱包，现在身无分文，而她跟李永丰说她的亲戚就在盘山县胡家镇，李永丰见状就要了她亲戚的地址，经过和公司领导请示后，开车把女孩儿送到了亲戚家。当见到亲人时女孩儿忍不住哭了，虽然说不出话，但是仍然向李永丰鞠着躬。他笑了笑说："到家就好，到家就好。"

作为一名公交司机，李永丰每天都要接触无数的乘客，他做的好事也不计其数。作为一名共产党员，李永丰时刻铭记入党誓言、认真学习、从不懈怠，在工作中一直以党员的标准来严格要求自己，在提高自己的思想境界后，他还积极地带动身边的同志，以榜样的力量影响大家，做细小而又暖心的善事，普普通通的车厢内，盛满一个个爱心的故事。

李永丰经常说："我们开公交的，要遵循交通规则'绿灯行、红灯停'，可是，全心全意为乘客服务，却一刻也不能停，爱心一路没红灯！"

新时代铁人

丁伟成

　　能源和石油化工是国家国民经济的脊梁，是新时代中国特色社会主义建设的主力军，如果说以石油和石化为主导产业的职工是盘锦城市产业工人的代表，那么中国兵器盘锦北沥公司的姚志刚就是这个群体中的典型代表了。

　　1983年，意气风发的姚志刚从辽宁省石油化工学校毕业来到盘锦，开始了他的职业生涯，那时，这家企业还叫营口市沥青厂，半年后盘锦建市企业更名为盘锦市沥青厂。

　　刚刚参加工作的姚志刚不善言谈，多做少语，在干部职工的眼睛里是有责任心并务实的"小姚技术员"。当时厂里规模并不大，主体车间只有一个，年处理原油能力只有20万吨，工艺也并不算复杂，他工作认真、踏实，和干部职工摸爬滚打在一起，学习、钻研工艺技术，加班加点、随叫随到是常态；现场动土动火，坚守在最前线；设备检修清理塔盘、换热设备，他是青年突击队主力……

　　12年的基层历练，姚志刚展现了新一代青年"干工作要经得起检查""练一身硬功夫、真本事""科学求实"和"甘愿做党和人民老黄牛"埋头苦干奉献的精神风采。在他身上体现着永不过时的铁人精神不朽的价值和永恒的生命力。1995年的初秋，姚志刚走上管理岗位，担任北沥公司蒸馏车间副主任。

公司生产经营规模不断扩大，姚志刚在新的平台上如鱼得水，很快晋升为车间主任、党支部书记。他处处以身作则，抓班子带队伍，始终牢记"对待革命事业，要当老实人，说老实话，办老实事；对待工作，要有严格的要求，严密的组织，严肃的态度，严明的纪律"的工作原则，发扬"三老四严"的大庆作风，以高度的主人翁责任感和科学求实精神，不断改革创新，保证了车间的安全生产，高效益、长周期稳定运行，为石化企业文化融汇中华民族优秀文化做最基本、最典型、最生动的概括和总结。北沥公司成为全市发展最快的企业。

姚志刚把车间当作自己的家，无论出现什么险情、难题，他总是身先士卒。有一次装置停车抢修，姚志刚一直坚守在第一线指导工作，负责抢修的他非常尊重的老师傅对他说："志刚，你都熬两夜没回家了，我这里你还不放心哪？"姚志刚说："师傅我放心，但我要陪着你们，现在大家都是疲劳期，不能出现任何忽略细节的小问题，多一个人就多一分力量，一旦出现问题，这装置一开一停就要千百万元，得不偿失。"

还有一次，姚志刚发现减压塔减二中主塔抽出管线白钢与碳钢接口处出现漏点冒着浓重的白烟，他立即组织大家停泵及时处理，避免了一起重大火险事故的发生。

不负青春，不负韶华。多年的工作经历，姚志刚成了治疗装置设备排忧解难的"主任医师"。他不断带领车间班子、管理和技术人员大搞科技创新，通过"动手术"，减压塔蒸汽抽真空改为机械抽真空年增效67万元，降低常减压塔顶注氨设备腐蚀年节支40万元，机泵变频改造年节电价值22万元，改造加热炉吹灰系统年节约15万元。

春去秋来，寒暑交替，岁月在不经意间溜走。20万吨、50万吨、100万吨、200万吨，北沥公司产能和赢利水平这几十年里，特别是进入新世纪、加入人民兵工行列，得到攀升式增长。姚志刚与企业共成长：2008年11月，担任加氢车间主任，2016年，成为公司副总工程师、华锦技能带头人并兼车间主任。十几年里，他带领全体职工克服工艺新、设备新、人员新、任务重、实践经验少等不利因素，实现新建加氢装置一次开车成功。

2010年，姚志刚结合生产实际，提出了如高压加氢甩分馏改造，废氢排放线调节阀改造等大量有价值的建议并得到采纳实施。

2013年，40万吨／年加氢尾油异构脱蜡装置投产，开车前，姚志刚带领车间同志们先后提出整改项目累计160余项，涉及操作、安全和冬季运行各个方面，为新装置顺利投产做出了巨大贡献。

2014年，40万吨／年加氢尾油异构脱蜡装置建成开车以来，酸性气压缩机一级、二级级间分液罐收集凝液量非常大。姚志刚带领团队针对40万吨加氢装置酸性气压缩机级间冷凝液产量过高的问题，提出了通过调整酸性气压缩机冷却水流量的方法降低冷凝液产量，保证压缩机内气体不冷凝，进而可以实现不产生凝缩油，放空管网内不积液，装置运行中所产生的酸性气全部为气相状态进入全厂燃气管网系统，供全厂使用。改造后，经测算每年为企业节约资金2130万元。

一分耕耘，一分收获。2001年，姚志刚被评为盘锦市劳动模范；2009年，姚志刚被评为辽宁省劳动模范；2010年，姚志刚被评为中央企业先进职工；2011年，姚志刚获得全国五一劳动奖章；2017年，姚志刚上榜辽宁好人……

不忘初心，牢记使命。姚志刚是一名普通的盘锦人，在平凡的工作中孜孜以求忘我奋斗，40年如一日传承新时代铁人精神，擎起石化行业美好的未来……

不负芳华

凌 辑

　　她从农村走来，厚实的土地孕育了她朴实的情怀；她在困境中拼搏，以一份执着和爱心，坦然品味着生活的酸甜苦辣；她用柔弱的肩膀挑起家庭的重担，她用善良和贤惠传承着中华民族的传统美德，用真情谱写了一曲奉献之歌……

　　她就是慕淑伟，盘锦市交通执法队伍中的一员。

支持丈夫事业，勇挑家庭重担

　　1993年，慕淑伟经人介绍认识了在部队服役的赵德权。经过深入了解，慕淑伟觉得他是一个正直真诚又有责任感的人。而当时同龄的姐妹都劝她：你这么好的条件，找当兵的干啥？一年到头见不了几次面，家里啥都指不上，何况他家又那么穷，图什么呀？但慕淑伟不那么认为，在她看来，爱军习武、报效国家才是男人该有的责任与担当，她看中赵德权的正是这一点。

　　1993年国庆节，他们结婚了。婚后，慕淑伟和公婆一起生活在农村老家，与丈夫过着"牛郎织女"两地分居的日子。她既要上班，又要照顾老人、孩子，辛苦可想而知。但是她积极乐观，毫无怨言，尽心尽力操持着这个家。当时农村通信条件落后，他们就靠书信联系。两地分居期间，夫妻两人写了近400封书信。在信中她鼓励丈夫安心服役，别为家事分心。结婚第三年，婆婆被确诊得了腮腺瘤，先后做了3次手术。为了不影响丈夫在部队安心服役，最后一次手术时，慕淑伟向单位写申请预支了当年的全部工资，带婆婆到沈阳医大一院做了手术，婆婆住院期间她衣不解带、悉心陪护，直到婆婆完全康复。婆婆出院后，逢人便说："我这个儿媳妇比亲闺女还亲哪！"

家是爱的加油站，和睦的家更是一个人最强大的后盾。她的丈夫赵德权没有了后顾之忧，全身心扑在事业上，在部队期间，他先后获得师、团尊干爱兵标兵、军事技术标兵、优秀共产党员、廉洁自律先进个人等多项荣誉称号，并荣立二等功1次、三等功4次。1997年他的个人事迹上了中央电视台《新闻联播》节目。慕淑伟也多次被团里评为"好军嫂"。2003年，他们一家被武警总部评为第四届五好文明家庭。赵德权转业到地方先后在《新盘锦》《盘锦日报》等刊物上发表研讨文章7篇，连续5年被市直机关工委评为优秀党务工作者。这一个个光荣的"军功章"绝对有慕淑伟的一半。

尽心竭力孝敬公婆，传承中华美德

"自古婆媳难相处"，但是慕淑伟的家里就没有这样的事情。25年中，她省吃俭用替公婆还清了盖房子欠下的近万元外债；她做好自己，从不与丈夫的兄弟姊妹计较；她从来没有忘记过公婆的生日；她每到换季总是及时为公婆添置衣物；她为公婆寻医问药，是老人的家庭医生；她做得一手好菜，工作之余为家人烹饪美食，把家里收拾得整洁、温馨……

她在诗中写道："一生艰辛生活苦，只盼儿孙日子甜。四世同

176

堂垂垂老，欣逢盛世养天年！"为了公婆晚年幸福，她拿出多年的积蓄购置了楼房，把年迈的公婆接来盘锦奉养。她说："子欲养而亲不待，尽孝不能等！"

公婆接来不久，公公被查出得了胃癌。她和丈夫带老人到省肿瘤医院做了手术，33天尽心陪护，花了近8万元的手术费，但她毫无怨言。老人出院回到家，她忙里忙外、洗洗涮涮，照顾老人饮食起居，无微不至。

和睦融洽的家庭氛围浸润着良好的家风，潜移默化地影响着下一代。她的女儿赵健从小就乖巧懂事，知道帮着妈妈做家务、照顾长辈，自立自强，开朗乐观，豁达阳光。

工作与家庭兼顾，爱岗敬业当标兵

慕淑伟工作勤勤恳恳、任劳任怨，从没因为家庭琐事影响工作。她十几年如一日，在平凡岗位上埋头苦干。无论做什么工作，她都谦虚好学，爱岗敬业。自从负责投诉举报案件的受理和反馈工作以来，她对每个投诉举报电话都认真接听，真诚热情接待举报人，对反映的问题认真做好记录，及时上报给主管领导，并将处理结果第一时间反馈给举报人。几年来，支队举报电话已成为反映民意、构建和谐交通的文明窗口。她对工作尽职尽责，得到了领导和同志们的一致肯定，先后获得2008年度市局先进个人、2012年度支队先进个人的荣誉，2016年被支队推选为好人榜爱岗敬业标兵，2017年被评为盘锦市文明家庭。她在平凡的工作岗位上，实现了自己不平凡的人生价值。

25年来，作为妻子，慕淑伟与丈夫甘苦与共，风雨同行，互敬互爱，共同进步。她秉持淳朴宽容的生活态度经营家庭，三代人和睦相处其乐融融，共享天伦之乐。她不攀比不虚荣，恬淡平和，不失本真，好像泥土般朴实无华，却有一颗金子般的心；她小女人、大胸怀，乐观豁达，甘于奉献，用女性特有的润物无声的情怀诠释了幸福家庭应有的模样！

就想快乐地陪伴你

赵红军

　　题记：远方除了遥远一无所知，我把我的心交给它，尽管要面对死亡，我的信仰如初……

　　这是一群被上苍遗忘的孩子，这些原本天真烂漫的天使，好像被施了魔法。拿走了肢体协调能力，拿走了与人交往和沟通的能力，甚至拿走了对给予他们生命的爸爸妈妈微笑的能力。他们情绪失控大哭不止，面部因疾病而变形，张嘴说话而更加扭曲。他们自顾自地转圈，陀螺一般不会停止。他们自言自语，他们每一个人都有爸爸妈妈极尽爱心和寄予美好愿望的名字……2000年的夏天，刘卉应朋友之邀去鞍山特殊儿童康复培训中心考察，那时的她并不清楚这些孩子在医学上有一个共同的疾病——孤独症。对"特殊儿童""康复训练"更是一头雾水。短短的几个小时，她仿佛穿越时空，一下子跌入到那个遥远的世界——恐惧、困惑、绝望，汉字中最具杀伤力的词语都无法形容此时此刻的心情和感受。

　　在鞍山特殊儿童康复训练中心，刘卉遇到了一家盘锦人——年轻的父母发现孩子的发育慢于正常孩子，确诊孤独症之后，他们带着孩子四处求医。鞍山儿童康复训练中心给了他们希望，但鞍山距离盘锦100多公里，来来回回实在太折腾了，经济承受能力也有限。他们不得已在鞍山租了房子，既能陪孩子做康复训练，也能给孩子更好的休息，还能省下一些钱，再给孩子上更多的康复训练课。可怜天下父母心哪。刘卉的心波涛翻滚，她从来不知道人间还有这样一种隐藏起来的痛苦，一种远离大众视线默默忍耐又在努力化解的痛苦。刘卉执意要去出租屋看看，她要看看妈妈是怎么带着孩子生活的。在一栋老旧楼房的6楼，只有简单得不能再简单的生活用品，厨房却纤尘不染，那是妈妈对孩子的另外一种爱。刘卉内心的堤坝突然决堤了，感情的洪流泛滥咆哮。她再也控制不住自己，心中升起一个念头，能为"星星的孩子"以及他们的家庭做些什么。这一切与她没关系，可现在这一切真的与她没有关系吗？

没有人知道刘卉经历了怎样的煎熬和挣扎，她的命运由此切换到另一维度。她做出了一个几乎让所有人不能理解的决定——办特殊儿童康复中心，在盘锦陪伴"星星的孩子"。她辞去了兴隆大厦顺风顺水的工作，这时，她太需要力量了，她需要精神上的鼓励和情感上的支持，而朴实无华又有大爱的父母给予她战友般的同心协力、鼎足之力，这一年刘卉32岁。

万事开头难。刘卉开始系统学习特殊儿童康复训练知识，拿出全部积蓄租房子做教室，教学用具不全，就自己动手做。比如，当时缺一个训练动作协调的木箱，刘卉的父亲亲自操刀，做完了才发现木箱太重了，但只要对孩子们健康训练有帮助，再重她也能扛得动。这时候她哪里是什么青春芳华的美娇娘，木箱扛到6楼的教室时，已经累得气喘吁吁，脚磨出了水泡。木箱对于孩子们是教具，对刘卉却是父亲对她的助推器。刘卉说，这木箱太珍贵了，无论后来康复训练中心搬到哪里，她都带在身边。每当坚持不下去时，好像父亲就在身边鼓励她……特殊儿童康复训练中心终于迎来了第一批8个孩子。赴鞍山康复训练的母子也来了，刘卉给这个家庭以及无数被孤独症儿童患者折磨得苦不堪言又无计可施的家庭带来了阳光、希望和绝路中的幸福。

今天再回忆起那8个孩子，刘卉还清晰记得他们的名字，知道他们的现状。10多年的时间过去了，孩子们依然是心尖尖，她不说有多爱他们多牵挂他们，但她会说小一像正常的孩子一样上学了；小二生活能自理了；小三总是跟在妈妈身边，能做妈妈的帮手了；小五康复得不太理想，妈妈的心太苦了，自己也病了……刘卉不提起孩子们的名字，是因为上帝的这扇门关得太死了，她要给孩子们打开无数个窗户，要保护孩子们稚嫩的心灵和他们的家庭不受到第二次、第三次的伤害。面对孩子们，刘卉的心是柔软的，哪怕是孩子们一个细微的变化，都能让她心起波澜。对孩子们的爸爸、妈妈，她的心软中带硬，甚至是像石头一样坚硬。因为孤独症孩子，需要康复的不仅仅是孩子还有孩子们的爸爸、妈妈。爸爸、妈妈的态度决定了孩子们的康复程度。

2013年两岁半的毛毛（化名）不会说话，叫他的名字也没反应。爸爸、妈妈心急如焚，得到的是孤独症的诊断，如同晴空霹雳。毛毛的爸爸、妈妈面对儿子孤独症的事实，四处求医，从未放弃治疗。在一次公益活动中他们认识了刘卉。刘卉的公益心、爱心、执着心打动了这一家人，也给予了他们很多精神上的帮助。刘卉对毛毛的妈妈说："你首先要感谢你的孩子，是他让你的生活变得充实，虽然得病的是他，但是他让你在不断克服困难和解决问题的过程中得到锻炼，也让你发现你自己有这么大的能量，这么强的耐性和韧性，他让你知道你有这世界上最真诚、最纯净、最质朴的爱，虽然他没有合适的表达爱的方式，但他会伴随你一生，让你生命不再孤单。"她的这番话，对毛毛的妈妈触动很大，她不能抱怨、不能懈怠、不能灰心，一定要带着孩子继续前进。

孤独症儿童和其他正常儿童是不一样的，随着年龄的增长总会出现一些行为。有一次毛毛一家从北京回来，毛毛会经常敲邻居家的门，邻居一开始不理解，孩子这么淘气、这么没规矩，家长咋不管呢？毛毛妈妈不希望别人知道孤独症孩子的情况，所以除了道歉也没跟邻居解释什么。第二天她到训练中心跟刘卉讲述了孩子敲邻居门的行为，表述了她的困惑，抱怨了邻居的不理解。刘卉说："你有没有想过，也许你的邻居和其他人不能理解我们孩子的特殊之处，是因为他们不知道有这样一群孩子，不了解孤独症孩子的情况。但我们要用宽容的心去接受，坦诚去面对，努力让更多的人接受咱们。作为父母我们不能回避不能隐瞒，要以平和的心去跟周围的人沟通。"回到家后，她鼓足了勇气带着孩子去敲了邻居的门，因为她觉得孩子也要去适应社会，对自己的行为负责，她带着忐忑的心第一次把孩子的事情讲述给邻居。邻居听后对他们一家的情况有了了解，并非常理解和包容他们，之后总是主动跟孩子打招呼，他们之间也多了好多的交往。经过这件事以后，毛毛妈妈的心理负担慢慢地放下了，她说当我真正做到了接受现实，周围的一切也都变得平和了。我虽然有一个孤独症的孩子，但我也要自强自立，通过自己的努力教育、陪伴他成长，不给社会添负担。

这只是众多孤独症患者家庭的一个缩影。孤独症孩子最需要的是陪伴，爸爸妈妈要分工明确，大多数情况是妈妈在家陪伴照顾孩子，爸爸外出工作养家糊口。即便如此，也不是每个为人父母者都能做到有责任和有担当。有的家庭会在孩子康复训练过程中发生矛盾，产生分歧，夫妻关系紧张以致离婚。每每遇到这样的事情，刘卉就会从各个方面分析，帮助家长们走出情感困境，共同感知，没有幸福和睦的家庭关系哪里有孩子的未来。又有多少孤独症孩子的爸爸妈妈最大的心愿是孩子能比他们早一天离开这个风风雨雨，让人又爱又恨的世界。这个心愿太悲怆和忧伤了，表达了对患有孤独症孩子无尽的牵挂和伤痛。

人间有大爱，刘卉就是这样的践行者。盘锦启智特殊儿童康复训练中心走过11个年头，规模越来越大，教学设施越来越齐全。可是在刘卉的心里，她希望自己当成生命一样呵护的事业越来越小，最后变成零。这样每一个孩子都是健康快乐的孩子，给家庭带去幸福，给社会减少负担和障碍。

作为市人大代表，刘卉的议案全部围绕着孤独症孩子。这群特殊的孩子太需要社会关爱了，她要尽自己的能力在这条路上坚持下去，也期待有更多的人关注和献身孤独症儿童康复训练事业。刘卉喜欢这句话：每个人都有属于自己的路，路左边是开心，路右边是不开心。而有的人习惯走在左边，所以看到的全是开心的事；有的人习惯走在右边，所以看到的全是不开心的事。当一个人总是不开心时，也许是把自己放的位置不对，应该扭头看看路对面，会明白原来与你伴行的不只是不开心，然后改变习惯，努力接近开心。

自信、阳光、积极、快乐……也是刘卉陪伴的理由。

爱的温度

孙团囡

孟凡艳说，她是一名普通社区工作者，还是一位普通石油工人的妻子，儿子帅气聪明，他们夫妻相敬相爱，倡导健康文明的生活方式……话语间透露着孟凡艳发自内心的幸福和满足。幸福满足的生活延续中她的思想不断升华，2011年以来，她参加过各类志愿服务50余次，累计捐款两万多元，获得全国敬老爱老助老模范人物、辽宁省敬老爱老助老模范人物、2021年度辽宁好人孝老爱亲类典型等多项荣誉称号。

一

丈夫常年工作在外，和家人聚少离多。2000年，孟凡艳把患有脑血栓的婆婆从大洼接到自己的家，由此，她的生活变得更加忙碌起来。她定期带婆婆去医院复查病情，自己动手定期给婆婆理发，每天陪婆婆下楼锻炼、和婆婆聊天，并从饮食方面进行调理，使得婆婆语言能力恢复很快，身体有了明显好转。2012年的一天，婆婆突发脑出血住进医院，孟凡艳始终守在婆婆的床前，婆婆瘫痪，时常呕吐，不能自己排尿，要用导尿管，她不厌其烦地及时清理，每天两次为婆婆清洗患处，给婆婆喂饭。婆婆虽然说不出话来，但每次都会用无力的手握一下她的手，然后婆媳俩相视一笑。在她的悉心照料下，卧床的婆婆床铺总是干干净净，身上也没有褥疮，直到安详地逝去。

2013年，丈夫把孟凡艳80岁老母从黑龙江接来安度晚年，只要有空在家，他就陪着岳母，照料得无微不至。一家三代，母慈子孝，夫妻互敬互爱，其乐融融。

家住2区7号楼的吴阿姨、何大叔的小儿子15年前意外身亡，大儿子因心脏病也于2017年去世，老两口身体都不太好，吴阿姨膝盖患有风湿，何大叔患有糖尿病、肾病综合征。孟凡艳在走访中了解到这些情况后，就去商场给买来羊毛护膝送给老人，并定期去家中看望老人。老两口儿握着孟凡艳的手，眼里闪着激动的泪花："你就是我们的亲闺女！"

二

2012年8月，孟凡艳加入了一个公益组织——盘锦布衣班，成为一名志愿者。此后，尽管工作繁忙，她也积极参与献血、助老等志愿服务活动，还先后担任布衣班的文艺部部长、助学部副部长、扶助部部长，10年来，盘锦市各个城乡敬老院都留下了孟凡艳他们忙碌的身影。她用自己生活中节省下来的钱给老人购买生活用品。为老人理发、剪指甲、洗脚、整理床铺，陪老人聊天，每逢端午节、重阳节、春节都要给老人包饺子。

新立敬老院一位97岁的老人，棉衣棉裤8年没有拆洗过，孟凡艳得知后心里很不好受。她买来布料、棉花，和妈妈一起为老人做了一套新棉衣，当老人接过棉衣时，激动地说："我今年冬天不会挨冻了，这是我女儿给我做的。"交流中她得知老人想吃肉，回家后亲手做了香喷喷的红烧肉和几道可口的菜给老人送去。她还倡导发起了"黄手环——让爱回家行动",自出经费购买了黄手环,利用QQ、微信朋友圈转发,为患有间歇性失忆症的老人免费发放300多人次,解除了老人的后顾之忧,让他们感受到了亲人般温暖。

三

随着与老人们接触的时间越来越长,孟凡艳发现,老人们不仅需要物质生活上的帮助和照料,更需要心灵上的慰藉。所以每逢传统节日,孟凡艳都会挤出时间去敬老院看望他们。很多老人爱吃饺子,但由于老人多,敬老院的工作人员有限,包饺子的次数很少,孟凡艳和她的队友们只要时间充裕,就会给老人包饺子,满足他们的小小愿望。为了不让老人寂寞,孟凡艳和队友们还经常给老人表演节目,陪老人唠家常。老人们脸上露出了久违的笑容。而孟凡艳这么多年从没休过一个完整的节假日……

王大娘子女都在外地,有一次快过年了,看到别的老人都有子女给买的红袜子,情不自禁地流露出羡慕的话语,恰巧被前脚刚迈进门的孟凡艳听到了,她几句寒暄后,特意去超市买了一双红袜子给她穿在脚上,王大娘感动得眼泪在眼圈儿里打转儿,以后的日子里,王大娘逢人便说:"我在养老院里挺好的,有人照顾我,还有人经常来看望我,我真的很感动。"孟凡艳说:"大娘,您不用客气,以后每年过年我都给您买红袜子!"

从此,每当春节来临之际,孟凡艳都提前给王大娘送去红袜子,同时也不忘记送给自己的同事们每人一双红袜子。她说,自己在这个家感受到"赠人玫瑰,手留余香"的美好。

孟凡艳的慈心善举,影响和带动了丈夫和身边的人,许多人陆续加入了盘锦布衣班奉献爱心，让敬老爱老的中华民族传统美德蔚然成风，让友善互助的社会主义核心价值观根植于心。

四

勤奋学习、努力工作是孟凡艳的一贯作风。多年来，她坚持在工作中学习，在学习中工作，社区工作繁忙，她就克服困难，挤时间学习，白天没时间就晚上学。每当万籁俱寂，人们总是能看见她办公室闪烁的灯光。从小事做起，从点滴做起，孟凡艳为文明城市建设奉献着自己的光和热，她总说："服务社会是我最大的荣幸。"

在民政工作中，有的居民没有完全理解政策，觉得自己收入低、身体不好就可以申请低保，孟凡艳不厌其烦地和他们讲办理低保所需的条件，什么样的人符合条件，通过几次登门走访、耐心解释，居民紧锁的眉头渐渐舒展开来，孟凡艳也在一次又一次帮助居民解决问题的过程中积累着经验。

2015年3月，由于工作需要，孟凡艳调到兴隆街道锦祥社区，担任副主任、工会主席、残联委员。从此，她肩上的担子更重了，责任更大了，工作中也更加细心和耐心，让群众满意。一次，因为更换燃气管，燃气公司工作人员给王大爷家开栓后，居民王大爷自己稀里糊涂地又给关上了，再想重新开栓必须得按程序报后台派单，而王大爷不理解，上来急脾气，对着燃气公司工作人员和孟凡艳大声喊道："这不是难为人吗？"孟凡艳非但没有跟王大爷发火，反而微笑着告诉王大爷不要着急，帮您打电话把开栓单子报上去。问题解决后，王大爷惭愧地低着头对她说："丫头，大爷不知道咋回事，又乱发脾气了，对不住哇！"她说："没事，大爷，以后有事就找我，我是社区副主任，也是你的丫头。"王大爷笑着说："没错，你是好丫头，我给你添麻烦了！"

人世间，爱是有温度的存在，爱是温暖，是感动，更多的时候是甜蜜是幸福。

大爱无言，大爱是中华民族优良的传统，是每个人应有的品质，是点燃生活希望的火把。孟凡艳通过脚踏实地的行动诠释着一名共产党员的责任担当和大爱情怀，用辛勤付出撑起文明城市的一片蓝天，增添了爱的温度。

一份真情一份执着

黄桂云

　　无论身在何方，他时刻想着的都是患者，无论他的工作多繁忙，他一直保持着微笑。他自己还不知道，他的微笑就是一剂最好的"良药"，让患者在微笑中变得更加坚强自信，从而不断地创造出奇迹，这就是王佳利的真实写照。

　　在一次偶然的机会认识王佳利时，他是一名中医康复科医生。经年岁月，王佳利已经是盘锦市中医医院副院长兼康复科学科带头人，辽宁省康复医学会中西医结合康复专业委员会副主任委员，辽宁省中医药学会软组织损伤与疼痛学会常务委员。他善良执着、平凡高尚、务实进取的敬业精神赢得了患者、职工及社会各界的广泛尊敬和认可。

　　30多年前他的父母叮嘱他，作为医生一定要精专医术，为更多的患者解除痛苦。在实习期间就开始在他父亲身体上进行针灸治疗脑血栓，同时经常在自己身体上进行针灸来体会针感。在临床中遇到疑难病人就向前辈老师及同学请教。听说哪里有名医就去拜访学习。1999年由于当时医院经费紧张，对年轻医生外出学习管控非常严格，他得知南京中医学院举办一期全国颈腰椎病提高培训班，跟母亲说出了想去学习的想法，得到母亲赞同，并拿出房屋动迁款5000元钱作为学习费用，通过这次学习他的业务水平有了显著的提

189

高。这些年，为掌握临床医疗新技术，攻克临床疑难病例，不知他度过了多少个不眠之夜。

2002年元旦过后的一个下午，有一位37岁女患者，患乳腺癌早期在北京接受系统治疗，治疗期间突然出现左眼球运动受限伴有左侧偏头痛，在北京多家医院治疗20多天没有效果。他仔细看完病志后又认真为她体检，最后确诊为动眼神经麻痹。当天给她针灸治疗一次。第二天早晨，这位在沟帮子镇居住的患者就早早在诊室外等候，她高兴地说："王大夫，通过一次针灸治疗，我的头疼好多了，眼睛也稍微能动了，我相信你一定能治好我的病。"功夫不负有心人，通过15次治疗，患者头痛消失，左眼球转动自如，满意而归。

王佳利是一位善于钻研实践与积累总结的人。他先后发表了国家级论文6篇，省级学术论文15篇，并担任了《形神并调 多维治疗》一书的编委。超负荷的工作学习和加班，让他的身体严重透支。最严重的一次是他得了大叶肺炎高烧39.5℃，他爱人哭着对他说："以后不许你这样拼命了，你可以不顾我，不顾孩子，但是，你绝对不可以不顾你自己的身体，你再这样下去，我是绝对不允许的。"王佳利却笑着说："得病是我人生的历练，没事，我的患者还需要我，老天爷不会让我有事的，因为我的使命还没完成。"在他住院期间，还心系患者，躺在病床上拿着电话与同事分析疑难病人的病情，提出治疗方案。病稍好些他就回到工作岗位。

王佳利把培养一批基层学员和年轻技术骨干当作自己义不容辞的责任。他说："一根铁能捻几根钉，我要培养更多的骨干，来解除更多患者的病痛。"这些年他培养出一批学员和骨干，达到了预期目的。今年又成立了盘锦市"王佳利名中医工作室"，有更多的学生有机会跟诊学习。

为了让更多的人了解中医养生健康知识，他不辞辛苦，还为社区居民、乡村医生、武警官兵和机关干部进行健康讲座，不管到哪里，讲完就往回走，从不吃饭。他说："门诊和住院的患者还在等我呢！"

王佳利把医院当成了家，能放下家里的所有，却放不下工作。他把患者当成了亲人，却放弃了家人的感受。

平日，他的电话从不关机，就是双休日，只要有人给他打电话，他放下家里的事，不管刮风下雨抬腿就走，为患者治疗。还自掏腰包给那些拿不起钱的患者看病买药。他的孩子如今在辽宁中医药大学读研，在孩子的成长过程中，几乎都是他爱人尽心尽力，他却没有尽到一个父亲应有的责任。每当同事谈起这件事，他愧疚地说："我很感谢我的爱人，是她给了孩子太多的关爱，付出了那么多心血。"

给那些困难的患者掏钱治病减免医药费，对王佳利来说是常事。有的患者治好了病为了感谢他，偷偷地给他红包，他从来都不收，总是把钱给患者交医药费，廉洁自律是王佳利给自己定的原则。曾经有一位患者，在北京做开胸手术后，继发右肩关节粘连，形成了肩周炎，长期的疼痛，使其面色晦暗，身体乏力，失去了生活信心。他专门为患者制订了一套柔和深透的手法治疗，并耐心细致地教患者保健操，通过3个月的治疗，患者完全康复，她含着泪说："王大夫，我的命是你救的，你的大恩大德我一辈子都忘不了！"非要让丈夫给王佳利红包，被他婉言拒绝。

他对患者说："你们给我红包我心里很难受，你们本身就被病魔折磨，经济和身体都有压力。我是一名医生，救死扶伤是我们义不容辞的责任，收了你们的钱，我的良心会受到谴责。治好你们的病，是我应尽的职责，也是我最大的欣慰。"

一名透析患者的姐姐含着泪说，王院长就是我们家的恩人，我妹妹透析时腰疼不能翻身，他派人帮我们来回抬，稍好转后，由于我妹妹家是低保户还免费为她进行治疗，过年过节还带礼物来看望，我们家人太感谢王院长和他带领的康复科团队了。

王佳利把医疗钻研和对患者的爱当作他的必修课，他是创新的实践者。他付出的代价是别人付出的几倍。他说："时间就像一张网，你所付出的网撒在哪里，你的收获就在哪里。"他在研制"消瘀止痛膏"和"伸筋止痛汤"的试验过程中，他不惜用自己和家人身体做试验。一次次试验，一次次过敏，身上起泡，起红疙瘩，一直到确定安全有效后才用于患者。他精益求精的精神给那些患有颈椎病、肩周炎、腰椎间盘突出症、膝关节骨性关节炎的患者带来了健康和福音。

王佳利把生活工作分成"五动"：主动、行动、生动、带动、感动。他用仁慈的心、热情的态度，感动他的患者，带动自己的团队，尽职尽责，务实进取，为医院创造巨大的社会效益。

一分辛劳一分收获。他的团队被省里评为学习型优秀班组；连续两年被省市评为工人先锋号；他个人连续多年被省授予辽宁省文明优质服务标兵和职业道德标兵、诚信服务先进个人、辽宁省五一劳动奖章等称号。先后又被市里多个部门单位授予人民满意健康卫士、盘锦市五一劳动奖章、第二届盘锦市学科带头人、优秀党务工作者、盘锦市名中医、盘锦市优秀共产党员等称号。面对荣誉，他总是坦然处之，并一再表示："只争朝夕、努力工作的精神在我们这里是一种普遍的集体意识。没有完美的个人，只有完美的团队。成绩归功于整个团队，我在里面只是一个螺丝钉。"

时间和荣誉是王佳利记忆的过往，未来他依然以耐心、细心和爱心去关怀每一个人，用智慧的双手去安抚患者的忧伤。他说："人生，就是一边拥有，一边失去；一边选择，一边放弃。我选择了医学这个行业，我就要用整个生命去爱它。"

医者仁心，大善大美。这就是一名优秀共产党员，一个好医生的真情和执着。

"国网绿"辉映"志愿红"

李溪溪

  他是用电企业眼中合格的"电小二",是贫困学生口中的"电爸爸",是有求必应的"电保姆",是"电"亮生命的献血达人……这些"标签"的背后,是王冕立足本岗的赤诚奉献,是他扶弱济困的坚定步履,是他青春热血的深情流淌。

  年届40的王冕,现任国网辽宁省电力有限公司盘锦供电公司营销部(农电工作部)副主任,曾获得中国好人、辽宁好人,国网辽宁省电力有限公司十佳道德模范、优秀班组长、优秀服务明星等国家、省、市级荣誉10多项,科研成果获省市级奖7项。无论身份如何变化,不管多少荣誉加身,他依旧是那个为了事业、为了他人风里来、雨里去的精神小伙儿。

  参加工作以来,王冕始终奋战在电力一线,时时刻刻践行着"人民电业为人民"的企业宗旨,深深浅浅的足迹浸透着他奋斗的汗水。"保障用户用电,为用户省钱",王冕这样轻描淡写地叙述自己的工作内容,丝毫不提日夜抢修的累,不提寒冬腊月户外作业的苦,不提夜半直奔用户家里的心急如焚,不提优化用电方案时的彻夜伏案……

主动服务的"电小二"

2020年深秋，王冕被调到距离市区50公里之外的国网辽宁省盘锦市辽东湾新区供电公司。经济区多为政府重点招商引资企业，王冕所负责的企业中更是不乏央企中储粮和外企益海嘉里。

为优化乡村电网建设、信守对企业的承诺，王冕不间断地进行考察和走访，企业车间、田间地头成了他的"工作站"，一身土、一脚泥竟成了这位爱干净的小伙子的"标配"。两年多时间，王冕顶酷暑、冒严寒，先后50多次开展电力设施考察，掌握了大量的第一手材料，为解决用户用电难题积累了有力的基础条件。

想要做好基层工作，起而行之永远是最快速的办法，扑下身子、迈开步子是最有效的支撑。为了更好执行农产品初加工电价优惠政策，针对不同企业、车间用电提供不同力度的优惠，王冕不分工作日和节假日，前往企业跑了90多趟，拜访一家又一家企业，前往一个又一个车间。

"小王真是给咱企业办实事办好事啊！"那段时间，他与所辖范围的粮油企业的工人师傅们都混熟了，大伙儿都很认可这个登门送政策的好小伙儿。

一趟趟跑下来，国家的优惠政策在经济区企业得到了最快最好的落实。仅益海嘉里一家一年就节省用电成本70多万元。

主动服务，让王冕获得了用户的肯定。他所负责的辖区百万户意见工单件数指标排名全省前列，12345热线满意率全市第一，更是实现连续三年营销服务零投诉的优异成绩。

"我为粮油企业省一分钱，就是给咱东北的营商环境争一口气，为国家粮食安全做一份贡献！""电小二"王冕的优质服务，不仅让企业看到了他的诚实守信，看到了国网公司的为民初心，更见证了盘锦营商环境的日益改善。

尽心尽力的"电爸爸"

大洼区田庄台镇庞家村的贫困学生刘洋逢人便"炫耀"自己的"电爸爸"。孩子口中的这个"电爸爸"说的就是王冕。

2019年，王冕跟随公司的雷锋共产党员服务队接触到了刘洋一家。刘洋的爸爸患病，全家靠妈妈在外地打工维持生计，三口人居住在农村两间平房的夹缝中，只有20多平方米，生活十分艰苦。看到孩子的生活条件，王冕心里一阵酸楚，随即和当地村委会取得联系，决定资助这个孩子，到现在已有4年时间。

逢年过节、新学期伊始，王冕都会抽出时间去看望刘洋，为他送去一些生活和学习的必用品，还时常给孩子包个红包。每次去，王冕都会尽量多陪陪他，和他唠唠嗑、聊聊学习。"你念到哪儿，我就管到哪儿！"为了鼓励孩子，王冕不厌其烦地给孩子吃"定心丸"。"我最欣慰的就是看到他的成长，我希望他长成一个对社会有益的人，一个真真正正的男子汉！"王冕说，刘洋的学习成绩虽然时常让他操心，但看到孩子越来越阳光、懂事，他打心眼儿里高兴，"比看到自家孩子进步还美"。

家住田庄台镇吉家村的老白老两口，年近古稀，疾病缠身，干不了重活。每当家里有电路故障、急需帮忙的活，他们就会给王冕打电话，王冕则风雨不误地上门帮忙。"我答应过的，会照顾好他们！"王冕说。

一句"答应过的"，带过了他这么多年所付出的金钱和心力。因为心存善念，他的眼里总能看到他人的难处，心里总是牵挂别人的愁苦，哪怕自己上有老下有小，同样承受着生活的压力，他依旧照顾着那些更需要关爱的人。多年来，他共资助3户空巢老人和8名留守儿童，同时积极参与联合国基金会长期月捐活动。

随叫随到的"电保姆"

多年基层工作，让王冕拥有了一个有趣的工作习惯——愿意给别人留电话号码。不论是否在他的职责范围之内，只要能帮到别人，他总是乐意为之。认识他的人打趣说他是个扩宽了业务范畴的"电保姆"，只要和电沾边，他就随叫随到。

"有事给我打电话。"这一句话，王冕对无数人说过。为了信守这一句承诺，王冕一年要接的陌生电话数不胜数。"人家一有与电相关的问题就想到我，这是对我的信任，咱不能辜负人家！"王冕说。

多年前的一个深夜，大雨滂沱，睡意正酣的王冕接到了一个陌生电话。"孩儿啊，快来看看，我家停电了，我怕你大姨一会儿用不了呼吸机呀！"老爷子的声音甚至带着哭腔。王冕一下子精神了，想起电话那头是辖区里一对80多岁的老两口。他顾不上换衣服，急匆匆地赶往20公里之外的老人家。"到了才发现，屋里有电，是插座损坏了。"修好插座，电灯亮起的那一瞬间，王冕看到了老人惊魂未定的双眼。他一边安抚老人，一边念着"别害怕，有事再找我"，始终没告诉老人维修并非他的工作职责。

他总是担心别人在需要的时候找不到他，却忘记了他需要更多休息，需要更多时间留给家人。

无偿献血"电"亮生命

正值壮年的王冕，在无偿献血的队伍里算得上"老人儿"，是备受大家尊重的无偿献血达人。"一开始只是想凑个热闹，没什么具体想法，更谈不上目标，没想到坚持下来就是21年。"王冕说，他第一次献血时，还在部队服役，那时候，虽然不知道无偿献血对于助力生命的深层次意义，但是他知道，有很多人急于用血，自己应该救人于危难。自2003年起，王冕一直在坚持无偿献血，献血量相当于两个成年人的血量。

因为工作劳累，王冕的身体一度出现报警信号。"每次去献血之前可忐忑了，害怕血液指标不合格……"王冕说那段时间，他努力去调整身体状态，献血竟然也是动力之一。

早在捐献造血干细胞人数稀少的18年前，王冕就成为了捐献志愿者。"如果和别人配型成功，能挽救他人生命，我一定去！"王冕坚定地说，成为志愿者的那一天就意味着一场约定的开始，答应的事儿就一定要做到！

"一花独放"纵然欣喜，"满园花开"更显芳华。在王冕的带动下，同事们自发成立了一支无偿献血爱心团队。目前团队已有200多名志愿者，其中还有一位RH阴性"熊猫血"志愿者。多年来，这支队伍共计无偿献血超2.5万毫升，4名青年加入了捐献造血干细胞捐献库。

二十载如一日，王冕用奉献铸就了无悔青春，用奋斗践行着新时代青年的责任与担当，用质朴的"国网绿"辉映着最美的"志愿红"。未来的日子里，王冕将一如既往地行走在助人为乐的奉献之路上，继续用大爱书写精彩的电力人生。

大医精诚救危难

宋玉秋

在盘锦市医疗系统，提起王宁，不管是同一战线的同事还是曾经救助过的病患，都会竖起大拇指，由衷地赞叹。认识他的人都说，能把平凡的岗位变成熠熠生辉的舞台，是因为他拥有一颗不平凡的心，以持之以恒的坚守和无怨无悔的奉献，践行"健康所系，性命相托"的医学誓言，努力担当社会赋予的崇高职责，自觉维护医学职业的真诚、高尚和荣誉。他以精益求精的态度追求卓越，以厚德载物的精神笃行致远，以医者仁心的典范诠释大医精诚。

医者仁心

王宁说他从小就见到身边很多人困于沉疴而无助，他就立誓要做一名医生，以扶危济困、救死扶伤为己任，以精湛的医术治病救人，他说自己最推崇的就是孙思邈在《大医精诚论》中所言："医道乃至精至微之事，习医之人须博极医源，精勤不倦。见彼苦恼，若己有之；策发大慈恻隐之心，立誓普救含灵之苦；切不得自逞俊快，邀射名誉，恃己所长，经略财物，如此方为大医！"他也一以贯之地按照这个要求去精进自己的医术。从1992年参加工作以来，他就把在学校学到的知识与医疗实践充分结合起来，把自己接诊中遇到的病例情况都仔细记录下来，认真揣摩前辈的临床经验，拿出最佳的治疗方案，运用科技治疗手段达到最佳的治疗效果。30年来，王宁的临床笔记积累了一人多高，无数个急诊病历他都能如数家珍，而且在夜以继日的临床中，他不断改进和完善每一个治疗方案，使自己的医术日臻完美，在不知不觉中成了急诊岗位的权威，他带出来的学生，现在都已经成为科室的业务骨干，但是他深深感到自己肩负的使命和责任，不曾有一日懈怠，他说医道也如逆水行舟，不进则退。而且随着人们生活环境的变化，饮食习惯等影响，很多疾病都是新发或者在原来的状态上发生了质变，不能墨守成规地按照传统的治疗方法，必须不断地更新和改进，才能够达到满意的治疗效果。他把其他人刷手机的时间，都用来仔细研读各种医疗杂志和书籍，不断揣摩其他大医院经手过的医疗案例，即使他现在已经离开了急诊室，但是多年来养成的习惯，就像在身体里流淌的血液，一直伴随着他。他还会经常听急诊的同事们聊起接待过的特殊病例，给新来的同事讲解过往的惊险救助，他说这个习惯必将伴随他一生了。

救人危难

王宁说孙思邈的《大医精诚》，被誉为是"东方的希波克拉底誓言"，明确地说明了作为一名优秀的医生，不光要有精湛的医疗技术，还要拥有良好的医德。医生也是人，会有理想和追求，也会有欲望和诱惑，要想做一名合格的好医生，必须勤以修身，俭以养德，时刻牢记自己的使命和责任。急诊科是一个又脏又累的科室，随时都要接诊不同的患者，很多人不愿意到急诊科工作，甚至有抵触情绪，他就耐心地做医护人员的思想工作。他总是说，再严重的病人，医生都不能放弃，只有让病人看到医生的信心，病人才会有信心。王宁用他心中的"大爱"带动全体同事，让每一名病人和家属感受到了温暖。急诊科经常收治一些三无患者，每次他总是第一个接诊，主动为患者细致的检查、治疗，并给予无微不至的照顾。对于需要留院观察的患者，他还常常自己拿钱给患者买来食物、衣服。曾经有一名脑出血的三无患者，在留观室治疗平稳了，为了能不被送回家就是不说自己的家庭住址，故意把大便弄得到处都是，被褥乱扔，随处便溺，其他患者都厌恶地躲开。王宁带领护士反复给他更换、擦洗，并主动为他买来可口的饭菜，安慰照顾他，和他谈心，终于用真心打动了他，在闹了10多天后对王宁说出了家庭住址，事情得到圆满解决。

使命担当

"关键时刻，作为医疗和院感工作的负责人，我必须扛起责任，冲在前面！"他时刻牢记自己是一名党员，清醒地认识到自己肩上的责任和使命，一直以无私奉献精神践行着党员的担当，他就是中国好人、盘锦市人民医院副院长王宁，一位积极响应践行市委组织部号召，担当尽责奉献在医疗战线前沿的基层党员干部的优秀代表。

在王宁30年的行医路上，凭借其精湛的医疗技术、较高的医学素养、优秀的思想品质、无私忘我的敬业精神，多次获得人民满意健康卫士、2011年辽宁省教科文卫道德模范标兵、2014年辽宁好人、2015年辽宁省医德标兵、2015年盘锦市劳动模范、2016年中国好人、2016年盘锦市道德模范、2017年辽宁省人民好干部、2017年辽宁省先进工作者、2018年盘锦市好医生等荣誉称号。面对荣誉和奖章，他淡定地说，这是医患对我的认可，但是只能代表过去，未来的路还很长，我还要继续努力学习，掌握更先进的技术，以一颗火热的心把春天送给患者，以大海一样的襟怀去关爱需要帮助的人，以钢铁般的意志去攀登更高的山峰。

熊建华的太极人生

曲子清

　　熊建华，字大风，号丹武子，1979年生，民革成员，盘锦市第八、九届政协委员，北武当武术二十六代传承人，辽宁省武术协会副会长、盘锦市武术协会二届理事会主席、盘锦武当武术养生文化研究会会长，国际武术冠军，非物质文化遗产太极拳项目代表性传承人。他传承中华文化，敬业奉献；他积极投身公益，促进社会和谐，因他多年出色表现，被评为2021年度辽宁好人·身边好人。

　　在中国北方，武当太极相对于陈氏杨氏等太极拳来说，是一个小众拳种，然而这个小众拳种却在盘锦深受欢迎、广泛传播。2018年10月30日，大风带领26名跟他学拳不满3年的盘锦武当太极爱好者，参加了第七届武当国际演武大会，与来自世界各地近3000名运动员同台竞技，一举摘取了38块金牌、16块银牌、7块铜牌，荣获武当拳集体冠军，被大赛组委会评为弘扬武术先进单位，由他亲手把从张三丰老家和修炼地带去的"北武当"这面旗帜，牢牢地插在张三丰的发祥地——武当山巅。

抱元守一：钻研家乡武术文化初心不泯

　　小时候，大风虽然早就习练家传武术，但和大多数孩子一样，还是把主要精力放在了学业上。由于喜欢国学,曾拜盘锦著名女诗人赵玉华为师。先后担任过东方诗书画论坛"鹤乡神韵"首席版主、辽宁省诗词学会会刊《辽海诗词》责任编辑,在《环球诗声》《中华诗词》等省级以上文学期刊上发表作品200多篇,公开出版了《丹武子诗词集》。一个偶然机会,经赵玉华老师引荐他有幸结识了武当掌门、一代宗师张奇大师,并很快被张奇大师欣赏,收为入室弟子。从此,他就像又打开一扇看世界的窗户:原来,道家武当派祖师、传奇人物张三丰是辽宁人;原来,太极拳蕴含的和谐理念与社会主义核心价值观高度契合,所蕴含的养生理念回应了新时代群众新期盼;原来,吟诗作赋讲究触景生情、习练太极讲究道法自然,它们有异曲同工之妙……之后,寒来暑往,他文武兼修、苦练不辍、相辅相成,在各类国际武术大赛中先后获得形意拳、太极拳、八卦掌、武当剑等14项冠军,先后被辽宁省民间武术家联合会、湖北省武术协会授予武术明星和武术名家、中华武术优秀传承人等荣誉称号。在拜师学艺的20多个春秋里,无论是默默无闻时挥汗如雨、寂寞坚守,还是崭露头角后名利诱惑、外界干扰,他钻研和弘扬中华武术的初心,从来没有发生过一丝一毫的动摇。他的师兄尚永奎曾经向笔者讲述这样一个故事,那是在大风创建的盘锦武当武术养生文化研究会刚打开局面不久,一位台湾老板在先后考察湖北、四川、河南等地太极事业后找到了他,想全资收购并改头换面进行商业运作,给出的条件在当时可以说相当优厚,但被大风断然拒绝。他说,老祖宗的文化遗产是留给大家的,我没有权力拿出来卖钱!

以武显道:传承武艺弘扬武德身体力行

2009年,大风出师了。既然已经把传承武当太极文化作为终生

203

的事业追求，那就必须有一个平台支撑。经过几年的探索，在业务主管部门领导的支持鼓励下，在社会各界朋友的热心帮助下，他于2015年注册成立了盘锦武当武术养生文化研究会。创业的艰辛，恐怕只有他本人才能刻骨铭心地体会到。没有钱租场地，先后在幼儿园、健身馆、美容院里与别人合租一块地方；市民对武当太极陌生，就创办太极养生文化讲堂。那时候，虽然大风迫切希望有更多的人报名学拳，但是从来没有因此降低准入"门槛"。在《北武当太极拳辅导员和公益志愿者招录标准》上，有一个硬杠杠：热爱祖国、热爱人民、拥护中国共产党的守法公民；有时间、有精力、有爱心，乐于从事社会公益事业。每一个练功点的显著位置摆设的不是炫耀身份、装饰门面的奖状奖杯和锦旗，而是社会主义核心价值观宣传板，每一次大型集会都要奏唱国歌，每一场学术交流都拒绝宗教迷信掺杂。久而久之，大家觉得大风这人充满正能量，武艺精、武德好，一传十、十传百，拜他为师、跟他学拳的人越来越多，尤其是他亲自编撰的《武当太极养生功》发表后，大风和他的盘锦武当武术养生文化研究会享誉全国27个省市地区。10多年来，大风培养了近3万名武当太极习练者和近百名专业武术人才，其中荣获国际武术冠军者多名。基于对中华传统武术文化事业发展做出的贡献，2016年6月被大连武当拳法研究会、北武当武术研究会授予"北武当功臣"荣誉称号。2017年12月，盘锦市武术协会召开第二届会员代表大会，选举大风担任新一届武协主席。在就职演讲上，大风提出大武术观，打破一门一派的壁垒，要带领盘锦各门各派武术相互促进、共同繁荣，服务全民健身事业。分别于2018年4月份和7月份，以"中华武术一条根，盘锦武林一家亲"为主题，组织举办了武术节和演武大会，邀请全市六大门派、18家武馆50个武术节目同台表演。他的愿望是：在不远的将来，盘锦武术要将与红海滩一样，为家乡代言。

侠骨仁心：热心社会公益事业坚持不懈

当年，在大风开馆授徒前夕，他的恩师就严厉地要求他用一半的精力谋生，一半的精力做公益。实践证明，大风一直把八成的精力用在公益事业上。跟随他多年的徒弟给他算了两笔账：一笔是经济效益账。他在域外创建的练功点27个，遍布全国各地，最远的在广州，他每年都要至少去一次义务授课，一年的车费得多少钱；他在市内创建的练功点18个，每天早晨他要轮流去各点带着大家练拳，一年的燃油费得多少钱；他收留了10名徒弟在家免费吃住，一年的生活费得多少钱；他每年自筹资金组织一次演武大会、组织一次网络学员面授，一年的活动经费得多少钱。由于他把绝大多数的精力和财力，投到了义务传播武当太极上，本应该过上小康生活的家庭，经济上始终比较拮据。他全家直到新工街棚户区改造，才搬进了楼房；他本人一年四季始终穿着练功服。另一笔是社会效益账。大风是武术进校园的积极实践者，始终把目标锁定在强我少年、健我国人、壮我中华上。与辽河油田第三高级中学、大洼城郊学校等10多所域内外学校建立教学关系，通过武当太极帮助学生提振精神，强健体魄，磨炼意志，建立自信，长养浩然正气，促进德智体美劳全面发展。在他的徒弟中，有的曾身患先天性疾病，有的从小失去了父母，有的险些被送去出家，有的不愿上学到处闲逛，当然也有家境贫困、酷爱武术的博士生。这些徒弟，有的是被父母送来的，有的是自己找上门来的，有的是机缘巧合、被大风发现带回来的。在他言传身教下，目前，个个成才，已经能独当一面。不仅如此，大风还培养了三丰太极义务辅导员共三期近百人，这些人集体加入了盘锦市志愿者协会，完成了薪火相传的质变。

金杯银杯，不如百姓的口碑。大风的事迹先后在盘锦电视台、辽宁电视台播出，他也应邀多次走进电台直播间。面对社会普遍的赞誉，大风总是面带憨憨的、淡淡的微笑，说上一句："我就会一点拳术，真的没啥！"许多与大风相处一段时间的人纷纷反映，在大风身上，能清晰地看到责任担当和家国情怀。责任，就是传承中华武术文化；情怀，就是弘扬武当精神。过去的武当精神，可以概括为降魔护道、保家卫国；现在的武当精神，已经发展为服务社会、造福百姓。责任是必须承担的，情怀是自觉自愿的。

"烈烈大风吹，片片鳞甲飞；何人舞长剑，一生把梦追；五指握成拳，风景才最美……"这首由大风自创的歌曲，正是他的人生写照。他挥舞着云手，努力地画出一个个太极圆，向着梦和远方滚动。

萍叶疏影，岁月留香

刘丽莹

我要讲述的女主人公，像她的名字一样，质朴素雅，平易近人。每一个和她相处过的人，都说，难忘她笑容里的满面春风，目光中的澄澈祥和。而我，和她短暂接触，就被她的知性、睿智、练达、善解人意紧紧地包裹、融化，就想打心眼里称她一声"贴心姐姐"。

她就是辽宁好人、盘锦道德模范——姚素萍，1966年5月出生，1994年7月入党。曾担任大洼兴顺社区副主任，大洼向阳社区副主任，大洼永安社区党委书记、主任，大洼区大洼街道东升社区党委书记、主任。

服务为民，需要雄鹰展翅

1990年，和所有学子一样，24岁的姚素萍，10年苦读，学成归来，怀揣纯正无私的赤子之情，寄托无限的梦想和热望，带着全心全意为人民服务的初心，投入基层社区建设中。

姚素萍说，自到工作岗位，她始终把自己当作高空飞翔的鹰，必须张开双翅。她有年轻浮躁里少见的沉稳，更有动荡情绪里少有的赤诚，因此，开始工作，她便立志立足基层，为百姓做好服务。因为热情、勤奋，居民都很喜欢她，有事也爱找她解决。所以，无论什么时间，只要居民有事找她，她都能在第一时间出现在居民面前。

也许是初心使然，姚素萍的心不知不觉就和居民的心紧紧融为一体。这么多年，她就是见不得居民因为困难而哀愁、沮丧、落泪。因此，只要交给她的任务，即便办公条件很不优越，她也从没说过一个难字，靠的就是自己的一双手、两条腿、一双眼睛一张嘴就去把事办了。即便社区利民的条件远远不足，她也从不面露难色，因为她始终坚信，路子是有的，只要敢于探索，方法是有的，只要勤于动脑。个体虽然渺小，但她始终把自己看成是一盏灯，一束光明，哪怕灯光微弱，哪怕光线暗淡，只要努力送到需要的人的面前，总会为其照亮前路。她的坚持和努力，很快，感染到很多人，赢得了领导同事的认可，赢得了党员群众的尊敬与信赖。

尤其做了社区书记之后，她更是把解忧帮困作为社区工作的奋斗目标。

"有一个居民过得不舒服，就是工作人员没做到位，有一个百姓受苦受难，领导者就不合格。"她呼吁全社区的人这样做，自己也这样做。

王桂艳，丈夫10年前死于车祸，自己身患严重肾病，带着15岁的儿子租房生活，没有经济来源，生活十分困窘。姚素萍了解情况后，即刻号召大家为其捐款捐物，并积极向上申请为她家争取最低生活保障金。为了让王桂艳母子的日常生活得以保障，她每月自己掏腰包购买米、面、油等物资，直到王桂艳有了公益岗位工作，享受最低生活保障金，生活得以保障为止。

王明文是个残疾人，又遭逢下岗离异的不幸，整个人从此一蹶不振。姚素萍知道此事，先从自己兜掏出1000元资助他的孩子上学，而后从思想上开导王明文。为了不让他对生活失去信心，姚素萍多次带他参加社区组织的就业培训、科普学习、文体活动等，耐心地鼓励他创作诗词，向报刊投稿，功夫不负有心人，王明文的创作终于获得发表，这让王明文的生活如同雨后出现彩虹，增添了许多色彩，使他对生活重新燃起热望。

类似的事件不胜枚举，还有困难群众潘翠碧、特困妇女刘素杰。姚素萍真的像一缕阳光、一缕春风，她把爱洒给每一个角落，树立起居民对社区期望和信任。

科教兴民，就该身先引路

作为一个社区的领头人不难，而带领民众走上幸福富裕之路，则需要睿智和笃定。

21世纪的科技繁星璀璨，未来，科技主导世界。如果一个社区，民众还不懂科学，不会利用科学，一定会在新时代道路上迷路。"引科教进社区，势在必行"是姚素萍内心迫不及待的想法。

首先，她买了大量的科技书籍、工作指南，积极参加各种社区培训学习，她要从自我做起，多少个夜色阑珊、三更灯火，她沉浸在知识的世界里，调配自己，武装自己。

之后，她独辟蹊径，邀请名家在社区办学，组织社区人员利用黑板报、宣传画廊、横幅、标语等加强民众的科教意识和学习兴趣。她还别具一格，印制发放便民手册，提供社区居民谏言栏，社区和居民之间真正做到"社区关注民生，居民关注社区"的襟带关系。

淘尽黄沙始见金。经过几年的努力，姚素萍推出了以党建为引领，以智慧化为依托，以线上下服务为平台，打造出"帜"党建、"智"便民、"秩"管理的社会治理模式。她个人获得"辽宁省科教进社区"活动先进个人。

时间是富有魔性的转盘，它会为努力者磨砺出绚丽的舞台。如今，姚素萍凭借多年的社区工作经验，思维闪着灵光，创造了一个

"办事方便、法治良好"的治理环境。以社区调解机构为主体，实行网格管理，推进社会治理现代化，把涉及民政、社保、安全、计生、助学等15项与居民生活息息相关政策，通过便民二维码就能周到服务。

说她敏捷、睿智，不止。她还挖空心思地建立"一对一""多对一"帮扶档案，将辖区内贫困户、空巢老人、特殊家庭等纳入帮扶范围。设立评事说事调解工作室，把道路破损、污水外溢、家庭纠纷、邻里不睦等群众关心关注的问题随手解决。

惠民政策在她手中真正落到实处，社区服务，在她领导下，真正打通百姓"最后一公里"。

坚守初心，奋力挺膺担当

几十年的工作中，风雨、坎坷、困顿、窘迫，姚素萍都是经历过的。如今，姚素萍已经退休。

儿子石尧的工作岗位和姚素萍一样，也是社区党委书记。"儿子还在战场，我作为母亲怎么能下火线？"这是她继续战斗的理由也是号角。

姚素萍是个平凡的人，但她凭着一个共产党员忠诚的誓言、坚韧的干劲、火热的心，积极践行习近平新时代中国特色社会主义思想，塑造了不平凡的自己。30年工作中，她被授予辽宁好人、辽宁省学雷锋标兵、盘锦道德模范、盘锦市美丽社区建设十佳城市工作者、盘锦市基层群众文化工作先进个人等多项荣誉称号。

但她说："我不能躺在功劳簿上过余生。"

她笑了，夕阳照在她脸上，散着光芒。光芒里，她走在新时代坚实文明的小康路上，为暖民心、解民意、聚民气的百姓之家继续添砖加瓦。

一枝一叶总关情

秦丽娜

李继财是大洼长财农机专业合作社理事长。多年以来，他积极利用自身优势和经营项目的特点，带头示范，在自己创业的同时，带领村民一起致富，切实为百姓谋福祉，受到社会广泛称赞和好评。2018年，李继财被选为大洼区第十八届人大代表。

让乡亲们一起富起来

李继财经历了从工人、司机到水稻种植户的转变，拥有着从普通农民到地方知名水稻种植专业大户的艰辛创业历程。为了帮助乡亲们提高农业生产效率，让大伙儿尽快都富裕起来，在2009年初，李继财和8户农户成立了大洼区清水镇发展水稻种植机械化的第一大合作社——大洼长财农机专业合作社，并被推选为理事长，他靠勤劳和智慧带领村民走出了一条致富之路。

李继财以农业专业合作社为依托，实行合作社+农户的模式，几年来，在他的示范带动下，合作社规模不断发展壮大，年创产值达200万元。目前，合作社社员已经由最初的6户增加到了70户，并辐射带动了周边上百农户生产致富。合作社每年都要雇200多工人，李继财总是提前和村里的贫困户打好招呼，让他们到自家的棚

211

里干活，大大解决了村民就业，增加了贫困家庭收入。对于那些稍有残疾的人，他总是分配给很轻的活，却付给和别人一样多的工钱。在2010年春耕时，在去田里的路上，李继财发现同村李勇家的地里尚未育苗，通过打听得知，李勇在不久前因骑摩托车出了车祸，导致下肢永久性瘫痪，刚从医院回来，还没来得及育苗。了解情况后，李继财二话没说，便到李勇家告诉他，在家安心养伤，等插秧的时候，去他的合作社领秧苗。从那年起，李继财每年育秧的时候都会提前给李勇家留出足够用的秧苗。李勇家共有20亩地，李继财已经连续为他家提供秧苗，累计价值达16000多元。

李继财带领农民致富的故事传遍八方，很多企业都慕名而来。今春，鞍钢集团矿业有限公司综合产业发展分公司相关领导听说李继财为人诚实，做事精细，特邀他帮助企业推广鞍钢尾矿造地技术。李继财精心设计，积极运作，今年共利用尾矿造地1000多亩，又为合作社取得了较好的经济效益。"这才是真正的人大代表，没有他的带头示范和主动帮扶，我们不知道还要走多少弯路。"李继财还是清水镇稻田养蟹第一人，在他的带头示范和积极帮扶下，镇里很多农户如今每年仅靠出售稻田河蟹就让全家收入有了保障。

让需要帮助的人好起来

致富不忘回报社会。2013年，李继财合作社的工厂化育秧大棚经过改造实现了一棚多用，即在育秧期棚内育秧，其他时间棚内种植蔬菜。大家都觉得李继财又多了一个挣钱道的时候，他却又干了件让大家意想不到的事。他把棚内种植出的蔬菜每天按需、换着样地送到镇敬老院，让那里的老人尝尝鲜。不单是平常，在过年过节的时候，他更是惦记着父老乡亲们，过年的时候，他委托儿子为镇敬老院送去钱，让护员们帮每位老人买件新衣服；元宵节的时候，他又记得给敬老院的每位老人送去元宵；中秋节的时候，他还为村里的孤寡老人送去月饼和鱼等慰问品；哪怕是儿童节，他都要送些钱到学校，为那些贫困孩子买些学习用品。

2014年，由于气温、水质等多方面原因，秧苗长势普遍不好，这也使秧苗价格不断上调。但李继财始终坚持原则，按照最初定好的6元每盘的价格卖给农户。有其他地区的买家要以12元的价格收购他剩余的秧苗，可他愣是没卖，并以6元的价格卖给了清水本地自育秧苗全部死亡的群众。面对家人和社员的不理解，他只是淡淡地说了句："人得懂得感恩，得有乡情啊。"

让自己的人生丰满起来

李继财始终心系百姓，经常深入到百姓当中，与他们唠家常，面对面座谈和交流，察民情、听民声、解民意，尽可能地把群众的呼声与政府的工作有机地结合起来，全力帮助百姓办实事、做好事、解难事，为乡村振兴、为百姓致富，发挥了一名人大代表应有的作用。

在2016年—2017年期间，李继财看到大洼区内很多农民为了追求水稻高产一直大量施用尿素等化肥，造成土壤板结，土地肥力下降，他心急如焚。为了改善这一现象，他多次去沈阳、云南厂家请教专家和科研人员，进行调试测土配方施肥。经过两年多的摸索和实验，测土配方施肥技术日趋成熟，今年春季，他邀请市土肥站专家作为技术指导，大力推广这一技术。据统计，近3年累计推广测土配方施肥达3万多亩。

人大代表不仅是荣誉，更是一种使命和责任。每年在农忙时节，总是在田间地头看到李继财辛勤忙碌的身影，与农民亲切地交谈，为农民排忧解难，为改善土壤结构，持续提高土地肥力不遗余力地努力着。一分耕耘，一分收获。几年来李继财累计为社会福利事业捐款达 10 万元。对于那些无劳力或是家庭贫困的种地农户，主动与他们联系，无偿提供农机服务。他把百姓当亲人，积极、务实地履职尽责，无私奉献，被评为盘锦市精神文明建设先进个人，荣登"盘锦好人榜"。同时，他也是百姓心目中一位称职的人大代表。

一个人的沧海

曲子清

一

在辽东湾有这样一个传说，一个人常年守望一片海，死后就会化作海鸟精灵，日日盘旋在这片海的上空。人们相信，每只鸥鸟都是精魂回来寻找它的前世。我相信孙连山已化作了海鸟，只是不知道这惊飞的海鸟里，哪只是孙连山的精魂。

骑着二八自行车，背着相机，身着迷彩服，穿行在辽东湾大街小巷，这形象是孙连山的标配。行人见了他，会亲热地打招呼，"老孙，又去照相啊！"他减速、微笑着颔首，然后加速、飞快驶过，他的身影像展翅飞翔的海鸟盘旋在辽东湾的角角落落。每一个工地、每一个施工现场、每一个企业开工典礼现场都留下他艰辛的足迹。他先后拍摄了10余万张照片，撰写4000多条大事记、上百万字，记录辽东湾新区开发建设的每一个精彩瞬间。换句话说，他在用自己的方式守望沧海。

如今，那奔忙的身影已经消逝，楼道里只剩这台老旧二八自行车，孤寂地等待报废，它的主人却启用另一双翅膀继续飞翔。

二

"天空没有翅膀的痕迹，但鸟儿已经飞过！"孙连山60年的生命旅程留在同事、朋友、亲人记忆中的丝缕痕迹是交错混杂的。听他们讲述自己心中不一样的老孙（年轻人称孙叔），总不如亲身经历来得深刻明朗、记忆犹新，但我坚信，只要顺着他的文字、影像痕迹，将记忆褶皱展开，会在时光隧道里找到微弱的光亮，直到探到所有事情的起点。

生命起源于海，文明发轫于海，海与陆之间隔着潮沟与滩涂。浩浩荡荡的闯关东大军就是冲着这片生机而来，在这拖家带口的褴褛队伍中，行进着来自山东的孙氏一家，他们选择临近潮沟的一个小村落，临海而居，靠海吃海。孙连山自小学会了全套赶海的本事，成为父母的好帮手。他小小年纪不仅学会捉鱼摸虾、挑水劈柴，还承担起小大人的角色，帮着父母照顾弟妹。在大海里嬉戏玩耍，靠海馈赠生活，海成为他生命的组成部分。

18岁那年，孙连山就近参加工作，成为辽滨苇场的一名工人。如海鸟初展翅的他对工作充满激情，和工友们一边干活一边唱着《辽河上漂来运苇的船》："秋风引路船如箭，芦花相迎把头点，一片云彩从天落，辽河上漂来运苇的船。"

青年孙连山对于大海有了更深的认知，站在海边，心中总是涌动潮水般的思绪，有自豪，有凝重，还有无限的牵挂。在他心里生发出新的愿望，当一名海军，驾驶战舰，日夜守卫祖国的海防。1975年冬季征兵时节，不满20岁的孙连山毅然报名参军，圆了自己的水兵梦。

退役后，孙连山放弃别处相对优越的条件，坚决回到家乡，从文书做起，后任团委书记、监察科科长、宣传委员兼党委秘书、党群工作部部长等，后来因为年龄临近退休而离开领导岗位，他依然坚守平凡工作岗位默默奉献，直到生命终结。

三

著名诗人艾青在《我爱这土地》中写道："为什么我的眼里常含泪水，因为我对这土地爱得深沉。"孙连山对这片土地的爱经过滋养、灌溉，乃至升华，得益于李奶奶的九条金龙梦。

有一天，孙连山和伙伴们在辽河入海口龙背滩捡玻璃牛（当地一种贝类），遇到一位慈祥的老母亲，交谈中老人说起她前几日做的一个梦。老人梦见九条金色巨龙脚踏七彩祥云，带着风，夹着雨，从东南方飞舞而来，漫天金光灿灿。金色巨龙落在红草坝大沟（现在会展中心）附近嬉戏，而后呈扇面状腾空而起，朝着不同的方向奔向了大海。瞬间，金色巨龙飞过之处，九条宽敞笔直的金光大道从红草坝大沟向大海深处延伸。这九条金色巨龙落入海中，溅起浪花朵朵。云雾缭绕、烟波浩渺，海面出现一座美丽的城市，楼台城郭清晰可见，小桥流水恍如世外桃源。老人说，这龙啊，是吉祥的化身，咱这地有龙的呵护，一定能建成人人向往的世外桃源。老人的话深深打动几个少年的心，像隐隐感知了某种觉醒的愿望。想象自己祖辈们无数双布满裂口，象征艰辛的手，紧紧握住网具渔具，对准生活的永恒图景——摒弃荒凉，构造和谐美好的辽滨水城，这一古朴理想被孙连山无数次种植、记录、过滤、升华，最后被时间馈赠，得到慢慢滋养，在孙连山内心长成参天大树。

四

　　有人说，人是不知道自己宿命的。可孙连山的同事说，他是知道的。从他身体日渐消瘦起，他就知道自己或许得了不好的病，可他顾不上看病，他的纪念辽东湾新区建区10周年图片展还没有准备好。所有照片和资料整理都是他一个人经手，那是他多年积累的素材呀，如果放下来，别人没经手无法接续，展出活动势必受到影响。这可是辽东湾10年建设成果的集聚，一旦错过这10年，他不知道自己还有没有下一个10年。同时，他作为儿子、丈夫、父亲的责任还没有尽完，老母亲依然健在，小儿子也没有成家，相濡以沫的老伴儿正需要他温暖的陪伴。这些都不容许他倒下，所以他选择隐瞒，也选择了和死神面对面地较量。他的力气被抽走了，身体素质急剧下降，最可怕的是癌魔发作时，他连拍照的力量都聚不起来，而椎心的疼痛让他如坠地狱。暗夜里，他几乎看得见死神冰冷的眼睛，他清楚自己所剩的时间不多了。

　　他更忘我地投入补拍和整理、布展工作，几乎夜以继日地挑选照片，做资料说明。要在自己这么些年拍摄的10余万张照片中，遴选出代表性和最能反映辽东湾变化的精彩瞬间，还要做好图片说明和资料补充，这工作无疑是细致烦琐耗心血的，孙连山选择了义无反顾。一张张鲜活的照片如一幕幕流动的风景，把辽东湾新区开发建设的每一个精彩瞬间都囊括进来，每张照片的后面凝聚着建设者的心血和拍摄者的汗水，这心血和汗水汇聚在一起，深深感动着孙连山这个辽东湾开发的建设者、守望者和见证人。把辽东湾开发建设全过程整理出来，让世人看见辽东湾开发建设的每一个精彩瞬间，是孙连山此生的夙愿。他按照时间顺序，把这些创作于新区开发建设的不同阶段、生成于水城建设的整个进程进行精心整理，细致归档，从不同的侧面与不同的视角，反映新区建设与发展所呈现的亮色。

在布展进入尾声时，孙连山已经吃不下什么东西了，完全靠大把吃着止疼药来支撑。他明白自己在和死神赛跑，此刻倒下，辽东湾新区建区 10 周年图片展也可能流产。他不能在此时倒下，实在提不起精神了，就歪在墙角歇歇，一阵接一阵的剧痛让他直冒冷汗，浑身颤抖，他怕惊动助手，强忍着不让自己发出声音。临近展出了，孙连山发现还需要补拍一些照片，此时，他已驾驭不了自己的二八式自行车了，第一次和领导申请了公车，等车到了，他和同事出发上车，腿却咋也不听使唤，一个趔趄，差点栽倒。同事王艮善及时扶住他，感到他身体微微发颤，虚弱得连步子都迈不开了。王艮善劝他："孙叔，你回去休息吧，图片我来弄。"孙连山强笑着说自己可以。等完成全部布展工作，孙连山已经累得站不起来，他甚至没来得及看一眼展会整体情况。

五

火热的生活像磁石一般吸引着很多人的出走方向。2005 年 12 月辽东湾新区挂牌成立，这片沿海滩涂、草甸连片、沟渠纵横的不毛之地迎来千载难逢的发展机遇。大规模开发建设吸引着人们从四面八方拥到名不见经传的小渔村。

孙连山一直记得，辽东湾参与的第一次招商引资，除了广袤的土地，没有什么值得展示的，资料少得可怜。孙连山经手制作了第一本招商画册，那时，辽滨还没有满月，就像嗷嗷待哺的婴儿，缺资金，少项目，基础设施薄弱。但在孙连山眼中，辽东湾不是一张白纸，而是一幅绚丽清美的画卷，映入眼帘的是满目的春色、勃勃生机。

2006年，辽东湾纳入辽宁沿海重点发展区域，2013年1月，正式晋升为国家级经济区技术开发区，规划面积由最初的起步区3平方公里扩展到545平方公里。创业的风云在辽河口激荡，发展的乐章在蔚蓝的海洋奏响。孙连山激发出极大的创业热情，他全身心投入工作，他的"字典"里最常出现的词汇是5+2、白+黑，他的神经高度紧绷，他甚至能听到每一项工作落地的回响。就是忘我的工作给身体留下了隐患，可他不在乎，他要加班加点圆上心中那个梦。

就在筑梦的进程中，那个讲述金龙梦的李奶奶走完85岁的人生历程，带着她的美好梦境羽化而去。孙连山在心里默念：李奶奶，你为什么不再等等，看看你的梦啊！如今的翠霞湖畔，就是老人梦见的九龙嬉戏的地方。一座现代化多功能的国际会展中心，曲径通幽，小桥流水，荷花飘香，野蒲连片，从会展中心延伸公路四通八达，在不远处，一座湿地中的水城矗立在世人面前。

六

从辽滨泥泞小路上走来的孙连山，对那里的桥和路建设格外上心。那时，辽滨没有一条像样的路，只有一条建了115年、10多米宽、凸凹不平的"搓衣板"路连通外地。对这条公路两次大规模拓宽、改造，孙连山全程参与其中，从建设者特写、道路整体景观以及每个环节进展情况进行全程拍摄。有时人家吃饭，他连个盒饭也没有，饿着肚子继续干。在"潮涨为海，潮落为泽"的茫茫滩涂，建设北方宜居宜游的滨海新城，那苦是怎么吃的，那路是怎么走的，有时连建设者自己都恍惚了，然而，孙连山的照片和大事记却见证着这神奇的一切。

在辽河特大桥、盘锦港的建设中，孙连山每天都来拍摄，看大桥、大港在镜头中完美蝶变。光建设进程的照片就留下几千张，连建设部门都没留存这么完备的资料。拍辽河跨海大桥合龙的镜头，一直没找到合适的位置，孙连山急了，不顾危险爬上一座正在建的20层高楼，站在楼顶上，刚好把大桥合龙镜头取全，等拍完照片，孙连山发现自己踩在没封顶的钢筋架上，什么保护都没有，如果一脚踩空，后果不堪设想。

"天天谋面的辽河呀，你奔涌的波涛里，溶进了开拓者澎湃的激情，每一朵浪花，都述说着创业者万丈豪情。"这是孙连山在《不尽辽河滚滚来》中的诗句，他这样说也这样做，他的生活和工作中总是充满着激情，他的身上总有一种积极向上的力量。

站在孙连山九条金龙梦的落脚点上，大地如一张斑斓的纸，梦幻水城如巧手剪裁出来一副剪纸，喜庆地张贴在大自然的窗户上。天空蔚蓝、海风习习，在蓝天大海之间感应天地秩序和四季轮回，仿佛能听见每一个自然生命的吟唱，听见上苍留在所有生命里的余音袅袅。据说，孙连山经常站在这里聆听，我不知道他聆听的奇妙，但切实感受到来自生命磁场的吸附，像被授命了一样。不远处，几只觅食的海鸟拍打着翅膀从低空掠过。

把美镌刻进乘客心里

李　博

　　人生的美丽在于你为之奋斗的过程。作为一名普通的公交车驾驶员，在10米车厢内，成健展示了自己的人生价值，书写着新一代公交人的风采。

一

　　2010年，成健当上了一名光荣的公交车驾驶员。从他第一次手握公交车方向盘的时刻起，就已经把情感交给了乘客，把命运融于事业。

　　"我爱我的乘客、我的岗位，我深深眷恋着我的10米车厢。"成健把这句饱含深情、自我激励的话作为行动指南。十几年来，他始终以饱满的热情、文明的服务，真情待客，在平凡的岗位上孜孜不倦地工作着。

　　凌晨4点30分，盘锦客运公交集团1路"工人先锋号"驾驶员成健通常会被生物钟唤醒。不管6点需要从双台子区还是兴隆台区发车，5点他已从位于大洼区的家奔赴自己的工作岗位。

　　年复一年，日复一日，成健用自己真诚的笑脸、热情的话语、细致的关怀、周到的服务和自己无私的爱给乘客播撒一路阳光。10

222

多年的驾驶生涯中，总有一些温暖的故事在他身上发生。

成健还记得刚参加工作不久的一天，一个穿着校服的高中生低着头就上了车。"这个男孩儿今天怎么没去学校呢？"心里犯嘀咕的成健悄悄地用后视镜观察着。终点站到了，男孩儿也没有下车的意思，眼睛失神地望着窗外。

回想起往事，成健说，当时他轻声地问一句："小伙子，你咋的了？"一阵沉默之后，男孩儿流下了一串泪水，可依旧一声不吭。

这个男孩儿让成健感到心疼。他默默地坐到男孩儿身边，掏出一瓶矿泉水，拧开盖子递了过去，亲切地说："孩子你和我儿子差不多大，有啥事和我唠唠。"渐渐地，男孩儿打开了心扉。原来，男孩儿在学校与同学发生了口角，却被老师误会，并通知了他的家长。孩子心里觉得委屈，又觉得爸爸肯定不会听他解释，于是决定离家出走。

成健耐心安慰："有啥事咱们慢慢解决，把你爸爸的手机号码告诉我，我和他说。"男孩儿执拗了半天，最终将号码告诉了成健。电话接通的瞬间，男孩儿父亲的焦急情绪冲进了成健的心里。成健和男孩儿父亲认真说明情况后，将孩子委托给了调度室工作人员，转身又钻回车里继续上路。那天，成健的午饭在下午3点钟才吃上。

这些年，成健帮过迷路的老人、去医院看病丢包的乘客、坐过站的聋哑人……不论多耽搁、多麻烦，他总是热情地伸出自己的双手，面对对方无以言表的感谢，他笑着说："没关系，到家就好！没事就好！"他始终认为，自己同样从帮助别人的过程中收获了感动和快乐。

二

成健高高大大，很精神也很和善，不笑不说话，头发很短，看上去很精神，如果不是他自己说已经47岁了，很难有人能把他跟年近半百这个词联系到一起。

成健是从鞍山市来到盘锦市成为一名公交车司机的。之前，他曾经开过货车，干过财务。最初，他战战兢兢，因为拉货和载人，最大的区别就是对生命的责任更重了。一个小坑、一次刹车、一次停靠都需要格外小心，生怕出一点问题。他对自己的工作游刃有余，唯一担心的就是鞍山老家年迈的父母。

有一次，他出车时手机响了。家人朋友都知道成健开车时不接电话，很少打扰他，此刻手机响起，让成健有不好的预感。趁着等红灯的空当儿他接起了电话，远在鞍山的母亲惊慌地说："儿子呀，你爸心脏病突发刚送到医院，正在ICU抢救呢，这可咋办哪？""妈，我爸现在咋样？您先别急，在医院您放心吧。我正开车呢，等我到站再给您打电话。"成健简短地安慰几句话后，匆匆挂了电话。

父亲住院，作为家里的独子，那一刻他很想马上停车，冲回老家，在病房外守候生死未卜的父亲。但当绿灯亮起时，他强迫自己冷静下来，因为他深知肩负着一车乘客的生命安全。成健像往常一样冷静地驾驶着，直到安全地走完这一趟。他向队长说明情况后，急忙奔回鞍山，此刻距离母亲打来电话已经过去了两个小时。幸好父亲被及时抢救过来，否则这将是他一生最大的遗憾。成健回忆，父亲醒来看到他的第一眼，还是如往常一样嘱咐他："不要担心，行车路上一定注意，更要保证乘客的生命安全。"

80多岁的父母远在鞍山市，这令他非常担忧，而父母总是以故土难离为由拒绝他提出的搬家建议。成健十分挂念父母，平日只能靠视频通话聊以慰藉。过年是家家团圆的日子，但他因为工作，连续5个春节都没能回家与父母团聚。但父母从没有过埋怨。这就是公交行业的特殊性，这也让成健觉得对家人非常亏欠。

三

公交车的车厢里并不永远是平静和谐的。你碰了我胳膊，我踩了你脚时有发生。早些年，成健常要扮演"民事调解员"的角色。劝这边体谅一下都着急回家的心情，劝那边照顾一下上了年纪的老人，推己及人、谦和礼让总能引发共鸣。重要的是，乘客们渐渐发现，这名司机有意思，不管啥时候都不急不躁、礼貌有加。

成健说，身处服务"窗口"也没少遇到委屈，但乘客的文明素质在不断提升。以车上夏天的小凉垫为例，这些都是4年前他自掏腰包配的。第一天收车，丢了10个。他没气馁，一面向乘客说明情况，一面继续配齐。到第二年时，一个都没丢。他觉得这方寸车厢就是文明的量尺，这座城市正以最美的面貌回馈给为之添砖加瓦的人。

以车为家，成健注重每一个细节来为广大乘客便民服务。在工作中，他把每一位乘客都当作自己的亲人，自己的朋友。2015年，他驾驶的车辆被命名为"工人先锋号"。面对这份神圣的荣誉和职责，他每时每刻都在爱护自己的车辆，注重自己的行为。2016年，成健个人出资创建"爱心基金"，受到盘锦市交通运输局党委领导和盘锦客运公交集团的大力支持，他用这部分基金奖励在车上献爱心的乘客，并向乘客发放"爱心乘车卡"。2017年，成健打造"爱

225

心专车"，经常乘坐的人只要看见"531车"，就知道那一定是成健的车。

成健的驾技高，口碑更好，这得益于他的用心和真心服务。平日里，利用业余时间在车上设立便民服务箱，自掏腰包买来各类创伤急救药品、地图、针线、老花镜、充电宝等放入便民箱供乘客免费使用；在车内挂了一个小黑板，增设了天气预报、寻物启事等信息方便乘客出行，还把热心乘客送来的写有社会主义核心价值观的书法粘贴在上面。特别是春运期间，为了营造节日气氛，他会买些拉花把车厢布置得跟家一样温馨，很多乘客专门等他的车，只为感受这家一般的温暖。

2021年开春，成健牵头成立了1路公交爱心志愿团队，自愿参与。1路公交线路的10多名司机都加入其中，大家伴着"赠人玫瑰，手有余香"的美好，干劲十足，为整个线路增添了温暖、生动的气息。"我希望所有的公交车司机能从己出发，为乘客做些力所能及的小事。"成健说，小事做着做着或许就成了文明路上的大事，这样生活的家园也会更美更幸福。

成健还把优质服务、安全行车的经验跟队友分享，放弃轮休机会，力争多排一次班就让市民少等几分钟，乘客们拿他当亲人……成健把美丽镌刻进了乘客们的心里。

10多年来，成健始终做到严于律己、克己奉公，文明驾车、安全行驶，时刻以雷锋、郭明义同志为榜样，在平凡的工作岗位上做出不平凡的业绩。2012年11月被盘锦市文明办、盘锦市公安局交警支队评为盘锦最美驾驶员；2014年7月被盘锦市总工会评为最美盘锦建设者、盘锦市五一劳动奖章获得者；2015年4月被盘锦市委、市政府评为2012—2014年度精神文明建设工作先进个人，9月被辽宁省委宣传部、辽宁省总工会评为辽宁好人·最美工人；2015

年10月被辽宁省总工会授予辽宁省五一劳动奖章；2016年2月被辽宁省人力资源和社会保障厅、辽宁省交通厅评为辽宁省交通运输系统"十二五"先进个人，同年8月被国家交通运输部评为全国交通运输行业文明标兵；2019年3月被省委宣传部评为2018年度岗位学雷锋学郭明义标兵。

人要有精神，更要有一种热情，因为有了热情，生活才会丰富多彩。在日常工作中，成健总是带着一种火热的激情，微笑地面对每一位乘客，微笑地面对同事，微笑地面对周围的一切。与乘客的动人故事是他在工作岗位上取得诸多荣誉背后的注脚，而他永远"在路上"的人生早已被平和、勤勉和善良赋予了厚度。

用爱谱写一曲人间赞歌

黄桂云

　　王国凤是大洼区唐家镇四十里村的一个家庭妇女。然而，就是这样一位普通的女性，面对一次次坎坷磨难，硬是用自己柔弱的双肩撑起3个家庭的日子，用深深的大爱，谱写了一曲感天动地的人间赞歌。

　　1991年，20岁的王国凤嫁给了唐家镇四十里村的村民唐义山。唐义山的家可以说是家徒四壁，但王国凤没有嫌弃唐义山穷。婚后，面对破烂不堪的房子，王国凤心里也曾有过辛酸。可看着老实忠厚的丈夫，王国凤觉得只要人好，踏实肯干，穷也没什么，日子是拼来的，不愁日子过不好。

　　婚后一年，儿子大军出生了，因为家里条件不好，怀孕的时候营养不足，孩子一出生就没有奶水，需要喂奶粉，这让原本就贫困的生活家庭更加拮据。王国凤看这样的日子实在是难以维系，就和唐义山商量，让他出去打点工。

　　唐义山为人本分，对媳妇儿的话也是言听计从。于是，几天后，他收拾行囊去了工地，王国凤在家带孩子和种家里那几亩大棚地。

　　渐渐地家里的日子好转起来，王国凤也觉得日子有了奔头。谁承想，唐义山的四弟唐义国、五弟唐义民的媳妇儿双双跑了。

原来，老四唐义国患有哮喘病，啥活也不能干，常年卧病在床，媳妇儿不甘受穷，不顾丈夫的苦苦相劝，更不顾年幼的儿子哭喊，狠心地扔下他们爷儿俩走了。

　　老五唐义民最小，结婚刚刚一年，媳妇儿就走了，这一走就没了音信。唐义民多次去老丈人家寻找都没看见人影，由于他受不了打击，患上了精神病。

　　王国凤看着老四家6岁的孩子哭天喊地地找妈妈，再看看吃喝拉撒都在床上的老四，还有满大街喊着媳妇儿的名字，见人就打，逢人就骂的老五，低头再看看自己的儿子大军，王国凤心如刀绞。怎么办？这一连串的遭遇，让这个刚强的女子做出了一个超乎想象的决定，把三家合并成一家。

　　丈夫唐义山知道后，想从工地回来和她一起照顾这个散落的家，王国凤没同意。她告诉丈夫，不论啥样，只要有我在，这个家就不会散，你安稳地在工地干活，家里多一份收入，不然，日子要没法过。不要惦记家里，我会把他们照顾好的。

　　其实，她何曾不想让丈夫回来呀！但是，家里现在就靠唐义山一个人挣钱，老四哮喘要吃药，老五精神崩溃也要吃药，还有两个马上就要上学的孩子，他要是回来了，就靠家里就那几亩大棚这一家子人就得喝西北风。

　　王国凤心里一阵子翻江倒海，她掂量出自己肩上的担子有多重。从那时起，王国凤咬着牙，一个人扛起三个家，每天凌晨4点就起来，先到大棚忙活一阵，然后回来给老四和孩子穿衣服洗脸。老四收拾完之后再给完全不能自理的老五洗脸穿衣，之后去做饭，饭好了再一个一个地喂饭，日复一日，年复一年。

　　一晃两个孩子也都该上学了。老四每天愁眉不展，他知道，自己要是没有哥哥嫂子的救济早就连病带饿死了，哪有钱去供孩子上学呀！王国凤看出老四的心思，她告诉老四，啥事你都不用管，你只要把身体养好，只要有嫂子在啥都不是事。大军能上学我大侄子就能上学。老四面对如母亲般的嫂子，八尺男儿落泪了。他说："嫂子，我们老唐家上辈子积德了，才能让我哥娶了你。"

王国凤却开玩笑地看着老四说："是你们家上辈子对我有恩，这辈子我来报恩来了。"

就这样，王国凤把老四家的孩子接到自己那屋，每天让侄子和大军一起上学，所有的东西一样不少。

最让王国凤揪心的是老五，老五犯起病来六亲不认，见谁都打，因为打人，王国凤也没少操心。村里人都知道王国凤不容易，所以也没有人怪老五。但是，老五把人打坏，王国凤心里总是过意不去，她决心一定要把老五的病治好，可是，老五死活不配合，药不吃，康复中心不去。没办法，王国凤只能天天看着他不让他往外跑。不让他出去他就骂王国凤。老四气得就想打老五。王国凤十分理解老四的心情，心疼老五，她耐心地对老四说，他不是正常人，他骂人的时候都不知道自己是谁，你打他只能加重他的病情。

王国凤不但心地善良，而且还是一个勤俭持家的好手。这么多年，家里大棚挣的钱和唐义山在外面打工挣的钱，在她和丈夫的打拼下，除了维持家庭支出，还攒下了一些积蓄，日子一天比一天好起来，王国凤更加信心十足。

2012年，王国凤用家里的一部分积蓄盖起了五间大瓦房，又给老四盖了两间。老四在她的照料、调治下也能下地了，偶尔也能给家人做点饭，老五的病还是时好时坏，清醒的时候也知道心疼嫂子，面对这样的结果王国凤知足了。

可是，谁又能想到，厄运又一次降临到这个多灾多难的家庭。2016年2月，唐义山因身体不适去医院检查，结果查出肾癌转骨癌，一张诊断书犹如晴天霹雳一般，将这个原本就不幸的家庭又推向深渊。

王国凤拿着丈夫的诊断书泪如雨下，她心疼，心疼丈夫这么多年为这个家付出得太多了，她怨老天为啥要对他们这个家这么残忍。

王国凤看着骨瘦如柴的丈夫，她下决心，就是砸锅卖铁、卖房卖地也一定要把丈夫的病治好。

王国凤把家里所有的积蓄都拿了出来，又在亲戚朋友那儿借来不少，可是，因为发现得晚，转移的地方太多，花光了所有的钱也没能留住唐义山的命，一年后，唐义山去世了。

丈夫的去世对王国凤几乎是一次致命的打击。那段时间，王国凤不吃不喝躺在床上就是哭，整个人都瘦得皮包骨。儿子大军抱着王国凤哭着哀求妈妈吃饭，让妈妈不哭。侄子和两个弟弟也在旁边掉泪。王国凤看着屋里的4个男人，她开始责怪自己，我这是干吗？这4个男人都需要我照顾，我若是倒下了，那这个家就彻彻底底散。王国凤擦干眼泪，起身搂过两个孩子……

时间过得很快，一晃，儿子大军毕业后当了兵，侄子也参加了工作，王国凤还是每天在家与大棚之间往返，老五被送去康复中心康复，老四的病情也有了明显的好转。

王国凤家庭的不幸，得到各级政府和部门领导的关注，给予慰问和帮助，并高度赞扬她十几年如一日的无私奉献精神。

2016年，王国凤被评为中国好人，2017年被评为辽宁省道德模范。

面对荣誉，王国凤十分淡泊，她说："我不是为了荣誉，作为长嫂，我不能眼睁睁地看着这个家七零八落地散去。他们的哥哥没了，还有我，只要我活着一天，我就要对这个家负责。"

儿子复员后结婚生子，小夫妻俩时常帮助母亲打理大棚和照顾两个叔叔，有了儿子和媳妇的帮助，王国凤轻松了不少。但是，她是个不服输的女人，为了这个特殊家庭后续生活得更好，她只要有空就去附近的工地干零活，每天超体力的劳动并没有击垮王国凤，她说："只要干活，我就有浑身使不完的劲。"

但是，命运往往不是自己能主宰的，厄运一而再再而三地降临在这个苦命的女子身上。

2019年8月初，王国凤因意外不幸离世。这个年仅49岁善良朴实的女人就这样带着对家人的眷恋与不舍离去了。

儿子大军在母亲的灵前悲痛地哭诉："两个叔叔我会照顾，您的善良我会传承，请您放心，愿您和父亲在天堂安好！"前来送别的乡亲们也痛不欲生，仿佛苍天也为之落泪。

王国凤走了，也许，她的名字会渐渐地被人遗忘，但是，她曾经一手托起3个家的事迹永远传颂，她无私奉献的精神将永远得到激励和传承。

丹心向阳开

傅察荣娟

　　每当我仰望城市里高楼大厦的时候，心想：这钢筋水泥和有机玻璃的间隙和反复折射的幻象中，是否有一双眼睛一直在注视着这座城市？是否有一种节奏像心跳一样从容地起搏？是否有一片丹心永远在向阳绽放？

　　其实，确有其人。她，曾经是一名优秀的人民教师，被人们誉为无怨无悔的人类灵魂工程师；她，曾经是一名社区党总支书记、居委会主任，被居民们亲切地称为"小巷深处的总理"；她，还是一名宣讲员，从万众瞩目的人民大会堂到小巷深处的居民楼旁，从大江南北到长城内外都留下激越的声音、深情的笑容和令人难以忘怀的表情。

　　无论是党员干部，还是平民百姓；无论是立足于改革开放潮头的弄潮儿，还是身处囹圄的服刑人；无论是年逾花甲的老人，还是正值花季的少年，只要听到她那声情并茂的演讲，都会为之振奋激动。

　　而每当她在讲坛上听到那雷鸣般的掌声，总会流露出开心的笑容，那笑容像一束美丽的花，把美传导给她的听众，传导给每一个熟悉她的人，传导给她身边所有奋发上进的人，那独特的美，就绽放在她走过的所有讲坛上。她就是盘锦市兴隆台区兴隆街道文化社区原党总支书记李艳杰。尽管李艳杰离开工作岗位已经10年了，可她的故事依然在居民心中传颂……

作为一名社区党务工作者、一名宣讲员，李艳杰要求自己必须具备优良的政治、业务素质和政策水平，特别是新时期宣讲工作的要求更高。为此，她十分注重知识的更新，充分利用业余时间，不断加强政治理论学习，特别是习近平总书记的一系列讲话精神。

她手里有"三件宝"：电视机、报纸、笔记本；每天必修"四门功课"：每晚必看中央电视台《新闻联播》，早上必听中央人民广播电台的《新闻和报纸摘要》，每天必读《辽宁日报》和《盘锦日报》，每天必写一篇听看心得笔记。

学习是件苦差事，为了能使自己静下心坐得住，全身心地投入到学习中去，有时在条件不具备时她仍想方设法创造条件去学习。她经常像个小学生似的坐在电视机前边看边在茶几上记提纲，夜深人静，为不影响家里人及邻居休息，她将电视机音量开到只有自己能听到的程度，乐此不疲地学习。

从整理剪报到网上查找最新数据，从"理论武装""社区资源""开展活动"到经常记录些让人过目不忘的好句子，她都做得认认真真，井井有条。她在大连、沈阳、葫芦岛、抚顺、营口等城市宣讲中，结合本职工作实际，讲如何开展社区工作，如何为居民服务时，会场中多次响起热烈的掌声。

在给兴隆一小师生做"英雄中队"相关故事的宣讲，结合革命后代与地震中的少年英雄，对青少年进行革命传统教育，让孩子们感受到了今日生活的来之不易。

在与社区居民座谈时，她也十分注重渗透教育，从不同侧面介绍优秀居民和优秀党员事迹，告知广大居民做事要用自己良好言行为身边的人做表率。

为了开展帮教工作，她多次到锦州南山监狱去宣讲，深入实际去帮教。用一个个真实故事，教育那些因某种欲望而犯罪的服刑人员，希望他们好好改造，出来后走正路，多为国家、社会、家人做贡献。生动感人的宣讲，感动得在场的服刑人员流下了悔恨的泪水。

她先后去过很多城市学习、调研，学习他们好的做法。她也经常利用一定时间组织辖区党员、居民去锦州辽沈战役纪念馆参观学习，将生动实景与展览用数码相机拍摄下来展示给社区的工作人员及经常听课的居民。

她十分重视做好青少年的宣讲工作，听课、修改讲稿……还在社区率先成立了科普大学分校，为广大党员、居民宣讲国家政策、时势政治、法律法规、健康知识、环境卫生、精神文明等方面的知识。

她始终把社区当成一所学校，向工作实践学，向老同志学，向青少年学；以学益智，以学明理，以学强能。在其中享受工作之乐，沟通与交流之乐，奉献之乐。古人云，"夕阳无限好，只是近黄昏"。但在李艳杰的词典里应是"夕阳无限好，隔夜是朝霞"。她希望自己能抓紧自己的有限时光，一如既往地为党、为人民做出自己应有的贡献。

2012年8月17日，她带着对模范人物的敬佩、带着社区居民的希望、带着组织的嘱托，怀着万分激动的心情，走进了人民大会堂做了《老部长是咱社区人》的宣讲。

那天，她像往常一样稳步走上讲坛，但当她看到人民大会堂那辉映交错的灯光，那宽阔庞大的会场，那密密麻麻的听众，她的内心突然有了一种从未有过的紧张感，她知道人民大会堂是她从小就深情向往的地方，人民大会堂是全国人民心中最崇高的会场，人民大会堂连接着每一个中华儿女的心。

她为自己能来到这地方演讲，感到骄傲和自豪。她用人们所熟悉的情感和话语，打动了在场的所有人，迎得了大会堂内一次又一次热烈的掌声。

她宣讲廉政文化，营造反腐氛围。精心策划，创新宣讲工作新思路。大力开展宣讲廉政文化建设，通过"九廉"文化系列活动，宣讲廉政文化建设，营造"以廉为荣，以贪为耻"的良好社会氛围。李艳杰说："廉政文化是构建和谐社区的基石之一。开展'九廉'文化活动的目的就是要通过寓教于乐、形式多样的宣传教育，把党中央的八项规定精神贯彻到居民心中。"

她不断丰富载体，开辟宣讲廉政文化途径。她在开展廉政文化活动中，把喜闻乐见的文体活动作为活跃廉政文化建设的基本载体，融思想性、知识性、趣味性于一体，将党风廉政教育从"文件"拓展到"文艺"，从"会场"延伸到"广场"进行宣讲，不断扩大宣传教育的覆盖面。

廉政文化从娃娃抓起。孩子是未来社会的主人，我们无法猜测这些孩子长大后究竟从事什么职业，但让他们从小明白做人做事的道理，在幼小的心灵播下尊廉崇廉的种子，这对孩子的将来，乃至对他们将来能融入社会将产生积极的影响。

她针对低龄人群开展一系列廉政教育和宣讲活动，使其尽早形成廉洁意识和习惯。

她走进校园，在1000多名小学生中宣讲廉政文化，在孩子们中倡导不奢侈浪费的好习惯。利用暑假组织60多名小学生唱《绿苗苗》《村边的一条小河》《红星照我去战斗》等歌曲，引导教育孩子从小爱祖国、爱家乡、提高环保意识，树立尊廉尚洁思想。

与兴隆一小联合，围绕廉洁道德教育，在学生中宣讲节约水电、节约粮食、节约用纸，爱护公物、爱护花草、爱护学习用品等活动，在学生心中播下廉洁种子。

她工作扎实周到，挑起社区大梁。从先进性教育到科学发展观、创先争优、党的群众路线教育，她都带领大家开展有声有色的宣讲活动，赢得了党员居民的良好口碑。她不厌其烦、和蔼可亲的工作态度，她爱岗敬业的精神风貌，深深感动了党员和群众，激发了党员和居民的热情和积极性。通过各种活动的开展，大家的奉献意识增强了，让居民们有口皆碑，社区建设越来越红火。

居民们亲切地称她为"最美讲师"，然而有谁知道为了每一次那成功的演讲，她背后所要付出的艰辛、心血和汗水，为了一份演讲稿，她可以不吃不睡，把家里所有的家务都推给丈夫，至于孩子和外孙们，她更无暇照顾。繁重的社区工作和一次又一次的宣讲，让她根本无权享受双休日和节假日，连睡一宿正常的觉都成为她生活中的奢侈品。

多少回为了一份讲稿，梦中醒来，披衣而起，在别人熟睡的梦乡中，她奋笔疾书，她好多梦的胶卷就被一次次的醒来剪成不规则的碎片，然而正是这些付出，这些不为人知的苦涩，这些无怨无悔的执着，让她的每篇演讲稿变得有血肉、有魂魄，用一种无可名状的精神动力，振奋和驱动每一个听者的内心世界凝聚社会各界奋发向上的正能量。

她的宣讲已经成了她人生的精彩、生命的绽放、事业的寄托。

面对荣誉和居民百姓的肯定，李艳杰感到自己做得还很不够，更深知社区工作任重而道远，未来的辉煌更需要社区干部不断去创造。

阳光正好，空气清新。李艳杰说："我握着一把爱的种子，站在时代赋予我的责任田里，满腔热情地播撒着、耕耘着……我要在这块绿地上种植一个爱的世界，让真诚去迎接那一个个流金的季节，让丹心永远向阳绽放！"

"雷锋奶奶"

刘亚明

　　兴隆台区兴盛街道兴旺社区89岁的共产党员王玉贤老人，利用双休日、寒暑假，连续数年开班义务教孩子学书法，孩子们都亲切地称她"雷锋奶奶"。

乐于助人，坚持以雷锋为榜样

　　王玉贤1951年参加工作，1982年退休。2002年从沈阳搬迁到盘锦市兴隆台区兴旺社区。50多年来，王玉贤以雷锋为榜样，乐于助人，做好事、善事没断过，走到哪儿好事做到哪儿。1964年她因病住院，同病房一患脑囊肿的小男孩，家长因家境困难交不起住院费而发愁，王玉贤知情后，毫不犹豫地把当月60多元的工资送给孩子的母亲。1965年初冬，王玉贤在火车上遇到一个智障少年，穿得少而破，冻得直打哆嗦，她十分同情、毫不嫌弃，把孩子拉到身边，给他缝补衣服，又把自己带的两件衣服给孩子穿上，还买了食品。

　　1976年单位很乱，管理松散，厕所发生堵塞没人管，便池里外都是粪便。见此情景，王玉贤每天提前到单位清扫楼上楼下厕所，一干就是3年，直到离开这个单位。20世纪70年代有两次涨工资，名额是40%，经评议都有王玉贤，但她每次都找领导，把名额让给家境困难的同志。

1970年王玉贤从沈阳往盘锦搬家时，听说邻居一女孩要做脾摘除，因家境困难拿不出医疗费，王玉贤当即把搬家前仅剩下的130元钱送到邻居家。还是1970年，一次，王玉贤到盘锦垦区医院看病，在医院大门口看见一男孩乞讨，得知因他妈妈住院没钱吃饭了，王玉贤掏出准备看病的40元钱给了孩子。她听说有一家低保户王孝忠老夫妻带着一个生病的儿子生活非常困难，2007年大年初一的早上，她一路打听找到了王孝忠家，拿出200元钱给了王孝忠。以后，每年春节她都送去200元钱。端午节，她给王孝忠的儿子买了运动服，给老太太买了裤子，还带去亲手包的粽子。中秋节，买月饼和南果梨，等等。2010年3月她家木栅栏扒掉，收破烂的想买，她没卖，快入冬了，她花40元钱雇车，把这400多斤的木材送到王孝忠家。就这样王玉贤有时带钱，有时带物，每年都去他家，还花300多元买了大枣和营养品看望王孝忠患病的儿子。社区一居民家失火，她捐款救济。一年轻母亲生三胞胎有困难，她给钱相助。连续两年为大洼区新建学校汪思伟、清水学校姜翩两名贫困家庭中学生各捐款1000元。

捐款捐物，荣登中国好人榜

王玉贤十分珍惜当下的美好生活，与此同时热心公益，促进和谐，坚持学雷锋。从20世纪60年代起，做好事、善事没间断过。到了兴旺社区以后，仅靠低退休金生活的她，累计为灾区、困难户捐款、捐物和为社会公益活动赞助2万多元，2015年1月，她荣登由中央文明办、中国文明网评选的中国好人榜。

在社会上遇到有困难需帮助的人，王玉贤也伸出援手。友谊街道景安社区史冬雪生了三胞胎，家境困难，她打车前去探望送去400元钱。王玉贤到市第一人民医院看病，在排队交款时，看到一对从农村来的夫妻带的钱不够，正发愁时，王玉贤掏出50元钱给了这位素不相识的人。在市场鱼摊前看见买鱼人和卖鱼人在为钱是否给没给的问题争吵，一个说给钱了，一个说没给，王玉贤觉得这样下去影响不好，在他们正要动手时，她掏出100元钱给了摊主，平息了这场纷争。蒋树正与王玉贤非亲非故，只是认识，蒋生活上遇到了困难到王玉贤家求借，她立即拿出500元钱，并说不用还了。相邻的社区要搞书画展，王玉贤为鼓励那些书画爱好者，送去500元钱支持他们办展，也增进了社区间的密切关系。党的十六大、十七大、十八大党章修改后每次她都买50本交给社区领导，分给大家学习。有一年跟随市委老干部局到大洼城郊扶贫，她把女儿没工作时在市场经销剩下的30多双女士皮鞋送给老干部局捐赠了。到兴旺社区以后，她共为灾区捐款，为困难户送钱、送物，为社会公益活动赞助等，累计2万多元。多年来，数次来到市、区希望工程办公室资助贫困学生。每到端午节，她都要为市光荣院老荣军包粽子、煮鸡蛋；汶川、玉树、芦山发生地震，她更是次次主动捐款……

王玉贤施舍大方，自己却省吃俭用，她每月的退休金不足2000元，家里的沙发一用就是30多年，自制的碗柜一用就是大半辈子，家里除了一台老式彩电，几乎没有什么像样的家当，吃的用的，俭朴得不能再俭朴了。她说："虽然我是个普通党员，退休在家，但党员的标准不能降，党员的奉献精神不能丢，党的组织活动不能落。"

240

关注未来，倾心书法传递大爱

王玉贤自幼酷爱书法，退休后刻苦钻研书画30多年，成为全国知名的老年书画家，获得"共和国艺术家"称号等奖项50多次，作品入选《共和国艺术家大辞典》等书籍30多种。几年来参加市老干部局、市老年书画会、辽河碑林等单位组织的春节前到光荣院、福利院、西安镇敬老院、103养老院、高升镇等单位写春联10多次。她和老伴儿前几年春节之前自己买大红纸写多副春联，特别是新中国成立60周年之时，写了100多副春联和"福"字交给社区分发给低保户和居民。10年多前，她在社区的支持下，在社区和家里连年开办中学生书法班，免费授课、免费提供笔墨纸（自掏费用3000多元），共为书法班授课近千次，来学习的近6000人次。有人估算，如果她办班收费，收入可达十几万元。

王玉贤热心社区文化活动，社区连续六届举办书画展，每届她都参加，而且她的作品最多，质量最好，成为展会的亮点。连续两年被辽宁省老年书画研究会授予老年书画进社区先进个人称号。王玉贤和孩子们在一起最开心，在教书法课间，给孩子们讲雷锋故事，弘扬雷锋精神。每年到"3·5"学雷锋纪念日，都带孩子们书写雷锋日记，举办学雷锋书法展，教孩子以雷锋为榜样，助人为乐，从小做起，从身边做起，从一点一滴做起。她教的孩子走了一茬又一茬，不仅学到书法知识，也学到了雷锋精神，让孩子们在心灵中根植社会主义核心价值观。

王玉贤践行雷锋精神的事迹，也感染了社区工作人员和广大居民，她多次被评为优秀共产党员，还被市、区有关部门评为好婆婆、最美妈妈、盘锦好人等。2012年7月1日，社区党总支做出了

《关于开展向王玉贤同志学习活动的决定》，收到良好效果，处处闪烁雷锋精神，推动了社区各项工作的开展。2014年7月，兴隆台区举行"最美兴隆好人"事迹交流活动，王玉贤为大家讲述了自己的故事，让人深受感动，并影响和带动了身边的许多人跟随她积极践行社会主义核心价值观，使向善、尚德之风铺展开来。她的事迹以《一生何求》为题拍摄，作为辽宁基层代表参加了2016年全国优秀电教片展播……

毫厘之间

林 梦

心在一艺，其艺必工。弘扬劳模精神和工匠精神，营造劳动光荣的社会风尚和精益求精的敬业风气已然成为时代的又一主题。在我们身边，有很多人将技艺融入工作，以匠心成就经典，推动着各行各业的高质量发展。深耕在辽河油田欢喜岭采油厂采油工作数载的夏洪刚就是其中的一位，他一路筑梦，专心致志，一路成功收获，为青年人树立起一面旗帜。夏洪刚先后荣获辽河油田公司十大杰出青年、辽宁省五一劳动奖章、岗位学雷锋标兵等多项荣誉称号。

"机遇＋努力"之梦想大门

夏洪刚，这位性格爽快的小伙儿，当年从朝阳来到盘锦辽河油田职业技术学院求学，学的是地质勘探专业。2011年毕业后分到了辽河油田欢喜岭采油厂采油作业二区。这里地处偏远，环境条件较为艰苦。新的环境需要适应，没有亲戚朋友，要一时忍受孤独。常年奋战在野外，与蚊虫抗争、与冬雪相伴的日日夜夜中，他深刻地思考之后，捋清思路，认为心怀抱怨，不如脚踏实地。从此，他振作精神，一丝不苟地学着采油知识，反复学习操作规程，确保一丝不苟、分毫不差，日复一日扎根在油井生产现场。

创新大师赵奇峰也是欢喜岭采油厂的一名普通技术工人，但是赵奇峰劳模创新工作室被命名为第三批全国示范性劳模和工匠人才创新工作室，能加入他的工作室、成为他的徒弟是所有渴望创新创业、自主向上的石油工人的向往。夏洪刚暗下决心，无数次地告诉自己要成为像赵奇峰那样的技艺精湛的匠人。

命运的橄榄枝终于抛向了当年不到24岁的夏洪刚。2013年，欢喜岭采油厂开展了"名师带高徒"活动，其中的"名师"便是这位大名鼎鼎的赵奇峰。听到这个消息，夏洪刚心里振奋不已，立刻报了名，经过层层筛选和考察，夏洪刚成为赵奇峰带在身边的签约徒弟之一。能够成为偶像的徒弟，他备感光荣，下定决心要在油水井理论基础和管理经验中继续深耕细作、不断探索。2018年，他跟着赵老师勇攀高峰，完成了不少创新项目，自己也开始崭露头角，最终加入了被誉为辽河石油人创新梦想摇篮的工作室——赵奇峰劳模创新工作室。

他说，人一生的机遇也尽在努力实践之中，在不断碰撞的小数点之间，而这些工作中的"小数点"往往就决定了命运的转变。

"探索+创新"之"武功秘籍"

"蒙上眼睛，能做什么？"在规定的160秒内将混成一堆的形状相同、差距最小只有1毫米的20件40种规格工具仅仅靠手感准确识别出来，这是绝大多数人都做不到的事情，夏洪刚却能。2017年11月，夏洪刚终于迎来了他的"高光时刻"。身穿属于石油工人战袍的他，代表中国产业工人参加中国工会"一带一路"人文交流——上合组织国家职工技能大赛绝技绝活展示，展示他多年练就的"毫厘之间一摸准"蒙眼识别工具项目。对于夏洪刚来说，首次站上国际舞台，他是紧张兴奋的，在为中国产业工人争光的坚定信念支撑下，他大胆展示，凭借高超的技艺赢得了参会11国领导和工匠的高度赞赏，为中国产业工人赢得了荣光。就是这惊人的技艺让这位来自辽河油田公司欢喜岭采油厂的采油工成为当时的焦点。

精湛的技艺的背后，夏洪刚付出了难以想象的努力。平时在工作中，他经常是携带22–24mm／17–19mm／27–30mm等工具。为了节省寻找工具所花费的时间，也为了精准找到夜间上岗所需要的工具，他经常是如同对待至宝一般反复摩挲工具，一边学习理论知识，一边训练自己熟悉工具的用法与时间，就这样在日积月累的训练中，他已经掌握了40种规格的工具，对于他来说这次比赛是展现自我，展现石油工人对精细工作的耐心与细心。

夏洪刚经常参加各种技能大赛，每当这时，总有人问他到底掌握了什么"武功秘籍"，才能"百发百中"。这位皮肤黝黑的小伙子总是淡然一笑："只要精益求精，埋头苦练，脚步不停，总能看见别样的风景！"怀揣着这样坚定的信念，夏洪刚在岗位潜心摸索增油上产的同时，还大力开展技改革新，为企业降本增效。他刻苦钻研，研制出法兰调节装置，既省时又省力，这一研究发明获得2020年辽河油田公司创新成果三等奖。夏洪刚坚定自己"工匠型采油工"的奋斗目标，他明白"毫厘之间一摸准"，是一种对所从事工作的态度，也是熟练笃定后的气定神闲，更是对于"准"字追求的格物致知。

夏洪刚笑着总结道："也没有什么其他奥秘，只不过是手法熟练罢了。"

"传承＋淬火"之工匠精神

"术到极致，几近乎道"。一流的心性方能锻造一流的技艺，一流的技艺方可成就一流的伟业，这就需要用追求极致来消解一路的困难，也需要用坚定的传承之心将技艺中的细枝末节确认校对到近乎完美。

在获得多项荣誉后，夏洪刚依旧稳步开展自己的工作，面对稠油区块掺油表长期使用后阀芯磨损老化严重，他与团队长期攻关后研制出《掺油表调节装置双向利用法》，使掺油表使用寿命延长一倍。他还积极主动实现将线下培训改为云端授课、考核，适应分散、边远、异地的培训需求，提高培训效率和风险防控能力。他在追求工作的极致，也是追寻精细态度，正是这样，才能成为创新的开拓者，把握好前行的方向。

夏洪刚已经接过师傅"匠心"的接力棒，不断演变、发扬，如今，他已成立了自己的工作室，实现了曾经的梦想。他对徒弟也像当初师傅对待自己那样——倾囊相授、谨慎严格。他说："小数点不能搞错，要不然机器就不转了；间距不能算错，要不然生产就耽误了。"他也总是用自己言行一致、冲锋在前的行为引导教育身边的人。2020年，他担任辽河油田公司教练员，培训的参赛选手朱闯获得第二届全国油气开发专业集输职业技能竞赛铜牌。2021年，他担任欢喜岭采油厂采油工、采气工教练员，培训的选手参加油田公司技能竞赛，获得1金1银3铜3优秀的好成绩。面对这些年轻的、求知的面孔，他总是想到当初同样求学、求索的自己，也感受到巨大压力，每当大赛将近，他就与选手们一同奋战，反复操作精益求精，从《油水井生产动态分析》的基础开始，各种名词解释他信手拈来，对于基础知识的讲解他总是一遍又一遍耐心拆解、交流，因为在他们眼里，他看见了知识求索的光。

如今，夏洪刚所带的这些学员已经成为各单位的知识型、技能型的生产骨干。2021年，他组建的团队参加创新方法大赛，获得辽宁省一等奖第一名，并代表辽宁省参加全国创新方法大赛获得二等奖。此外，他还代表辽河油田参加集团公司首届实操培训师大赛，在预赛上获最佳培训方案设计奖，并一路过关斩将，在集团公司专业赛中获得采油工组第一名的好成绩。2022年，他又成为第四届全国油气开发专业采油工大赛最年轻的教练员。

夏洪刚说，择一事终一生，既然选择了石油工人这个行业，自己就会在平凡的岗位上永葆进取之心，永葆创新动力，永葆奋斗之姿、不断用拼搏和奋斗为青春涂上亮丽的色彩，让匠心淬火，继续得到发扬和传承。

一代人有一代人的使命。年轻的石油工人要用自己的所作所为来诠释匠人的极致精神。精益求精、笃实专一、心无旁骛、久久为功，在追求极致中实现人生价值，用极致匠心铸造重器，以工匠精神涵养时代气质，分寸尽在"毫厘之间"。

白衣天使的一天

赵晓林

叮，手机悄悄响了一下，仿佛生怕惊扰正在熟睡的主人。

杜娟大夫还是醒了。每天睡觉前，她都把手机铃声调到最小，这样不影响丈夫休息。从医20多年的她，似乎有一种特殊感应，最细微的声音她也能清晰地听见。其实那不是特殊感应，用丈夫的话说，那是身在家心在医院，身在家心里惦记着患者。

杜娟蹑手蹑脚拿起放在墙角柜上的手机，蹑手蹑脚关上卧室的门，蹑手蹑脚来到客厅。她的特殊感应一点没错。"糖友微信群"里有人咨询："糖尿病人可以经常运动锻炼吗？"这个时间才刚刚早晨5点，杜娟打了个哈欠，然后用语音回答刚才"糖友"的问题："糖尿病患者适当地运动锻炼可以增加胰岛素的敏感性，有助于控制血糖，预防并发症和保持身体的健康。但是锻炼身体，要根据个人的身体素质来选择，一定要经过医生的指导。如果血糖比较高、比较低或者波动比较大，有慢性和急性并发症，最好不要锻炼身体。"

不一会儿，那位糖友发来个点赞和一句抱歉的话："真不好意思，大清早打扰杜主任休息了。"

杜娟大夫回了一句："今天轮到我在群里值班。"这个"糖友微信群"是2019年末建立的，一些糖尿病患者到医院就诊不太方便，在杜娟倡导下，科室建了个微信群，每天都安排专门的医生值班，及时回答患者的相关咨询，及时为糖友制订治疗方案。没想到"糖友群"一建立就十分火爆，现在已经有300多人了。

今天是单号，7点10分，盘锦市中心医院内分泌一病区主任杜娟大夫准时来到门诊。其实专家门诊通常是8点开诊，她提前了将近一小时，这是她给自己的规定。因为内分泌科的患者基本上是糖尿病、痛风、甲状腺等疾病，一般需要空腹采血，所以都来得很早，为了不让病人等得太久，唯一办法就是大夫提前到岗。等到8点上班时间，杜娟已经看完十几个患者了。

今天，杜娟大夫的第一个病人又是那个姓王的小伙子。小伙子是沟帮子人，患甲亢已经好些年了，两年前他是慕名前来找杜娟大夫看病的，那时杜娟大夫第一个接诊的也是这个小伙子，他双眼突出，颈部增粗，身体消瘦，心慌，多汗，这些是甲亢患者的特征型表现，如今小伙子按照杜娟大夫制订的治疗方案，两年下来身体基本已经恢复正常了。他一边回答杜娟的询问，一边迫不及待地说："杜大夫，原来我走在街上总是躲着人，别人看我的眼光有点怪怪的。现在终于敢出门了。谢谢你！"

"也谢谢你，能够坚持下来一直配合医生治疗。"看到自己的努力和汗水换来了患者的康复，杜娟也由衷地感到欣慰。患者就医这个过程有两个必要的条件：一是医生规范化指导，二是患者配合治疗，两者缺一不可。得了甲亢的患者一般来说治疗周期时间比较长，如果患者不遵照医嘱及时治疗用药，还会出现反复发病状况。这个小伙子恢复得不错，但是还需要进一步巩固治疗。小伙子离开专家门诊时，还不忘说了句："前几天，也是单号，我来检查，可是您去住院部了，我就把挂的号退了。杜大夫，您态度好、医术高，解释病情详细周密，我听得明明白白，找您看病心里有底。"

这一天，杜娟大夫坐诊，接诊了62名患者。有些患者上午抽血化验，下午没时间来取报告单子，她都逐一打电话，告诉他们目前的化验结果，如何进行药物调整。她一字一句地叮嘱患者："千万别延误了诊治。"

如果是双号，杜娟大夫7点30分准时出现在内分泌一病区。科务会之后，8点20分左右，作为科主任的她带领医生开始每周两次大查房，从1号床到52号床，对每一位住院病人都详细地查看一遍，询问病情，仔细查体，一边听医生汇报患者的情况，一边指导下一步治疗。8点50分，杜主任走进了14室，当她来到25号床时，看到李大爷已经收拾好包裹，在家人的陪伴下做好出院的准备了。

杜主任走到李大爷床边说："您的各项指标现在都很好，出院后一定要严格管理、规范用药，只有保持住这个成果，才能减少糖尿病相关并发症的发生发展。"

李大爷说："杜主任，我得向您道歉。我这人有点特性，贼好挑剔，以前不管到哪儿住院，我都愿意跟大夫争吵，可是到咱这儿住院，看到你们服务热心、周到，我都不好意思跟你们争吵了。为啥？咱这医院除了医术高，给病人做思想工作，真是到家了。"

李大爷的一番话，让杜娟心里一阵感动。

李大爷是位老糖尿病患者，以前也住过几家医院，最后才选择盘锦市中心医院接受治疗。刚开始住院时，李大爷总是对医生的治疗方案"打破砂锅问到底"，甚至还提出不同意见，有时竟然和医生争论得面红耳赤，一同住院的病友都叫他"老顽固"。杜娟听到主治医生的汇报后，对这个特殊患者情况进行了详细了解，原来李大爷是位退休干部，有一定的文化素养，平时常找来一些关于治疗糖尿病的书研究，自己掌握了所谓的治疗"经验"。类似的患者也遇到过，可是像李大爷这样的犟脾气还是第一次遇到。杜娟常年与患者打交道，患者啥心态都有，对疾病的认识也不同。从医学角度说，治疗糖尿病是慢工夫，治疗成功的前提是需要与患者建立良好的信任关系，只有医生与患者多沟通、多讲解、多指导，才能提高患者的治愈率，缩短住院时间。杜娟大夫每次与李大爷交流，都要进行一番长时间婆婆妈妈的辩论，甚至拿着厚厚的《临床治疗指南》给他讲解。李大爷态度逐渐松动，终于答应按照医生制订的方案治疗，同时进行规范的自我管理。经过一段时间的治疗，李大爷的各项指标逐渐恢复正常。之后再与李大爷交流时，杜娟问一句，李大爷答一句，沟通得十分顺畅。

病友都说杜鹃大夫"婆婆妈妈"的劲儿真管用，老顽固不再顽固了。令杜娟没有想到的是，李大爷即使出院了，也成为他们的"常客"，他常常带着他身边的糖尿病病人，"组团"来医院调整血糖。

11点，病房查完了，杜娟回到办公室喝了一口水，刚才查房时说得口干舌燥，腿也感觉有些发酸。其实这些年查房她都习惯了，也适应了。可是2010年那年，她有段时间查房最无奈、最痛苦。那次，杜娟作为盘锦市卫健委特聘专家组成员到相关医院进行目标管理检查，途中因交通意外受伤，颈椎、锁骨、肋骨多处骨折，并有颈髓损伤。杜娟住院并做了手术，出院后本来应该回家静养，可那个时候，科室刚刚组建没几年，医生们还很年轻，再加上人手短缺，她出院仅仅三周后，就缠着绷带，固定着颈托，重返了工作岗位。那时她身体很虚弱，颈部骨折还无法活动，更换白大褂时，她都需要在别人帮助下忍着疼痛完成。她的身体状况不能坚持全天工作，但她每天都要到病房查看一遍病人后才安心回家，她的心才踏实。

临床工作总是忙忙碌碌的，有时从上班到下班连坐下来喝杯水的空闲都没有，抢救重危病人时常常连吃饭工夫都没有，甚至连续几天不能回家。像这样的情况对于杜娟来说，算得上是家常便饭了。一个病人治愈出院了，新的病人又来了，累并快乐着！杜娟习惯了这种日复一日年复一年的工作。有一天下午，内分泌科来了一位重症病人，这是一个糖尿病乳酸中毒昏迷的老人，对于这种病人，文献记载糖尿病乳酸中毒昏迷发病率极低而死亡率极高，乳酸超过20时，罕见存活者，而眼前这位奄奄一息的病人乳酸水平竟然是23，这是对医生医术的一个巨大的考验！杜娟主任一直守护在病人身边，观察病情，组织相关科室会诊，指导治疗，进行抢救。时间一分一秒过去了，功夫不负有心人，经过一夜一天的努力，病人终于抢救成功了，她和她的团队经受住了巨大的考验。

杜娟大夫最大的幸福就是看着病人康复出院。

在杜娟和团队医护人员的共同努力下，盘锦市中心医院成为全国甲状腺疾病联盟医院、辽宁省内分泌糖尿病联盟医院，2019年加入中国糖网筛防中心，2020年加入国家标准化代谢性疾病管理中心（MMC）。

其实幸福里也有辛酸，那是作为母亲、作为女儿的辛酸。有一年元旦，科室接收了一位重症病人，当时杜鹃的孩子刚上小学，因为中耳炎导致发高烧，杜娟一边叮嘱孩子多喝水、别忘了吃药，一边就毫不犹豫地赶到病房。整整一天时间，病人最后脱离了危险。当她拖着疲惫的脚步赶到家时，家里却空无一人，她给丈夫打电话，原来孩子高热不退，丈夫带孩子去附近的医院住院了……如今，时间过去多年，孩子已经在外地工作了，有时孩子回家，杜娟心里还一直有个结。还有就是父亲有一次因为腿部肿瘤住院需要手术，手术当天，杜娟却没时间像别人的家人那样在手术室外陪伴等候，她还在出门诊，坚守她的岗位。直到手术室的同事打电话通知她手术很成功，术中冰冻显示良性时，她才长长地松了口气，流下了辛酸的眼泪。

医院不忙的时候，杜娟在心里问过自己，她是个合格的母亲吗？她是个合格的女儿吗？

5点30分，杜娟脱下白大褂回家。

晚饭后，杜娟唯一想做的事情就是马上躺一会儿，躺着躺着就睡着了。她实在是太疲乏了。

晚上9点，杜娟醒了。她来到书房，开始了一天中的学习。这个时候最安静，可以学习很多业务知识，梳理很多临床遇到的实际问题。

半夜11点，杜娟离开了书房，这一天结束了。

学习真好，临床遇到的几个问题解开了。

杜娟幸福地笑了。

诚信酿得酒甘醇

许　鹏

　　诚实是做人之本，守信是立业之基。诚实守信的人，才能赢得世人的尊敬与信任，才能将事业做得风生水起，走向成功。在盘锦，有这样一位女性，百折不挠研发葡萄新品种，实现了将小葡萄做成大产业的梦想；帮助当地百姓在庭院栽种葡萄，带动群众增收致富；秉持道德操守，坚持诚实守信，做到保证品质信守承诺。她在乡村振兴中施展聪明才智，在酿造琼浆中绽放最美芳华，她研发酿造的系列酒类产品屡次在国际国内获得金奖，蜚声海内外，为祖国赢得了荣誉，为新时代女性增光添彩，她就是辽宁华原葡萄酒庄有限公司董事长孙华。

　　初见孙华，是在妇联系统的一次拉练会上，她作为女性创业致富的优秀代表，在她的华原葡萄酒庄接待我们前来参观。那天，孙华穿着得体的中式服装，温文尔雅、知性美丽，介绍企业与产品时，坚毅的眼神中透露着温婉与真诚，给我留下了非常深刻的印象。尤其是了解到她凭借自身的不断努力和执着追求，克服重重困难，取得傲人的佳绩时，不由得让人心生敬佩。在弥漫着各类酒品醇香气息的展台边，滴酒不沾的我面对琳琅满目的白酒、红酒，也忍不住轻轻抿上一口，在回味无穷中，再看看那在国际、国内获得的众多奖牌，就不难想到，在美酒的背后，董事长孙华从创业到成功，经历了多少困难和艰辛。

孙华的老家在辽西，气候和地理位置非常适宜种植葡萄，但让她忧心的是果农多年来栽种的葡萄品种老化，管理起来费时费力。历经七八年时间，通过用几十种树苗进行几百次嫁接实验，孙华终于在2015年培育出冬季不下架葡萄新品种——华原一号。这一品种果实质量好、抗寒能力强，冬天不用把葡萄树下架埋在土里，极大地降低了劳动强度。特别是孙华的诚信和人品让人放心，所以华原一号在当地得到大面积种植推广，大幅提高了果农的收入，有力促进了当地经济的发展。

2009年，孙华在盘锦注册并投资兴建了辽宁华原葡萄酒庄有限公司，引进当时世界最先进的酿造技术和设备，专业研制生产干红、干白葡萄酒，并成功通过了绿色葡萄酒基地认证，为酒庄的发展奠定了坚实的基础。她决定创新水果酿酒工艺，做中国最好的水果白酒和葡萄酒。她掷地有声地向社会承诺："我们生产的葡萄酒都按照国家标准生产，是用纯葡萄发酵蒸馏而成，确保酒质纯正、口感芳香。"从种植葡萄到研制葡萄酒，勇于创新的孙华不仅使小小的葡萄实现了质的飞越，而且自己也实现了人生的新跨越。孙华带领科研团队研发葡萄酒深加工酿造，将法国、意大利葡萄酒蒸馏工艺和自主研发工艺相结合，按照国家标准，生产葡萄蒸馏酒和中国味道的白兰地，酿造出符合各种人群、各种口味的十几种特色葡萄酒。其中水果白酒在酿造过程中，不用一粒粮食、一滴水，通过发酵蒸馏而成，是中国酿造史上颠覆传统酿造技术，用葡萄发酵蒸馏唯一碱性的烈酒，也是国内唯一和茅台酒一起连续三年获得国际酒界布鲁塞尔国际大奖的酒，其酒精度最高蒸馏出80度左右，取得行业发展的革命性成果，填补了中国103年空白，产品在工艺上的突破和革新具有划时代意义。被国内外酿酒大师和酒界专家广泛认可和推荐，为中国酿造在国际大赛上争得了荣誉。产品先后在比利时布鲁塞尔荣获银奖，在亚洲葡萄酒质量大赛获得金奖，在中国第十三届国际农产品交易博览会上获得金奖。

孙华以将中国的葡萄酒推向世界为己任，她开发的十几个新产品都具备自己的核心技术，并大多获得国家专利。因为在酿酒过程中，严格执行产品工艺，严把原材料和产品质量关，华原酒庄出产的白酒、果酒皆质量上乘、回味绵长，在国内、国际声誉鹊起，连年获得多项大奖。自2015年绿缇葡萄蒸馏酒、山楂酒双双荣获比利时布鲁塞尔国际葡萄酒及烈酒大赛银奖以来，每年都在国际大奖赛中获得奖牌——连续三年获得比利时布鲁塞尔葡萄酒及烈酒大赛四项大奖，荣获2017、2018两年亚洲葡萄酒质量大赛两项金奖、四项银奖，填补了国内外的空白；2018年度绿缇山楂酒和冰酒、2019年度绿缇有机山楂酒和邑菲特白兰地共获四项青酌奖；2019年邑菲特白兰地、绿缇山楂酒分别荣获FISA法国国际烈酒大奖赛金奖和FIWA法国国际葡萄酒大奖赛金奖。2021年，喜尚莓梢树莓酒荣获第十二届辽宁国际农业博览会暨第二十一届沈阳国际农业博览会最受欢迎农产品、 CIWC第六届中国国际精品葡萄酒挑战赛TOP10新品种、甜型酒、工艺创新奖；邑菲特白兰地荣获CIWC第六届中国国际精品葡萄酒挑战赛工艺创新奖；2022年喜上莓梢树莓酒荣获FISA法国国际烈酒大奖赛金奖。2021年华原酒庄荣获"创新中国"年度最具品牌力企业，荣获首届中国乡村文化产业创新最具影响力品牌，被评为辽宁省职工创新工作室。她的华原酒庄已达到5000吨发酵储酒能力，还有东北地区最具规模的酒蒸馏车间、发酵储藏车间，以及辽西地区最为壮观的恒温、恒湿地下酒窖。这位有着大情怀的小女子，带动当地果农形成了葡萄生产产业链，填补了辽宁没有葡萄酒产业的空白，成为国内葡萄酒参评国际大赛的获奖"专业户",曾三次被评为葡萄酒行业年度十大风云人物,被国家人社部评选为中国国家级果露酒评委,为女性酿酒师在中国的酒业发展历史上,书写了浓墨重彩的一笔。

事业成功,不仅是孙华能力的体现,更展现了她锲而不舍的精神追求,她以高度的社会责任感,投入到家乡建设和带动妇女姐妹共同致富中。在美丽乡村建设中,孙华无偿提供葡萄树苗给全市有意发展庭院经济的1000多户农村家庭,派技术人员对妇女姐妹进行技术指导,与她们签订回收合同,承诺并践诺以市场最高价回收葡萄,不仅美化了农村庭院环境,而且助力群众足不出户实现增收致富,仅此一项,年可增收100余万元。她还以公司+农户经营模式,带动身边的妇女姐妹种植葡萄新品种,帮助广大妇女在勤俭持家中弘扬传统美德,在自立自强中实现自身价值,为谱写妇女创业增收和新时代文明实践新篇章做出了积极的贡献。

孙华心中有大爱,作为一名成功女性,她热心回馈社会,支持教育事业,为甜水镇小学建设捐款献爱心;创办企业以来的10多年间,每逢中国传统节日,她都去县福利院看望慰问,送去米面粮油、葡萄酒和衣服帽子,将温暖送到老人们的心坎上。身教胜于言传,孙华把爱的种子自然而然地播撒进女儿幼小的心灵,多年来,女儿都以跟着妈妈一起做公益为荣。人美心善能力强的孙华还主动承担社会责任,在企业所在地,有28户贫困户是孙华的结对帮扶对象,她把他们当作亲人一样去关爱扶助,受到广泛赞誉。在新冠疫情期间,孙华发挥自身优势,全力调遣国内外资源采购口罩,给盘山县公安局和一线抗疫志愿者捐赠食品、饮料,当得知消毒液紧缺时,又投入加工原材料,不计报酬、无私奉献,为盘山县抗击疫情做出了自己的贡献。

把高品质、促健康、让人放心的好酒带给每一个人是孙华的初心，因此，她一步一个脚印踏实前行，把每一件事情都做得尽心尽力，赢得了社会的赞许和肯定。孙华的华原葡萄酒庄是盘锦市总商会副会长单位、盘锦市总工会劳模创新工作室，她本人作为山楂酒"古法新酿"工艺非物质文化遗产传承人，是国家一级酿酒师、国家三级品酒师、国家级葡萄酒评委，她勇于承担社会责任，身兼盘锦市侨联副主席、工商联总商会副会长、青年企业家委员会副主任、女企业家协会副会长、辽宁省女企业家协会理事、工商联葡萄酒协会副会长等数职，曾当选为盘锦市第七届政协委员，先后荣获盘锦市三八红旗手、五一劳动奖章、劳动模范、盘锦工匠、第七届道德模范和辽宁省五一劳动奖章、三八红旗手等殊荣。2021年曾受邀出席人民大会堂国庆国宴。如今，孙华正在研发新产品玫瑰香甜红葡萄酒、老树甜红葡萄酒、碱地柿子酒、黑果花楸酒（不老莓酒）、冰花雪月起泡酒、冰花雪月甜白葡萄酒、龙腾四海凤舞九天龙凤双支干红葡萄酒、蜂蜜桂花酒和树莓汁饮料，将为世人的餐桌上再献琼浆。

　　以诚待人履约践诺，牢记初心坚守道德，用最好的原料、最精的工艺，做中国最好的白酒、果酒，走向世界舞台的中央，为盘锦乃至中国酿酒业增光添彩是孙华一直坚持的理念、坚守的初衷。孙华，无悔于青春年华的拼搏与奉献，更无愧于道德模范的殊荣。

牵挂的味道

王红悦

一

中午，在微信里，李丽给我发来了她外孙子的照片，一个刚刚来到这个世界的小生命——小曼的儿子出生了，小曼做母亲了！李丽告诉我，孩子刚抱出来，小曼还在手术室，都挺好的，孩子6斤半……可以感受到，初为外婆的欣喜从她的语音中传来，我从心底里为她们一家人高兴。

还记得前几日第一次拜访李丽的情景。按照李丽发来的定位导航，我顺利找到她家。大门口一丛紫色的木槿花开得正艳，干净整洁的农家小院，笑盈盈的李丽出现在我面前："哎呀，你直接找到我家了？""是你发的定位精准。"我也笑着回答。虽是初见，但她的热情爽朗，让我颇有一见如故的感觉。我们并肩坐在沙发上，聊起苦难的往事，说着今朝的幸福。她和我谈起女儿金曼："这孩子从小就懂事，从来没让我操过心，上学、工作、结婚，但做妈的就是免不了惦记着，这几天她预产期到了，我每天都要打电话，发微信……"

"李金曼，就是你前夫的孩子吧？"

"是的，我与小曼没有任何血缘关系。这孩子命苦哇，4岁丧母，12岁丧父，我们一起走过了那些艰难岁月。去年，小曼结婚了，我和她伯伯和姑姑们组成强大的亲友团，大家哭得一塌糊涂……"

"王相民也去了？"

"当然，海鑫压车接了个大红包，别提多高兴了。他也大学毕业了，在田家镇打工，就住在他姐姐家。"

李丽的脸上，洋溢着为母的自豪。

二

李丽原本有着一个温馨、幸福的四口之家。父亲退休前一直在村里担任村支书职务，她是家中的独女，上有三个哥哥，从小到大一直是父母的掌上明珠，良好的家庭教育和成长环境，使她没有像一般得宠的孩子那样刁蛮任性，相反却愈加显得知书达理。2002年，李丽经人介绍，认识了坝墙子镇八里村的李彪。李彪的前妻因难产过世，他怕再娶会令女儿受委屈，就一直独自带着金曼到7岁。虽然李彪只是一个普通的农民，既没钱没权，又没有像样的房子，但李丽看重的是他的敦厚、勤劳与朴实。于是，她毫不犹豫地与李彪走进了婚姻殿堂。婚后，李丽不仅将家里家外拾掇得干干净净，而且对小金曼视同己出。

一年后，李丽与李彪喜得贵子，一儿一女的生活，让李家构成了一个"好"字。他们的小日子也越来越好。小两口开始筹划建新房子，左右邻居也都计划翻盖房子，于是三家开始为新房备料。而就在这时，祸从天降——2007年正月二十，打工的李彪在为一户人家拆扒旧房时，不幸被一堵倒塌的墙砸中，当场死亡。噩耗犹如晴天霹雳，击碎了李丽平静的生活，泪雨滂沱，心就像是被什么东西揪着一样，掏空似的疼……嗓子哭哑了，眼泪没知觉地流着，她看着怀中五岁的海鑫，虽年幼无知，可望着哭泣的母亲，他伸出稚嫩的小手，为母亲抹着眼泪；一旁满脸泪水的小金曼，无助地看向自己……又是一阵撕心裂肺的疼痛袭来。那一股剧痛，让她回到了现实：丈夫真的走了，孩子们需要她，她是孩子们的天，她不能倒下，更不能让另一个世界的丈夫牵挂，为母则刚。她必须擦干眼泪，带着孩子们好好生活！

三

将伤痛藏于心底，勇敢面对生活。刚强的李丽，一个人挑起抚养一双儿女的担子。她的艰难处境被大家看在眼里，村支书庞荣伟联系并详细了解了朝阳市一家条件很好的孤儿院，建议李丽可以考虑把小曼送去那里。李丽犹豫了，5 年间，小曼就如同她自己的孩子一样，给孩子送走，她哪里舍得？可是留在身边，又担心孩子会和她吃苦。进退两难之际，她把庞书记的建议，与金曼的伯父、姑姑和舅舅、姨妈商量，结果大家意见不统一。伯父和姑姑不同意把孩子送走，认为在孤儿院生活的孩子，无法感受到亲情的温暖，建议继续由李丽抚养；而舅舅和姨妈则赞同将金曼送去孤儿院，认为那里的生活条件好，说不定长大后政府还能给安排孩子工作。悲伤无助的小金曼紧紧地抱着妈妈，哭着说不离开妈妈和弟弟。看着懂事的小曼，她柔软的心平静下来。艰难的抉择之后，李丽含泪对庞书记说："不管生活咋苦咋难，我也要把孩子拉扯大，不会让孩子受一点委屈，不会让孩子遭一丁点罪，我们娘儿仨相互做伴，家里总好过孤儿院。再说，这么小的孩子，送她去哪里我都不放心，我要对得起她死去的爸爸，不能让他牵挂。"

日子还得慢慢过。为了给孩子们更好的生活，李丽开始筹建新房。这期间，镇妇联为她从省妇联争取了10000元建房资金，家里面双方的哥兄弟帮忙，出钱出人。她自己起早贪黑，一边照顾孩子，一边找木瓦匠，还要忙地里的活。一个女人把自己当作男人，房基地的土雇车运来了，为了省去人工钱，她硬是自己一锹一锹地平整土方。做好的门窗，自己安上。腰酸背疼，干不完的活，吃不好睡不好，眼泪往肚子里咽。懂事的女儿一放学回家，就帮着妈妈带弟弟，帮着做家务，给劳累一天的妈妈端上热腾腾的饭菜……相亲相爱的一家人，终于搬进了三间宽敞明亮的"北京平"，但李丽也欠下了4万元的外债。

四

金曼上初中了，因为学校离家远，三年的初中生活，她一直住在同样没有血缘关系的李丽的三哥家。为了每天能和女儿沟通，李丽攒钱给女儿买了手机，娘儿俩每天晚上都会通话，李丽嘱咐她好好学习，金曼也关心妈妈，让她不要太劳累……母女俩有说不完的话，彼此牵挂着对方。母女间的点滴温情，体现在一言一行的日常琐碎里，那是一份不动声色的爱。舅舅、舅妈同样疼爱金曼。李丽的父母更是对这个外孙女宠爱有加，好吃的东西留给她，金曼享受着姥姥、姥爷的关爱，更懂得感恩，赶上年节、老人的生日，金曼会拿出自己省下来的零花钱，给姥姥、姥爷买营养品。

那年大年初二，李丽买了牛奶、八宝粥、白酒等礼品，让金曼带上前往她亲舅舅家。金曼在舅舅家住了10天时间，回来后给妈妈带了一封舅妈写的信。当时，李丽正在自己的娘家，金曼就去了姥姥家找妈妈。金曼的小表姐见到信，高声朗读给全家人听，信的大意是：金曼的舅舅和舅妈由衷地感谢李丽及其家人这么多年来对金曼无私的关爱和照顾，通过这次与金曼长时间的相处，使他们感受到了她无忧无虑、率真开朗的孩童天性，在金曼的身上，看不到一丝一毫在单亲家庭孩子身上常见的自卑。这么多年来，亲舅舅、舅妈对孩子没有做到的，李丽和家人做到了。读着读着，读信的孩子声音哽咽了，听信的金曼、李丽和父母都落下了激动、欣慰的泪水，一家人紧紧地拥抱在一起。这封信，李丽至今还珍藏着。

金曼中学毕业后，李丽没有让她选择就业。后来，金曼考取了沈阳的幼儿师范学校，毕业后，成了一所艺术学校的钢琴老师。温馨和谐的家庭氛围，言传身教，悉心呵护，金曼健康而快乐地成长。她的性格活泼、开朗、热情、善良，在学校，在单位，人缘都好。工作后的金曼更是体贴母亲，一回家就是大包小裹地买东西，吃用穿戴，家里需要的一应俱全。每次李丽叮嘱她不要乱花钱，节省着过日子，她都是笑着说："别担心我，我挣钱了。"

五

2010年，善良的王相民走进了李丽的视线和生活，两人约定，要共同把两个孩子抚养成人。当李丽征求金曼的意见时，乖巧懂事的金曼高兴地说："好哇！有爸有妈，才是完整的家呀！"如今，在新组建的家里，儿女们亲切地喊王相民"大爹"。王相民在一家快递站打工，有时一连几天回不了家，李丽守家待地，还要在不远的邻村打工。他们忙忙碌碌，乐此不疲。

细心的金曼总是挤时间回家陪母亲。特别是阴天下雨，她说："我妈最怕打雷，她一个人在家，我不放心。"多贴心的小棉袄！就在前几天的那场暴雨，只有两三天到预产期的金曼，还是和丈夫一起回家陪妈妈。

当笔者和金曼聊起妈妈时，她有些哽咽地说："姨，这辈子我最感谢的人就是我妈，没有她，不会有今天的我，更不敢想现在的幸福生活……最让我难忘的就是，上学时，每次家长会，妈妈从来没有缺席，无论她多忙，我的事情她总是放在第一位。我人生每一个重要时刻，我妈都站在我的身边……我妈是我这辈子的依靠！"金曼的肺腑之言，让人动容。她们母女是相互的依靠，相互牵挂。

都说女人如花，眼前的李丽让我想到了那簇绽放的木槿花，摇曳灿烂，薄如蝉翼的娇嫩的紫色，在一片绿波中尽显坚韧、质朴、永恒和柔美。历尽磨难，生生不息，静静绽放，默默芬芳。对，李丽就是这样的一朵女人花，用善良仁慈的本性，诠释了人间的大爱与至美。

牵挂是一种美丽，是一种真情，它如一幅浓郁淡雅的画卷，是纯然质朴的情韵。一份深情的牵挂，让沧桑的岁月多了幸福的满足和美丽的风景。李丽用她朴实无华的大爱，点染了金曼一生的明媚花期，也温暖了平凡一家人感受爱的美好。如果，爱是人世间永恒的主题，那么牵挂就是人类最美好情感的表达，是一首让你心灵燃烧的太阳之歌！

铁肩担道义

刘丽莹

钢筋铁骨、虎胆雄威、铁面无私、鞠躬尽瘁——看惯了这些赞美人民警察的词汇，和很多人一样，我的意象里，警察就像一面面保护人民安危的铜墙铁壁，令人肃然起敬。

与辽宁好人王贵锋近距离接触、交流后，我想用"春光明媚、热血柔肠"来形容他。这个帅气的"80后"，就像一团暖而不烈的火，从头到脚都释放着满满的正能量。

奋楫笃行，德技双馨

世上，没有什么力量与青春争高低，也没有什么澎湃与热血竞短长。2003年3月，刚刚警校毕业的王贵锋，怀揣理想的花朵，带着对未来人生的无限憧憬，到盘锦市公安局兴隆台区公安分局欢西派出所报到。20年前的欢喜岭号称盘锦的西大门，地远人稀，一片荒凉。王贵锋看着眼前陈旧、简陋的办公室，荒芜、沮丧霎时袭击心头，怀中那朵花还没来得及铺张地开一下就收拢了。领导看到他失落的样子，鼓励他说，到基层去锻炼两年也好，只要志存高远、务实肯干，终会有建功立业的机会。王贵锋深深地记住了领导的话，从此，他以青年人少有的笃定，脚踏实地开启了他的职业旅程。

单位警力少，一般只有三四名警员，最少的时候只有所长、教导员和他3名警力。因地处偏远，王贵锋很少回家，每天上班、执勤，除了处理群众一些鸡毛蒜皮、磕磕绊绊的日常纠纷，就是整日守着宿舍、值班室，随时准备出警。两年后身边有人曾劝他调回兴隆区，在这小地方接不到大案要案，待久了年轻人怕是斗志、信心就慢慢丧失了。这样的问题他自己也想过多次，但王贵锋始终坚信，丧失一个人信心和意志的不是在哪工作，不是经不起孤独没落，而是能否守得住初心，只要多干活，干好活，前途就会一片光明，只要在路上，目标就会靠近自己。从此，王贵锋工作之余就钻研业务，他的心，积极地靠近党组织，靠近群众。他每次往返城乡，都不忘顺道为百姓办点便利的事，久之，百姓跟他也贴心，啥事都愿意找他，这让他的生活处处散发着阳光的味道。2005年7月，是他永远不能忘却的，因为他光荣地加入中国共产党，从此也更坚定了为人民服务的初心。就这样，一个3年又一个3年，王贵锋在欢西派出所一干就是9年，但他从不抱怨，工作从未出过一丝差错。

有道是用心人天不负。2011年10月，全省公安干警大练兵大比武，王贵锋欣喜报名。每个参赛者发有5000道题、两本书，而他却比别人多具备了9年扎实的基层工作经验。他每天学习到深夜一两点钟，早晨五点准时起床，从不耽误半点工作时间，从不缺少一次为民服务。两个月的苦战，欣得喜报：他以盘锦第一名、全省第三名的好成绩，摘得了省公安厅颁发的个人三等功奖章，十年砥剑，终于亮剑了。

知难而上，砥砺前行

机遇总是留给那些有准备的人。2012年7月，兴隆台区治安大队缺人手，领导找到了初露锋芒的王贵锋，他听到这个消息激动得眼睛潮润，在大学期间他学的就是治安管理专业呀。对一个有志青年来说，没有什么比实现理想更让他欣慰了，就像大鹏展翅天空，鱼儿遨游大海一样，储存了十年的能量终于有的放矢，干多少活好像都有使不完的劲。上任以来，王贵锋以一名警察独特的敏锐力和多年与百姓相处积累的协调能力，在岗位上独当一面，每一件事都处理得公正、合理、恰到好处，深得领导和群众的认可。

2013年7月全国十二运在辽宁沈阳拉开序幕，9月，将在盘锦赛场展开女青足、男青排角逐。赛前的治安维稳工作更显艰巨而严峻。因为工作扎实稳健，足智多谋，领导委派他以重任——代理副大队长之职。受任以来，夙兴夜寐，一种强烈的责任感、紧迫感让人不敢有半丝的懈怠。面对纷杂的活动场景、有限的警力、领导充满了信任和期待的目光，这个30岁刚出头的大小伙子陷入了沉思。别人为之头疼的重任，他恰恰感受到挑战带来的无限动力。为了发挥好前线总指挥部统一协调合演合练的组织作用，坚持一切工作都围绕赛事顺利进行而做准备，他再次发挥了自己不怕苦、不怕累、不怕熬夜的长项，开始绘制活动区域布防图，用警员组成了一张活棋谱，微观上，每一个点位固定一片区域。宏观上，这些点、位又互相联络，把整个活动区域形成张弛有度的联络网，且每项任务、每个职能都具体到每一个点位，每个点位具体到人名、性别、所负职责以及突发情况发生时的应急备案，集中时间、集中力量，实现用最少的警力控制最大范围的决战决胜。省厅领导来查验工作时，无不为此项活动的万无一失频频赞许。十二运开幕前，王贵锋凭借出色的工作，火线荣立个人三等功。

2014年王贵锋被任命兴隆台区治安大队副大队长。在治安大队4年中，他负责过十二运、全国大学生运动会、全国少数民族运动

267

会及中超足球联赛等大型活动的安保维稳工作，全国首创"定人、定岗、定责"实名制警力部署图，几百名安保警力按图上岗，秩序井然，每一次都圆满完成安保任务，让所有来宾和盘锦百姓都留下了难忘的记忆。

有道则现，竭诚为民

2016年以后，因为工作需要，王贵锋先后任职惠宾派出所教导员、兴海派出所教导员。所辖区域是兴区人口最多最复杂之地。为了节省警力他不断改革创新，创建实施了"一个街道一个派出所，一个社区一个警务室"的管理模式，采用ABC分级科学管理的方法，寓服务于管理之中。王贵锋勤于动脑，乐于助人，同事都夸他是"金点子""小诸葛""智能包"。他却常对身边同事说，方法只是便捷了我们自己的工作，而要想赢得百姓的信任，那就得找准群众的真实需求，多为老百姓做点实事，多奉献点爱心。

2004年，还是在基层做民警时，他就帮扶过一个重度精神病患者小磊（化名）。小磊父母离异，自己又常年吃药，生活入不敷出，十分窘迫。看着年轻而可怜的小磊，王贵锋感同身受，并开启了为小磊量身制订了帮扶计划：先对小磊实行情绪稳控管理，耐心地教他与人沟通、料理生活；然后自掏腰包，为小磊买来生活用品，解决眼前的困难；之后，又帮助小磊联系到水游城卖玻璃水的工作，解决小磊用药困难；最后逐渐地让他自食其力、回归社会。直到现在，王贵峰也一直关心照顾小磊，小磊也跟这位好兄弟学到了很多生存技能和做人的道理，现在不仅能自力更生，还对生活充满信心。

做教导员工作后，他把目光放到了空巢老人身上。辖区中有很多独居老人，因为行动不便，心理空虚，难免对人生悲观失望。王贵锋经过一番调研，创建开展了4期"每月奉献八小时，志愿服务我先行"关爱空巢老人服务行动，他组织身边的一些公务员、机关干部、企业老板等，每周末用两个小时，一对一到老人的家里陪老人进行聊天、下棋、散步等活动，解决老人一些日常需要，他们爱心帮扶了30多户老人，点亮、温暖了老人们暗淡、寂寞的精神生活，产生了很大的社会影响。

从2015年开始，他倡导并组织多名公益讲师到学校、警校巡回讲课，面向学校、家长免费开展11期"幸福起航"公益大讲堂活动，解决无数家长与孩子沟通问题。2018年，他自愿兼任盘锦志愿者协会会长，并作为省级教育转化专家，受盘锦团市委邀请，多次利用周末休息时间，通过讲座或实践的方式，向同学们科普垃圾分类的科学原理、无废城市建设的重大意义等生活常识。一路走来，他从中懂得：每个人心中都有一面闪光的镜子，在享受温暖和爱的照耀的同时，也把温暖和爱无限地放大和传播。他要把大家的爱心和力量凝聚在一处，把温暖、真情长留人间。

岁月带走一个人的青春，却留下丰厚的积淀。年近40的王贵锋，愈显稳重与成熟，2021年，王贵峰被抽调到兴隆台清收专班负责"两行"清收，开始新的征程，接到任务没有面露一点难色，一向知难而上的他，再次负重致远，公安工作没有终点，对他而言，享受走在路上。2022年8月被盘锦市公安局荣记个人三等功，他珍爱这些荣誉，对他而言，这都是他前进路上的醒目的界牌。

王贵锋把忘我工作看成是人生的一场修行，把奉献社会看作是个人最大的资本。20年的工作中，他把青春献给了事业，荣获了盘锦市第五届道德模范、辽宁好人的称号，先后荣记个人嘉奖3次、三等功6次，王贵锋用实际行动诠释了一名共产党员为人民服务的职责。

最亮丽的一抹红

王　红

　　"如果你是一滴水，你是否滋润了一寸土地？如果你是一线阳光，你是否照亮了一分黑暗？如果你是一颗粮食，你是否哺育了有用的生命？如果你是一颗最小的螺丝钉，你是否永远守在你生活的岗位上……"这是雷锋日记中的内容。雷锋全心全意为人民服务，为了人民的事业无私奉献的精神，不仅家喻户晓，而且已经成为这个时代文明、文化的符号和表征。夏丽丹，就是一位雷锋式的好人。

　　她1979年出生，20岁入党。她曾参军做过武警部队的通信兵，也做过客运站的站务员，2018年调到红海滩国家风景廊道工作至今。她简朴、豁达、真诚，是硬骨头的"搬运工"，热心肠的"调解员"，还是英雄胆的"急救员"，在一线拼搏了整整20年。无论在哪个岗位，急难险重任务，总能看到她的身影。她就像是一颗螺丝钉，用持续不断的热情和付出，给平凡生活、给百姓带来了不期而至的温暖，带来向上、向善、向美的力量。她的故事在盘锦大地上，正如同她的名字一样美丽，丽丹，最亮丽的一抹红。

　　20年前，夏丽丹告别了军营，被分配到盘锦市客运站工作。在一米见方的检票台上，她一干就是16年，是什么力量让她在十几年如一日的工作中依旧热情不减？是什么让她把青春奉献给客运事业无怨无悔？她的一系列好人故事，就是最好的答案。

危急关头她总是挺身而出。

2003年，非典疫情肆虐全国，那一年，24岁的夏丽丹刚刚到盘锦市客运站工作。疫情期间，公路客运面临着巨大的考验，她每天要对进出站的200多个班次的车辆进行消毒，对过往的3000多人次的旅客进行体温检测。她像一位负重前行的白衣天使，如同那些冲锋在前的医护人员、保障人员、司机师傅一样，在平凡中闪烁着束束耀眼的精神之光。那一天，一辆从锦州开来的班车上发现了一名体温异常的旅客，接到通知后夏丽丹立即穿上防护服，只身一人，对同车的27位旅客逐一测量体温。"请测量一下体温，及时做好信息登记。""阿姨，您哪里不舒服，我给您倒杯水吧。"她一边熟练测量、仔细登记，一边安抚缓解乘客的情绪。此时，车厢内的空气仿佛已紧张到冰点，她深知救护生命的重要，为此，她吃再多的苦也是值得的，汗水浸透了她的防护服，她也一直坚守在一线。她说："如果把每位旅客都当成自己的亲人，我所做的一切事情都是应该的！"

2007年的正月十五，一场罕见的暴风雪袭击了盘锦，大雪封路，交通运输几近瘫痪。夏丽丹家住三厂渤海地区，站领导考虑她路途遥远、大雪交通不便，想让她在家放假休息几天。可是她哪里坐得住，站内还有滞留的几十名旅客需要帮助。心急如焚的她，深夜两点钟在爱人的陪伴下，咬紧牙关，深一脚浅一脚地踩着没膝深的雪，徒步行走了3个多小时到达了客运站，又马不停蹄地同全站27名党员组成"党员火线突击队"，实行"一对一"帮扶，安抚滞留旅客，为他们送水、送食物、安排住宿……使旅客们非常感动。

每年的春运对于夏丽丹而言或许是一项更大的锤炼过程，让她的人生观和价值观变得更加清晰和透彻。

春运是客运系统最繁忙的时候，经常同一时刻有三趟班车要检票，这意味着同时排队上车的旅客人数多达120余人。夏丽丹必须要送完一位乘客接着又为下一位旅客服务。为了不耽误其他旅客的宝贵时间，更多的时候，她直接帮助旅客拎包，有的包裹非常沉重，她咬牙挺着，手和肩膀抻得红肿疼痛甚至磨出了水泡，她坚持着，时间久了，磨成了老茧，那段时间，她已经记不清来来回回走了多少路，也记不清反反复复说了多少话，真真实实帮助了多少人。她毫无怨言，脸上始终挂着微笑，直到旅客们一一安全满意地坐上了车。何止春运阶段，夏丽丹几乎每天如此，循环往复地用她那双布满老茧的手，提着一只只沉重的行李箱，奔波于候车室与停车场之间。人们都亲切地称她为"硬骨头搬运工"。无论春夏秋冬，无论风霜雪雨，夏丽丹都怀揣这颗真诚之心，待旅客如亲人，用行动感染着身边的人，在平凡中书写着人生的精彩。

　　"老人临终前都在念叨，夏丽丹人真好！"

　　在客运站，至今还流传着一个温暖人心、感人肺腑的故事。夏丽丹在一次检票中，看一位大妈一个人拿四五个包裹，赶忙上前接过大妈手中的物品送她上车，大妈非常感激，临走时要给夏丽丹留一些自己种的小菜。夏丽丹见无法拒绝便收下了，随后到超市买了蛋糕和水送给大妈。她说，帮助旅客是分内的事，不能接收他们的任何东西。大妈经常来站里乘车，每次都是大包小裹带很多东西，夏丽丹也总是帮忙。有一次，大妈拉着夏丽丹的手欲言又止。夏丽丹感觉大妈一定是遇到了困难，便一再追问，大妈告诉她自己得了癌症已是晚期，夏丽丹顿时觉得好扎心，背过身去悄悄抹去了眼泪，并主动要了大妈的电话和家庭住址，这才知道大妈叫高秀芳。以后每周，夏丽丹都要给大妈打个电话，逢年过节去家里看望，这也成了她生活中不可缺少的一项内容。突然有一天，夏丽丹接到了高大妈女儿的电话:"我母亲去世了,她生前曾经产生过轻生的念头,因为有了你的安慰和鼓励,增加了她战胜病魔的信心。她临终都在念叨,夏丽丹人真好,特意叮嘱给你留下200元钱,让你买点喜欢的东西……"后来,夏丽丹去看望大妈老伴儿时,按照他的身高买了一套睡衣,睡衣口袋里放回了那200元钱。夏丽丹说:"一名旅客,从素不相识,到把我当作亲人,临终还记挂着我,是对我莫大的认可和信赖,未来的工作中我必须恪尽职守,全心全意为旅客服务,无愧'共产党员'这一称谓。"

当年,盘锦市客运站成立"春风服务队",夏丽丹就是这个服务队的队长。榜样的力量是无穷的,在夏丽丹的感染下,"春风服务队"从组建最初只有12人,如今已壮大为200余人。"春风服务队"已经成为市客运站的一支闪光的服务品牌,它让祖国各地八方来客感受到了社会正气,感受了人间温情,感受到了城市的文明。

无论走到哪里,她助人为乐的好事就做到哪里。

2017年,夏丽丹被选举为辽宁省第十二次党代会的党代表,经组织部划分"两代表一委员"工作,被分配到铁东前锋社区,在这里结识了80岁高龄的张洪举老人,张大爷是一位具有40多年党龄的老党员,老伴儿病了8年之久,每个月吃药的费用800元左右,3个孩子都没有工作,唯一的孙子是聋哑孩子,家庭经济收入少,生活不富裕。夏丽丹每个月都要带些老人爱吃的食物和生活用品去看望他们,帮助老人咨询一些政策,号召社会捐款和救助,鼓励老人树立生活信心。身边的姐妹们听说张大爷的家庭状况,也经常与夏丽丹一同慰问,让老人们感受到党的温暖,感受到社会的关怀。在她这个热心肠的调解员的影响带动下,老人的孩子们也经常去福利院,做一些能做的事,奉献一份爱心。

2018年,对于夏丽丹来说,是重要的一年,她来到盘锦红海滩旅游发展有限公司工作，这里是一个形象窗口，是她一直向往的地方。看着春日里的家乡处处洋溢着勃勃生机，她下定决心要在这里扎根，要树形象，为助力家乡走向更广阔的舞台尽一分力。

她被分配在党建中心工作，开始利用工作之余迅速学习了景区管理、服务等方面的书籍，积极参加"ISO 质量管理、环境和职业健康安全管理体系的导入""5A 专业知识""服务人员形体礼仪"等一系列的培训，不断提升服务技能和服务意识，规范服务行为和标准，增强职业素养和道德情操，为景区打造旅游"软环境""软服务"奠定了思想理论和实际能力基础。她每天都在和时间赛跑，早上 6 点 10 分坐班车上班，晚上 6 点 40 分左右到家，节假日几乎不休息。一个人顶替两个岗位，她勤奋耕耘、创新工作方法，借助新媒体，为景区增加了很多有趣、生动活泼的影像资料。为了更好地发挥作用，她身体力行，仅一年多的时间里，就几乎支援、体验了所有的工作岗位。为游客抱孩子，为身体不舒服的游客找药品，为特殊游客买票，讲解，指引，等等，她用笑脸和问候为游客送去温暖，更给身边的每位同事传递了更多的感动和正能量。就是领导安排的临时性工作她也从不推托，任劳任怨，她就是这样执着地做着一名"雷锋式"的好党员。

"奉献不言苦，追求无止境"，这是夏丽丹作为一名共产党员对生命价值的追求。多年来她的耕耘和奋斗赢得了太多的光环和收获，辽宁省三八红旗手、辽宁省最美退役军人、全国五一巾帼标兵、全国巾帼建功标兵等，2018 年 10 月她当选为中国工会第十七次全国代表大会的基层代表。

夏丽丹所从事的工作岗位都是普通而平凡的，她的故事也毫不惊天动地，但她把点滴平凡的小事做实了、做好了，哪怕只是一次搀扶、一杯热水、一句贴心话，她都是人们心目中的雷锋，心目中的英雄。

　　红滩壮阔，苇海浩瀚，秋天里的红海滩景色醉人。人们说，夏丽丹就是红海滩上最亮的一抹红。她说，自己很普通，但会一直追梦前行。她说，自己的言行与一名优秀共产党员的标准还相差很远，为人民服务，是她干不完也干不够的事情。作为一名新时期的共产党员，她将时刻牢记党的宗旨，不忘初心使命，不断提升服务能力和水平，为助推家乡经济高质量发展、促进人与自然和谐共生付出自己的全部力量。是呀，有什么比献身党的事业、为人民服务更美好、更富有人生价值呢？

爱是火炬

刘玉艳

题记：爱是火炬，可以温暖人世间；爱是火炬，可以照亮全世界；爱是火炬，可以被传递。

法国著名诗人彭莎尔说："爱别人，也被别人所爱，这就是一切，这就是宇宙的法则。"出生于1978年的刘娜用身世担当实现了这一切。爱成暖流，汩汩流淌；爱成火焰，温暖人间；爱成风岚，光彩可鉴。

三个幸福家庭

刘娜说，自己是不幸的，因为12岁就失去了父亲，可是命运又是多么眷顾，让自己拥有三个幸福家庭。

12岁那年，因为罹患恶性肿瘤，宠她爱她的爸爸猝然离世，暖意融融的家顷刻间变得冷冷清清。母亲是企业工人，一边是繁重的工作，一边是尚未成年的女儿，这让体弱的她难堪重负。懂事的女儿刘娜每天自己背着书包步行半个小时上下学，是班级里唯一没有家长接送的孩子。可是一个大雨滂沱的傍晚，就在小女孩刘娜举着被风吹翻伞面的雨伞艰难地走在放学路上时，母亲并不坚实的肩膀搂住了她，母女俩相拥而泣，不知是雨水还是泪水打湿了她们的衣衫。刘娜啜泣着告诉妈妈：她想有一个爸爸。

母亲再婚后，幸运再次光顾了这个家。继父是一位慈爱、热心又忠厚的人，从此刘娜又有了幸福的家和充满了爱的青少年时代。2003 年，经人介绍，25 岁的刘娜结婚了。爱人体贴，公婆慈善，刘娜庆幸自己找到了一个好人家。结婚 3 年后，女儿出生了，幸福的小家就像孩子呱呱的吵闹声一样洋溢着希望。

刘娜是市交通运输管理部门的窗口服务人员，源于幸福家庭的一张笑脸一直是这个窗口的一张美丽名片，很多来办事的货运司机多年后都忘不掉刘娜那笑意盈盈的大眼睛与和风细雨般的话语。

一个爱的信使

风云不测，世事无常。2009 年里的一天，正当刘娜在工作岗位上热情回应货车车主咨询时，婆婆病重住院的电话打来，从此，一个小家的幸福模式被按下了暂停键。

婆婆是 20 世纪 50 年代出生的人，做了一辈子石油工人，勤勤恳恳为国与家奉献了一辈子，在这次倒下住院前刘娜的小家还一直被婆婆照顾。婆婆患了多年肾病，一直靠吃药维持。当刘娜赶到医院时，婆婆已经被初步确诊为尿毒症晚期。这个消息犹如一声惊雷在刘娜头顶炸响，只有 28 岁的她一直被父母和公婆宠着惯着，她后来回忆说，那一刻她真的蒙了，眼前一片茫然，可也是那个时候，她长大了。丈夫出差在外地，告诉他只能让他着急上火。她选择瞒着丈夫，一个人默默承担了一切。她把女儿送到母亲那儿代管，为了让婆婆得到更好的治疗，她向单位请了假独自带婆婆去北京看病。一边寻医问诊，一边照顾病重的婆婆。刘娜没有时间也没有地方休息，一下子瘦了十来斤，几天时间老了好几岁。当丈夫赶来北京时，几乎认不出眼前这个黑瘦的女人就是自己的妻子，他抓着妻子的手给了妻子一个深情的拥抱，不住地说：好媳妇，亏得你了！

为了方便照顾婆婆，刘娜决定搬到婆婆家，这一搬一住就是15年。婆婆患尿毒症晚期，每周需要透析三次，她和爱人与公公轮流陪护。为了不影响工作，她早早地就起床，把婆婆所需护理物品打理好，把房间收拾干净，让婆婆多休息一会儿，也能给家人腾出仅有的卫生间。她把陪护婆婆做透析的过程做成预案，把各种需要和可能都十分细心地考虑周全，一方面避免了体弱的婆婆不必要的家外等候，一方面保证了自己的工作少受影响。透析的当天，婆婆会出现食欲不振、恶心、乏力等各种不适症状，刘娜就变着花样地让婆婆开心、放松紧张心情。她给婆婆说笑话，买好吃的，给婆婆擦拭胸口和后背，甚至做婆婆的"人体支架"，让婆婆怎么舒服就怎么靠在自己身上，她说只要婆婆不难受，她难受一点不算什么。婆婆感动地跟病友说，自己有一个亲闺女，可是远在外地，小娜不是我的亲闺女，比亲闺女还要亲，因为她从来都没有怨言，从来都不会大声说话。

十几年前，肾病用药报销比例低，肾病透析也需要个人先期垫付，这对于这个工薪之家来说是巨大的负担。刘娜说，婆婆有病之前，她的小家挣钱都是随挣随花，不会积蓄。婆婆有病后，她学会了攒钱。凡是老人和孩子的支出一样不能少，只能"刻薄"自己。爱美的刘娜很少买新衣服，一条裙子穿了好几个夏天也不舍得扔。而每逢换季她都会给公公婆婆买几件新衣服。同事同学都买车了，她不买，她得保证公公婆婆在急需时自己能拿出钱来。直到后来，为了接送频繁透析的婆婆和上中学的女儿，刘娜才买了车。

2018年年末，公公心脏病发作也住进了医院，心脏支架手术后刚刚出院，婆婆又突发脑出血昏迷不醒，刘娜的人生迎来至暗时刻。她把孩子长托给母亲，自己没日没夜地陪护在婆婆身边，给婆婆按摩、擦拭、清理大小便。婆婆得到及时的治疗，身体逐渐好转。

那一年的小年一家人是在医院过的，正当人们忙着置办年货欢欢喜喜过大年的时候，病魔的重压却让这个家庭喘不过气来。公公可能因为年纪大了，更重视传统佳节的气氛，看到人家办年货就着急了，听说老伴儿大年三十出院，就张罗着要买副春联，备些年货，一家人回家过年。可是丈夫因为工作忙、父母重病，无心过年，父子俩因此起了争执。这时候，身心俱疲却善解人意的刘娜站到了公公一边，她一边照顾重病的婆婆，一边张罗帮公公买年货，哄两位老人乐和。她悄悄地开导丈夫，要理解老人的心，他们年纪都这么大了，一定让他们怎么开心怎么来，不能留下遗憾。丈夫面对深明大义的妻子，不住地点头。

无数被照亮的日子

古人云：家之兴替，在于礼义，不在于富贵贫贱。每当有人和刘娜聊起她的孝老爱亲，她都会说，是公公婆婆对晚辈付出的多，婆婆和公公才是最好的人。公公婆婆不想给儿女添麻烦，除非病倒起不来了，要不就会忙里忙外，不让儿女认为他们是病人。公公做饭，婆婆抢着做家务，80平方米的房子15年里一直住着5口人，哪能做到舌头不碰牙的，可是，这一家人做到了，因为他们都为对方着想，总想把最好的奉献给对方。因此，这15年里，刘娜不仅尽心照顾了公婆，工作上也特别出色。她总是为服务的货车司机着想，能帮他们省点时间就不怕浪费自己的精力，事无巨细地把工作做在前面，货车司机就少跑一趟腿，因为他们赚钱不容易。她也因此多次被评为全市道路运输管理系统先进工作者。

家庭是构成社会的基本单位，是人们灵魂深处最温馨的港湾。刘娜在这温馨的港湾里一直是一个美丽的信使，除了照顾公婆，也同样经常陪伴自己的母亲和继父，她说，她是如此有幸，来到这个世界上遇到这么多深爱着她的亲人。受母亲的影响，刘娜的女儿也从小学会了孝老爱亲，对爷爷奶奶细心照顾，无论上高中课业多忙也总是抽出时间看望和陪伴爷爷奶奶，传承着这个其乐融融的大家庭的爱的火炬。

2017年刘娜家庭被盘锦市精神文明建设指导委员会评为盘锦市文明家庭。2018年，刘娜被辽宁省委宣传部、辽宁省精神文明建设指导委员会办公室评为辽宁好人·身边好人。

爱是人们心里的火头，人们感到它一直燃烧到骨髓，一直照耀到天际。

平凡之路

谢武娇　李　玲

　　采访刘靖有点"曲折"，且不说他每天要奔波忙碌在生产一线，作为曙光采油厂的名人，组织上的关爱保护也是必要的。

　　"我们210+211注汽站一共60人，分5个班组，要24小时值班，一般的站与站距离在10公里左右，最远的在欢喜岭有30多公里。"在辽河油田曙光采油厂热注作业二区办公楼，我们终于见到了匆匆赶回来的刘靖，他个头不高，憨厚朴实的脸上不难看出总有那么一丝倦意。提起工作，刘靖如数家珍地给我们介绍，炉站区内热注设备的技术安全、操作规范、现场突发事件、职工队伍稳定，甚至值班室的环境卫生等，很多看似简单的"不起眼"却是"热注人"时刻都不能忽视的"大问题"。作为一站之长，刘靖自然懂得肩上担子的分量，他开玩笑地说，一年365天，我要工作500天！

三闯火海

　　2021年，刘靖因为见义勇为荣获第七届盘锦市道德模范称号。每每提起打破平静生活的那一刻，他都不忘记提醒大家——安全，真的关系你我他。

　　"着火啦，救命啊……"

3月8日傍晚时分，曙光希望小区31栋1楼的一家住户厨房突然起火，滚滚浓烟不断从门窗向外涌，屋内不时传出老人无力的哽咽和孩子的哭声。

　　火势凶猛，外面有很多围观群众。恰巧下班路过的刘靖看到了这一幕。

　　"快报警！"刘靖一边呼喊一边快步冲进楼道，凭借多年的安全消防演练经验，他十分清楚施救的步骤：断电、救人、灭火。这是一栋1985年建的老楼，进门右侧1.2至1.5米之间是电源总开关，他轻轻地打开门，迅速拉下总闸，然后匍匐前进循着声音来到客厅，迅速背起瘫坐在沙发上的老人，牵起哭叫的孩子向屋外跑去。

　　刘靖放下老人和孩子，准备再次冲进火海。

　　"小伙子，别救了，别救了，太危险了……"已逐渐清醒的老人不想让他再去冒险。但危险还未消除，是厨房内的液化气罐引起的火，一旦被引爆后果不堪设想！千钧一发之际，刘靖顾不了多想，他拿起别人车里的灭火器，毫不犹豫地冲了进去。

　　此时，屋内已弥漫，能见度极低。由于火势不断扩大，厨房的屋顶正在不断地掉火花，猛烈的浓烟呛得他直咳嗽。液化气罐无情地喷着火，他迅速打开灭火器对准火焰喷射，控制住了火源，再用棉服夹起另一个高温液化气罐冲向屋外，放置到安全、开阔的通风处。担心厨房内再有可燃物起火，刘靖第三次折返厨房。

　　这一切，就发生在人们惊魂未定的那一刻。

　　大火成功被扑灭，由于受到高温炙烤，刘靖的手上、胳膊上和脸上被烫出成片的大水泡，他全然不顾。几分钟后，老人的亲属们陆续赶到现场，刘靖指导他们要注意的安全事项，便默默走出了大家的视线。

　　一个星期后，被救老人在女儿王秀范的搀扶下来到刘靖所在的热注作业二区，专门送来一面"见义勇为好党员，新时代的活雷锋"的锦旗。王秀范介绍说，当时刘靖的脸都被熏黑了，看不清模样，事后他们一直在寻找母亲和小儿子的救命恩人。

采访中，刘靖告诉我们，那些日子，不但水泡消炎疼痛难忍，很长一段时间咳嗽吐出来的都夹带着黑黑的烟灰，但他很欣慰，大火灭了就好，生命安全就好。

后来，刘靖了解到王秀范一家住的房子是租的，她和爱人带着两个儿子和老母亲从黑龙江来盘锦打工，生活一直很艰难，这一次又雪上加霜。刘靖百感交集……春节到了，他买上年货去看望老人，老人感动地非要认他为干儿子，从此，刘靖又多了一份温暖的牵挂。

刘靖三闯火海，用一个人的奋不顾身换回了一个家庭的幸福圆满。有人问他："早知道这么遭罪，你还会去救人吗？"他不假思索地回答："会的！因为，我是一名共产党员！"

初心不改

如果说火海中救人抢险是偶然，那么助人为乐奉献爱心就是刘靖长期的坚持。

"帮助别人是我最快乐的事情，传递爱心生命才更有价值。"无论在生活还是工作中，他都用自己的微薄之力温暖着周围每一个人。

早在20年前，刘靖就已经是一名"无名英雄"。

1998年8月的一天，下班后的他正在路边等班车，突然听见远处传来呼救声，立即循声赶去，只见路边的水沟里翻着一辆小面包车，车门被撞严重变形，4个人被困车内。救人要紧！确认车门都无法打开后，刘靖立刻从路旁捡起一块大石头，用力砸向汽车尾部，成功将4人解救出来。由于抢救及时，受困人员仅仅受了些惊

283

吓和皮外伤。事后，面对获救者的感谢，他执意拒绝。

刘靖还是一名有爱心的"公益达人"。1996年至2005年期间，他坚持资助4名来自四川甘孜、阜新满族自治县、朝阳喀左、赤峰等贫困地区的小学生上学。刚开始的那几年，工资收入不多，每月几百元并未阻挡他奉献爱心的脚步。

"孩子们的生活太苦了，我省吃俭用一点无所谓，他们比我更需要钱，只要我力所能及，就应该帮助更多的人。"抱着这样质朴的想法，刘靖一直坚持为孩子们捐款，直到4个孩子初中毕业。多年来，他一直与孩子们保持通信，鼓励他们好好学习，做对社会有用之人。

生活中，他是助人为乐的"有心人"；工作中，他是严谨认真的"当家人"；队伍中，他是职工的"贴心人"。不管谁家有个大事小情，刘靖总是第一个前来问候，有啥忙帮啥忙，逢年过节，他都是主动替大家值班，让职工可以有更多的精力照看家里，有的人不好意思，他总是笑笑说：我一人吃饱全家不饿。

刘靖时刻严格要求自己。参加工作36年来，始终扎根生产第一线，先后担任过自然站站长、中心站副站长等职务。无论走到哪个工作岗位，负责哪项工作，他都满腔热情、刻苦钻研。作为班站负责人，他吃苦耐劳、甘于奉献；面对安全生产，他一丝不苟、雷厉风行。刘靖始终用自己的实际行动默默地践行着"我为祖国献石油"的初心和使命。

2008年，刘靖开始担任68号自然站站长，恰逢新井外围油藏勘探开发和老井复产的关键节点，他带领全站员工奔波于井下、胡家、新生、盘山等外围区块。由于人员紧缺，十天半个月不回家是常事，再苦再难也没有改变他"坚守岗位，安全注汽"的工作原则。

2013年，刘靖担任热注作业二区204中心站副站长。在"小快灵、大运行"工作理念下，他所管理的6台高压炉，成为全区搬迁最为频繁、注汽任务最重的设备。为保障新井上产和老井稳产，他们班站常常转战采油厂各个采油区块，平均每两天半就得搬迁一次，全年高达七八十站次，没有节假日，也没有休息日。

2019年，是曙光采油厂推进"油公司"模式试点改革之年，作业区于6月实施扁平化管理，刘靖担任210+211注汽站站长。2020年12月底，由于工作需要，刘靖所辖35+36号炉临时接到气转油的通知。当时正值冬季，室外气温低，顾不上寒冷的刘靖立即对站内供油泵、雾化管线、油加热器、伴热管线等燃油流程逐项排查隐患。天气寒冷，极有可能造成管线冻堵，为了不耽误生产，刘靖争分夺秒整改问题，确保改燃油后各开关阀门灵活好用。冬天的夜来得特别早，晚上6时，气转油启炉后，蒸汽雾化排污管线发生冻堵，他立即到库房拿起皮管开始解冻。此时气温已降至零下16摄氏度。

"刘哥，你都忙一天没坐下了，上屋里暖和暖和，喝口热乎水吧，这里交给我。"夜班员工看着满脸冻得通红的刘靖心疼地说。

"那怎么行，我是站长，解决站上的问题是我的责任。我没事，解冻要紧。"说完，刘靖继续用蒸汽解冻管线。拿着皮管的手早已冻僵，蒸汽在睫毛和头发上冻结成冰，工服上也结满冰碴儿，但这些他都全然不顾，快速解冻保障生产是他心中唯一的想法。为了让冻得麻木的手脚找到感觉，他时不时跺跺脚，把皮管扛在肩膀上搓搓双手。经过一个半小时的艰苦奋战，排污管线终于成功解冻，夜班员工巡检、化验、烧干度、写报表……注汽生产井然有序，由于处理及时，气转油安全启炉后平稳运行。

不论在公益道路上，还是生产岗位上，刘靖始终用最朴实的行动践行共产党员的初心和使命，用最诚挚的爱心谱写见义勇为、助人为乐的动人篇章——"赠人玫瑰，手有余香"。刘靖用爱心为他人、为社会传递更多的正能量。

"逆行"的力量

抗洪抢险是热注站的一项重要工作，每到这一时期，冲锋在最前线的一定是刘靖。2021年9月21日，曙光采油厂热注作业二区63号炉站区水位逼近55厘米红线，达到绕阳河泄洪以来的最高峰值。他第一时间接到了作业区御洪通知，立即组织炉班站员工行动起来。

小站唯一一条通往主道的小路开始有上水迹象，作业区主任董晓斌携调度长迟宇也随维修队车辆火速赶到站区，协助站区拆卸机泵并架高，将本已拔出的地锚再次结结实实砸入地里，固定好各板房。

天色渐暗，路面积水已达30厘米，刘靖早早安排白班女工随车回区，并提早通知了夜班女工在家待命，自己则与夜班男工留守在站。

"又不是年轻小伙儿，干啥这么拼？"

"是党员就得站排头，不带头干怎么对得起组织的信任？"夜雨淅沥，刘靖与夜班员工闫涛一边吃着泡面，一边交谈。

22日，一夜无眠的刘靖早早就在锅炉房忙活起来，由于站区并未进水，他按原计划开始进行秋季设备强保。

"动作够快的呀！"8点多，作业区维修队人员刚到站，发现刘靖和闫涛已经将水处理气动阀拆了个七七八八。

"就当晨练了呗，那些'大家伙'还得靠兄弟们帮忙啊。"刘靖朝锅炉房方向扬了扬头，手上的工作并没停。

"开干吧，兄弟们！"维修队队长刘清川二话不说，直接和队员扎进了锅炉房。

经过数小时奋战，强保工作接近尾声，而此时，险情正在悄无声息袭来。

"快撤！路面积水越来越深了，剩下的交给我！"刘靖忙而不乱，强保中不忘观察站区及周边情况，当发现小路水位上涨，赶紧通知大家。

就在维修队车辆驶入主道时，水面以肉眼可见的速度升了起来，站区也开始有水涌入。

"好悬哪，车差点没扔里。"刘清川惊叹道。

望着兄弟们安全"着陆"，刘靖又埋头干了起来。

25日，夜间护站围坝突然溃口，湍急的洪水迅速向站区袭来，站区水位渐渐上涨，直逼警戒线。

26日一早，作业区主任董晓斌下达了员工撤离指令。

"主任放心，靖哥一会儿'划船'来接我们。"电话另一端，青年员工李佳镇定回复。

李佳口中所说的船，其实是刘靖利用站上废旧轮胎扎制的。

受洪水影响，63号炉已停电好几天，为了安全，刘靖将供电高压电也拉了闸。

"员工撤了，咱必须坚守！啥都能丢，生产阵地不能丢！"大家安全撤离后，刘靖又蹚着没腰的洪水回到了站内……

快乐的"孤独"

在这个浮躁的社会中，有人喜欢热闹，有人喜欢安静。有人拥有亲情和爱情，有人却在漫长岁月中独自面对着孤独和寂寞。但是，无论是何种处境，每一个人都有自己的人生经历，都有自己的快乐与痛苦，都有自己的理想与信仰。

出生于20世纪60年代末的刘靖，有着别样的人生经历，他十几岁跟随舅舅家从江南来到辽河油田，石油中专毕业后，被分配到注汽站工作。后来，舅舅退休回上海去了。

让刘靖最为遗憾的是，由于各种原因，2000年他和爱人不得不分道扬镳。面对命运中许多无奈的选择，刘靖总是感觉自己是孤独无助的，曾很任性地试图改变什么。

"尽管生活中很多的努力都是徒劳的，我也不会放弃对美好未来的追求，一个人的幸福感，不是来自于物质，而是内心的丰盈，只有德行芬芳，生命才会美丽，人生才会明媚。"刘靖说他幸运自己始终走在平凡之路上，很享受做一名平凡劳动者的快乐与孤独，或许看似一种矛盾，也有着不言而喻的真实。快乐，说明你能享受自己的那份独处时空，享受自己的世界；孤独，说明你不会被外界的干扰影响自己的内心情感，有自己的独立思想空间。而这种心态，究竟是怎样练成的呢？

闲暇之余，刘靖喜欢听音乐练书法，最惬意的时候是坐在藤椅上，一杯茶、一本书，他喜欢读史书，《论语》《资治通鉴》和四大名著都是他的最爱，他最崇拜的人是秦始皇、刘伯温和周恩来。

"认认真真做事，坦坦荡荡做人，孤独并不可怕，只要你给自己充实的生活和追求，摒弃不幸和怨恨，你就能享受快乐孤独。"刘靖如是说。

采访结束，我们互加了微信，刘靖发在朋友圈的信息不多，一条"我也想吃饺子了"却深深地吸引了我们，照片的主角是一盒方便面、一罐八宝粥，不经意地放在值班室的简易桌子上，时间是2023年1月22日，那一天是大年初一。通过这简简单单一则信息，仿佛看到一代石油人如此快乐如此豁达的精神面貌和永远也割舍不断的家国情怀。

那是实现中华民族伟大复兴中国梦的力量所在。

铿锵玫瑰

梁 波

良好的道德风尚像夏日里的清凉，像寒冬里的炭火，像黑夜里的星星，像沙漠里的泉水，带给人的是美好的希望和满满的舒适感，是我们人类梦寐以求的力量。

大洼区环境卫生管理站党支部书记贾桂春就是一位令人敬佩的道德模范。

抗癌英雄

2003年，贾桂春调入环卫处任职，从那一天起，她便全身心投入这个大家庭。2004年腊月二十七，她和职工们一起铲除了镇内最后一处卫生死角，以清新整洁的环境、饱满的精神状态迎接新春的到来。可劳动结束后，她觉得身体不适，胸部、胳膊的剧烈疼痛、红肿迫使她到医院问诊，结果是晴天霹雳，她被确诊为乳腺癌、淋巴转移癌。一时间，家人亲友都接受不了这个残酷的事实。可怕的病魔并没有把贾桂春击倒，她平静地安慰家人和关心她的人说："别怕，我还能继续工作，快乐和工作是战胜病魔的良药。"她积极地配合治疗，在历时7个月的放化疗过程中，她以顽强战胜病魔的信心，忍受着巨大的痛苦乐观面对。每天都乐呵

289

呵的，不了解情况的，还以为是患者家属呢，病友们亲切地叫她"阳光姐"。后来，"阳光姐"就成了她的微信名。正是她充满阳光的心态，才使她战胜了病魔，正是她心里的阳光，让她产生了无穷的力量。

贾桂春是工作狂。在省城医院化疗期间，还惦记着单位没有完成的党务工作公示栏。她背着大夫偷偷购买了《新编党支部工作流程图》《党支部工作手册》，在病床上完成了公示板内容的撰写。工作的喜悦，让她忘了化疗的痛苦。几年间，她先后做了6次大手术，每次化疗回来，顶多休息一两天就挂着引流袋子正常上班。单位领导和同事们说她是"铁人"，心疼她，劝她多休息，可大家知道，工作才是她战胜病魔的精神支柱。而她的这种精神，无不感染着身边的每一个人，更加努力地工作。

2004年至今，贾桂春始终保持良好的精神状态，越活越年轻。她说，癌症并不可怕，是可以战胜的。

"知心姐姐"

环卫站是一个有600多人的大家庭，女职工就有400多名。最初与环卫工人们打交道时，贾桂春的第一感受就是她们太需要精神上的关怀了。环卫工人平时在马路上工作很辛苦，业余生活很单调，学习更谈不上，有时还要受到路人的误解和家人的埋怨，有些人逐渐产生了自卑和放弃的心理。她觉得要解决这个问题，首先要从自己做起。她走出办公室，来到姐妹们中间，穿起工作服与大家一起到马路上干活，闲暇时与大家唠家常，了解她们的苦衷，孩子上学呀、赡养老人哪、住房问题呀，等等。渐渐地与姐妹们心灵相通，无话不谈。为了丰富职工们的业余文化生活，单位举办了演讲比赛，起初大家不好意思参加，她忍受着化疗的痛苦，第一个上台演讲，把环卫人工作、生活中的点点滴滴编成故事讲述给大家听。精彩生动的讲演，获得了大家的热烈掌声，可她走下台已经是大汗淋漓……

那一年，全县举行全民运动会，镇党委把走方阵的重任交给了环卫女工。贾桂春接到任务后，带领职工顶着烈日苦练了一个多月，列队行、正步走、喊口号，休息时大家的衣服都拧出汗水了。到正式表演那天，年近半百的她在方队里和姐妹们一样英姿飒爽。橘红色的环卫大军成为一道亮丽的风景，人们纷纷竖起大拇指："环卫人，这精神面貌，真棒！"从此，无论是广场文艺演出还是运动场上，都缺不了环卫人：五一劳动节职工运动会、拔河比赛、文艺联欢会、知识竞赛、三八妇女节演讲比赛、迎新年联欢会、业务技能大比武等活动，处处都能看到环卫人的身影。贾桂春既是队员又是指挥员，既是演员又是编导。通过各项活动的开展，拉近了干群关系，职工之间的亲近感不断增强，工作心态大大转变，责任心、集体观念更加坚定了。

针对环卫职工队伍大，文化水平偏低，工作中出现不文明的现象，贾桂春组织职工开展公民道德教育、遵纪守法大讲堂，普及道德知识、法律知识。创办《环卫月报》，编辑《大洼环卫人风采录》，宣传好人好事，用身边的人和事教育带动身边的人，传播正能量。

榜样的力量是无穷的。多年来，贾桂春踏踏实实、勤奋努力地工作，把党的温暖带给每一位环卫职工，职工们的精神面貌发生了翻天覆地的变化，爱岗敬业，天天心情美美，甘做"城市美容师"。

贾桂春勤于工作，乐于奉献。党和人民赋予了她崇高的荣誉，她先后担任大洼县第八、第九届政协委员，被评为县镇优秀党务工作者、市第四次党代会代表、市优秀共产党员、学雷锋先进个人、市第六届道德模范、省优秀城市美容师、省三八红旗手……

　　贾桂春喜欢春天和夏天，因为这两个季节百花盛开，姹紫嫣红，惹人喜爱。而她就像是百花园中一朵经得起风吹雨打的铿锵玫瑰。如此芬芳，如此美丽！

情 怀

李炳铎

> 为什么我的眼里常含泪水，因为我对这土地爱得深沉。
>
> ——艾青《我爱这土地》

辽水汤汤，日夜奔流不息。千百年来，辽河以它宽广的胸怀、深沉的博爱、雄浑的气魄、坚忍的品格，养育了一代代辽河儿女，使他们茁壮成长，为社会贡献力量，为家乡增添光彩。

一

1963年5月。一个春风拂面、杨柳依依的日子。孙秀玲出生在绕阳河畔胡家镇西胡村一个普普通通的农民家庭。从儿时开始，孙秀玲就有一种"凡事不做则已，做必成功"的韧劲。初中毕业后，赶上铁路部门招工，孙秀玲从此成为一名光荣的铁路工人。

盘锦地处辽河平原西部，气势磅礴的辽河在此入海。在咸、淡水交汇处孵化了大量的蟹苗（大眼肉体）。这些蟹苗稍大后，就洄游到盘锦境内的大小沟渠、池塘、苇塘……20世纪70年代以前，盘锦境内拥有河蟹数量相当可观，民谚有"棒打狍子瓢舀鱼，螃蟹爬进

293

灶坑里"之说。随着辽河油田的开发等多种因素影响，生态环境遭到了破坏，河蟹数量急剧减少。1990年，胡家镇二夹村毛志平人工养蟹取得了成功，极大地激发了当地农民养蟹的积极性。

"人活着，就应该勇于尝试，做你想做的事。"有一段时间，孙秀玲的脑海里反复地出现这句话。也许正是这种想法的驱使，孙秀玲竟做出了一个让人大跌眼镜的决定：辞职下海，搞河蟹养殖。这也就意味着，她放弃了"铁饭碗"，端起了"泥饭碗"。面对孙秀玲的犟脾气，所有反对的人也只能偃旗息鼓，知难而退。

谁知刚刚开始养蟹，老天爷和她开了一个大玩笑。孙秀玲和亲属承包70亩水塘用于养殖河蟹，可由于技术不过关，当年就赔掉了15000元。这个数字在当时不啻天文数字，这可是孙秀玲的全部积蓄。孙秀玲没有顾及别人质疑的眼光，她知道自己输在了技术上。在接下来的1000多个日子里，她一心钻研河蟹养殖技术，一边向有河蟹养殖丰富经验的前辈请教，一边借阅大量书籍，如饥似渴地汲取书中的营养。更多的时间，她把精力投入田间地头，做好河蟹养殖各个环节的记录，掌握第一手资料和数据，从水温、水质、含氧量到饲料的选择、投料施肥等，都进行了细心的研究，总结出一套养蟹的"秀玲法"：水域是条件，苗种是关键，技术是保障，管理靠经验。

1994年，孙秀玲收获了养殖河蟹的第一桶金。在此之后的十几年间，河蟹养殖产业规模不断扩大，财富也如滚雪球般越滚越大。

养蟹技术难题被攻克之后，孙秀玲又在思考另一个问题。北方的河蟹一般都集中在中秋节前后上市；一入冬，河蟹就销声匿迹了。而春节期间正是人们采购食品的黄金时段，如果此时把河蟹摆上家家的餐桌，效益一定十分可观。

说干就干。2002年初冬，孙秀玲兴致勃勃地准备几个冬储坑，

294

把个大质优的河蟹放入两米左右水深的坑塘里。春节前的这一段时间里，她几乎天天去越冬坑里观察。天下雪了，她带人去清雪；冰眼冻上了，她找人赶紧凿开。每隔一段时间，她便提取坑塘里的水去化验……

当新年的鞭炮在空中炸响的时候，孙秀玲满怀喜悦，组织人力开始捕捞，可谁知，捞出来的河蟹大部分都断气了，只有少量的螃蟹还在苟延残喘。孙秀玲眼前一黑，差点跌倒在冰面上，泪水不住地滚落着。寒风中，雪花飞舞，沙粒般抽打在她的脸上、身上。此时，她的心和这天气一样凛冽……

仅此，孙秀玲损失至少10万元以上。伤心过后，不服输的劲头又占领了思想的高地。"从哪里跌倒就从哪里爬起来。"孙秀玲打了十几天吊针，又拖着虚弱的身体投入了工作。经过细致的分析，找出了导致成蟹大量死亡的原因：坑塘深度不够，塘底淤泥太厚，成蟹储存的密度大，导致水中氧气不足。

问题的症结找到了，意味着成功的开始。孙秀玲把导致失败的因素一一记录，针对坑塘深度问题、河蟹密度问题、水质问题、水中溶氧度问题、塘底淤泥问题等，都进行了反复比照分析，查找了大量的资料，这些问题一一破解。比如，坑塘缺氧问题，采用的办法为在坑塘里放置藻类植物，增加水中氧含量，适当降低河蟹储存密度，必要时用水泵抽循环水来补氧等。孙秀玲还总结出了北方河蟹冬储的"秀玲法"：清理坑塘水要深，过冬冰厚氧要足，扣蟹每亩千斤算，成蟹每亩要减半，水质泛白已缺氧，蟹苗溜边儿要补氧……

这些简单明了、易学好记的口诀，成了指导许许多多养殖户养殖河蟹的"法宝。"

在以后的几年里，河蟹冬储技术日臻成熟。新鲜、肥美、散发着诱人香味的大螃蟹爬上了人们春节的餐桌，孙秀玲也因此成为北方成功实施河蟹冬储第一人。河蟹冬储难题的攻克，让全市乃至营口、鞍山等更多的养殖户实现了河蟹冬储梦，效益十分可观，也出现了北方河蟹即使在冬季里一样横行市场、供销两旺的局面。

创新永无止境，奋斗不会停歇。为了把"大养蟹"转变成"养大蟹"的目标，孙秀玲带领合作社成员大胆尝试河蟹池塘高密度养殖实验。采取种草、投螺、稀放、混养、调水为核心的生态养殖新模式，经过3年的研究探索，2021年达到了河蟹亩产80斤，平均河蟹规格3~4两，每亩利润增加1200元，开创了盘锦地区河蟹池塘高密度养殖新模式，为蟹农致富增收开辟出新路径。

"成功的花儿，人们只惊羡于它现时的明艳，然而当初它的芽儿，浸透了奋斗的泪泉，洒遍了牺牲的血雨。"正是在一次次失败的泥淖中跌倒，又顽强地站起来，孙秀玲才一次次走向成功。

二

俗话说，酒香不怕巷子深。其实，这种说法也有偏颇之处。酒再香，也只能巷子里的人闻到；巷子外的人，甚至更远的地方，恐怕未必能闻到。说到底，还是一个推广宣传问题。

2007年秋季的一天，孙秀玲在山东考察学习途中，发现当地不起眼的大白菜都有了自己的品牌，包装也很漂亮。盘锦河蟹如此有名气，为什么不能打造自己的品牌？回来之后，孙秀玲就申请注册了秀玲牌河蟹，并投资3万元设计制作了河蟹精品包装盒，致力于打造代表北方河蟹第一品牌——秀玲牌河蟹。品牌有了，可如何让更多的人熟知？孙秀玲想到了互联网电商平台。如今是互联网时代，可谓一网通天下。论年纪，孙秀玲已经是奔60的人了，可她的思想一点也不落后。孙秀玲请相关专业人员帮助建立了互联网+、旗舰店、天猫、阿里巴巴等电商平台，开始大量销售河蟹。以2021年为例，孙秀玲通过线上线下渠道销售河蟹150万公斤，实现销售额3500万元，纯利润320万元，实现产值超亿元，对带动盘锦地区河蟹产业发展、促进农民增收起到了重要的示范和引领作用。

此外，孙秀玲多次参加国家、省、市、县等有关部门组织的各种形式的展销会、品牌推介、蟹王争霸赛等活动。2012年10月12日，中央电视台《新闻联播》对秀玲牌河蟹进行了宣传报道。2013年12月26日，孙秀玲又登上了中央电视台七频道《农村大舞台》，宣传讲解秀玲牌河蟹。可以说，秀玲河蟹如今已名满天下，畅销全国以及日本、韩国等国家，各种奖项也纷至沓来。这里只列举三个：2017年，秀玲牌河蟹被评为中国十大名蟹；2018年，由孙秀玲牵头成立的合作社被评为全国示范社；孙秀玲获得了中国河蟹产业突出贡献人物奖。

三

孙秀玲虽然每天忙于生意，但一有闲暇，她就用听音乐来放松身心。《父老乡亲》这首歌是她最喜欢的，其中有一句歌词"树高千尺也忘不了根"，让她尤其感慨。孙秀玲常说，人不能忘本，即使你有再大的本事，也要常怀一颗感恩之心。她举例说，雄鹰飞得再高再远，没有空气的托举也是飞不起来的。

孙秀玲富裕了。富裕之后的孙秀玲并没有忘记家乡父老，也没有忘记自己对社会肩负的责任。为了带动更多的农户发家致富，2009年3月，她组建了盘山县胡家秀玲河蟹专业合作社，吸纳社员51人，建立了64500亩的河蟹养殖基地和1500平方米的河蟹销售门店、320亩的河蟹标准化池塘养殖示范基地、450平方米的标准工厂化河蟹暂养池，可谓产、供、销一条龙，是典型的"合作社+基地+农户"的养殖生产和经营管理模式。秀玲牌河蟹远销全国20多个省市自治区，带动周边河蟹养殖户近千户走上富裕的道路。

一花独放不是春，百花齐放春满园。为了扩大产业规模，带动更多的人发家致富，从2010年开始，她连续5年到新疆、黑龙江、吉林等地推广稻田养蟹"盘山模式"，现场指导技术培训，印发稻田养蟹技术手册等，并为养殖户供应种苗及回收成蟹，可谓保姆式服务、全方位服务。

孙秀玲还是一个乐善好施的人，她经常带领合作社的成员为慈善总会和地方政府捐款，累计捐款31500元。她心中时常牵挂着幸福院的老人。每当老人节来临之际，她都带着购买的米、面、油及水果等看望老人，为他们送去关爱和温暖。

孙秀玲虽然是一位平凡而普通的农家妇女，在她的身上却体现出勇于创新、敢为人先的精神风貌，体现出勇立时代潮头、与时俱进的思想品质，体现出友爱互助、扶危济困、不忘初心的大爱担当。从这个方面说，她又是一位不平凡不普通的人，表现出一名企业家和共产党员的高尚情怀。

伟人说过，一个人的能力有大小，但只要有这点精神，就是一个高尚的人，一个纯粹的人，一个有道德的人，一个脱离低级趣味的人，一个有益于人民的人。

孙秀玲做到了。她，就是这样的人。

侠骨柔情英雄心

李 博

盘锦是因油而生、因油而兴的城市，被称为石油之城。我国最大的稠油、高凝油生产基地——辽河油田便坐落于此。石油人在这里艰苦创业、辛勤奉献，为盘锦的经济社会发展做出了巨大贡献，在长期的开发建设和漫长的生活中，涌现出方方面面的模范典型，为时代增光添彩。2021年度辽宁好人获得者——中国石油辽兴油气开发公司党委委员、副经理代立可就是其中的一位。

如何用文字来描述一个真实的代立可这个问题一直萦绕在我的脑海，毕竟这个好人做的好事是那样实在，却又沉甸甸。在代立可的办公室，他只愿讲述与工作有关的；出了他的办公室，他的同事们说起他做的好事，如数家珍。简而言之，他是一个爱心驰援的普通人，他是一名见义勇为的大英雄，他是一位无私奉献的好心人，他是一个敢闯善拼的带头人……

三次捐款

2020年，代立可连续三次捐款、累计30200元的事不胫而走。很多人问他，为什么这么做？他总是淡淡地说，源于切身感受，源于他对医护工作者不容易的理解。

2020年春节前，代立可年逾七旬的母亲在北京接受了乳腺癌切除手术。医生说已是癌症晚期，前景并不乐观，只能用药尽力维持……母亲的病情让他揪心，医护人员用心、用情、无微不至的照顾令他感动。此时，医护工作者的辛酸他看在眼里、记在心头。

2020年2月3日，代立可以普通市民身份将2万元现金送到盘锦辽油宝石花医院，告诉医院的相关负责人，自己实在买不到医疗物资，希望医院可以多购买些送给有需要的人。他说，医护工作者不易，他们有家庭、有烦心事，但只要站在病患面前，他们只是医生、护士，一心一意救治病人。"哪有什么岁月静好，不过是有人替你负重前行。"若自己能为他们的健康贡献一份力量，是莫大的荣幸。

代立可捐款可不止这一次。2月27日，党中央发出党员捐款支持疫情防控工作的号召后，他丝毫没有犹豫，再次捐款1万元。翌日，又以党员干部身份在作业区带头捐款200元。在他的感染之下，亲朋好友、同事同行纷纷踊跃捐款。他们说，好人带头做的事一定是好事，他们不是"最先锋"，但能成为必要时伸出的援助之手。

作为一名有着17年党龄的共产党员，他用三次捐款践行了共产党员的初心使命！

三入火海

这些年代立可做了许多好事，他认可的值得一提的是发生在2010年6月4日下午的那件事。

时间倒回至2010年，时任辽河油田茨榆坨采油厂科尔沁油田开发公司党总支副书记的他，与两位同事从开鲁县开车返回驻地。刚过新开河收费站约4公里，坐在副驾驶位置的代立可发现前方一辆大货车侧翻在公路中间，驾驶室变形严重，他立即将车叫停，飞快地跑到着火的车前查看伤情，发现车内两人昏迷不醒，另一人在不断地抽搐；路旁沟里浓烟滚滚，一辆车体严重扭曲变形的奥迪已经起火，浓烟从破碎的玻璃窗冒出，车内隐约看到四五个人，生死不明。

他下令——救人！首先他拨打了120急救电话，而后和同事拿着车上的灭火器二闯火海为奥迪车灭火。两个灭火器用完了也没能将火扑灭，眼见着火借风势越烧越大，车子随时可能爆炸。正在想如何灭火之时，他们听到从大货车方向传来呼喊声，又转头跑到大货车前，代立可试图打开车门，但车门无法打开。

"救人，必须救人；不管怎么样，先救人！"在这个念头的驱使下，他带领同事三闯火海，与时间赛跑，从死神手中抢人。他们冒着被碎玻璃割伤的危险，徒手将前挡风玻璃碎片一点一点拔出来，再小心翼翼地依次抬出伤者。抢救伤者时，眼见着大货车流出来的柴油就快淌到路边了。"柴油不能继续淌，必须阻拦。"他用手挖土垒坝，手指鲜血直流，但他不顾钻心的疼痛，直至拦住流淌的柴油为止。就是这道小土坝，成功阻止了大货车的险情。

代立可和同事偶遇车祸，三次深入火海成功救援。当120急救车越驶越近，他带领同事驾车沿草原路默默离开。

这是一件好事，这是一件救人生命的大好事。但代立可和同事就像约定好了一样，谁都没有向外透露一个字。直到第二年，获救的人通过种种方式找到他们，想当面致谢的时候，事情才被单位知晓，才被媒体宣传。

六年帮困

危难之时，代立可是可以冲锋陷阵的"硬汉"，生活中的他内心十分柔软。

2014年，代立可从朋友那里得知，辽中镇有户困难家庭——夫妻二人都没有工作，丈夫患严重肝病和并发症，妻子体弱多病，家中有两个女儿，大的7岁，小的3岁。"如果可以，我愿意搭把手!"他便几次致电让朋友带他去这户人家。

当走进这户人家，家徒四壁的场景让他震撼，"这可怎么生活?"当与两个孩子对视时，那天真无邪的眼神直击他的心脏……他当即掏出1000元钱，让他们贴补家用。从此，他心中又多了份牵挂。每个学期开学前，他会亲自给姐妹二人送去学习用品，还会与她们所在的学校沟通协调减免餐费事宜，逢年过节也会早早地将生活用品送到家中。

后来，代立可因工作调动，被派到辽兴油气开发公司张强采油作业区，距离和时间的冲突，他不能经常看望这户人家了。但他对他们的关爱丝毫未减，自己去不了，就委托朋友代为探望；还会写信叮嘱姐妹俩用功学习、用心生活。他经常对她们说："别怕，有叔叔在，你们只管努力，长大了一定要做个有为青年。"

就这样，坚持资助这件事，他一做就是6年，每年资助的钱和物加起来近万元。他的朋友曾和他说："是我的唠叨害得你费神又费钱。"他却坚定地说："是你让我有机会做件力所能及的好事。"

6年里，他的照顾虽称不上无微不至，但有一件事是风雨无阻的——每年春节前后到家里坐坐，哪怕只有唠唠家常的工夫。他说，只要看一眼，就放心了。

创新发展

改革创新是发展的关键。作为辽河油田公司唯一由作业区直接管井的基层作业区，茨榆坨采油厂首家全面推行"数字化+扁平化"改革的采油生产单位，当时张强采油作业区面临着如何建好新机制、如何管好新模式、如何带好新队伍等诸多困难。"连撤两个管理层级，员工数量减少近半……"回想2019年改革期的"阵痛"，时任辽兴油气开发公司张强采油作业区区长、党总支副书记的代立可记忆犹新。

如何走好改革关键的第一步？他反复思考。"站排头"奋勇争先。新班子组建后，他充分发挥作业区数字化优势，挖掘基层管理潜力，撤销所有中心站、自然站及单井点，首先变"作业区—中心站—自然站—油气水井"三级管理模式为"作业区—油气水井"一级管理模式；随后，把员工从85人精减至47人；再通过反复摸排生产制度强化老井管理、成立项目攻关小组等助力油田降本增效。

管理上的中间环节被取消，工作效率大大提升；人员机构被精简，岗位员工成了"一专多能，多专多能"复合型人才；改革后的新张强生产运行平稳增效，当年创效750万元。他说，既然做了第一个吃螃蟹的人，就要把螃蟹吃好。

现在看，证明了改革促进了发展，改的方向也是正确的。单位充分利用数字化网络平台掌握实时生产动态，最终在全年没新井、无措施情况下，实现老井阶段超产2000余吨。

代立可一路走来，"立身、立业、立言、立德"，以博爱之心，乐助他人；以勇敢之为，救人于火海；以改革创新之举，致力事业发展，身体力行地践行共产党员的初心和使命，展示着一个石油人的精神风貌。

大爱之歌

管红梅

　　爱之伟大，因为有了义薄云天的情怀，勇于直面人生苦难，不畏艰难险阻的勇往直前的奋斗伟力。

　　兴隆台区锦采街道静园社区的王敏，二十几年如一日，精心照料、陪伴高位截瘫的丈夫，抚养幼小的孩子，靠瘦弱的肩膀撑起家庭生活的重担。她的高尚情操，她的不渝挚爱，成为人间美谈，诠释了爱的真谛。

　　28年前，王敏正是位天真烂漫、情窦初开的姑娘。就在这一年，她经别人介绍，结识了部队转业后被分配到锦州采油厂的作业工人刘建伟。那时的刘建伟英气勃发，喜欢体育运动，尤其是足球，这些深深地吸引着王敏。不久，他们便坠入爱河，走进婚姻的殿堂。二人彼此发誓，无论生老病死，也要不离不弃，永相厮守。一年后，他们有了爱的结晶，生下一个可爱的儿子。

　　天有不测风云，人有旦夕祸福。正在他们享受着美好的幸福的时候，灾难却从天而降。1995年4月的一天，刘建伟和往常一样从事着移动板房的安装工作，他万万没有想到，决定一生命运的灾难即将降临。由于春天冰封的大地解冻，泥土松软。支撑板房的千斤顶突然下沉，板房坍塌，将刘建伟拦腰对折压在下面。

　　"王敏，你丈夫出事了，请你马上到总部医院来！"

放下电话后，王敏顾不上换衣服，疯了似的赶到医院。走进病房，望着昏迷中的丈夫，她的心里有一种说不出的酸楚，流出了别人无法体味的眼泪。

"你要有心理准备，你丈夫很有可能成为高位截瘫病人，再也没有站起来的可能。"

听完医生的话，王敏泪流满面，感觉自己的天塌了下来。她不知道自己将如何面对未来。

意外的灾祸把这个一向平和的家庭几乎推向了绝境，家庭的正常生活秩序被彻底打乱。

王敏一边照顾孩子，一边照顾躺在病榻上的丈夫。

经过抢救治疗，丈夫刘建伟苏醒过来。苏醒后的刘建伟感觉到自己的腰部一点知觉都没有，下半身不能动弹。他仿佛明白了自己伤势的严重。

"我是不是不能走路了，永远躺在床上，需要人伺候哇。"望着丈夫的眼神，王敏强忍住内心的泪水，装出若无其事的样子："医生说没有事情的，过一段时间就会好起来，不要胡思乱想，好好养伤。"

过了一段时间，刘建伟出院静养，后续还要做几次手术。为了不让丈夫有更大的心理负担，王敏对丈夫说："从今天起，我们回家慢慢地养，只要不放弃，我相信一切都会好起来的。"

从这天起，王敏成了家里的顶梁柱，抚养孩子，照顾丈夫，一个人艰难地维持着全家的生活。

时间一天天过去了，一点没有转机的丈夫似乎知道了自己的将来，他变得非常消沉，有时连饭都不吃，几次有自杀的念头。为了消除丈夫的心理顾虑，王敏每天给丈夫讲外面发生的趣事，慢慢抚慰丈夫受伤的身体与心灵，唤起他对生活的信心。失去了生活能力

305

的刘建伟，大小便没有知觉，尿裤子、便在床上是常有的事，由于缺乏运动，肠胃蠕动弱，经常大便干燥，王敏只好用手抠。

面对这样一名高位瘫痪的病人，家人以及亲戚朋友都劝他离婚，趁着年轻再走一步。"我们结婚的时候是发过誓言的，今生不离不弃。"王敏一直坚守着这个承诺。

风华正茂的年龄，王敏承受着常人不应有的寂寞和清苦。但一切她都抛到脑后，一心扑在对丈夫的照顾、孩子的抚育和家务的操持上。

有一次，王敏累得实在有些坚持不住了。她偷偷地跑到野地里大哭一场，为了不让丈夫发现，回来后洗了脸，换了衣服，喷了香水，笑着问丈夫："看我今天美不美？"

…………

"我是刘建伟最亲的亲人，在他最需要的时候，怎么能不尽全力照顾他呢！"王敏经常提醒着自己。

王敏对丈夫的照顾就像对孩子一样。因为有三节脊椎骨被取掉，刘建伟不能久坐，时间稍长一点，腰就会痛，她每天都坚持为丈夫做按摩、翻身。每次洗澡的时候，王敏要将丈夫抱进浴室，再抱出来；天气好的时候，她也总是把丈夫抱出去晒太阳，呼吸新鲜空气。

日复一日的劳累让她落下了腰痛的毛病。这么多年来，她从来没有因为家务繁重和丈夫发过牢骚，她知道，那样丈夫的心里会更难受。

俗话说，功夫不负有心人。在王敏的悉心照料下，丈夫的身体渐渐有了好转，可以稍稍坐下了，这让王敏很是欣慰。看着疲惫的妻子，刘建伟的心里很痛苦。他看到年轻的妻子每天为自己忙碌，觉得对不起她，常常一个人发呆。对此，王敏从不多说什么，只是用实际行动告诉丈夫"我们是一家人，我们彼此不分开"。

"有你在，我们就是一个完整的家，孩子就能在爸爸妈妈的共同呵护下成长。所以，你一定要想开些，每天开心起来，你开心了，我们才开心，你要是心疼我，你就给我开心起来。"王敏经常这样安慰丈夫。

时间长了，丈夫的心情渐渐好起来，脸上也开始有了笑容。"都说女人是半边天，可是王敏用真情挚爱，为我们的家庭撑起了整个天空。"刘建伟朴实的话语道出了对妻子的深深感激之情，他为今生自己能娶到这样好的妻子而自豪。

爱，给刘建伟生存的勇气；爱，让他恢复自信！

"我怎么从来没听你说过疼啊？"王敏回忆着丈夫同屋的病友整天哼哼呀呀，叫苦连天，甚至疼得哭出声来，但刘建伟的脸上看不出一点疼痛难忍的样子。

丈夫是一个不善表达的人，却是一个性格坚强的人。几次住院，几次手术，先后取走了他身上的一根肋骨、一块髋骨、三节脊椎骨，可是，他从没说过一个"疼"字。

后来丈夫告诉王敏："哭也是疼，笑也是疼，为啥不笑呢？我老是喊疼，你的心里不就会更加难受吗？为了你，我也要忍着。"夫妻俩在共同的理解疼爱中共同分担着痛苦。

危难见真情，一人有难众人帮。刘建伟的不幸得到了组织的关爱，王敏的不离不弃赢得了大家的掌声。锦采运输队有一个刘建伟的战友，当得知刘建伟一个人很是郁闷，就经常来家里陪他聊聊天，讲讲单位发生的事，或帮助干一些力气活。后来，社区成立了党小组，刘建伟有了更多与大家交流的机会。慢慢地王敏感觉到了丈夫的变化，他不再抱怨命运，不再乱发脾气。

刘建伟的活动空间就是家里50多平方米的地方和屋外十几米

远的草坪。除此以外，他再没去过任何地方。2000年，锦工技术处专门给刘建伟定做了一副助力器，在助力器的帮助下，他可以一个人慢慢挪到窗前，向外看一会儿。这无疑对于王敏压力的减轻起到了非常重要的作用。为让刘建伟有娱乐空间，组织上还给他们送来了电脑，从那以后，刘建伟开始有了和外界接触的窗口，他可以上网看他喜欢的体育新闻，看足球比赛，偶尔还可以聊聊天，也经常会给王敏讲一些看到的东西，他的性格变得开朗多了，他们之间也逐渐多了许多沟通。

朗月隔窗而入，映照这个特殊的家庭，给这个家庭的每一个成员以柔和的抚慰。王敏看着熟睡的丈夫，心里感到欣慰，虽然每天她都要重复地做着给丈夫收拾大小便、洗澡、陪丈夫聊天、给丈夫按摩、哄丈夫开心一系列平常的琐事，而这对王敏来讲，付出了太多的汗水、泪水，有太多的无助、无奈和祈盼。

妻子贤惠，丈夫坚强，儿子阳光，家庭每天充满欢声笑语，一家人其乐融融。刘建伟觉得自己是世界上最幸福的人。特别是他们的儿子在2014年考上了沈阳工学院，如同家里升起一颗新星，燃起了新的希望。

王敏经常这样激励家庭的每一个成员："只要我坚持住，不放弃，我的家就还在。只要家还在，生活中就永远有阳光和希望。"

王敏的婆婆已经近70岁，她看着儿媳这样照顾自己的儿子，而自己却帮不上什么忙，有时偷着流泪。王敏发现后，安慰婆婆："妈，我不累，我习惯了。不用您惦记。"不仅如此，有时她还把婆婆接到家中，给婆婆买药买衣服，一起照顾他们母子二人，这让婆婆一家更对王敏充满了感激之情。

王敏的婆婆逢人便说："我这是上辈子积了多少德，才换来了这样一个好儿媳妇哇！"

王敏的默默付出得到了社会各界的认可，2006年被锦州采油厂评为感动锦采人物先进个人；2007年被兴隆台区评为好媳妇标兵，2009年又被评为好媳妇；2013年被评为第四届盘锦市孝老爱亲道德模范；2015年第六届辽宁省道德模范及道德模范提名奖名单公布，王敏获得了省孝老爱亲道德模范提名奖。

"这是心的呼唤，这是爱的奉献，这是人间的春风，这是生命的源泉。再没有心的沙漠，再没有爱的荒原，死神也望而却步，幸福之花处处开遍。啊，只要人人都献出一点爱，世界将变成美好的人间……"韦唯的一首《爱的奉献》唱出了人间的期待、真情和善美，同样揭示了王敏高尚的内心情怀。她用真情挚爱擎起了一个康健的家园；她用默默的奉献，唱响了一曲人间大爱之歌！

初心不改

李江峰

惠宾街道迎宾社区党组织书记黄红芳，已经在服务社区居民的岗位上勤勤恳恳工作了20个年头。这20年来，她初心不改、始终如一地把每位居民的冷暖搁在心里，带领社区工作人员和党员志愿者为群众办实事、解难题，在平凡岗位上书写了不平凡的人生篇章，在满足社区居民对美好生活的需要工作中展现了一名优秀共产党员的无私大爱。

身边有五六百党员志愿者

作为社区党总支书记和居委会主任，黄红芳一直把党建引领作为实现居民自治的最有效途径。她把社区里老党员以及党员志愿者们组织起来，在每个居民自治的细分领域或点位区域，都安排一名居民党员牵头负责，让社区日常管理运行有条不紊、频出亮点。

老党员严加强2011年退休后，被黄红芳安排在社区居民活动中心进行志愿服务。打扫楼道卫生、清理厕所、烧开水，这些年来不论春夏秋冬，他都不厌其烦。他管理活动中心非但不收取一分钱报酬，维修发生的一些费用，还经常自己掏腰包。

与老严一样在服务居民岗位上无私奉献的还有宣传红色电影文

化的"时光电影放映队"秦祖胜、种植社会主义核心价值观"最美花园"的张善巧、手持噪音监测仪解决居民纠纷的田广利、义务为居民教授书法课的郭春光等。

这些老党员活跃在社区自治的各个领域，坚持每天上岗的老党员就有30多名，能随时听从社区安排的党员志愿者就更多了，粗略统计有五六百名，这些党员汇成了一股义务奉献的先锋力量。黄红芳把服务工作安排得井井有条，让他们充分发挥光和热。

手机里微信群响不停

社区大事小情都需要黄红芳处理或者拿意见，为了让居民们能随时找到她，黄红芳分门别类，从社区管理到服务活动、从党员支部到居民团体、从网格到楼栋，一共组建了多个微信群。手指在屏幕上一滑，各个微信群快速掠过，新的消息进来引发的响声和震动不绝于耳。在微信上协调各项事务，成了她的工作常态。

黄红芳的手机从不离身，她的工作时间可不止上班的8个小时，微信群有信息需要处理，就是黄红芳的工作时间。有的时候下了班在家吃晚饭、看电视，她都要拿着手机处理事务。想要休息，就要等到微信群里的人们结束了一天的活动，都"消停了"，才会有她的闲暇时间，而这一般都是夜深人静的时候了。

办公桌抽屉里有一大堆小食品

很多时候，"废寝忘食"这个形容一个人忙得不可开交的词汇，总会让人感到有些夸张。但是，黄红芳忙起来真的会忘记吃饭。

黄红芳服务居民热心周到，居民们"以心换心"，大家都知道黄书记在工作多的时候有忘记吃饭的"毛病",一方面非常理解,另一方面也十分心疼。所以社区志愿者和居民经常给她带点小食品,包括小饼干、小蛋糕,还有巧克力等,不管她同不同意,都放到办公桌的抽屉里,就是希望黄红芳在繁忙的空当时间能吃点东西,别把身体和胃搞坏了。

拉开黄红芳的抽屉,这里塞得满满当当的其实不是小食品,而是党员和居民对他们这位"黄书记"的深情厚谊和浓浓的关爱。不过,虽然大家想到了,但还是未能阻挡黄红芳的胃溃疡,因为她的心一直在工作上,即便伸手就能够得到的东西,还是一点都想不起来。

她的心里装着每个居民

在黄红芳心里,居民过得好不好、高兴不高兴,是自己工作中头等重要的事。

迎宾小区60号楼的居民赵卓,今年48岁,靠打工为正在上大学的儿子和70多岁母亲赚取生活费。前一段日子,他因阑尾炎发展成脓性重症,住进沈阳医院,生命垂危。黄红芳了解情况后,第一时间给赵卓的母亲打电话安慰,并找到党员和居民核实情况。之后,她一边安抚赵卓母亲的情绪,一边在社区铁粉群中带头发出倡议,为赵卓治病筹款。社区居民纷纷伸出援手,在铁粉群里争先恐后捐款,就连不是本小区的居民看到捐款信息也踊跃参与。年龄大的居民和老党员不会用微信转账,就让子女在微信上代捐,有的特地跑到社区捐款。据统计,这次捐款活动参与群众达到几千人,捐款额达到6万余元。3月29日,赵卓的母亲把写有"社区好干部,群众贴心人""生死之时伸援手,人间处处有真情"的两面锦旗送到了社区。

　　黄红芳全心全意为社区居民服务，处处彰显党员本色。2020年11月30日，她被省委宣传部、省精神文明办、省民政厅授予辽宁好人·最美城乡社区工作者荣誉称号。

宛如平常一段歌

海　默

　　一整夜的中雨在清晨适时地停了，尽管街道上随处是积水，好在没有能够阻止住我和郭凤霞会长的预约，我们几乎同时到了预约地点。

　　初次谋面，她就是我感觉里的样子，话语轻柔、娴静淡雅。心怀大爱的人，岁月留给她的，一定是浑身散发出那种让人舒服的美好。

　　作为盘锦爱心志愿者发展促进会会长兼党支部书记的郭凤霞，并不是2008年退休后才开始做爱心志愿者的，她说她因接受过别人的帮助而走出困境，她要把这份感恩回报社会，退休后，便将全部精力投入志愿者服务中，她是辽宁好人，她是盘锦市最美志愿者。其实，对于我们生活着的世界，每一位热心公益慈善事业的人都是天使，是暗夜里的一束光。

　　当这束光照到从黑龙江来盘锦的五口之家时，他们的生活终于在不断下陷的黑暗里迎来了转机。

　　这本该是一个三世同堂的幸福家庭，3个孩子有父母和爷爷奶奶照顾，一家人相守在一起，无须大富大贵，过普通百姓的平常日子，已经足够好了。

　　然而，随着这一家的男主人病逝，欠的很多债让孩子的母亲不堪重负，留下这老老少少5口人，不辞而别。从此，这个家庭陷入了生存的泥潭，租住在四处漏风的房舍里艰难度日。脏乱、破败的家，唯一的亮点是，斑驳的墙壁上满墙的奖状，这是13岁的大孙女的，她9岁的妹妹也在上学，最小的5岁的弟弟上不起幼儿园，只能跟在近80岁的奶奶身边，奶奶的身体和精神都不太好，爷爷还要出门打工赚钱养家。

郭凤霞知道了这一家人的情况后，带领志愿者们纷纷解囊，不仅解决了两个上学孩子的学费，也把最小的孩子送进幼儿园，改善他们的生活和居住条件，跟踪帮扶了两年，这期间也影响到了其他爱心团队纷纷加入，大孩子上高中后，也有企业老总实行了一对一的帮扶……这一家老小的生存问题得到了解决。欣慰和感动，鼓荡在内心，这时候，郭凤霞默默地撤出了。还有很多事情等着她呢！

爱是一泓清泉，洗涤人的灵魂。郭凤霞把她的爱心志愿者发展促进会办公室选在了双台子区的建设街道南迁社区。它宛如泉眼，汩汩地流淌着友爱的泉水，滋润着数量庞大的社区居民。

南迁社区的居民大多是辽河南岸泄洪区动迁来的农民，散漫成习，郭凤霞和她的爱心志愿者们每天都会为居民的党群活动中心义务打扫卫生，跟他们互动，给他们买水果，解决生活中的实际问题，给老人剪头，帮助空巢老人打扫卫生，为他们购物，生活上事无巨细地提供帮助和服务，特别是当年的年末，郭凤霞和她的爱心团队，配合社区，集中扶贫解困，130来户居民得到了帮助。另外，通过实际走访，郭凤霞和她的团队自筹资金，为近百户贫困居民安装了燃气报警器……他们一直在持续地做各种帮扶活动，南迁社区书记王月男也竭尽所能地支持他们的爱心行动。

真诚地付出得到的回馈便是感恩，只要人人献出一点爱，便可汇集成庞大的洪流，洗涤内心的荒芜，让它开出花朵来。

一年多的时间，被友爱互助的氛围笼罩着的南迁社区，整体环境发生了很大的变化，邻里关系、人与人之间的关系，得到了很大改善，居民整体素质都有了很大提高。

郭凤霞太忙了。她心心念念的，都是那些在疾病和困苦中，挣扎的眼神，那些需要帮助的渴望的眼神，她如爱的播种机，一路播撒着爱的种子，她希望它们生根发芽，荫蔽苦难的众生。

双台子区城市之星廉租房居民，许多是源于大病致贫，因此他们对28号楼廉租房2个单元240户居民，开展入户信息采集活动，并建立关爱居民微信群。志愿者们分为四组，每个单元以1—15楼、16—30楼为分界对居民开展调查，进行了彻底的摸底、排查，用最直接的方式了解居民的需求，进行统计，为后续帮扶工作打下坚实基础，数次为这里的居民送去新鲜的蔬菜和生活必需品。他们为28号楼的居民建了微信群，发物资的时候，在群里通知，还有一些没有微信，或者行动不便的，志愿者们特别统计出来，一人管10户，挨家挨户送上门。天气好的时候，在一些节假日，给他们演节目，上家庭教育课，教他们传统文化，精神与物质并驾齐驱。

一些居民，不是给送一些蔬菜和生活用品就能解燃眉之急的。比如一户孤寡老人家徒四壁，只有一张床一只大公鸡相伴，他需要持续帮扶；比如一户三口之家，儿子30多岁，患有糖尿病综合征、抑郁症，双目失明，母亲挂着尿袋，父亲癌症。他们唯一的需求是他们住院时候，能够有人给他们儿子做饭吃……面对这些贫苦的人群，郭凤霞内心的触动，让她无法停下帮扶的脚步，让她时时刻刻牵挂着这些需要帮助的人。

郭凤霞打算将这里的扶贫助困项目化，长期管理，给他们一点关爱，一个希望。面对27号楼那些渴求的眼神，郭凤霞坚定了信心，无论多难也要帮助，下一步，也会将27号楼纳入帮扶对象中。

郭凤霞纤弱的身体里，藏着一颗侠客之心。

2015年，大洼区榆树小学老师介绍给郭凤霞一名学生，当时只有9岁，看到志愿者们去了他家，吓得钻进炕洞。一个不敢见陌生人的孩子，生活在怎样的家庭呢？

郭凤霞被震撼到了。孩子的母亲是黑龙江人，残疾，只能含含糊糊喊一声"哥"，这个"哥"，就是捡她回来的智障还患脑血栓的丈夫。他在拾荒的时候遇见她，带回家。后来，生了眼前这个浑身炕烟的"小黑孩"。

院子里堆满捡来的垃圾，还有几十条流浪狗，屋子里破柜底下，出生后死掉的狗崽，腐臭的味道，熏得郭凤霞和志愿者们无法在屋子里久留。但他们还是忍受着各种不适，为这一家人打扫庭院，送去各种物资。郭凤霞一直关爱着这一家人，尤其这个"小黑孩"，如无根的浮萍，无可依存。

郭凤霞经过多方努力，使"小黑孩"在13岁左右上了户口，终于有了堂堂正正的身份和姓名。这期间，他的父母相继去世，尚未成年的孩子，在榆树镇拆迁时得到了一套房子，郭凤霞又联合社区等相关部门，一直为孩子看护着这套房子，以防其他变故……为了这个素不相识的家庭和孩子，郭凤霞不惧任何怨怼，凭着一腔良知，她张开了爱的翅膀，庇护着弱小。

郭凤霞带着她的团队，深入到方方面面，哪里有需要，哪里就有他们的身影。

莎士比亚说：慈悲不是出于勉强，它是像甘露一样从天上降下尘世；它不但给幸福于受施的人，也同样给幸福于施与的人。

当我从郭凤霞会长的办公室出来的时候，阴郁的天空阳光普照，走在雨后的大街上，清朗愉悦的内心，鼓荡着一种美好的力量，我感觉，郭凤霞和她的爱心团队犹如一座城市的毛细血管，敏锐地感知着这个世界的冷暖，在政府扶贫解困的力量之外，在细微处，奉献着他们的大爱长情。

心里还在想着郭凤霞会长临别时轻轻的话语。她说，她做这些不求任何回报和名誉，她只是想帮一帮那些需要帮助的人，做力所能及的事，希望更多的人参与进来，让这个社会充满正能量……

是的，她一直在用爱的生命唱一首平常的歌，这歌声那么嘹亮，那么悠远！

让爱洒满人间！这是郭凤霞的愿景，也是我们的！

"笔芯" 藏爱

张丽娜

　　初识柳贺是在政协组织的活动中，他是区政协委员，给人的印象是为人朴实热情，履职认真执着，敢于建言献策。后来逐渐了解到他是一家民办机构老师兼校长。一个执着于教书育人、爱岗敬业的道德模范。

　　柳贺的头上还有很多耀眼的光环：中国发明协会会员，荣获4项国家专利；中国知网收录4篇学术论文；盘锦市青年岗位能手、盘锦市道德模范、辽宁好人、盘锦市统一战线抗击疫情先进个人……

　　他组建的盘锦市双台子区笔芯志愿者协会，秉承"来源于社会、服务于社会"的志愿服务理念，带领志愿者协会无私奉献，弘扬友爱精神，在捐资助学、关爱儿童、孝老爱亲等方面做出了积极的贡献。2020年10月，他签署了人体器官捐献协议，他说，我和我的所有都是伟大的祖国母亲给予的，我要毫无保留地将自己奉献给国家和人民。这就是柳贺。

自主创业圆梦想

　　成为一名老师，一直是柳贺的梦想。2007年，刚刚大学毕业的

319

他，为了实现当老师的梦想，克服重重困难创办了柳贺教育培训中心。从最初的举步维艰，到现在的初具规模，每一步都凝结着他的汗水和心血。15年的不懈奋斗，不仅成就了梦想事业，还解决了一批大学毕业生的就业岗位。

教书育人之路，是奉献、踏实与认真铺就的路。从教15年，他始终怀揣着一颗真挚善良的心，诠释着一位教育工作者助人为乐的博大胸襟，用爱心谱写了一曲曲动人的乐章。

学习、充实，提升，把教学教研融入课堂日常，在实践中升华。截至目前，他的教研成果获得了4项国家专利。他创办的学校，不管是教师的教学水平，还是思想政治水平，都是行业里的标杆。并且学校处处呈现出人人争做助人为乐、敬老爱亲模范的浓厚氛围。

他注重加强自身素质培养，思想积极要求上进，不断提高政治素养。2021年国家施行"双减"政策，他积极落实，凭借对教育的执着热爱和不倦追求，立即将机构的全部学科类培训业务剥离，机构率先完成转型。

每到暑假，了解到有的孩子缺少亲人陪伴，情感和教育缺失，还容易发生危险，他看在眼里，急在心头，在暑期开展了"七彩假期·情暖童心"活动，开设了亲情陪伴、课业辅导、科普教育、爱国教育、心理健康、地震逃生、暑期溺水防范等课程。课程具有教学生动、兴趣拓展有趣、知识构成"七彩"纷呈的特点，不但解除了家长的后顾之忧，孩子们也愉快安全地度过了假期。

多年来，他用自己真挚的爱心精心呵护着每名学生，特别是对那些留守学生和家庭贫困的学生，总是给予无微不至的关怀和照顾。对于学习困难的孩子，他总是不厌其烦地讲解，对于家庭困难的同学，他和团队除了在学费上进行减免，还主动结对帮扶，做起了他们的"爱心爸爸"。他自己过得十分节俭,可是逢年过节,总要给他的"孩子们"买衣服、礼物,为的就是多给这些特殊的孩子一些温暖和关爱。孩子们都亲切地喊他"帅柳爸爸"。

柳贺教育培训中心团支部成立之初,以团结带领青年教师更好地参与教学为工作目标,现已发展成服务学校、服务社会的工作目标,带动青年职工、青年家长、青年学生参与学校发展,提出了打造团支部"志青春"建设计划。2020年,作为青年文明号单位,柳贺积极响应区委、区政府号召和区非公经济组织党委和团市委倡议,积极组织开展了"特殊团费表初心、共战疫情话发展"的特殊团费缴纳主题党日活动。部署线上助学计划,让孩子们居家免费线上辅导,截至2020年5月1日,共计赠课200人次2667课时,累计价值8万余元。并且,针对学生们长期上网课容易出现的心理问题,每月还进行四期心理疏导课,助力孩子们健康成长。

爱心接力显担当

柳贺把助人为乐当作自己人生重要的一部分,尽可能地去服务社会和帮助别人,不断充实自己的人生。他常说:"人生短暂,我要在做好本职工作的情况下,多做些有意义的事情,对社会尽一份自己的责任。"2016年3月他组建成立了双台子区笔芯志愿者服务队,目前共有志愿者136名。团队以"奉献、友爱、互助、进步"的志愿精神为指导,从身边的小事做起,去帮助更多的人。他积极组织和参与暖心志愿服务行动,影响和带动了广大志愿者和身边的师生共献爱心。走进社区,服务群众,组织团队积极参与创建全国文明城市工作,开展关爱老弱、环境保护、捐资助学、普法宣传、文艺服务等多种公益性社会活动,打造志愿服务活动品牌,贡献自己的微薄力量，受到群众广泛好评。2018年柳贺教育培训中心被评为盘锦市青年文明号单位。

捐资助学，情暖人心。多年来，他带领笔芯志愿者协会的志愿者们多次参加团区委组织的公益活动，积极开展向灾区捐款、扶持贫困大学生和"一日一善"教育活动。2021年，志愿者们为贫困学生捐款10次共计8436元，为区域内35名贫困家庭学生送去了爱心款及学习用品。在每学期开展的"爱心接力"捐款活动中，3年来已累计捐助善款31298元，全部用于设立的"笔芯助学金"，目前有8名低保家庭学生收到资助，资助金额12000元。参与大洼区科普公益协会发起的"向盘锦小孩说HELLO"活动，共筹集资金28468.09元，并全程参与监督善款的发放，为小朋友送去了温暖和关爱。庆"六一"关爱特殊儿童为主题的志愿活动，为双台子区残困儿童带去了价值1300元的篮球、乒乓球、羽毛球等文体用品，通过互动游戏，节目表演等形式，把爱的温暖传递给残障儿童。

敬老爱亲是中华民族的传统美德，柳贺率先垂范，积极组织开展"助人为乐、敬老爱亲""文明从我做起"等活动。育红社区、繁荣社区有一些孤寡老人，因为无亲人照顾，生活非常困难。有的老人没有自理能力，无法正常生活，日子过得更加艰难，也没有了欢声笑语。他们常年坚持利用双休日、寒暑假到老人家里，帮助打扫卫生，洗衣做饭；闲暇时，为老人们开展心理辅导，聊家常，读报纸，使他们及时了解国家的大政方针、法律法规，让他们的思想与社会同步，感受到社会的温暖。通过他的积极努力，老人们变得心情舒畅。他先后带领志愿者12次到区社会福利院看望老人，送水果、送关爱，累计金额达4000余元。

近年来，在汶川大地震、四川雅安地震、甘南舟曲泥石流等自然灾害后，他都积极响应号召，每次都积极主动捐款捐物。他参与腾讯公益，还在网络中尽自己的绵薄之力帮助别人。虽然工资微薄，但他仍然定期存一定数额的钱款，帮助贫困山区的小朋友以及一些需要帮助的人，体现出了一方有难，八方支援，邻里相帮，患难相助的中华民族传统美德。

多年来，柳贺经常带领志愿者进社区，深入开展环保宣传活动，张贴环保宣传海报；不怕脏和累，走进社区清扫街道、清除垃圾、修剪花草、搜集废旧电池；到附近的社区去宣传法律、法规，发放防非法集资宣传单等，以此提高人们的环保意识和法律意识。

教育工作是个平凡而高尚的事业，他为自己是一名教育工作者和青年志愿者而自豪。他说，成绩只能代表过去，他要不忘教育初心，牢记育人使命，继续带领笔芯志愿者服务队的志愿者们聚小爱为大爱，奉献国家和人民。这就是一名新时代优秀青年的心声。

人间有大爱

刘亚明

正义，是战胜罪恶的一把利剑。

英雄也是凡人。有一种人，平凡而朴实，但能在保护人民群众利益或危急时刻见义勇为挺身而出，折射出美丽的光芒，书写着时代的感动。盘山县古城子镇的蔡文顺就是这样的人。

危难时刻，伸出援手

时光倒流。我们把时间追溯到2000年8月6日晚10点多钟。此时夜幕已深、万籁俱寂，盘山县古城子镇蔡家村的村民大都已经休息沉睡，而让人不寒而栗的是刘铃家正在发生一起命案。

穷凶极恶的歹徒持刀行凶杀人，将刘铃父母刺死后，转而面向刘铃姐弟二人。蔡文顺听到邻居家传来一阵急切的呼救声，没有多想，便一骨碌从炕上爬起，冲出门去，不顾个人安危，顺着声音飞身翻过院墙跑进刘铃家。此时，歹徒又拿刀紧逼刘铃姐弟。看到蔡文顺突然而至，歹徒并没有被吓跑，相反猖狂地用刀刺向了他。蔡文顺没有退缩，赤手空拳与歹徒进行殊死搏斗，只见他迅速转到歹徒的背后，迅雷不及掩耳，照着歹徒头部狠狠一拳，打得歹徒倒退三四步，歹徒站稳后又向他反扑过来。

蔡文顺围着鸡栏子和歹徒周旋，歹徒转身又持刀刺向刘玲姐弟。见此，蔡文顺飞起一脚把歹徒踢倒在地，立即猛扑过来，握住歹徒持刀的右臂，顺势把歹徒拽倒在地，骑在歹徒身上，用左腿压住歹徒手臂。歹徒突然挣开左手用刀刺向蔡文顺的胸部，蔡文顺手疾眼快抓住歹徒的手腕，拽向一边，将歹徒推向门外。蔡文顺的手也被刀严重割伤，鲜血一下子喷溅了出来。经过几番较量，蔡文顺终于夺下尖刀，控制住了歹徒。不断反抗的歹徒歇斯底里地狂言："我要杀你全家！"

如此反复的搏斗，也让蔡文顺耗尽体力，掌心被划开，浑身是血，胸前划满了血印，但还是凭借着过人的意志力挽救了刘铃姐弟的生命。直到闻讯赶来的乡亲们和民警一起将歹徒彻底制服。至今，蔡文顺的右手不能屈伸，留下了终身残疾。事后，当被问及救人时有没有害怕自己遇到生命危险时，蔡文顺说："当时根本顾不上害怕，心里只想着救人。"当年他被授予盘山县见义勇为称号。

蔡文顺瞬间的无畏，持久的无私，成为人性灿烂的火炬。他是个勇敢而又热心的人，可以说，助人解难，是他生活的常态。蔡文顺把乡亲们的信任，看作比金子还重。他是一名共产党员，他的事迹被乡亲们看在眼里，记在心上，提及他都交口称赞。现在，当我们回顾20多年前蔡文顺惊心动魄的英勇过程，也重温着一个个温暖瞬间。那个无畏的背影构成了一幅平凡英雄的影像，印刻在每个人的记忆中，这幅动人的画面，更是盘山这座城市的文明力量！

助人为乐，不计报酬

天地有真情，人间有大爱。毛主席说过："一个人做点好事并不难，难的是一辈子做好事，不做坏事。"蔡文顺就是这样一个常做好事、不计报酬的好人。案件发生后，一些单位和新闻记者到古城子镇了解情况，采访中，乡亲们争着讲述蔡文顺事迹的场面让人感动。

爱能放大，爱能传递。"做好事舒坦，做好人幸福"，蔡文顺的故事没有尾声。当时一些媒体对蔡文顺及其周边的群众进行了采访，他们带着许多疑问：蔡文顺的成长环境是什么样的？他与周边群众的关系如何？蔡文顺见义勇为的义举是偶然所为还是一向如此？蔡文顺把乡亲们的信任，看作比金子还重。除了见义勇为的感人事迹，蔡文顺还勇于承担责任，乐于帮助别人。2008年5月的一个早晨，蔡文顺去田里干农活，发现附近公路上有人出了车祸，他马上跑了过去，立即找车将其送往医院，并告知了家属。由于抢救及时，伤者转危为安。2009年冬季，蔡家村民杨德学家的稻草垛不慎起火，蔡文顺马上回家中取来自家的水带、水泵，带领村民砸开冰坑取水奋勇灭火，经过一个多小时战斗，终将大火扑灭。村民王艳海家电饭锅坏了，来人到他家打一声招呼，他就放下手里的活，前往帮助排除故障。近些年春节，镇派出所有时一个电话让他前去帮助协勤，他二话不说，不分昼夜，穿好衣服加入协勤队伍行列，走上大街巡逻，维护群众节日安全。这样的画面，让知晓情况的人热泪盈眶。

志士不忘在沟壑，勇士不忘丧其元。心中怀着爱与勇的人们，每每在危急时刻站起身来，拯救那些受难的生灵。面对疯狂的歹徒，他挺身而出，几度与歹徒拼搏，救邻居于危难之中。在大家眼里，蔡文顺不仅是一个人的血性，更彰显了盘山这个县城的温度，"这就是盘山人！"蔡文顺在人民群众的生命安全受到威胁时，舍生忘死，奋不顾身地保护了群众的生命安全。他的见义勇为壮举在社会上引起了强烈反响，弘扬了社会正能量，赢得了广大群众称赞。

蔡文顺见义勇为舍生忘死，方显英雄本色！

笔者手记

见义勇为是中华民族的传统美德，人人都知道这是正确的价值取向，但是真正能够做到的人并不多。因为这不仅需要极大的勇气，也需要准确的判断力和必备的技能。蔡文顺用实际行动践行和弘扬"拔刀相助、见义勇为"这一中华民族的传统美德，获得第三届辽宁省道德模范及提名奖。

1. 危难时刻敢于挺身而出，并不是蔡文顺一时的冲动，英雄之举并非偶然。"危难来临之际，伸出援手只不过是本能行为。"这是蔡文顺对自己义举的解释，也是他平时对道德信仰的坚守和追求。崇高的事业需要崇高的追求，让见义勇为精神深入人心、蔚然成风，激发越来越多的人民群众投身见义勇为的行列，愿意见义勇为、敢于见义勇为、善于见义勇为，激发见义勇为者的光荣感和自豪感。一石激起千层浪，蔡文顺奋不顾身、舍己救人的英雄事迹迅速在盘山县传开，大家都被他的义举所感动。有人说他是生死攸关的无畏勇者，也有人说他是救人不图名的好农民。

2. "乐于助人，他是真正的英雄。""任何语言都无法表达我对他的感激，他救的不仅仅是我们姐弟，而是好几个家庭。"尽管时隔快一年的时间，回忆起被蔡文顺救人的场景，刘铃依然眼含热泪，告诉笔者，事后蔡文顺不仅不图任何回报，甚至也不要医药费。"他才是真正的英雄！"蔡文顺勇斗歹徒救护邻居的事情发生的时候，我正担任盘山县委政法委副书记、县社会治安综合治理委员会办公室主任，这正是政法工作和社会应该大力弘扬的精神。在当时和后来的多次接触中，我发现蔡文顺是一个腼腆和不善言辞的人，并不高大威猛的外表下有着一颗朴素善良的心。事情过去了20多年了，那惊心动魄的一幕始终感动着数万盘山人民。

3."他一直是一个积极乐观、努力向上的人，知道他见义勇为的那些事后，我们并不感到意外。"熟悉蔡文顺的人都说，他们眼中的蔡文顺，就是这么一个心地纯善、遇事总为别人着想的阳光男人。如果说危难时刻临危不乱、舍身救人是出于英雄本色，那么在生产劳作和生活中一丝不苟，则源于他的初心。蔡文顺说："这算不得什么，一个有正义感的人遇到了都会和我一样挺身而出。"蔡文顺用他踏实质朴的言行，温暖、鼓舞着身边人。当年，在被授予"盘山县见义勇为积极分子"荣誉后，蔡文顺几次到单位感谢我。我也深知，在我们的生活中，多一个蔡文顺，社会就多一分安全，社会就多一分和谐，人民就多一分温暖，百姓就多一分幸福。伴随着盘山争创全国县级文明城市的步伐，盘山县人民也用自己的行动践行着文明典范，让盘山成为一座充满温暖的地方。

"盘山需要这种精神，需要这种善举。如果人人都冷漠，我们身边就没有温度。"蔡文顺的事迹感动着人们，非常了不起。盘山正在争创全国县级文明城市，盘山因为有蔡文顺而温暖，盘山因为有蔡文顺，文明盘山的内涵也更为丰富了。

这正是：

盘山农民品格高，遏制犯罪不图报。

生死恐惧全不顾，舍己救人一师表！

蔡文顺，好样的！

卓越的生命律动

郭春英

　　人类的沉思是有思想的，在商业、科技越来越发展的今天，最前沿的创新科技工作者就像闪耀的群星划亮了夜空，作为盘锦人，更想知道身边有哪些这样的人。魏孔鹏就是其中的一位。

　　在没见到魏孔鹏本人时，笔者心里不免猜想，他是怎样的人？是像罗丹一样手拄下巴思考，还是像科幻作家弗诺文奇样在畅想中完成IT项目呢？

　　那么，就请跟随我的笔，走近魏孔鹏，一位卓越的闷声搞科研的"80后"。

　　魏孔鹏，1982年出生于甘肃白银，教授，盘锦职业技术学院科技与规划处处长。是辽宁省教育厅信息化专家、盘锦市委网络安全与信息化委员会专家、辽宁省高校教师培训专家库专家。主持和参与国家级、省级科研课题32项，发表学术论文36篇，其中EI检索和北大核心8篇，获得省级教学科研奖18项，软件著作权7项。无论是科学研究、技术攻坚、教书育人还是行政管理，他总是能踏踏实实地在平凡的工作岗位创造出不平凡的业绩。

　　书籍是巨大的力量。魏孔鹏有着很好的读书习惯，他经常一个人钻进图书馆，"两耳不闻窗外事"。知识的积累，为生活增添了浓重的一笔。

2012年刚刚来到盘锦，魏孔鹏只是盘锦职业技术学院普通教职员工中的一员，没有人注意这个外表朴实无华、不多言不多语的人。直到2013年学院由兴隆台区的老校区搬迁到辽东湾新校区时，学院希望建设超前的信息网络基础设施和软环境，而又没有相应的人才能承担起这样的重任。这时，魏孔鹏迎难而上，勇担重任，克服重重困难，刻苦钻研，埋头于新校区信息化建设总体设计和建设工作。

他付出了巨大的努力，没日没夜地工作，在新校区建设期间，常常住在建设现场，睡在车里，打地铺，吃泡面。新校区搬迁入住后，他仍然没有停止奉献的脚步，晚上加班时能够看到他，周末休息时能够看到他，寒暑假的校园中总能看到他辛勤工作的身影。

为了充分发挥在信息技术方面的所学、所知、所长，魏孔鹏以宽广的视野和超强的实践能力建成了计算机网络、一卡通、安防监控、校园广播、数据中心等项目，并独立承担了信息系统集成工作，本着只买设备不买服务的原则，为学院节省1000余万元资金。

是金子总会发光，他默默奉献，辛勤耕耘，很快就成为盘锦职业技术学院信息网络中心的领军人物。

"勤奋是一条神奇的线，用它可以穿起无数知识的珍珠"。最初的成绩并没有使他沾沾自喜，反而成为他继续努力，建设理想中先进的信息化职业教育的动力。他在盘职院申请和建设省级示范校的工作中，响应学院号召，积极参与，出谋划策，带领技术团队总结经验，调查研究，结合当前信息技术发展的特点及学院信息化现状，创新性地提出"资源引导型数字化校园建设"，成为学院示范校重点建设六大项目之一，充分发挥自身技术优势，自主开发院校大数据平台、人事管理系统、学生工作管理系统、领导干部考核评价系统、招聘系统、工资管理系统、智慧党建等22套软件系统，为学院节省办学成本300余万元。

魏孔鹏说，只有平凡的岗位，没有平凡的事业，脚踏实地地工作就是硬道理。为了更好地把工作做好，他力求在数字化校园的体系、建设目标、建设思路等方面进行探索和实践，推动学院教学、管理、科研、实验实训等工作的发展与变革。他将国家提倡的"互联网+"的理念运用到实际工作中，将学院的各个领域都与互联网结合，以互联网为平台，为打造21世纪新型的职业教育，在盘锦职业技术学院中进行创新实践，并不断为学院带来新的信息化理念，既建设了数字化校园，又更新了广大教职员工的思想理念。

魏孔鹏毕业于华东理工大学，有着很丰富的专业知识和实践能力，他不断地将先进的高等职业教育理论和现代教育技术相结合，运用到学院的数字化校园建设中去。总是挤出时间收集和学习最新的相关文件、书籍、学术文章等材料，让自己的理念和知识体系始终处于现代职业教育技术领域的前沿，随时接收各种新鲜的技术和事物，跟得上时代的脚步，掌握学生的兴趣所在，收集国内国外先进信息化建设资料，取其精华，在建设学院的信息化和数字化的基础上，将其向整个盘锦市推广，希望现代信息技术能为盘锦市各行各业的发展贡献力量。他在推广"互联网+"模式的同时，还不忘总结经验教训，提升理论水平，主持和参与了多项国家级和省级科研项目，发表了多篇高水平的学术文章。他无私地督促和指导部门同事，尤其是青年教师，希望他们能够尽快掌握工作技能，提升工作能力，与他一同进步，共同养成刻苦钻研、终身学习的习惯。

在之后的几年时间里，魏孔鹏使盘锦职业技术学院信息化发展水平走在辽宁省同类院校的前列，云计算平台既能为学院自身的教学、科研、管理工作服务，又能为盘锦市的石油化工、农业生产和环境监测等各领域提供科学计算、建模仿真、数据挖掘和决策支持等方面的服务。力求推动学院教学、管理、科研、实验实训等工作的发展与变革，以此辐射和示范省内高职院校的信息化建设。他勇于创新，敢于担当，迎难而上，造福一方。

"宝剑锋从磨砺出，梅花香自苦寒来"。魏孔鹏将自己的青春和汗水献给了盘锦职业技术学院，献给了盘锦这片热土，他已为自己无悔的青春写下完美的注解。

魏孔鹏在任何单位、任何工作岗位上都勤勤恳恳，任劳任怨，发挥自己最大的主观能动性埋头工作，他积极的工作态度也因此得到了领导和社会的认可，先后荣获辽宁省高校校园先锋示范岗、辽宁省先进工作者、辽宁省优秀教师、盘锦市劳动模范、盘锦市道德模范、盘锦市师德标兵、盘锦市五一劳动奖章等荣誉称号。

"路虽远，行则将至。"魏孔鹏用青春和汗水彰显了平凡中的卓越，以此为基点，他又要大步前行，向着下一个目标迈进。

20世纪70年代的
一段爱情故事

刘立杉

　　公方权、吕艳夫妇是盘锦市兴隆台区友谊街道景宏社区的居民。他们的家庭是一个很特殊的家庭，老母亲是吕艳的养母，公方权是"倒插门"来到这个家的。无血缘关系的3人，40年如一日，相处得和谐融洽。在盘锦市妇联开展的寻找"最美家庭"活动中，这一家人的事迹引起广泛关注，并被推荐为全国文明家庭候选者。他们用平平凡凡的事、点点滴滴的情，诠释了中华民族传统美德的真谛。

　　笔者在公方权和吕艳夫妇家里采访时，吕艳的养母已于一年前因病辞世。说起老母亲生前的点点滴滴，公方权和吕艳夫妇难抑思念之情，止不住落下泪来。老母亲74岁时不慎跌倒，造成股骨干骨折，虽经两次手术，终因骨质疏松严重，久治不愈，整整20年瘫痪在床需要照顾，几乎一刻也离不开人。公方权和吕艳夫妇对老母亲照顾得无微不至，耐心又周到。

　　公方权是一位健谈的老人。不仅健谈，而且热衷于写作，时常将自己一时的感想以及对往事的追忆记录下来，乐此不疲。

　　吕艳这个特殊家庭，40年如一日的和睦相处，没有血缘而情浓于血的情分，委实令人羡慕。

他们在老母亲的传统教育和带动下，无论是承载工作的繁忙，还是生活的重压，都做到了同舟共济，相濡以沫，平稳地度过了一个又一个艰难而平凡的日子。

公方权的老家在黑龙江省肇东市。20世纪60年代末，公方权正在部队当兵，被派到辽宁省沈阳市东陵区参加"三支两军"工作。"三支两军"指的是支左、支农、支工、军管、军训。当时，生产没人管，成了问题，"抓革命，促生产，促工作，促战备"是大事情。所以当时具体工作就是白天和农民一起生产劳动，晚上学习当时的有关政策。

这时，吕艳就在东陵区下乡。公方权看上她了。城里的女孩子，那个时候下乡的，往往不自觉地有些轻狂。吕艳不是这样，这个人文文静静的，特别好。公方权就悄悄地搞了一点外调。知道她是养父母抱养的，养父母都有正经工作。知道以后，心里也有一点担心。那个时候，有正经工作不容易。公方权是黑龙江人，家里人口多，兄弟姐妹总共十来个。公方权当兵，要是复员了没有工作，他们俩好上了怕也没用。但是公方权打心里喜欢她。巧了，命运还是比较成全他。他从东陵区回到黑龙江，转业了，被安排到大庆油田工作。他跑到沈阳看吕艳。这个事就有眉目了，要不准得够呛。

吕艳插话，看着老伴儿说，不能够，那时，就是你没工作，我也跟着你。公方权看了吕艳一眼，转过头来对笔者说，主要是我岳母，我一直称她老人家母亲，叫妈，我8岁的时候，母亲就没了，我岳母把我当成亲儿子。我是说，当时呀，我岳母对我好，她认可我。说到这里，公方权老人一时忍不住，泣不成声。吕艳拍了拍他的肩膀，哄他。

公方权老人继续说，那个时候，我们结婚，简单，非常简单。

我一个月的工资是42元，总共花了70元，就把婚结了。置办的值钱东西，就是一对木头箱子，一对人造革的皮包。没了，就这些东西。

1975年，辽河油田大会战，从大庆油田抽调人马去辽宁。这是我的机会。我当时在一线工作，钻井工。那要是同意去辽宁，做什么工作都行，我不挑，我的家在那里呀。我如愿以偿了。我到了盘锦，吕艳就跟我来到了盘锦。然后，老母亲提前退休，也来到了盘锦。我们一家子就这样在一起生活了一辈子。这是缘分。

吕艳的养父去世得早，在他们成家之前就去世了。养母就一直和他们共同生活。养母原本是沈阳市卫生防疫站的一名职工，为了支持他们夫妻的工作和学习，提前退了休，从沈阳来到辽河油田，帮助他们照顾两个孩子，料理家务。

母　亲

在母亲的大力支持下，两个孩子健康成长，大学毕业后都走上了工作岗位。在家庭的熏陶下，他们爱岗敬业，成为各自岗位上的行家里手。吕艳夫妻俩也在工作和学习上不断取得成绩，得到各级领导的肯定与好评。吕艳在井下公司宣传部工作的时候，连续多年荣获各种先进模范称号。她最得意的成绩，是多年来在各类报刊上发表的新闻作品，辑成了多个剪报本。老人拿出剪报本给记者看，这个，1993年7月19日，发表在《辽宁日报》上的消息，《辽南小洼地区油气勘探获重大突破》。

公方权向笔者解释，这个"母亲的大力支持"，是人家妇联的同志为我们总结的材料里面说的，那个支持是什么意思呢？就是说，岳母来到家里，两个孩子就都归她管了，洗衣服、做饭都归她管了。就说洗衣服，你自己洗，她会再洗一遍，嫌你洗得不干净。我们也试着做饭、蒸馒头，母亲说不好吃，不让我们做了。其实她就是想让我们安心工作，才不让我们干家务活儿。

岳母称我为儿子，没叫过方权，对人家说起，也总是爱说，我有一儿一女。

我们这个房子，不到70平方米，两室。大的屋子里放一个大的电视，那是母亲的；我俩在小屋子里，看小电视。

冬去春来，每到春暖花开天气晴好的日子，吕艳就用轮椅把母亲带到楼下晒晒太阳，推到大街或者市场去遛遛弯儿，让老人家与老朋友、老邻居们打打招呼，聊聊家常，放松放松心情，只要母亲开心她什么都愿意去做。虽然自己也是60多岁的人了，为了母亲却乐此不疲。吕艳照顾老人非常细心，每次推母亲出去活动的时候，都要在母亲的腿上裹上一条特制的小棉被，很怕老人家着凉，体贴入微。20年来，夫妻俩每天坚持给老人泡脚洗脚。如果要是遇上老人有个病有个灾的，更是急坏了夫妻俩，跑前跑后，忘记自己也是老年人了。吕艳怕母亲寂寞，就给老人家购买了笔记本电脑，下载老人爱听的歌曲、戏剧节目，每每有邻里来家串门看到老人戴着耳麦跟着电脑哼唱着流行歌曲，都说：这哪像90多岁的老人，这不是摩登老太嘛。每当有人问她："你能活这么大岁数，精神又这么饱满，有什么秘诀呀？"老人就回答："哪有什么秘诀？就是每天高兴、舒心，我有福气摊上了体贴的姑娘和孝顺的姑爷，女儿侍奉得好，要啥给啥，想吃啥就给做啥。我想不到的儿女们都想到了，好儿女不用多，一个顶十个。"话虽然简短，但却明了。

40多年来，老人家把姑爷叫儿子，把闺女当亲生女儿。特别值得一提的是，作为养女的吕艳，这么多年别说和母亲吵嘴了，连脸都没红过，他们夫妻俩对老人的孝，友谊街道几乎无人不知，无人不晓，人们提起这个和睦的家庭都赞不绝口。这个家庭为整个友谊街道的家庭做出了榜样，是居民身边看得见、摸得着的鲜活典型，起到了示范作用，先后被省妇联和盘锦市妇联评为"最美家庭"。

补记

人生及其感慨

和谐健康的家庭，需要有一个健康和谐的环境支撑，才能得以和谐健康地发展与延续。

吕艳常说："受人滴水之恩当涌泉相报，虽然不是亲生母亲但胜似亲生母亲，是她养育我成长，是她给了我这个家，没有她就没有我的一切，这种情谊如高山流水，源远流长。"他们全家正用加倍的善举报答老人家，让老人享受晚年的幸福，让她感受人间的大爱，这是他们一生无悔的选择和庄严的承诺。

而这些，在公方权看来，另有深意。因为，关于家庭、爱情以及赡养老人、教育子女等方面的问题，公方权认真地思考过，并以多个版本总结出了数十个问题，分门别类地写出问题，并附以深思熟虑的答案。

第八个问题：你想过父母的身体状况如何吗？

答：父母身体状况的好与不好，直接影响着一个家庭的正常运转，以及对各方面的维系与呵护。同时，也会影响儿女的正常生活与工作。因此，了解与掌握父母的身体状况，是很有必要的。掌握了这一情况，也就可以知道自己在家庭里应该做啥，不应该做啥，以及如何想办法把父母的身体维护好。

第三十一个问题：你想过"对自己方方面面的负责就是对家人

的负责"这句话的含义吗？

答：我想，这个问题不言自明，但还是有必要提醒一下。什么叫自己的方方面面呢？最重要的一点就是要注意自己的身体健康。你没有一个好的身体，没有一个好的体魄，想做的一切都将是空话。而你的身体状况差，也就成了家人的负担。因此，你就要在平日里多注意饮食冷暖，克服一些不良的生活习惯和不良的嗜好，尽最大努力保证自己的身体健康。这就是对自己负责，也是对家人负责。用你自己的行动，减轻家人心理上和精神上的负担，不正是对家人负责吗？诸如此类，不胜枚举。总而言之一句话，希望你能做一个为了他人，也为了自己，而勇于负责的人。

笔者问公方权老人，你老伴儿忙于俏夕阳艺术团，那是她的爱好，您的爱好是什么？公方权说，我擅长骑行，有时我老伴儿也和我一块骑自行车。记者看见他们的自行车，很专业的样子。两位老人则自豪地说，孩子们给买的。

所谓身体力行，大略说来，不过如此吧。公方权与吕艳夫妇，可以称得上知行合一了。

酣畅淋漓地享受如日的青春

刘丽莹

青春须早为，岂能常少年。

每个人的青春都藏着一个星辰大海，激情和活力是碰撞诗情画意的触角，勇敢和奋斗是开辟未来理想的桅帆。其实，青春的对岸到底是荆棘还是鲜花，是暗淡还是绮丽，没有谁能一眼万年，而畅享一场淋漓的青春，作为"公益志愿小达人"的刘译韩，可谓同龄人的榜样和典范。

扣好人生第一粒扣子

刘译韩，2003年4月生于辽宁省营口市一个温馨幸福的家庭，父母都是品行端正、待人真诚、做事一丝不苟的人，在父母的教导和培养下，刘译韩性格乐观开朗，善解人意，很小的时候在小伙伴中就显现出诚实、敢担当、乐于帮助他人的好品质。2009年，实满6岁的她步入梦寐已久的营口市青年小学读书，小小的年纪便克己守礼，自带光芒。从步入学堂的第一天起，她遵纪守规，努力刻苦，敢于提问，善于质疑，反应敏捷，思路清晰，对学习和知识有自己独到的见解，学习成绩一直名列前茅。生活中，她活泼友爱，经常帮助同学解决困难、答疑解惑。她爱好广泛，多才多艺，利用业余时间参加了古筝、民族舞的学习，常常用她的才艺给身边的人带来无限的乐趣。她的自强进取，向上向善，赢得了老师的信任，在老师的心目中，她是一名品学兼优的好学生，同时也赢得了同学的信服，是同学眼中快乐自信的领头羊。

读小学四年级时，刘译韩应营口电视台邀约担任特约小记者，从此她的脚步走向校园以外的各个领域。她采访过社区的环保活动，记录下居民们如何共同努力，为我们的地球贡献一分力量。她随电视台参加拍摄"献爱心"的公益活动，走进特殊学校，捕捉过来自特殊学生心底的欢声笑语，从此她知道世上还有这样特殊的群体需要呵护，她把自己的压岁钱全部捐给了学校，并与这些特殊的孩子建立了深厚的友谊。她尝试用镜头和文字，呼吁社会关爱帮助弱势群体，让更多人看到弱小者的世界、感受到他们的坚强和乐观。经过不懈的努力，她主持的"同在一片蓝天下"主题公益活动，终于引发社会关注，反响强烈，她第一次感受到自己所做的一切，在悄然改变着身边人的世界。幼小的心灵开始产生对世界的好奇和热爱，稚嫩的肩膀从此肩担起责任，清澈的眼睛开始发现身边的善与美。她勇敢地站在镜头前，用铿锵的声音讲述着一个个动人的故事，在一个个故事中，她懂得了祖国的伟大，社会的价值，人生的理想，满满的时代气息，展现了当代少年"美、智、强"的优良品质中蕴含着的榜样力量。她还多次被评为校级三好学生、学习标兵，市级三好学生、美德少年，这是她收获的人生第一粒纽扣。她扣好了这些纽扣，不只喜悦于它们的光环和璀璨，她更坚信心中的梦想和脚下的力量，这个美丽的少年人，正积极努力地迈出探索人生的步伐。

插上天使的翅膀，飞越理想的海洋

时光荏苒，岁月匆忙。2015年，是刘译韩人生的重大转折点。人生的花季，如花的少年，却用瘦削的肩膀肩担起远超负荷的责任。

这一年，刘译韩进入辽宁省营口市第一中学读书。此时的刘译韩已经是校园里的小"名人"，一流的学习成绩、良好的道德修养、严于律己的生活态度、坚定自信的精神风貌，很快被老师同学选为班级的领头人。

这一年，刘译韩光荣地加入中国共产主义青年团。她严格要求自己，学校组织的任何活动中，作为共青团支部书记的她，总是一马当先，身先士卒，以身作则，积极主动地协助老师尽心尽力管理好班级的一切事务，认真完成老师交予的任务，成为老师得力的小助手，也使得班级无论在学习上、纪律上还是在卫生上都取得了令人可喜的成绩。同学们在她的影响下，认真学习，形成了你追我赶、互相帮助的良好氛围。在师生的眼里，她是耐心细致的服务者，是严谨周密的组织者，是心系他人的关怀者，是可以信赖的朋友。

这一年，刘译韩成为中国红十字协会的一名志愿者，担任中国红十字运动发源地纪念馆义务讲解员，并从此长路不歇，用她自己的话说："我会在志愿者这条路上一直努力不懈地走下去，把红十字'人道、博爱、奉献'的精神传达给更多的人，让爱永驻。"每到假期她都会利用自己的休息时间投入自己喜欢的这份事业里，每次她都是第一个到达工作岗位，3个半小时的连续讲解工作，从未觉得辛苦。她认为自己的每一次讲解不仅仅是与来访者的交流，更

341

是与文物和历史的交流。自己作为特殊的载体，要完全建立起大众与纪念馆沟通的桥梁，肩负起历史赋予的使命，因此她在工作中主动、积极、热诚，为弘扬与共享人类文明不懈地努力着。2018年她考入盘锦市高级中学，高中的学习生活急如星火，紧张又严峻，时间对于每个高中生来说都是寸秒寸金，但她依然利用休息时间，参加各类公益活动，有时学业紧张，又赶上有活动，她学习到后半夜，第二日还要早早起来，从未耽误一次公益活动。因为责任，在同龄人叫苦连天的时候，她选择默默地承受。

她用自己的实际行动向同学们昭示，培养和践行社会主义核心价值观，传承孝敬、友善、节俭、诚信等传统美德，弘扬民族精神和时代精神是当代青年不可或缺的优秀品质。

多年的努力也让她得到师生和社会的认可，多次获得省、市、校最美中学生、优秀团干部、优秀团员等荣誉称号。在初中阶段她曾代表全市中学生参加辽宁省学生联合会第九次代表大会并有幸成为监票人，在高中时期她又以盘锦市高级中学学生会主席的身份被推选为中华全国学生联合会第二十七次代表大会正式代表，这更加坚定了她勇担时代重任的决心。步入大学，她再次以教育部学生会主席团成员的身份忠其所属，尽其所能，着眼于事，服务于人，这是她的人生理想。

手持玫瑰，奔赴青春与远方

大学生活是青春真正的绽放，是青年人浪漫的天堂。2021年，刘译韩以优异的成绩考入自己理想的学校——北京师范大学，攻读本科学士学位，主修教育学专业，辅修心理学专业。

和所有的天之骄子一样，这里有苦尽甘来的喜悦，有来自生活和学术的挑战，有对未来无限的期许。

"行之俞笃，知之益明"。她始终秉承为人民服务的思想，践行共产主义理想，紧跟时代步伐，在政治思想方面积极向党组织靠拢，多次参与、主持支部理论学习活动，每次活动她的笔记记得满满，收获更是满满。2023 年 5 月，她正式成为一名光荣的预备党员。

从初中至大学，她一直担任团支部书记，从容待人，坦荡处事，坚守道德准则。她一直认为"一枝独秀不是春，百花齐放春满园"，带动身边青年学子参与各种社会实践和志愿服务活动，让更多的青年人明白实践是服务社会的最好途径。

2023 年暑期，作为队长，她组织了一支支教队远赴江西省修水县开展支教工作，并在支教项目中荣获一等奖；2023 年 11 月团中央书记处第一书记阿东一行调研北京师范大学团员和青年主题教育，观摩了教育学部 2021 级本科第一团支部"弘扬红色师范百廿传统、投身强国建设挺膺担当"主题团日，作为团支部书记，她主持本次团日活动，在支部成员与阿东书记的亲切交流中，她更加深入理解了"学为人师，行为世范"的校训；2023 年寒假，她带领一支调研队返回家乡，开展观察与思考，她说要做那个"种星星"的人。

每年寒假，她一如既往地坚持报名参与"云支教"活动，5 年多的志愿服务中，刘译韩深切地感受到人间大爱的力量。在社会实践与志愿服务中，她不仅培养了耐心和博爱的优良品格，更从中体会到了为人民服务的幸福感和光荣感，促使她不断提升个人素质，勇担青年责任。

她说，作为一名志愿者的日子是充实和甜美的，在付出一片真心和真情的同时，自己获得的是最厚重的平静，因为内心收获到了真实的幸福和快乐。

　　刘译韩喜欢读书，平素总见她静静地坐在教室的一隅，沉醉在知识的海洋里。她爱好广泛，学习之余，还获得中国民族管弦乐古筝十级证书、民族舞五级证书、省红色故事大王优秀奖项。她也酷爱运动，涉猎登山、游泳、轮滑、各种球类以及攀岩等运动领域。她以积极的姿态去拥抱，以乐观的心态去面对，她说，只有认真生活满怀热情，才能遇见更加健康幸福的自己。

去自己的明天，
迎接今天的自己

海　默

　　望着王怡文名字后那一串数字，有些踌躇，我需要考虑什么时间打这个电话合适，担心我的唐突打扰了她的学习。我甚至疑虑着，这电话号码会不会是家长的呢？

　　好在，寒假将临，我还是等一等吧。

　　那天，赶在中午，终于打通了电话，接电话的是王怡文的父亲，这瞬间安顿了我忐忑的心神，正是我希望的样子，首先从家长的视角更多地了解王怡文的成长经历，而不是过多地侵扰孩子平静的生活。

　　初识王怡文，是从视频号开始的，这样的开始，有了先入为主的代入感，仿佛看着邻家的孩子一天天长大，徒增了一份亲切。

　　视频号大多记录的是王怡文同学成长的点点滴滴，虽未谋面，我却感受到了一个父亲对女儿满满的骄傲和期待，更感受了王怡文扑面而来的青春气息，稚气里散发着蓬勃的大气和沉稳。

　　那一帧帧照片随着背景音乐《青春纪念册》的歌声，在眼前闪过。"给我你的心做纪念 / 我的梦 / 有你的祝福才能够完全 / 风浪再大，我也会勇往直前 / 我们的爱 / 镶在青春的纪念册……"青春的誓约和梦想，从一首歌出发，"像浩瀚的星河，像初升的太阳"，镜头之下，太阳花丛里群青沸腾，如一朵朵纯净的火焰，迸发着生命的炽烈和活力。在我的眼里，王怡文无疑是最闪亮的那一朵，纯净、明媚，不出尘却高洁，亲人般的笑容，让人轻易地就感受到了她与生俱来的卓尔不群，她就是我感知的那个样子。正是有这么好的集体，这么好的一群同学和老师，成长中的少年内心注满光明、向上的活力。让人不禁心生羡慕，羡慕他们的年轻，羡慕他们优渥的生活，更羡慕他们成长在这个飞速发展的好时代，这让他们的未来多了无限的可能。

毫无疑问，王怡文是一个有着良好教养的孩子。"这份爱/任何时刻你打开都新鲜 / 有我陪伴 / 多苦都变成甜 / 睁开眼就看见永远……"这是父亲与女儿的双向奔赴。有这样用心培养孩子的家长，让天资聪颖的王怡文成了世人眼中"别人家的孩子"。

她太全面了。

出生于2010年的王怡文，现在就读于盘锦光正实验学校。身为一班之长，原则性、大局观、严格自律、服务意识、奉献精神以及优秀的学习成绩，无一不展示着王怡文全面发展的个体属性。

2017年，怡文还是一名小学生，胸藏大爱的小姑娘，先后两次为朝阳山区的孩子们送去学习用品，每一分付出都带着怡文殷殷的鼓励，希望山区的孩子们汲取这点点滴滴的关爱，让爱在内心长成参天大树，成为国家的有用之才，回报社会。

从小学一年级到初中三年级，怡文一路走来，如一颗冉冉升起的星星，散发着独特的生命之光。

红领巾奖章向阳章、红领巾奖章传承章、红领巾奖章立德章、红领巾奖章奉献章、红领巾奖章光正章、红领巾奖章感恩章、红领巾奖章环保章……这一枚枚奖章，完美地呈现了一个小小少年，成长的轨迹中，每一步都走得踏实，走得丰饶。

优秀的人自带气场。王怡文尽其所能地在这个班集体中发光发热。她很善于沟通，经常和同学们一起交流学习，主动帮助学习有困难的同学，当同学学习中遇到难题，她总是百答不厌，耐心细致地讲解，直到弄懂为止。在她的帮助下，班上落后的同学分数得到了大幅度提高。她具有很强的集体荣誉感。她觉得，个人的进步是渺小的，让全班同学共同进步，那是作为一班之长的责任。宽阔的胸襟和友善的情感，在王怡文的内心凝聚着无限的力量，尽其所能地给予和付出。因为她是班长！

有一次，班上有一名女同学脚扭伤了，无法上学。课业紧张、学习任务如此之重，大家都在争分夺秒地学习着，这样的伤病，对学习的影响巨大。

王怡文看在眼里，没有任何犹豫，每天放学后，主动去同学家里给她补课，并且总结出每天的知识点，安慰她别着急，遇到不懂的大家一起讨论，这一补就是半个月的时间。时间，对于一名初中生来说，就是中考成绩，学习压力不次于高中，同样面临着"分流"的抉择，王怡文牺牲自己的学习时间，去给伤病的同学补课，这种不计个人得失、乐于助人的品行，深深影响着身边的同学们。

这名同学脚伤康复后，恰逢班级模拟测试，她不但没有因脚伤耽误课程，而且学习成绩比之前还有了很大的提高。

王怡文就是一团火，温暖着身边的人。

她更是一棵正在茁壮成长的小树，汲取着大地的营养，沐浴着阳光雨露。在亲子阅读交流活动中，王怡文接受红色党史教育，还参加了"童心向党，传承红色基因，争做时代新人，主题教育书画展"，幼小的心灵浸染着红色基因。王怡文用一言一行诠释着"少年智则国智，少年强则国强"。

在知识的海洋，王怡文已经成为小小的弄潮儿，丰富的阅读量，不仅拓宽了知识面，也提高了自己的认知和眼界。

她喜欢在美术的世界陶冶情操，喜欢在歌声里释放激情，更喜欢运动展示青春勃发的体魄，比如打乒乓球，比如游泳。每一项，她都能做到卓有成效。

她曾获得第九届全国儿童书画大奖赛金奖，从一年级开始她就利用课余时间练习软笔和硬笔，几年来她写过的字帖已经多达几十本，曾获得盘锦光正实验学校小小书法家二等奖；她热爱主持，为了锻炼自己口才，每天早晨开始晨读，纠正自己发音，曾荣获辽宁广播电视台明星小主持称号。

坚持不懈的毅力和一丝不苟的学习态度，让她在方方面面都取得了卓越的成就。

她还先后被评为辽宁省第二届语言艺术节全民诵读展演优秀选手、盘锦光正实验学校三好学生、学习标兵、十佳少先队员、阅读之星、博览之星等荣誉称号；在校内外比赛中也多次获奖，曾获得全国中学生英语写作大赛国家级二等奖、全国中学生英语翻译大赛省级二等奖、第九届全国青少年儿童书画大赛金奖、第三届中国花样少年语言艺术大赛辽宁赛区小学A组银奖、闪亮童星2017主持人电视选拔赛铜奖等奖项。

在这样的年龄，各种荣誉加身，彰显了王怡文异于同龄人的禀赋、勤奋、执念以及家庭环境的影响。

正如王怡文父亲的视频号里说的："生你是我意，养你是我责；虽然给不了你全世界最好的，但只要你要，只要我有，我定尽我所能，倾尽我所爱去爱你！我先你一步长大，替你扛下风雨，再回头疼爱你，教你人情世故，我亲爱的宝贝孩子，愿你有不伤人的修养，也有不被人伤的气场，若没有人护你周全，请你善良中带点锋芒，为自己保驾护航！"父亲用拳拳之爱培养了如此优秀的女儿。

孩子是一个家庭的承续。孩子的言谈举止折射出的家风，就是孩子展示出来的修养和格局。

王怡文没有辜负家庭和学校的教育，更没有浪费时光和情感。

每个孩子都在用他的行止预言着他的未来。"去自己的明天，迎接今天的自己。"这是我了解了王怡文同学后，脑海里蓦然闪出诗人徐俊国的一句诗，并拿来做了这篇文章的标题，最醒目的地方，藏着最深的祝福和期待。

"去自己的明天"。远瞻，在金子般的年华里，磨炼意志，需要收束，与自己较劲，挖掘自身的潜力；需要张弛有度，让飞翔的羽翼，历经风雨的锻打，无论是艰难坎坷，还是大道通途，一切的未知都将迎刃而解。

"迎接今天的自己"。王怡文脚下的路，每一步都走得踏实，每一天有一点点进步，努力做好每一件事情，这水滴石穿的恒力，是跬步丈量过的千里之行，是小流拥有追逐江海的勇气和动力。务实、反思、总结，不断修正自己，众多维度的表达与呈现。满怀信心，享受阳光雨露，让自己也成为一束光，照亮自己也照亮别人。

我相信，阳光向上、善良沉稳的王怡文，面对丰富多彩的世界，一定会手握自己的最高分，在未来的路上等你。

我是红领巾

赵晓林

　　王禹霖是个男孩子，却多了个喜欢照镜子的习惯。

　　通常是早晨7点钟，他准时站在家里客厅靠墙的那面落地镜前，认认真真照上一小会儿。当然，这个时间里，他的目光关注点不是看头发，因为梳好了；不是看脸，因为洗完了；不是看衣服，因为立整了。他的目光就集中到镜子里那个小男子汉戴着的那条红领巾上，他要看看红领巾戴得好不好。

　　"领巾披上肩，左尖压右尖，右尖绕一圈，圈里抽右尖。"

　　2019年，王禹霖戴上了红领巾，成为一名光荣的少先队员，这条红领巾一直都佩戴着。如今，曾经的小不点儿一照镜子一边念口诀一边系红领巾的时候已经过去，可是，这个照镜子的习惯王禹霖依旧没有改变，依旧没有改变的还有另一个习惯，那就是每天上学前，戴好红领巾，郑重地站在镜子前，敬个标准的队礼。

　　瞧！镜子里那个小男子汉多精神、多帅气，黑亮亮的眼睛，胖乎乎的脸蛋，穿着天蓝色和深蓝色相间的校服，一条鲜艳的红领巾飘在胸前。他右手五指并拢，伸平手掌，手腕自然挺直，前肘弯曲，掌心向里，经过前胸高举头上，掌心向左，眼睛注视前方，表情庄重而严肃。

　　"红领巾代表红旗的一角，每个队员都应该佩戴它和爱护它，为它增添新的荣誉。"这是入队时大队辅导员说的一句话，王禹霖一直记在心里。

今年13岁的王禹霖是大洼区第二初级中学的一名学生。小小年纪，真是不简单，竟然还得了不少荣誉：盘锦市优秀少先队员、辽宁省新时代好少年……一大摞红色的荣誉证书工工整整摆放在书架上，有时候学习累了，他总会随手拿出一本证书，打开，看上好一会儿。

王禹霖的书架上有这样一本证书，那是2019年7月，他参加辽宁广播电视台栏目《小小朗读者》节目，被授予朗读之星荣誉称号。对于这份荣誉，王禹霖非常珍惜，毕竟自己从家乡盘锦这座城市来到沈阳，在全省那么多小朗读者中脱颖而出，真是让他感到骄傲和自豪。当然，这归功于他扎实的基本功——他原本就是学校红领巾广播站的播音员。每天，王禹霖都会坐在学校广播站麦克风前，拿起一份口播稿，声情并茂地朗诵着。那个时候，王禹霖沉浸在自己的朗诵中，静静的操场、教室，还有他的同学们，都沉浸在这童稚的声音中，多么美妙，多么清澈，多么动听。

王禹霖喜欢朗诵。"朗诵可以锻炼说话能力，不怯场，不害羞。"可是，他这样认为的同时，他同样知道自己以前多么内向，只是后来才克服了怯场和害羞的毛病。王禹霖第一次走进红领巾广播站朗诵一篇打印稿时，总觉得有些地方吐字不清晰，可是得到了老师的认可，鼓励他坚持下去。从那以后，他就当上了红领巾广播站的播音员。有一次，学校举办"六一"儿童节演出，学校让他当主持人，当老师把满满五页密密麻麻的主持词交给他时，他的心里忐忑不安，主持这么大型的演出，还是第一次，能完成这个任务吗？当好主持人就得熟练背诵主持词，晚上回家后，王禹霖先是大声一遍遍读，后来能够流利地读出来，然后再一段一段背，脱稿后，让妈妈对着台词看自己说得对不对。儿童节那天，当王禹霖主持期间，看到台下有很多老师同学，竟然感到紧张了，前面的主持词说了一段，却忘了后面的词，王禹霖稳稳心神，没有停顿，继续顺着后面的节目往下说。当节目上演后，他站在后台不住地擦汗。后来当他问老师和同学们时，令他感到意外的是谁都没有听出来，大家都说王禹霖主持得非常好。

班主任王老师还不住地点赞："随机应变，化险为夷，临场经验十足哇。"

王禹霖学习好，功课一直名列前茅，几乎年年都被评为三好学生。他的学习秘诀其实很简单，学习和吃饭一个道理，也得需要细嚼慢咽，这样才能完全消化，营养才能被吸收，知识才能在大脑生根、发芽、结果。他的作文常常被贴到学习园地的橱窗里，在班级当作范文朗读，老师还让他校广播站朗诵过。他写过一篇演讲稿《喝彩中国》，刊登在《黑嘴鸥》杂志上，里面有这样一段话："中国红已经融入每一个中华儿女的生命，它成了一种蓬勃的朝气，一种新生的希望，一种生命不息前行不止的动力。作为新时代的少年，红旗下成长的祖国栋梁，我们一定要好好学习，发扬中国人的拼搏精神，为报效祖国贡献自己的力量。"六年级开始学几何图形求面积，有一次，王禹霖听课的时候，感觉好像听懂了，可是一做练习册却不会了。他研究到晚上10点多了也没弄明白，弄得他有点烦躁了，后来还是在妈妈的劝说下，用微信和老师联系，终于当天完成了那道计算矩形面积的习题。他还特意把计算方法写在一个算术本上，又连续三天做了三遍才罢休。

当天的学习当天完成。王禹霖对自己这样，要求同学们也这样。他是班长，他不想让任何一位同学在学习上掉队。如果哪位同学在学习上有困难，他都是热心去帮助。班里有个同学发烧了，耽误了两天课程，王禹霖利用课间和午休时间给他补完了全部课程。每天上课前7点50分，王禹霖开始检查同学们的作业。有这样一名同学，每次检查时总说作业忘了，没带。王禹霖觉得他撒谎，根本就没完成作业。可是后来想了想，就把自己的作业本拿出来，自己照着题目抄一遍，然后递给那位同学，让他做一遍。后来王禹霖为了节省时间，晚上提前抄好作业题，第二天如果他说又忘家了，就直接把事先抄好的习题放在他面前。王禹霖把这个办法告诉老师后，老师专门在课堂上宣布了要求："没带作业的同学必须当场抄一遍题，当场做出来。"后来那位同学再也没有忘带作业本，每天都按时完成了作业，班级的作业质量在年组中遥遥领先。

小学时期，王禹霖是大队长，三道杠，是学校辅导员的得力助手，是大队部的小当家。他积极献计献策，勇于创新，将大队部的工作开展得红红火火。他向辅导员老师提出许多大队活动构想，并详细策划组织，在辅导员老师的帮忙下，活动开展得有声有色。在他的带动下，许多家长和同学都加入了创建和谐文明校园、和谐家庭、和谐社会活动。他组织队员成立了"环保小队"，每天在校园里捡拾垃圾。当然，如果轮到他当值日生，他就会和其他的5个同学把教学楼一楼到四楼的楼梯分担区清扫一遍，还要用拖布拖一遍。当值日生就得早点到学校，可是有一次，王禹霖睡觉前忘设闹钟了，结果迟到了10分钟，那次他们清扫过的分担区被老师发现了纸屑，王禹霖承认了错误。从那以后，王禹霖每天睡觉前，都要设定好闹钟，一次也没有迟到过。

"犯了错马上改正，老师让我有了一个好习惯。"王禹霖把这件事写进了作文里，还写上了这样一句话。

劳动最光荣。学校组织的大型劳动，王禹霖都会发挥大队长的作用，自己带头干，还表现出极强的组织能力和号召力。学校操场西边，栽种了好多苹果树。秋天一到，那里就成为校外劳动课最受欢迎的地方了。王禹霖上小学一年级的时候，就看到高年级的哥哥姐姐摘苹果，如今，他作为六年级的大哥哥，终于可以和同学们一起摘苹果了。王禹霖对于这次劳动课计划了好几天，而且在自己的小本本上写了好几次方案，然后才和班主任老师说了。劳动那天，同学们都出奇地兴奋。王禹霖像个小司令员似的，分配着摘苹果的任务。学校准备了塑料桶，用来装苹果。他把同学们分成两个组，一组摘苹果，一组抬苹果，摘苹果的人少一些，抬苹果的人多一些。如果哪位同学想摘苹果，王禹霖就去抬苹果；如果哪位同学想来抬苹果，王禹霖就去摘苹果，他成了一个替补的特殊劳动者。那次摘苹果，一位同学不小心碰到了树枝，树枝弹到了王禹霖的手上，蹭破了皮。王禹霖没吱声，他继续和同学们一起说说笑笑地劳动。他的心里已经开始计划写另一篇作文《飘着苹果香的校园》——

"树上结了又大又红的苹果，仿佛挂上了一个个小小的灯笼，这个灯笼好特别，这个秋天里，我们的校园飘着苹果的芳香。"

王禹霖是护旗手，每周一升国旗的时候，王禹霖完成升旗任务后，都会不由自主地抚摸一下飘在胸前的红领巾，入队誓词就会在耳边回响起来。

"我是中国少年先锋队队员。我在队旗下宣誓：我热爱中国共产党，热爱祖国，热爱人民，好好学习，好好锻炼，准备着，为共产主义事业贡献力量！时刻准备着！"

那个时候，有一只燕子刚好从他眼前掠过，伸展着翅膀，飞上了蔚蓝的天空。

成长的脚步

李　玲

一

　　写下这个标题，我不由得想起100多年前梁启超先生《少年中国说》里的那些话："少年智则国智，少年富则国富，少年强则国强，少年进步则国进步……"古往今来，时光老人总会在不经意间把每个人的宝贵青春悄悄地放进他的兜里，在专属于他们收获的季节里释放出似甜似涩的美好，伴随着励志少年的成长之路。

　　2022年9月初，一个阳光灿烂的下午，在盘锦辽河油田实验中学金秘校长的办公室，我们见到即将去沈阳建筑大学报到的王思尧，而此时他的好朋友陈资霖已经走进武汉工业大学的校园。看着在自己面前还有些拘谨的王思尧，金秘的脸上洋溢着母亲般自豪的笑容，她送给我一本实验中学画册，里面有一张王思尧、陈资霖手捧奖杯的照片，两个很阳光很帅气的大男孩。

　　"他们已经进入我们实验中学的校史，是我们实验人的骄傲！"接下来，金秘滔滔不绝地给我们讲起两个孩子的故事，应该说是他俩和一个患病同学的故事。

　　在实验中学，有一个众人心照不宣的"秘密"——不在同一班级的王思尧、陈资霖，从七年级起就在校园里帮助照顾患病的同学李伟（化名），不论风霜雨雪、严寒酷暑，三年如一日始终不间断。其实，孩子们的一举一动，校领导和老师们都看在眼里，担心社会关注会给孩子带来压力，没有刻意表扬，也没有主动干预，而是在遇见时给他们一个鼓励的微笑，或拍拍他们的肩膀。

年复一年，日复一日，三年的时光里，平凡而忙碌的学子生活，孩子们快乐地成长，校园里的五星红旗一次次升起……而从校门口到教室，从教室到校门口；午餐时，从教室到校园西门的小餐部，从校园西门再到教室，王思尧和陈资霖或搀扶或背着李伟的场景，成为校园里一道独特的风景线。身边的师生们从最初的诧异到慢慢熟悉，再到时不时地伸出手相助，大家一起聊天，一起玩耍，十分融洽，就像一个大家庭的兄弟姐妹，一起享受人生最珍贵最美好的纯情年代。

二

又是一年毕业季。2019年6月25日，王双清老师在操场上无意中又看到王思尧背着李伟蹒跚前行的一幕，那么的熟悉，他情不自禁地举起手机抓拍，并把照片发给校长金秘。想到这样温暖的场景再也见不到了，金秘感慨万千，其实领导班子早已研究要表彰他们，是时候把这个"秘密"揭开了，这是对这几个孩子未来人生最大的鼓励，也是对他们善良和诚信品质最高的褒奖。她把照片以《背影》为题转发到朋友圈，深情地感言："这位男生就这样抚着背着他的同伴，这一背就是三年，还有三天他们就要毕业了，这背影，早已深深地烙在实验师生脑海里，珍藏在实验师生心里；这脚印，早已深深地刻在实验厚实的土地上，是最温暖最亮丽的校园背景！可爱的孩子呀，你背起的不只是同伴，更是背起了善良和真诚，友谊和伟大。将来一定能背起责任和担当，背起社会与祖国。向你学习！向你致敬!"

至此，王思尧、陈资霖三年无私帮助同学李伟的感人故事，通过这张照片走进千万人的视野和心田。

6月27日，辽河油田实验中学"感恩实验，追梦启航"主题升旗暨2019届毕业典礼如期举行，学校颁发了一份特殊奖项——美德少年。在现场千余名师生与学生家长热烈的掌声中，王思尧、陈资霖上台领奖。校方在颁奖词中写道:"高尚的爱都出自简单和平凡，你们用年轻的脊背背起了真诚和善良；你们感动了每颗心，湿润我们每一双眼；你们是实验中学最值得骄傲的学子，相信你们将来定能肩负起社会与祖国的责任和担当。"

那一年，王思尧、陈资霖荣获辽宁省新时代好少年、中国好人称号。

三

时隔三年，我问王思尧是否还保留着那张《背影》，他平静地回答，当初就没想保留，就觉得那只是平常生活中非常平常的行为，他们三个约定，要做一生的朋友，而朋友之间所做的一切都是顺理成章的举手之劳，没有必要宣扬。不过，他还记得当年的情景，有点不好意思地说:"那天下午教务主任拿着照片来问这照片是不是我。当时我有点蒙，心想因为中午出来晚了在校门口抢串吃，被老师发现了？但照片就在那儿不得不承认，连声说是的，我也没犯啥事呀。主任笑了，你做得很好呀，三年来一直默默坚持，这时我才明白过来，原来说的是这件事。"

"那是一段最温暖的记忆。现在我们又要开始新的生活了。"王思尧继续给我介绍，三年前从实验中学毕业，他和陈资霖选择继续上高中，李伟则选择去技校学习平面设计，如今他已经毕业，顺利地工作、谈恋爱，进入美好人生新阶段。

"李伟比我们大两岁，他乐观、有见识、懂包容，除了肌肉和骨骼患病，智力和其他方面没有任何问题，在他身上有很多东西值得我学习。"王思尧给我展示一段他和李伟的长长的聊天记录，他们几乎每天都要聊一会儿，内容几乎涉及他们生活的全部。或者说，他们之间相互依赖已经没有秘密。

"当初，你们三个都不在一个班，是怎么认识的？"

"资霖和李伟是因为一次漫画展览相识、相知并渐渐走近，注意到李伟走路不便就想帮助他。我认识他们也很偶然，那天我在路边等车，忽然听到身边的他俩在谈论《炉石传说》闯关，便情不自禁地加入进来，结果我们越聊越投缘，以后自然成为朋友，我们的友谊在潜移默化的守望相助中不断得以升华。在帮助李伟的过程中，我们更多的是陪伴，每天他的家长送他到学校门口，接下来就是我们的事了，我们都希望他能够多锻炼腿部肌肉，尽量不依赖别人，偶尔赶时间也会抱起或背起他冲向教室，他太轻了，轻得让我们心疼。"说到这儿，王思尧有点哽咽地笑了笑。

我的视线却模糊了。

四

校园，是孩子们成长的土壤。

在介绍王思尧、陈资霖的过程中，金秘校长对我说得最多的一句话就是，不要打扰孩子，让他们好好成长。她告诉我近期她接到一家教育杂志社的邀请写一篇文章，她讲的就是王思尧、陈资霖的故事。她要表达的主题是，在施教过程中可能有100种方法，但我们只能选择一个，就是最科学最真切最能引领教育孩子们的方法，孩子们有他们自己的想法。

当我问起王思尧未来的打算，他说："我的父母都是油田普通职工，现在社会上很多人都认为我们是娇生惯养的独生子，但是我们依然要挺直腰，做时代的推进者。我坚信，中国的未来在我们手里，我们的未来将会无比光明。"

如此可爱的"00后"。

在整理采访资料时，我久久地揣摩着那张《背影》的内涵——新时代美丽的校园，快乐的孩子们，各种各样的爱，五彩斑斓的梦想……

他们成长的脚步，如此坚实。